브라질

코리안 문학 선집

Brazil

【시/소설】

브라질
코리안 문학 선집

【시/소설】

| 김환기 엮음

보고사

Brazil

책을 펴내며

　최근 코리안 디아스포라를 둘러싼 학문적 담론이 활발하다. 디아스포라 주체는 냉전시대의 희생자였던 구 소련권(CIS)의 '고려인'을 비롯해서 중국의 '조선족', 일본의 재일코리안, 미국과 캐나다 그리고 중남미 지역의 코리안들까지 망라한다. 이들 담론에서는 구한말과 일제강점기는 물론 해방 이후의 공식적인 이민정책에 의해 조국을 떠나야 했던 코리안들의 간고했던 이주역사와 문화적 현상까지 다양한 관점에서 조명된다. 특히 디아스포라 특유의 경계선상에서 구축되는 중층적 아이덴티티의 실체를 기록문화를 통해 확인하고 글로벌시대의 혼종성(Hibridity)과 결부된 글로컬리즘(Glocalism)을 천착한다는 점에서 유의미하다.

　이 책에 실린 브라질의 코리안 문학 작품들(시74편, 소설22편, 수필62편, 평론19편, 동화1편, 꽁트12편)은 그러한 디아스포라 문학의 혼종성과 글로컬리즘의 현주소를 확인할 수 있는 소중한 문화 유산이다. 그동안 한국의 독자들이 비교적 쉽게 접할 수 있었던 재일코리안 문학, 중국의 조선족 문학, 리시아의 고려인 문학, 미국과 캐나나의 한인 문학과는 다르게 남미대륙 특유의 혼종지점을 서사화한 작품의 소개라는 점에서 신선할 수 있다. 특히 작품의 행간에 묻어나는 이민자의 숨결이 라틴조로 읽혀지고, 그 문학적 향연이 광포한 이과수 폭포와 아마존의 눈물로 승화되는 느낌마저 든다. 그래서일까, 필자는 이번 『브라질(Brazil) 코리안 문학 선집』에 종합 문예지 『열대문화』(창간호~제10호)에 실린 작품을 중심으로 가능하면 더 많은 작품을 담고자 노력했다. 지면의 제약으로 브라질에서 창작된 작품 전체를 소개하지는 못했지만, 이 선집에 수록된 작품들은 처음 소개되는 만큼 한국문단과 국문학계, 일반 독자들에게 어떻게 받아들여질지 사뭇 기대된다.

이 책이 간행되기까지 많은 분들로부터 신세를 졌다. 먼저 중남미지역의 한국계·일본계 이민문학을 함께 조사할 수 있도록 배려해 주신 호세이(法政)대학 가와무라 미나토(川村湊) 교수님께 감사의 말씀을 드린다. 덕분에 지난 4년간 공동연구프로젝트를 진행하고 대자연의 위대함(안데스와 아마존 등)과 직접 호흡하면서 필자의 연구영역을 한꺼번에 확장할 수 있었기 때문이다. 그리고 브라질에서 종합문예지 『열대문화』를 주재하시면서 이번 문학선집 간행을 누구보다도 반겨주시고 교정 작업도 마다하지 않으신 안경자 선생님께 깊이 감사드린다. 끝으로 적지 않은 원고 분량임에도 선뜻 출판을 결정해 주신 〈보고사〉 김흥국 사장님과 이번 문학선집의 출판 과정에서 조언을 아끼지 않으신 한국체육대학의 유임하 교수님께도 감사의 말씀을 드린다.

모쪼록 이번 『브라질(Brazil) 코리안 문학 선집』이 한국문학계와 독자들의 관심 속에 널리 읽혀지기를 기대해 본다.

2013. 7. 15.
김환기

차례

10

11

시

001 호수로 가겠습니다 _고영자

푸른 숲에 묻혀 사는 호수로 가겠습니다.
아늑함은 온통 초록빛으로 촉촉이
아침너울 쓰며 떨어지는 이슬방울 되어 내려앉는 곳
거기서 마음 좀 차분해져 보겠습니다.
사랑 가득 담겨 있는 호수로 가겠습니다.
한 밤중의 별도 달도 영롱한 무늬로
이글거리던 태양도 연분홍 은빛 되어 잠재우는 곳
거리서 마음 좀 포근해져 보겠습니다.
황혼 노을 잠기는 저녁 따라 호수로 가겠습니다.
밤과 낮을, 온 세상을 씻어만 주는
연민에 가득 찬 겸허한 노랫소리 들려오는 곳
거기서 마음 좀 겸손해져 보겠습니다.
(『열대문화』 제10호, 열대문화동인회, 2012)

정렬 가득 담긴
봉오리 한 송이를 터뜨리기 위해
위대한 투쟁을 극복해 낸 너
절대로
무가치한 헐 값으로 너의 승리를
꺾여서는 안 된다. 절대로.
뜨거운 절규로 점철된
붉은 핏 방울 짙게 흘리며
소망 키워 온, 인내 많은 작은 영혼아
모든 식물 중에서
모든 연민 중에서
가장 아름답게 뜨거운 꽃이라
네 이름 장미인데
어쩌자고 모두는 너에게
꺾이는 통증 주며 향기 잃게 하는가.
터지는 희열의 고통
의무된 아픔이라 위로 삼으며
고뇌에 낡여 광채나는
짙은 색깔의 붉은 장미야
감싸거라, 초록색 가시철망으로.
불타는 너의 절규 전해주마, 모두에게
환희에 터질 수 있는 한 잎
하나의 잎을 위하여
평화의 안식처를
꺾이지 않는 자유를 원한다고.
무릎 꿇고 모두는 속삭일 꺼다.
붉은 사랑 타오르는 꽃잎에 입 맞추며
사랑한다고.
꺾지 않겠노라고, 그리고
핏빛 물든 짙은 향기 마음깊이 담겠노라고.

(『열대문화』 제10호, 열대문화동인회, 2012)

003 겨울에 가야지 _ 김기철

안데스 기슭
꺼칠한
계금타는 황색 시내

고사된 잡초
땅지기 시들어
주춤 겨울에 살아나는

벌레도
어울려
울어대었을까

선인장
의지 하나로
빨간 꽃잎

(『열대문화』 제3호, 열대문화동인회, 1988)

⁰⁰⁴ **딱새** _ 김기철

병들어 구석진
슬픔
한숨 쉬어 보고

일터 땀 흘리는데
무위
천년스러워

창밖 새소리
벗돼
시름 달래 보네

(『열대문화』 제4호, 열대문화동인회, 1988)

005 낚시터에서 _ 김기철

1. 파도

회의에 찬 이 하루
제풀에 서러운 맘
이방인 것을
철썩이는 파도 소리에
광음(光陰)도 다시 오려나

2. 소생

천애를 날고 싶어
해변에 서서
아침노을 고운 바다
물새 벗하여
하늘 끝 날고 있다.

(『열대문화』 제5호, 열대문화동인회, 1988)

미안하여 그리 하셨는가
어둠처럼 슬며시 내려앉으심은

소식이라도 전하고 오시던가
문이라도 두드리고 오시던가

오시는 이도
맞으시는 이도

서로 알면서도
서로 모르는 양

내 앞에 다가 서신

그래도

찾아주심이 고마워
서글퍼도
반가운 듯 맞으리이다.

(『열대문화』 제10호, 열대문화동인회, 2012)

SKETCH1 _ 김태연

모딜리아니
창백한 여인
너의 이름을 부른다.
아득한
계절의 바람
홀로
구름이고 싶어라
별빛이고 싶어라.

모래성
부서지는 파도
너의 모습을 찾는다.
바하의
평균율
홀로
그림자이고 싶어라
꿈결이고 싶어라.

(『열대문화』 제3호, 열대문화동인회, 1988)

008 봄 비 _도마쓰, 주

비가 내린다.
갈 곳 없는 土曜日 午后를
촉촉이 비가 내린다.
언젠가 꼭 한번 흘려본 눈물만 같은……

비가 내린다.
내겐 雨傘같은 것 필요치 않다.
이대로 비 맞으며 가는 것이 좋다.

나란히
거닐어 줄 戀人이 없어, 나는 이렇게
비가 좋아졌나 보다.

비가 마구 퍼붓는다.
〈아스팔트〉 위를 초라한 〈나〉가 얼룩진다.
천수답 허수아비처럼 온통 일그러져 보인다.
내겐 雨傘같은 것 필요치 않다.
이대로 비 맞으며 가는 것이 좋다.

비가 걷힌다.
갈 곳 없는 土曜日 午后를
비가 걷힌다.
언젠간 꼭 가야할, 어느 산기슭엔 지금쯤
들 菊花가 노오랗게 움돋을 게다.

내겐 雨傘같은 것 필요치 않다.
이대로 비 맞으며 가는 것이 좋다.

(『백조』 창간호, 한국문화협회, 1970)

009 아순숀 근교에서 _목동균

빼곡히 들어간 立方의
반고호의 노란 햇살
손가락 하나 들어갈 틈이 없는
가득한 그들만의 構図.

한 그루 오렌지 나무 아래
粒子로 놓인
몇 개의 오렌지 알들.

노부부는 종소리 따라
장례 미사에 가버리고
哭声없는 장례식
바래어 버린 슬픔
아무 곳에도 없는 悲劇을
異邦人 하나 두리번거리며 찾고 있다.

(『무궁화』 제1호, 브라질한인회, 1985)

-볼쇼이 발레단에게-

맨살의 불
불 붙은 화살 촉에
뚫린 살
혈관 속 깊은 어둠 속에서
일렁이는
뜨거운 바람
살속 깊은 곳에 묻힌
광기(狂氣)
미친 피를 달랠
한 잔의 독주(毒酒)
비틀거리는 중공(中空)에서
쏟아져 내리는 천개(千個)의
독침(毒針)
"아! 나에게 날개를 주세요."

(『열대문화』 창간호, 열대문화동인회, 1986)

011 유월제 _목동균

브라질의 유월은
억새풀을 잠재운다.
유도화 진하게 핀 담장 위로
등불을 단 애드바룬이
가을 하늘의 물살을 헤치며
떠오르고 있다.

무연한 가을 하늘에
병풍처럼 펼쳐진 조개 구름 사이로
육신을 두고 떠나가는
어느 혼령을 본다.

돌연히 나의 육신도
곤충의 마른 껍질이 되어
바람에 날리어
하늘로 날아가고 있다.

* 유월제 : 가톨릭 국가인 브라질은 유월에 많은 축제가 있다. 밤에 모닥불을 피우고 뜨거
운 술을 마시기도 하고, 큰 애드발룬 속에 불을 달아 띄우며 소원을 빌기도 한다.

(『열대문화』 창간호, 열대문화동인회, 1986)

뉴욕에서 _목동균

푸른 물이
출렁이는 허드슨 강에
물오리 몇 마리
무심히 떠 놀고 있다.

성감대처럼 곱게 뻗은
죠지 워싱턴 다리 아래로
내가 던진 종이 오리도
떠다니며 놀고 있다.

낯선 오리들 틈에 섞여
부초(浮草)처럼 방황하면서
나에게 쏘아대는
곤혹한 눈초리.

그러나, 나는 망명객처럼
이미 다리의 절반을 지나가고 있었다.

(『열대문화』 창간호, 열대문화동인회, 1986)

013 이런 이야기 _목동균

빌딩 사이에서 불어오는 찬바람
엠파이어 스테이트 빌딩 보도 위에서
팬티 하나만 걸친 채로 발가락 사이에
화필을 끼고 화폭을 문질러 대는
청년(靑年)이 있었다. 무수한 건물 뒤로 붉은 노을
이 불길(不吉)하게 화폭을 불태우고 있었고,
앞쪽에는 무익조(無翼鳥) 모양의 양팔 없는 몸통만
웅크리고 있는 자화상을 그리고 있었다.
그는 연신 화폭을 노려보고 있었다.
나의 눈에는 보이지 않았으나, 그는 어떤 거대한
괴물(怪物)과 피를 철철 흘리며 싸우고 있었다.

(『열대문화』 창간호, 열대문화동인회, 1986)

소품 _ 목동균

1. 歸鄕

십여 년 만에 밟아 보는 나의 조국
나의 땅 맨발로 눈을 밟으며 걷는다
저 野山에 묻어 두었던 나의 늑골 하나를
끄집어 내어 본다.

따뜻한 체온
오! 너는 아직도 살아 있었구나

2. 첼로

긴 세월 위에 쌓이는 먼지
그대의 등줄기 위로
흐르는 불빛
깊은 늪 속으로 소리 없이 沈潛하는
보이지 않는
가는 빗줄기.

(『열대문화』 제2호, 열대문화동인회, 1987)

씨에스따 _ 목동균

낮 닭이 운다.

풀 더미 위로
한 떼의 구름이 몰려간다.

한 낮의 꿈이
망고나무의 그늘에 묻힌다.

암녹색의 잎새들이
깊은 잠에 빠진다.

간신히
손을 뻗쳐
담배 한 개피를 끌어낸다.

또, 어디선가
낮 닭이 운다.

* 씨에스따 : 파라과이에서는 정오부터 세시까지 낮잠을 잔다.

(『열대문화』 제2호, 열대문화동인회, 1987)

쏘프라노 이규도의 음악을 주제로 _목동균

이른 봄날
봇물에 고이는
물의 풋내음을
아시는지

그 안에서
몸 풀고 있는
물의 부푼 꿈을
물의 기쁨을
아시는지

소리와 소리
그 갈피에서
햇살을 털고
뛰쳐나오는 녹차의
그 색깔을
보셨는지

(『열대문화』 제5호, 열대문화동인회, 1988)

017 동백 2세 _목동균

나의 집 뜰 앞에서 빗물에 젖어 물방울을
떨어뜨리고 있는 한 그루의 冬柏나무
고향을 물어보아도 대답이 없다.
초록빛 바다인 남해일리는 없고 일본 규슈지방의
어느 열도쯤일까. 아니면, 이곳에서 오래 자란
冬柏二世 쯤 되는 걸까. 머리에 잔뜩 이고 있는
꽃 모양을 자세히 보면 오리지날 동백은 아닌 듯 싶다.
하지만, 제 철만 되면 어김없이 미리 준비해
두었던 꽃망울들을 터뜨리고 있다.

나는 흐뭇하기도 하고, 안스럽기도 하여 무언가
도와주고 싶지만 그게 잘 안되는구나.

(『열대문화』 제5호, 열대문화동인회, 1988)

한계령 _목동균

동해안에서
흰 이빨을 드러내고
파도를 물어뜯던
겨울 바람도
이 계곡에 곤히 잠들었다.

흰 눈을 잔뜩 머리에 인
한계령의 산 그림자도
긴 겨울밤 속으로
깊이 가라 앉았다.

캄캄한 밤중에
홀로 눈뜨고
어둠을 몰아내고 있는
백자 항아리
닮은 한계령

(『열대문화』제6호, 열대문화동인회, 1989)

수산리(水山里) _ 목동균

(강원도 인제도 남면 수산리
산삼 썩은 물 마시고 산다는
시인 茶兄처럼 깡마른 최영근을 찾아
발목까지 덮이는 눈길을 가다. 1892년 2월)

바둑돌을 들었다 놓았다 하며
돌들을 데리고 종일 놀다
水山里에 쌓이는
二月의 눈
소나무 가지가 휘도록
쌓이는 눈을 바라보며
끝내기조차 싫어지는
雪日이라……

(『열대문화』 제6호, 열대문화동인회, 1989)

020 살바돌 풍물(風物) _ 목동균

해가 끓는다
모래알들도 끓는다
웃통벗은 흑인의 팔뚝위로
튀어오른 지렁이만한 힘줄도 끓는다
철봉에 매달려 턱걸이를 스무 번하고
물구나무를 서고 땀을 뻘뻘 흘린다
어디서 양파냄새가 난다
머리에 인 흑인 아낙네의 다래끼에서
게 한마리 팔을 내밀고 있다
찝게에 물려 파란 에메랄드가
찡 소리를 내며 깨어진다
대서양 끝에서 파도를 타고

둥 둥 둥 둥……아프리카의 북소리가
해풍에 실려온다
북소리가 끓는다
해가 끓는다

＊살바돌 : 브라질 바이아 주의 주청소재지로 흑인 노예들이 들어왔던 항구 도시이다.

(『열대문화』 제6호, 열대문화동인회, 1989)

021 쥬네브에서 _ 목동균

레만胡의 물
물의 눈망울들이
반짝 반짝 빛나고 있어요.
쥬네브 유월의
푸른 잎들이
물속에 잠겨
숲을 이루고 있어요.
古城에 핀
줄장미들도
물속에 잠겨
떨기 떨기 피어 있어요.
유월의 햇빛과
물의 비늘이 어울려
은빛 가루를 뿌리며
뛰어오르고 있어요.

(『열대문화』 제7호, 열대문화동인회, 1990)

런던 피카딜리 써커스
뒷 골목
지독한 어둠이
칙칙하게 감겨드는구나.
어둠 속에서
손을 내밀어
골목길을 더듬어 갈 때
굳게 닫힌
런던 대사원의
마지막 종소리가 들려오는구나.
그래!
숨 끊어진 종소리 뒤에
가녀린 풀벌레의
울음소리 같은
PUB에서……

(『열대문화』 제7호, 열대문화동인회, 1990)

엽신 Ⅱ : 한송운 화백에게 _목동균

리옹에서 파리행 고속전철 T.G.V.를 탔소. 토요일 오후, 인적이 끊긴 들판
은 달나라처럼 비어 있었고, 창밖으로는 반 고흐가 임종직전에 그렸다는
'까마귀가 나는 보리밭'이 펼쳐져 있소. 그때처럼 일렁이는 보리밭에서 외
길, 하늘 선회하는 까마귀떼들이며……

그림을 잘 모르는 나에겐 일렁거리는 것이 물이라는 것도 더욱 난해할 뿐
이오. 이승의 풍경같지 않은 이 그림을 엽서에 담아 보내오.

(『열대문화』 제7호, 열대문화동인회, 1990)

이뻬꽃 _목동균

언 강에 금이 가고
금이 풀리고
얼음이 풀린
무春의 강물 빛의
하늘, 아래
이뻬꽃 피다.

그늘 한 점 없이
順黄의
꽃 이파리가
一瞬의 정점에서
떨고 있음.

五官이
숨 죽이며
긴장하고
美學이
절망하고 있음.
(『열대문화』 제8호, 열대문화동인회, 1992)

025 백구촌-부에노스 아이레스 _목동균

바다가 보이지 않는 마을, 갈매기 한 마리 날지 않는 마을. 김, 미역, 오징어, 김치 파는 백구촌. 아하! 109번 버스 종점이었다고 백구촌이라고…….
남극에서 실려온 한 떼의 짙은 안개가 사람과 사람 사이를 가르며 차가움이 살 속 깊이 박히는구나. 깊은 어둠의 숲 속. 갈매기 한 마리 날지 않는 백구촌에서…….

(『열대문화』 제8호, 열대문화동인회, 1992)

폭설에 잠든 시라큐스 _목동균

1990년 겨울, 뉴욕에서 버팔로로 차를 몰고 가는 길에 저녁부터 눈이 내리기 시작하더니 폭설로 변하여 '시라큐스'라는 낯선 도시에서 일박하게 되었다. 이 작은 마을은 눈을 뒤집어 쓴 채로 정적에 묻혀 있었다. 이따금 전나무가 팔을 들어 무거운 눈을 털어내리는 소리 이외에는……

사람들은 이 밤에 모두 죽어있고

계시록의 말씀처럼 죽어서 삶을 기약하고

'Oh when the saints go marching in'

흑인 영가 '성자의 행진'이

루이 암스트롱의 걸쭉한 목소리에 실려 나온다.

'성자들이 행진할 때에 나도 함께 그곳에 있게 하여 주오'

죽은 자는 죽은 대로 땅에 묻어주고

살아있음에 기쁨의 눈물을 흘리며

버본으로 몸을 뎁히며 부르는 노래.

'시련 많은 이 세상이 우리의 전부라고 하지만

나는 기다려요, 아침을

새 세상이 펼쳐질 그 때를'

(『열대문화』 제10호, 열대문화동인회, 2012)

꽃 그리스도의 눈물 _목동균

브라질에는 그리스도의 눈물(Flor de Lágrima de Cristo)이라는 '오라토리
오'에나 나올만한 이름의 꽃이 있다.
벽이나 기둥에 기대며 자라는 넝쿨식물로 흰 색의 꽈리 모양의 꽃이 주렁
주렁 달리고 그 화판이 열리면서 그 속에 있던 앙증맞은 빨간 얼굴이 고개
를 내민다. 흰 눈물에 선홍색 피눈물의 선명한 대비를 보노라면 누가 이런
이름을 지어 불러 주었는지?
브라질의 초여름, 하늘엔 구름 몇 점 떠 있고
폴투갈 양식 고가의 벽에 몸을 기대고
꽃을 피워내고 있는 Lágrima de Cristo
인간의 눈물보다 짜다.
인간의 눈물보다 아름답다.
눈물방울 속에 샛빨간 피를 흘리는 꽃
'나를 위하여 울지 말라.'
절명의 벼랑에서 들려오는 그의 육성
인간의 눈물보다 고결하다.
인간의 눈물보다 거룩하다.
눈물을 흘리지 않으며 보는 비극
눈물을 흘리지 않으며 듣는 비가
오, 그리워지는 영롱한 눈물이여.

(『열대문화』 제10호, 열대문화동인회, 2012)

흑백사진 앞에서 _목동균

나는 1930년의 브라질 상파울로 시내를 담은 흑백사진 액자 앞에 서 있습니다. Viaduto de Chá(茶의 다리)라고 하는 육교 양쪽으로 고풍스러운 건물들이 뛰엄뛰엄 여유와 멋을 부리며 서 있습니다. 그 시절 부유의 상징이었던 '다꾸시' 십여 대가 거리를 누비며 다니고, 보도에는 파나마 모자를 쓴 마론 브란도처럼 생긴 남자와 정장 차림의 숙녀가 걸어가고 있습니다. 영 늙을 것 같지 않은 화사한 웃음이 장미꽃처럼 피어 있고, 증발될 것 같지 않은 한낮의 행복이 아지랑이처럼 피어오르고 있군요. 그 웃음소리와 행복이 타임캡슐 속에서 부화하고 있군요.

꽃 숲 속에서 액을 빼어 날아가는 벌처럼 그 곁을 떠날 때 한 세기를 아무렇지도 않게 뛰어넘은 사진 속의 풍경들이 다시 액자 속으로 들어가 버리는군요.

* 다꾸시 : 한국에서는 그 시절 고간대작들만 탔었던 유선형 포드 승용차 택시.

(『열대문화』 제10호, 열대문화동인회, 2012)

네덜란드에서 브라질로 _박상식

오늘(94년 2월 21일) 화란 3년 생활 마치고 상파울루 총영사관 가는 길에
잠깐 들릴 고국
서울행 비행기에 앉아 있습니다.
그간 부족했던 나를 이해와 격려로 이끌어준 ○○○대사, 이○○ 참사관,
한○○ 서기관, 김○○ 외신관에게 감사의 말을 전합니다.

외교의 일선에서 나름대로
국가 이익을 위해
일의 대소, 중요성 차이를 떠나 살아왔던 3년간의 네덜란드
생활이었습니다.
우물 안에 갇혀 있던 한 인간이
넓은 세상 구경하고
드넓은 큐켄호프 꽃밭도 구경하고
문화의 차이도 느낄 수 있었던 좋은 시절이었습니다.
골프의 매력에 심취되어 버린 점도
잊을 수가 없군요.

그러나 어머니
제가 서울에 잠시 들르는 동안
고추와 달래 냉이에 된장을 팔팔 끓인
된장찌개 좀 꼭 끓여 주세요.
아직 젊으시잖아요.
내 나이 36, 더하기 20= 56세
엄니와 난 스무 살 차이
열아홉에 스무 살 총각에게 시집와 이듬해 날 낳으셨군요.
아직 젊으시잖아요.

제희

너는 박씨 가문에 태어난 사람이다.
네 나이 이제 만 7세
아직은 어리광을 부려야 할 나이구나.
그래도 말해주고 싶다.
한국 사람은 자기의 뿌리를 소중히
생각하는 민족이라고,
네가 네덜란드 소재 영국학교에 다닐 때 나는 기억하고 있다.
태극기를 네 손으로 직접 그려
자랑스럽게 휘젓고 다니던 크리스마스 파티를

제희

너의 끊임없는 발전을 기원한다.
영국학교 갈 때는 영어 발음이
한글학교 갈 때는 한글 발음이 정확치 못해서
너를 답답하게 해서 울어버린 날들도 많았지.
네가 겪은 맘고생을……
곧 닥치게 될 국제화 시대의 초석으로
튼튼히 튼튼히.

눈 덮인 러시아의 광활함을 바라보며
어거지로 잠을 청해 보지만
화란은 지금 밤 아홉 시
좀처럼 눈이 감겨지질 않는다.
서울은 지금 새벽 다섯 시인데

짧은 기간이지만 화요일부터 토요일까지
외조모 산소도 가고 오랜만에 보는 친지들과 밥도 한 번씩 꼭 먹어야지
상파울루 가는 길은 너무도 멀 것이다.
가기 전에 책을 몇 권 사서 읽으면서 가야지.
태평양 건너 따뜻함이 넘칠 것 같은 곳

총영사관 식구들이 모두 좋은 사람들이었으면…….

상파울루 거리에 비가 내린다.
지난밤 비행기 속에서 들었던 우레 섞인 비가 아니다.
소리 없이 많은 가슴을 어루만져 주는
따뜻한 비가 내린다.
다양한 피가 섞인 지구촌
한데 어울려 살아가는 모습이 다정해 보인다.
여기인들 삶의 고달픔과 달콤함이 없겠냐마는
왠지
내 마음속에 꼭 들어맞는 도시
상파울루여,
3년간 나를 지켜다오.

(『열대문화』 제11호, 열대문화동인회, 2013)

에움길 _ 설나라(본명 설경자)

메아리 기억하며
흙길을 간다.

숨죽는 날빛따라
오고 있는 저녁

목화송이 구름은
산머리에 눕는다.

달무늬 흘리며
홀로타는 들불도

호박개 다릿짓에
설레는 마음

해넘이 노른 빛은
저녁노을 고운님

둘이 안겨 마주보며
돌아보는 에움길

* 에움길 : 에워서 돌아가는 길, 굽은 길

(『열대문화』 제9호, 열대문화동인회, 1995)

031 **여등** _ 설나라

날줄과 씨줄
지구촌은 비에 젖고
예측할 수 없는 내일 붙잡고
날밤 새우다

열대 하늘 끝
하루거리 젊음은
새김질로 번져오는 아버지 술 내음
가슴 벽에 떠도는
흔들림 본다

오후를 쓸어
알몸으로 살아 오른
만삭 계절
한잔 술 보듬으며 사랑은 영글어도
그네 가슴 포개 얹고
실컷
울어 새워도 좋으리

(『열대문화』 제9호, 열대문화동인회, 1995)

사탕수수 밭으로 _ 안경자

사탕 수수밭 위로 바람이 분다.
푸른 물결이다.
지평선도 푸른 색, 하늘도 푸른 색,
그 사이를 헤치며 나가는 차도 나도 그만
푸른 색깔이 된다.
세상은 하나, 푸른 하나다.
사탕 수수밭 위로 지나오는 푸른 바람
욕심스레 나는 혼자 마신다.
친구여, 상상할 수 있겠는가.
사탕수수 바람이 입속에 남겨준 푸르른 맛을.
하늘을 향해 꾸불꾸불, 자꾸 하늘만 향해 올라오더니,
집들도 내려가고, 밭들도 내려가고,
다시 계곡이 내려가고, 젖소들이 내려가고,
내려가서는 낯익은 풍경화가 되더니,
그것마저 사라져 버리는가 하더니,
이렇게 경이에 찬
신세계를 안겨줄 줄이야.
일찍이 만난 적이 없는 녹색의 지평선은
저 아래 두고 온 세상을 순간으로 잊게 해준다.
씻은 듯 잊게 해준다.

장휘르를 아는가 친구여,
그가 만들어 낸 팬파이프의 소리를 알고 있는가.
모두들 잠든 밤에 들어야 한다.
그 천상의 악기가 바람을 더불고 와
몸과 마음을 벌판으로 몰고 가는 것을.
벌판으로 벌판으로.
벌판 한 가운데는 소리와 나만이 있다.

―신이 만들어준 최초의 악기, 갈대 피리. 라고 그는 말했었다.
―최초의 연주자는 바람이요, 태양. 이라고 그는 말했었다.
다뉴브강가 갈대의 숲속에서
그는 하늘을 타고 바람을 타고 남으로 남으로
루마니안 랍소디를 내게 보내 주었으니,
우주의 메아리.
인연이여.
사탕수수 바람을 가르고 이제 나는
그를 이 사탕수수밭으로 초대하련다.
루마니아의 음울한 천재는 이 사탕수수밭을 보는 찰나,
안고 온 목관 악기를 조심스레 조심스레 입술로 가져갈 것이다.
그리고 떨리는 가슴으로……
……
나는 듣고 싶다.
친구여, 우리 함께 꿈꾸어 보자.
사탕수수, 그 가는 끝에 와 닿을 신의 입술,
그 입술에서 흘러나올 원시의 노래를.

차를 세우고, 밭으로 들어간다.
이랑도 두렁도 없이 키를 넘는 사탕수수들.
한 발만 들여 밀면 나는 스러지고
가늘디 가는 사탕수수 한 줄기가 거기 서게 될 것이다.

넌출넌출 춤추는 사탕수수는 브라질이다.
풍요란 나의 어휘가 가난해지는 이 푸른 시야, 브라질이 숨 쉬고 있다.
푸른 숨을 푸릇푸릇 숨 쉬고 있다.
대서양도 내게 주지 못했던 놀라운 노래는
여기 이 들판에서 태고의 음질로 퍼져가고 있다.
친구여 듣겠는가.
신의 음악, 바람이 연주하는 신의 교향시를,
그리고, 생각해 보라, 멀리 있는 나를 위해

브라질이 내일을 이렇게 노래하고 있음을.

사탕수수밭 위로 바람이 분다.
이 거대한 아름다움
이 단순한 아름다움.
아이들은 차창 밖을 모른다.
그저 뭐라고들 재깔재깔.
이야기 나눌 사람 없이 혼자인 푸른 고원 지대.
부드러운 사탕수수밭 위로 내가 날아
날아 날아, 바람에 섞여 날아가노라면
나는 사탕 입자보다 더 작은 포자가 되리.
달린다. 바람처럼 달린다.
사탕수수 사이로, 위로, 더 위로 달린다.
마침내 하늘도 없고
지평선도 없고
푸르름도 없고
노래도 없고
생활도 없고
번뇌도 없고
아무 것도 없다.
아무 것도 없다.

(『열대문화』 제2호, 열대문화동인회, 1987)

033 날 궂이 _양정석

온 종일 궂은 비 창문 두드리면
말없이 흐르는 시간이 어색해
그대와 나 잔 마주 하고 날 궂이 하네.

동을 물어 보면 서를 답하고
손에 쥐어주면 다시 펴 들여다보고
수많은 날 우린 얼마나 힘겨웠던가

가끔은 술이라는 윤활유가 있어
덜거덕 삐거덕 어긋나는 톱니 맞추려
어설픈 몸짓 하지만

그대 무성한 백발은
내 가슴에 한 만큼이나 쌓여 있구려

착한 당신, 네모의 나
어쩜 우린 천생연분 일지도 몰라.

나를 다독이며 달래 온 세월을 돌아보니
어느새 해묵은 골동품이 되어 가는
당신, 그리고 나

혹여 후생이 있어 어떤 연으로 재회한다면
나는 당신이 되고
당신은 내가 되어

서로에게 상처 주었던 날들을 기억하며
당신과 나 모르는 척 지나 칩시다.

(『열대문화』 제11호, 열대문화동인회, 2013)

어떤 걸인 _양정석

뻥가 한 잔에 육신 절이고
도로블록 베개 삼아 곤 잠든 사람아

이 세상 들어올 적에 두 주먹 불끈 쥐고
한 가닥 해 보겠다고 악악대더니

아귀다툼에 지쳤는가
도덕의 테두리가 싫었던가
이미 놔 버린 삶의 찌꺼기가 그대 몰골 덮었구려

내일은 까샤사에 젖고
스치는 바람에 눈물 마른지 기억 없네

가자가자 세월아 어여 가자 세월아
병든 삭신 편히 눕게 어여 가자 세월아

가자가자 세월아 어여 가자 세월아
슬픈 영혼 달래주게 어여 가자 세월아.

(『열대문화』 제11호, 열대문화동인회, 2013)

나의 기도 _조건형

주님
아픕니다
가슴이
지금
부르심을 받는다면
주님의 손을
잡을 수 없는 죄인이기에
가슴이 아픕니다.
지금
내 삶이
주님의 말씀에
합당치
못함을 알기에
가슴이 아픕니다.
지금
기도로 아뢰는
말씀과 내 삶이
하나되지 않음을
알기에
가슴이 아픕니다.
지금
이대로라면
주님 곁에
갈 수
없을 것 같아
가슴이 아픕니다.
주님
말씀대로 사는 삶을

살게 하시옵소서.
기도로 아뢰는 대로
따뜻한 가슴을
갖게 하시옵소서.
주님 오실 때
하얀 마음으로
영접하게 하시옵소서.
아멘.

(『열대문화』 제10호, 열대문화동인회, 2012)

그리움 _ W 生

언제부터인가
無意識의 雜草들이
茂盛한 그 十字路 가운데

도사린 그리움이
서글피 가슴을 파고들면
그래도 흘러가 버린 移民史의
그 무딘 감각 속에서
되살아오는 그 그리움

보슬비 뿌리며 땅거미 내리는
무교동 뒷골목 선술집의
길다른 그 木의자에서
쭈-욱 한입에 들이키는 텁텁한 그 맛

청계천 복개도로변에
겨울이면 후조처럼 찾아드는
서서 한잔의 "참새구이" 리어카

눈 날리정 그날 밤
남산 길 오르며 따스한 밤톨을
한 알 한 알- 오바 포켓에서
꺼내 씹던 그 구수한 군밤

사, 오월 大學病院 뒷담을 낀
창경원 앞길이 취하도록 풍기던
그 향긋한 벚꽃 냄새

어느 날 시골여행 시외버스에서
옆자리 시골 새색시의

가지런히 빗어 넘긴 쪽진 그 머리에서
풍기던 동백기름 그 냄새

산간 암자에서
소름끼치게 피나도록 구슬피 울던
두견의 울음소리

아! 지금도 내 고향 한반도엔
높은 하늘 푸르르고
철쭉은 말없이
피었다 지겠지.

(『백조』 창간호, 한국문화협회, 1970)

037 살아가며 _ 줄리아나 장

슬픔은 있는
그대로
가슴 언저리에 묻자

버리고 싶은
상처라도
아끼고 싶다.

꿈꾸듯 살아왔습니다.
벽처럼
대답없는 구원

어둠을 밀어내고
회생하는
은빛의 의식

(『열대문화』 제9호, 열대문화동인회, 1995)

날개를 만들며 _ 전지숙

나는
날개를 만든다.

오늘도
이런 저런 모양의
날개들을 만들어 본다.

소매 둘
뒷판 하나
앞판 둘
단추 다섯

허영의 불씨가 던져준
유행이란 불새를 안고
버얼겋게 지져진
열탕된 가슴

가을의 시린 밤들을
가윗밥 속에 잠재우며
강산을 한바퀴 반이나
돌았다.

한 올 한 올 엉켜있는
눈송이 같은 하얀 조각들

구부렁 구부렁
시골길이 펼쳐진
검정 바탕의 연두색

무늬

헌향하는 여인처럼
마음의 바람을 손끝에 모으며
한 켜 한 켜 쌓여진

나의 하루가
날개되어 훨훨
날아다닌다.

(『열대문화』 제9호, 열대문화동인회, 1995)

南國의 꿈 _ 주성근(주오리)

뺨이 저리도록 몰아치는
눈보라가,
미루나무 가지에 걸려 울고 있었다.

봄은 상기 먼데.

까치는 싸락눈만 쪼아 먹고
바람이 불면 숫제 빗날곤 했다.

나무 끝엔 지다 못진
누렁 잎이 하나
불안에 떨고

양지쪽

소복이 눈이 쌓인 싸리나무 숲을
산새가 졸고 있었다.

메마른 부리를 죽지에 틀어박고
산새는 꿈을 꾸었다.

오곡이 무르익어 넘실거리는 황금색 들판을
앵무새가 짝지어 날아다니는……

파아란 남국의 하늘은
봄은 상기 먼데.

* 주성근의 호는 주오리이다.

(『무궁화』 제1호, 브라질한인회, 1985)

호박꽃 _주성근

내 집 앞

좁은 골목 한 모퉁이엔
화단이 있다.
화단이라고 부르기엔 좀 어설픈 그런
일그러진 공간이 있다.
그래도 그런대로 그 공간은, 주인없는 그 공간은
꽃을 피워 주었고 누군가가 와서 잡초를 뽑아 주고 말끔히
담배꽁초와 종이조각을 치워주는 이도 있어 창 너머로
나비의 춤을 즐길 수가 있었다.

해 질 무렵이 되면 으레 나는 그 화단엘
다녀왔다.
하루도 거르지 않고 꼭 다녀왔다.
다리운동을 위해서 이기도 했지만 그 보다도 어느 날 나는
그 화단에서 고향을 발견했기 때문이다.
그곳에서 나는
호박꽃이 피어 있는 것을 보았기 때문이다.

호박꽃이래야 그것은 오종종한 양 호박꽃이었으나 그래도 20년 만에 보는
그 호박꽃은 내게
고향에 두고 온 산천을, 들을, 오솔길을, 푸른 하늘과 그 속에 둥실 떠 있
는 흰 구름을 그리고 호박꽃 피는 두메마을 내 고향을 되돌려 주기엔 나무
랄데 없는 사랑스런 꽃이었다.

이른 봄 한때를 나는 신경통으로
누워 있었다.
호박꽃을 생각하며 누어 있었다.
고향을 그리며 누어 있었다.

병이 낫자 곧바로 나는 화단으로 갔다.
고향을 보러 화단으로 갔다.
호박꽃을 보러 화단으로 갔다.

한데
화단은, 호박꽃이 피어 있어야 했던 그 화단은
간곳이 없고 호박꽃은 찾을 길이 없었다.

호박꽃이 피어 있었던 자리엔 쓰레기가 그득 쌓여 있었고,
바퀴가 기어 다니고 쉬 파리가 잉잉잉잉! 그 화단은 어느새
쓰레기장이 되어 있었다.

해가 지면 어둠을 타서 살면서
아낙네들이 버리고 간 쓰레기 보따리가 뫼가 된 것이다.

이웃집 땅딸보 할멈은 때가 되면
자기 벌렁코를 닮은 발발이를 데리고 와선 그곳에서
뒤를 뵈고 갔다.

어떤 때는 죽은 쥐가 버려져 있었고, 썩은 나란자가 포대 채 흩어져 있어,
코를 잡고 달아나는 사람도 있었다.

게다가, 점심 때가 되면 거지들이 몰려와서 쓰레기를 뒤적거렸으며, 얻어
온 잔반을 펼쳐놓고 한바탕 잔치를 벌리곤 벼룩 사냥이 끝나면 배를 하늘
에 내보이며 낮잠을 자고.

봄이 가고 여름이 왔다.
어느 날 아침 나는
오랜만에 쓰레기장 앞을 지나게 되었다.
쉬파리가 잉잉대는 쓰레기장 앞을 지나게 되었다.
뜻밖에 나는 그때
새로운 놀라움과 마주치게 되었으니
낡은 인형과 헌 신발이 버려져 있는 그 쓰레기장에

한 송이 호박꽃이 피어 있었기 때문이다.
활짝 피기 전의 그것은 안타까운 애송이 호박꽃이었다,
그리운 이를 만난 듯이 나는 그 자리에서 발이 떨어지지
않았다.

호박꽃은 나를 고향으로 데리고 갔다.
언덕 아래 외딴 초가삼간 나의 옛집으로 데리고 갔다.
―장독대에선 한창 햇고추장이 익어가고 있었다.
뜰안을 감도는 쌉쌀한 향기……
싸리울엔 소담하게 호박꽃이 피었는데 꽃 속에 왕벌이 들었다.
좋아라, 나는 꽃채 따서 귀에대고 잉잉잉… 잉잉잉…
벌 우는 소리를 듣는다. ―
꿈 속에서처럼 나는 그 옛날 개구쟁이 시절을 헤매고 있었다.
"영감, 무엇을 떨어뜨렸오?"
등 뒤에서 암팡진 여인의 목소리가 들린다.
"아니요…… 공연히 반가워서 그렇지요…… 참 오랜만이거든요.
보십시오, 얼마나 사랑스럽고 귀엽습니까!
저기 저 호박꽃이 말입니다. 저 애송이 호박꽃이 말입니다……"
손가락으로 나는 담장에 핀 호박꽃을 가리키며 한숨지었다. 그리고 여인
의 아름다운 대답을 기다리고 있었다.
"……"
대답이 없다.
뒤돌아 보았다.
뒤가 급해 깡깡거리는 발발이를 강제로 끌며, 연신 뒤를 돌아보며 땅딸보
할멈이 도망가듯 달아나고 있었다.

오후에 강한 태양 광선을 받고 쓰레기가 발효하기 시작했다.
역한 냄새 때문에 눈이 시어 올랐다.
―옥이네집 울타리에도 호박꽃이 피어 있었지……
어쩌면 호박꽃을 닮은 옥이의 얼굴……, 그래도
마음만은 바람에 설래는 코스모스같이 고왔지……

사랑한다고 끝내 한마디 못해본 나의 수줍기만 했던 그 시절……

옥이는 지금 어디서 무엇을 하고 있을까. 나를 생각하고 있을까……

홀린 사람처럼 나는 여전히 옛마을을 배회하고 있었다.

"쓰레기 속에 무엇이 있습니까? 영감님……"

흰 까운을 걸친 의사차림의 젊은이가 다가와 물었다.

쓰레기 냄새가 역겨워 그는 연신 미간을 찌푸리고 있었다.

나는 턱으로 담장에 핀 꽃을 가리키며

"얼마나 사랑스럽고 정답습니까. 정말 보고 싶었답니다……

내 고향에도 담장에 호박꽃이 피어 있었지요……"

젊은이는

어떨떨한 눈초리로 잠시 날 아래위로 흩어 보더니

"아! 참, 그럼요. 사랑스럽고말고요. 여부가 있나요…… 무척 정답네요……."

하곤 미소를 지어보이며 슬금슬금 뒷걸음으로 물러가 버렸다.

"아저씨, 무얼 찾고 있지? 내가 찾아 줄까?"

이번엔 열 둬살쯤 되어 보이는 노랑머리 계집 아이.

그녀는 플라스틱 공을 하늘로 던지면서 다가왔다. 그리곤

열심히 내 시선이 집중된 담장을 두리번거렸다.

"아니야, 꽃을 보고 있어……저기 담장에 핀 저 노란 꽃을 보고 있어……너
는 저 꽃이 예쁘다고 생각하지 않니?"

나는 불안한 마음으로 소녀의 대답을 기다리고 있었다.

"아, 저 호박꽃 말이지, 나 참 좋아해……

벌들이 마구 꽃 속으로 들어가서 발에 노란 꿀 칠을 하고 나와선 도망치거
든……호박꽃은 도둑을 맞고도 가만있어……호박꽃은 참 마음이 좋아, 하하
하……"

소녀는 한참동안 웃음꽃을 피웠다. 그리곤 느닷없이

"왜들 여기다가 쓰레기를 버리는지 몰라, 예전엔 호박꽃 말고도 수박꽃,
참외꽃, 오이꽃, 그리고 강낭콩꽃까지 피어서 참 좋았는데……"한다.

소녀는 올 때처럼

플라스틱 공을 공중으로 던지면서 멀어져 갔다.

다음날 아침 일찍 일어나 나는 쓰레기장으로 갔다.
고향을 보러 쓰레기장으로 갔다.
호박꽃을 찾아 쓰레기장으로 갔다.
그러나
호박꽃은, 그 사랑스런 호박꽃은 그곳에 없었다.
아무리 찾아보아도 호박꽃은 눈에 띄지 않았다.
쓰레기장엔 낡은 가구가 높이 쌓여 있었고,
덩굴이 끊기운 호박꽃은 시들어 자취도 없었다.
나는 또다시 외로운 실향민이 되고 말았다.

오늘 아침 나는
슬픈 소식을 들었다.
이웃 양로원에 사는 "한쓰" 노인이 임종했다는
부음이었다.
칠순이 넘은 그 노인이
그 협심증으로 눕게 됐다는 소문은 들은 지도 벌써
이른 봄이었는가 싶다.
내가 "한쓰" 노인을 알게 된 것은 이곳으로 이사 오던 날 그에게 이삿짐을
보아 달라고 부탁했을 때부터이다.

그는
아는 사람이건 모르는 사람이건 사람을 보면 으레 먼저
미소를 짓고 인사를 했다. 그렇듯 그는 조용하고 어진 노인이었다.
양로원에는 그를 찾아온 사람은 없었고,
그가 독일 이민의 후예이며 한 때 빠라나주 어디선가에서
목장주였었다는 소문이 있을 뿐 아무도 그의 과거를
아는 이가 없었다.

그는 꽃과 식물을 남달리 사랑했으며
이른 새벽, 동료들이 아직 잠자고 있을 때 일어나 손 삽을 들고
밖으로 나가곤 했으며, 돈이 있을 리 없는 그는

이웃집 정원에 심은 화초의 씨앗을 얻기도 하고 양로원 취사장에서
버리는 채과의 씨를 주어모아 말리기도 했으며, 두루 동네를 돌아다니며
빈터를 보면 어디이건 씨앗을 심고 물을 주고
김을 매주곤 했다는 것이다.
병상에 눕게 된 후에도 그는 어쩌다
병세가 잠잠해질 양이면 말리려는 동료들의 눈을 피해
밖으로 나가곤 했으며, 어느 날 그가 가사 상태로 쓰레기장 앞에
쓰러져 있는 것을 사람들이 발견했을 때도 그의 손은
손삽과 씨앗 주머니를 놓지 않고 꼭 쥐고 있었다는
이야기였다.
그는 마지막 숨을 거두는 순간까지도 입버릇처럼
"글쎄 비가 안와서……, 씨앗이 싹을 티우려는지……"하며
동료들에게 걱정을 하더라는 것이었다.

나는
창을 열었다.
활짝 열어 제쳤다.
실로 반 년 만에 여는 창문이었다.
기다렸다는 듯이
역한 쓰레기 냄새가 독가스처럼 흘러 들어왔다.

영구차 뒤를 노인들이 따랐다.
어떤 노인은 간호원의 부축을 받고 걸었고 어떤 노인은
잠옷 바람으로 따라 나섰다.
그들은 모두가 하나같이 표정이 없는 얼굴들이다.
쓰레기장 앞을 지나 아스팔트에 이르자, 영구차는 미끄러지듯
조용히 멀어져 갔다.

초점 잃은 나의 눈은 멀어져 가는 영구차의 뒤를 따르고 있었다.
(『열대문화』 창간호, 열대문화동인회, 1986)

멍석 딸기 _ 주성근

鄕里
바라보이는

鳳山
모롱이

수숫대 하늑이는 언덕에
해 떨어 졌다.

샘

가

물 걷는 가시내
설은데

땅거미 스미는 뫼
기슭에

빨간

멍석딸기

戀戀히
꿈이 서리네.

(『열대문화』 제2호, 열대문화동인회, 1987)

들국 _주성근

그
옛날.

그와
만났던

관악산

호젓한

골짜기.

철조망 녹쓸어
여울지고

들菊
살래, 살래……

가을만 깊었네.

(『열대문화』 제2호, 열대문화동인회, 1987)

고향 _ 주성근

내 故鄕은

두뫼
산골

山이 하늘에 닿았고.

보리밭
허수아비를
산새가 집을 짓고.

서낭당 古木 남권
빨간 헝겊, 파란 헝겊……

칠칠히
전설이 얽히고.

김매는 아낙네들

보리밥 물에 꺼서
열무김치 놓아먹고

황소처럼 일을 하고.

어느 핸가, 동지 날에

기 쓰고
소금 찾던
뽕나무 집 간난이가

솔개골 갯마을로
시집을 간다더니……

내 고향은

두뫼
산골.

산이 하늘에 닿았고.

고사리, 머루, 다래
두릅, 더덕, 도라지

나는야 좋아.

(『열대문화』 제2호, 열대문화동인회, 1987)

샘 _ 주성근

모래알처럼
숱한
인간을 두고
사람이 그리웠네.

열려진
가없는 시공인데
영근 낟알 한 톨을
거두지 못했네.

마비된 무릎
무희는 울고
세상은 웃는구나.

군살박힌 환장이의 손가락에 경련이 일고
잠꼬대 소리, 굿소리, 벙어리 가슴앓이.

사뭇
가락은 사위러져 가는가.

눈 감으면
무덤 속, 절절한
청자의 신음.

귀 막으면, 그것은
암을 추기는 진주조개의
무죽은 맥박인데
구름아, 듣는가

얼음장 속을 솟구치는
샘의 흐느낌을……

(『열대문화』 제3호, 열대문화동인회, 1988)

노을 비낀 하늘 아래 _주성근

노을 비낀 하늘 아래
江을 건너는
冠毛이어라.

아스팔트 위를
나귀의 낡은 망태가 흘리고 간
강냉이자루이어라.

엉겅퀴에 가리워
설 익어버린
개똥참외이어라.

달 없는 밤
훌쩍 되돌아와 번득이는
개똥벌레이어라.

늦은 봄
종달새가 둥지에 버리고 간
무정란이어라.

그것은
그것의 전부이어라.
아니어라.

(『열대문화』 제3호, 열대문화동인회, 1988)

찾아올 사람 없는데
해 다 지도록 기다리던 언덕

하아얀 아까시아 꽃술이 입술에 닿았고
친구들을 피해 곧잘 혼자 찾아오곤 했던 곳,

들려온다.

누가 날
부르는 소리

언덕 아래 외딴 초가집
사랑스런 포도지기의 딸이 살던 집

뜨락엔 온통 살구꽃이 피었는데

댕기 긴 소녀는 정말 수줍고 곱기만 해
날 보면 어느새 부엌으로 숨곤 했지

들려온다

누가 날
부르는 소리

향나무 숲 깊숙이 안개에 싸인
붉은 벽돌집
서양 전도부인이 살던 집

검푸른 벽돌담을 담쟁이가 기고

봄이면

매애애, 매애애, 매애
염소들이 풀을 뜯고 있었는데

보석 같은 파란 눈에 버선코를 한 그 할머니는
마음이 좋아

아- 취형 들창에 오렌지 빛 등불이 은연한
크리스마스 밤이면

고요한밤…… 거룩한 밤…….
함께 밤 새워 부르곤 했지……

들려온다

누가 날
부르는

크로바 꽃이 피었던 그 언덕엔 지금
마구 철조망이 엉켜있고

담쟁이 기던 벽돌집은 포화에 무너져 황량하고
포도지기의 딸은 피난길에 소식이 없다는데……

들려온다

저
그리운 목소리들!

누가 날
부르는 소리.

(『열대문화』 제5호, 열대문화동인회, 1988)

三伏 _주성근

三伏
한나절인데

洞口앞 古木나무에 앉아 악을 쓰는
쓰르라미 소리.

개여울
종알거리는 소리.

사시나무 그늘에 낮잠든 농부의
코고는 소리.

물방아
빗도는 소리.

河童이 부는
풀피리 소리.

외딴집
개짖는 소리.

천수답
새쫓는 소리.

들에서 우는
풀벌레 소리, 귀뚜라미 소리. 소리, 소리 그리고
소리……

한데

천하는
고요하기만 하다.

(『열대문화』 제7호, 열대문화동인회, 1990)

048 청포도 이야기 _주성근

청포도가 가지마다 푸릇푸릇 움 돋을 무렵
봄이 내 안에서 철 늦게 눈을 떴지요.

청포도가 그늘 밑에서 토실토실 살 오를 무렵
그리움이 내 안에서 남몰래 영글었지요.

청포도가 설익어 떫기 시작할 무렵
그리움은 시름없이 병들기 시작했지요.

청포도가 무르익어 만삭이 되었을 무렵
미어질 것만 같은 가슴을 님에게 고백했지요.

옥빛 청포도 때도 고아라!

아가씨들 치마폭이 시새워 담아가는 그것은
아름다운 팔월이었나 봐요.

내가 바친 실과들을 님은 마다했지요.
빛이 푸르무레 하다고요.

(『열대문화』 제7호, 열대문화동인회, 1990)

경칩 _주성근

벌을 건너온
하늬바람에
흙내가 묻었더라.

나무꾼의 발이
이르지 못하는 雪崖인데
華奢한 저 진달래를 보아라.

昭陽江
어름장 녹는 소리
메아리치는구나.

河童이 부는
호드기 소리
마음 촉촉 축이는구나.

보라!
동녘하늘을

丘陵을 밀치고 몰아오는 저 비구름을 보아라!
번개 휘두르며, 으름장치며……
大軍인양 凜凜히 다가오는 저 검은 구름장을 보아라!

영혼아
어찌 그리 기지개만 펴느냐
어찌 그리 주뼛거리기만 하느냐

미련일랑 톡톡 털어 회오리바람에 실려 보내라
이름일랑 쪽쪽 찢어 모닥불에 던져 버려라
거추장스런 누더길랑 몽땅 벗어 욜당강에 띄어 보내라.

그리고 碧空을 향해, 시붓이
알몸을 던져 보아라.

휘우뚱 가슴을 펼치고
고래 고래 소리쳐 보아라.

구름을 뚫고 솟구치며
설성한 듯 한사코 지저귀는
저 종다리를 보아라.
(『열대문화』 제9호, 열대문화동인회, 1995)

진작부터 오고 팠었는데
발이 미리 알고 앞장 선 두메
산
길
개울 연변을 담홍빛 찔레꽃이 피었고
가마아득히 산 발치까지를
고호의 뻰셀이 지나간 자국 같은 황금빛 밀밭이 파도치는데
먼 미류 남궤에 앉아 자지러질 듯 우는 쓰르라미 소리
어디 가아아~ 어디 가아이, 혼자 가아아~ 혼자 가아아…
멀리
산마루를 노을이 주홍빛으로 물들었는데
찬 하늬바람에 풀이 죽은 풀숲을 다가오는 땅거미를 두고 흘적이는
귀뚜라미 소리
벌써 가아아~ 벌서 가아이, 언제 와아아~ 언제 와아아…
진작부터 꿈을 꾸었지만
기 십 년 만에 찾아 온 고향 두메
산
길
그들이 정작 옛 친구였다는 것을 나는
뒤늦게사 알았네

(『열대문화』 제10호, 열대문화동인회, 2012)

친구 생각 _최용필

별빛
하나 따서
나눠 먹고
한 편의 동화가 되던
그런 날이 있었다.

오늘은
이역 만리
세월도 사십 년
별은 아직 고향 언덕을 지키련만
네 별
내 별은 주름이 생겼겠지.

어린아이 흉내를 내며 흘러간 별빛을 따라 가지만
떠나간 별자리 너무나 멀어
편지를 띄워도 소식이 없네.

(최용필 시집, 『빗속에 빛나는 바다』, 글나무, 2002)

052 눈송이 모아 _최용필

가슴이 답답한 날에는
펄펄 내리는 눈을 맞고 싶다.
배꽃보다도 흰
달빛 아래서 흔들리던 배꽃 같은
눈을 맞고 싶다.

눈을 맞으면 내 몸은 추위에 지친 겨울바람처럼
탈색이 될 듯 싶다.

평생 눈을 볼 수 없는
남국에 오니
내 아이에게 눈을 설명할 길이 없어
얼음 가루를 뿌리며 눈을 설명한다.

(최용필 시집, 『빗속에 빛나는 바다』, 글나무, 2002)

053 안경을 써도 _최용필

안경을 쓰면 세상이 달리 보일까.
남국의 노을 앞에 서니
눈물빛이다.
안경을 써도 타국이라면
세월이 흘러야
물구나무서던 나무들도 제자리로 돌아오겠지.

(최용필 시집, 『빗속에 빛나는 바다』, 글나무, 2002)

달빛 _ 최용필

어머니 가슴을 비추던 달빛
오늘은 브라질까지 따라 와
내 곁에 누었다.
지금은 빈자리에서
어머니 흉내를 낸다.

희기만 하던 달빛이 오늘은
붉은 빛이다.

고향 산천에선 황토 냄새가 나던 달빛
브라질에선 바다 냄새다.
달빛도
때때로 변하거늘 고향 하늘은 그대로일까.

연기처럼 흘러버려도
가슴에 흥건히 고이는 달빛
그리움은 달빛 밝기만큼
흔적을 남기고 있다.

(최용필 시집, 『빗속에 빛나는 바다』, 글나무, 2002)

055 달래강 돌밭에 가면 _ 최용필

달래 강에 가면 낮은 목소리로 흐르는 강을 만날 수 있다.
강에 내려온 구름도 몰래 물이 되어
강물이 흐르고 있다.
물고기와 구름이 한테 엉켜
흔들리는 거울이 되는
그런 강이 있다.

달래 강 돌밭에 가면
삼십 년 전에 흘리고 온
한 사내의 서성거리던 모습이 있고
바람에 흩날리던 머리카락이 있다.

물따라 흘러 간 한 사나이가
아직도 달래강가를 서성거리고 있다

(『열대문화』 제10호, 열대문화동인회, 2012)

무궁화 _ 최형복

낙엽이 노오랗게 차려입은
버드나무 사이로
무궁화 꽃이 피었습니다.

계절도 토질도 다른
이역 십자성 밑에서,
삼월의 꽃이 피었습니다.

찬서리 모진 바람 끝에
독립만세 부르던 삼월의 언덕에
이기고 돌아온 장군처럼
곱게도 피었습니다.

아픔의 계절 사월을 바라보면서
또 한그루의 무궁화를 심으렵니다.

나야,
무궁화 동산에 살지만
우리가 살아야겠기에
변덕많은 일기야 참아주렴
고약한 진딧물이랑
끼지 말아라.

(『무궁화』 제2호, 브라질한인회, 1985)

이곳 상파울로엔
가을이 다녀가도
만산이 단풍으로 불붙는
장관이 없소.
오뉴월이면
어느덧 겨울인데도
그 소담스러운 설경이 없으니
매양 답답하오.
그렇잖아도 빛나는 원들이
박살나는 판이라
체증을 풀길이 없는데,
더도 말고
한번만
그곳 산사 뒤뜰쯤에 피어 있을
한매(寒梅)가 보고 싶구려.
거기에
눈이라도 조금 뿌려 주면
절품(絕品)이 아니겠소.

(『무궁화』 제1호, 브라질한인회, 1985)

누가
꽃나무 꽃 떨어진
빈 가지를
적막(寂寞)하다
했는가.

머지않아
빈 가지들 마다
소복이 쌓일
서설(瑞雪) 날릴텐데,
깡마른 삼동(三冬)의 하늘 밑
인고(忍苦)의 꽃이 필텐데.

그러게
밝은 실재(實在)가
온다.

(『무궁화』 제2호, 브라질한인회, 1985)

059 이따빠리까의 명상 _황운현

나는
꿈을 꾼다
이따빠리까의
갈매의
바다에서

저
만큼
꼬께이로의 묘묘한 조망 속
비
조금씩 뿌리고 나면
순순한
바람 불고,
나귀 등 위
기우뚱
기우뚱
노자(老子)가 졸면서 온다.

갈매로 빛나던
바다는
어느덧
구름이며 빛살이 옮아 갈
때
마다
에메랄드 그린이었다가
코발트 불루였다가
먼 사주(砂洲)
하얗게 반작이다가
군데 군데 자수정의 투명이다가

노을 비끼면
장미 꽃밭
수유의 붉은 열매 가득히
불붙기도 하다가……
무위(無爲), 또한
그렇게 전전하며 희롱하는가.

외잡(猥雜) 한 문명 속에서
사베이로를 타고 온
바람 같은
여인(旅人),
바람 같이
바람 같이
오동나무 금(琴)을 뜯으면
멀리
천애(天涯)를 흐르는 한 마리
물새,

나는
본다
이따빠리까의
망망한 낙일(落日) 속에서
일순
흩어지는
무생(無生)의 환영을.

* 이따빠리까 : 살봐돌 앞에 있는 섬
* 꼬께이로 : 야자나무
* 사베이로 : 범선

(『열대문화』 창간호, 열대문화동인회, 1986)

가을이 왔는데도 _황운헌

지난 날
가을바람은
제주만조(濟州滿潮)의 전복맛이었는데,
가을이 왔는데도
상파울로엔 가을이
없다.
가끔
삼등의 완행을 타고
가을을
찾아
나서 보지만,
까이삐라의 쇼로에
분분한 여정 흩날릴 뿐
그저
광망한 세르똥에
낮달만
밋밋하다.

(『열대문화』 창간호, 열대문화동인회, 1986)

061 문득 문득 _ 황운헌

그저 그렇고 그런 무료한 나날 속에서 하루
하루의 매상, 그 낡은 지전을 세어 보다가도
문득 문득, 나의 메마른 손가락 끝이, 3월
밝은 날빛을 머금고, 여느 산골 바위틈 쯤에라도
피어 있을 풍란(風蘭) 언저리를 어루만져 본다.

(『열대문화』 창간호, 열대문화동인회, 1986)

축제일 _ 황운헌

씨네란디아 광장의
비둘기 떼
바람같이 날개 치는
일제(一齊) 속
가브리엘의 금관(金管)
울려 퍼지고,
걸식의 무리
만화(滿花)의 슬픈 아르르깽
낡은 모자 속의
비둘기 똥

* 씨네란디아 광장 : 리오데자네이로의 중심가
* 아르르깽 : 광대

(『열대문화』 창간호, 열대문화동인회, 1986)

063 망향의 노래 _황운헌

1. 〈진관사 뒤뜰〉

가을이
오면
진관사 뒤뜰
반작
반작
숲 사이
빛이 익는
여울
목
그날
황구(黃狗) 삶는 냄새 구수했는데,

약주 술단지
땅을 구르면, 어느 덧
가을
취하여
목어(木魚)소리며 바람소리
단풍드는가.
(『열대문화』 제2호, 열대문화동인회, 1987)

2. 〈종로 뒷골목〉

이뻬 꽃
비에
흩어지면
문득
눈에 선한
비 나리는 종로 뒷골목.

고즈넉한 저녁 촉촉이
젖어
선술집 문풍지 바람에 울고,
비에 젖은
이뻬 꽃
노란
가을 은행잎
하나
둘
흩어지는 술상 위
은행
서너 알……

젓가락이라도 두들겨 대며
산전수전 풍상의
청승을 우는
노기(老妓)의 육자배기
듣고 싶어라.
(『열대문화』 제2호, 열대문화동인회, 1987)

3. 〈한려수도〉

간밤에
나는
꿈속에서……

봄미나리 살찌는
바람 소소한
동백 꽃철의 물빛 맑은
한려수도
풀물 오른 아침이
눈에 시리고

어느 덧

나
한 마리 물새 되어
절절한
먼 울음으로 타는
노을 속을
날고
있었다.
(『열대문화』제2호, 열대문화동인회, 1987)

4. 〈설악(雪嶽) 가는 길〉
오동나무
꽃 필 무렵

설악가는 길

오늘도, 산굽이 마다
메밀 씨
뿌려 보는가.

상파울로. 동양가. 뒤안길. 왜식(倭式)
선술집. 초라한 목상 위 모밀국수 한 그릇.
생목 잔. 한 잔의 청주.
그렇게
그렇게

또렷한

오동나무
꽃 필 무렵

설악가는 길.

시름많은
나의
땅
동해는, 겨우 내, 꺼칠한 얼굴 쳐들고
모진 가난 속, 눈물 서린 귓것의
곡(哭)으로 서서 울던데……

그래
그래도
굽이
굽이
산굽이 마다
갈밭 물기 차고
바람
화창하면
강원도 좋은 메밀 씨
뿌려 보는가.

(『열대문화』 제2호, 열대문화동인회, 1987)

5. 〈영일만(迎日灣) 언저리〉

화물선 타고 멀리 멀리
상파울로까지
북회귀선(北回歸線) 싶푸런 바람 속을
건너 온
동균네 미역국
영일만 언저리 쪽빛 해소가
운다.

(『열대문화』 제6호, 열대문화동인회, 1989)

6. 〈새터 오목이네〉

이곳
한인유원지 비스듬히 흙길 거닐면
사라봉(沙羅峰) 늘 푸르른 바람 부는가
몇 발자욱
오두막집
조제네 할머니가 빚은 까샤싸
몇 모금에
향수 씻는다.
짧은 햇살 기울면
마당귀
뒤뚱 기우뚱 오리새끼 너댓마리의
보행(步行).
새터 오목이네 초가삼간에
앵두꽃 피듯
환하구나

* 까샤싸 : 삥가라고도 함. 브라질의 토착주. 사탕수수가 원료인데 우리의 소주 같다.

(『열대문화』 제6호, 열대문화동인회, 1989)

7. 〈용악(庸岳)의 두메〉

물빛 수국(水菊)
가득히 다발져 피어 있는
그라마도의
산길 거닐다기
문득 용악의 두메,

ㅡ감자 두어개 묻어 놓고
참나무 불 이글 이글한
오지화로며

관북(關北)의 열두고개
싸락눈 맞고
타박타박 돌아 오는 당나귀 그리워, 고만

고만하게만 토속적(土俗的)이고 싶다.
(『열대문화』 제6호, 열대문화동인회, 1989)

8. 나진(羅陳) 앞바다

강남(江南) 콩의 가늘고 긴 꼬투리며
감사과(甘沙果) 맛을
아직도 알고 있는가.
깔때기 꽃부리며 제주조랑말
가는 식대 오리 환한 조리 같은 것.
그리고
상수리나무며 느티나무 사이
강아지풀 토끼풀 패랭이꽃 달맞이꽃
조금씩 돋아나는
저 갈바위산 기슭쯤,
휘파람새 한 가닥인 개개비며 풀꾹새
난추니 새매
뚜루룩 낄룩 궁글…
꺾꾸르르 수꿍 소떵 소떠엉…어쩌구
온갖 잡새야.
어디 그뿐인가
동지(冬至) 가까워 나진 앞바다
명태 떼 몰려드는
섣달받이는 또 어떻고.
(『열대문화』 제6호, 열대문화동인회, 1989)

세 개의 소곡 _ 황운헌

1. 가을에

가을
화안한 햇살
누군가
포도나무로 만든 목적(木笛)을 불고 있다.
존재의 적료감(寂寥感) 같은 것이
쓸쓸하게
쓸쓸하게
바람이 되어 불고 있다.

2. 리퀴엠 - 宗三에게 -

전생(前生)의
낡은

오동나무 악기(樂器)다.

손 닿으면
신양(神恙)의
G 마이너

겨우,

지독한 적막에서 벗어난
밝은
바람이 분다.

천애(天涯)
끝
혼자만의.

3. 오한(惡寒)

아라우까리아
거밋한
숲에 걸린

비수(匕首) 같은 조각달의
탐미(耽美).
누가, 순은(純銀)의 피리를 분다.

달빛
스민
울림……

섬뜩하게 오한이 스쳐 간다.

＊ 아라우까리아 : 가지가 여러 갈래의 촛대처럼 펼쳐져, 잎이 뭉게 뭉게한 빠라나송(松)
을 한편 아라우까리아라고 부른다. 깜보스 도 조르동 일대에서 많이 볼 수 있다.

(『열대문화』 제4호, 열대문화동인회, 1988)

원숭이 울음 컹컹한 숲
해오라기 한 무리의
비상(飛翔)
물 만만(滿滿) 한 우기(雨期)의 빤따날엔
바람만
적적하고,
홀로
홀리어
민들레 한 낱의
관모(冠毛)가 되어
솨아 삽상하게 표류나 하지.

비 개인 뒤
멀리
물레질하는 슬픈 세월에
하냥 초절적(超絕的)인
새의 고영(孤影) 금빛으로 불붙는 노을
바람이 불면
원숭이 움음 컹컹한 숲이
당(唐)나라 시인처럼 기울 기울 벌거우리
취해버리고,
그래서 노을 비낀 몰락 또한
황홀하다 하는가.

밤
하나의 소멸(消滅)을 두고
비 나리면
우기의 빤따날 그저 묘망한 유역(流域)의
희미하게 흔들리는 형상(形象) 속에서

무언가
썩어져 내려가고
허무러져 흩어지는데……
저기
어두운 흙의 저변(底邊)에
또렷이 빛 발(發)하는
비에 젖은 한 포기 풀의 알뿌리,

그래도
먼동 틔우는 커다란 손이 있어
새벽 휘황한 하늘
부신 별이며
풋나무 휘추리마다
연록(軟綠)의 새싹 돋게하는 파릿한 기운(氣韻)
되살아나면,
다스하게 풀리는 생성(生成) 속에서
시원(始原)의 물방울 아득히
반짝이는 상류(上流)로 상류로 귀소(歸巢) 하는가

그까짓 것 차라리
홀로
홀리어
민들레 한 낱의
관모가 되어
해오라기 한 무리의
비상
그렇게
훠얼 훨 도연(陶然) 하게 표류나 하자.

(『열대문화』 제5호, 열대문화동인회, 1988)

066 상파울로 식물원의 연꽃 _황운헌

상파울로 식물원의
靑苔 빛깔로 풀려 있는 연못에는
연꽃이 피어있다.
황홀한 슬픔으로 안으로부터 영롱한
연꽃이 피어있다.
타향살이 갈망 속에 뼈를 깎는 아픔을 앓더라도
모두
一蓮托生 아니겠는가.
상파울로 식물원의
粉靑의 추상으로 무늬진 연못에는
한 송이
세 송이
열 송이
백 송이
천 송이
만 송이
환하게 연꽃이 피어있다.

(『열대문화』 제7호, 열대문화동인회, 1990)

음악 _황운헌

1. 〈두 개의 만도린〉

비발디의 상치 쌈 같은
두 개의 만도린의 音城
그 산뜻한 부피-
누가 삶의 가늠을 측량 하는가
때로는 깊은 밤 竹露 한잔의 深淵인 것을.

깨어보면

시원하게 바람부는 보리밭이다.
늦가을 새벽 滿山에 그득한
서릿발이다.

＊竹露 : 지리산에서 난다는 차 이름

2. 〈가을비〉

팔레스트리나 듣고 있으면
빛이 곱게 물든 바람결에 梧桐 잎 떨어지던가.
마음속 깊은 沼
가을비 후두둑
먼 갈뫼 투명하게
운다.

3. 〈메씨앙의 새〉

夜半에 차 한잔 달여 마시다가
메씨앙의 「새의 카탈로그」,
노오란 파파 피이고
알프스의 쇼깔이며
수풀 속 부엉이

그리고
또
그리고
한 마리 솔개 눈부시게
눈부시게 回遊하면서
이상스럽게도 純性인 彈走.
밤은
그렇게 밝게 깊어 간다.
(『열대문화』 제8호, 열대문화동인회, 1992)

木版에 갇히어 슬픈
새 한 마리
밤을 두고
나의 꿈속에서 푸드덕거리더니만
별귀 솟는 이른 아침
어디론가 훌쩍 떠나가 버렸다.
지금도
나의 방
밋밋한 벽에는
슬픈 새의 자국만 남은
木版畵 한 장 걸려 있는데,
어느 날
나는
마또 그로쏘의
새벽노을이 놀치는
빛 滿滿한 들녘에 서서
수 만 마리의 새들이
일제히
불붙는 圓環으로 선회하면서
西쪽으로
西쪽으로
날라 가는 것을 바라보았다.
그때부터다
나의 방
밋밋한 벽에 걸려 있는
슬픈 새의 자국만 남은 木板畵 위에
불붙는 圓環이 수도없이 포개어지며
맴돌기 시작한 것이

그것은 때로
모차르트의 불붙는 손이다가
때로는 봔상의 불붙는 눈.

(『열대문화』 제9호, 열대문화동인회, 1995)

한시

001 밤은 깊었는데(夜深兮) _ 박종하(朴鐘夏)

夜深兮	밤은 깊었는데
雪無聲而下庭	눈은 소리없이 뜰에 내리고,
風有聲而動窓	바람은 소리내어 창을 흔드오.
昔日巫山仙女也	옛날에 무산선녀(巫山仙女)는
朝爲雲而暮爲雨	아침엔 구름되고 저녁엔 비가 되어
出入楚王宮殿裏	초왕(楚王)의 궁전엘 나들었다는데,
今夜君之	이 밤에 당신은
爲雪而濟來庭耶	눈이 되어 살짜기 오는 것일까, 아니면
爲風而急叩門耶	바람이 되어 조급하게 노크하는 것일까.

(『열대문화』 제5호, 열대문화동인회, 1988)

002 고국이 그리워(思鄕) _ 박종하(朴鐘夏)

雖曰居民俗厚淳	이곳 인심이 좋다고들 하지만
不通言語亦難親	언어가 안통하니 친할 수가 없구료.
捲簾獨白東天月	동천의 달을 보면 임의 얼굴 떠오르고,
依枕遙思故國春	배개를 의지하면 추억이 꼬리 물어,
千疊離愁雲出岫	구름은 시름 빚어 산 위에 피어나고,
一場歸夢帆橫津	돛배는 꿈을 싣고 바다로 떠나간다.
漢陽舊侶如相問	한양의 시친구들 내 소식을 묻거들랑
終作殊方等外人	낯 설은 이 땅에서 바보처럼 지낸다고.

(『열대문화』 제5호, 열대문화동인회, 1988)

003 남미로 오는 기상에서(渡南美機上韻) _ 박종하(朴鐘夏)

銀翼高飛碧落間	비행기에 몸을 실어 하늘을 나니
雲遮下界逈人寰	구름이 가로 막혀 지구마저 이별인가.
百年恨結先塋瓏	두고 온 조상 산소 한이 맺히고,
萬里心馳旧友顔	눈물 짓던 임의 얼굴 역력히 떠오른다.
國外斯行非本意	국외로 가는 길이 내 뜻 아닌데
天涯何處是鄕關	하늘가 어느 곳이 내 고향인가.
只析早得歸還日	빌고 바라노니 기적이 일어
復作江南翰墨班	서울의 시친구와 다시 함께 하기를.

(『열대문화』 제5호, 열대문화동인회, 1988)

004 마누라의 제삿날(亡妻忌日) _ 박종하(朴鐘夏)

亡妻忌日回　　오늘이 마누라의 제삿날

追悼感難裁　　추도하는 감회를 거들 수 없네.

伯國知耶否　　브라질이 어딘지 알기나 할라는지

海空萬里隈　　바다건너 만리 밖의 외돌아진 여긴데.

(『열대문화』 제7호, 열대문화동인회, 1990)

曉發南門勝地尋	새벽에 집을 나서 명승지 찾아
踰山渡水海濱臨	산 넘고 물 건너 바닷가에 이르니
賞探旅客渾成市	오가는 관광객은 장선 것 같고
出入舟檣密作林	모여든 돛배는 숲을 이루더라.
鱸鱠調來覺珍味	농어를 회쳐와서 진미를 알고
石泉掬飮做淸心	돌샘물 움켜마셔 맑은 마음 지었네,
蒼波萬里望無際	만리의 푸른 물결 끝이 없는데
故國依依感不禁	저편의 내 고향이 의의 하도다.

(『열대문화』 제7호, 열대문화동인회, 1990)

시조

001 시조 3수(상파울로의 봄, 고향, 둥지) _ 엄윤남

1. 〈상파울로의 봄〉

계절의 묵은 뜰에서
라일락은 다시 필까

타향에서 또 타국으로
내 작은 봄은

뿌리를 내리지 못한 채
한 줄로만 세워져 있네

2. 〈고향〉

고갯길 돌고 돌아
내려다 본 옛 고향

낡았으나 비루하지 않던
시간의 고운 흔적들

지금은 어데쯤 밀어져 갔을까
마냥 눈물겨운 사람들아

3. 〈둥지〉

지는 해 보면서

울고 있나요 그대

감춰둔 마음이야
주단보다 붉다마는

돌아갈 둥지가 없어
가슴으로 우는 새

(『열대문화』 제2호, 열대문화동인회, 1987)

소설

001 사진결혼 _ 김마리나

"어떤 사람이래도 좋아. 저 남자만 아니라면. 그래 저 남잔 아니겠지. 아닐 거야."
라고 간곡히 바랐던 그 남자. 작고 똥똥하고 까무잡잡한 그 남자가 바로 나의 남편임을 확인한 순간부터 나는 도망가야겠다 했습니다.

이미 호적상으로 나는 그의 처로 되 있었습니다. 그가 보내준 비행기표도 생각이 났고, 어머니의 눈물 가득한 눈도 떠올랐고, 친구들의 웃는 얼굴도 떠올랐습니다.

난 도망가는 길 밖에 없다고 다짐했습니다. 비로소 나의 처신이 얼마나 경솔했고 인생을 얼마나 가벼이 뭉게 버렸나 깨달았습니다.

"안된다."

단호하게 첫마디로 반대하던 어머니, 마침내는 "후회 않겠지?" 하던 어머니. 마지막 날 "후회하게 될 때, 내말 잊지 말고." 하던 어머니.

나는 그 말과 함께 내손을 끌어다 쥐어주던 성경책을 다시 만져 보았습니다. 성경책은 나를 금방 편하게 해주었습니다. 어머니가 준 그 성경책이 아니더면 난 도망갈 생각도 못했을 것입니다.

이틀 후 새벽, 친구의 집에서 나와 호텔에 든 다음날 새벽 몇 시가 되었는지 난 관심도 없었습니다.

창문이 훤하자마자 난 가방을 움켜쥐고 호텔을 빠져 나왔습니다. 옆방의 그 남자는 기척도 없었습니다.

이때 밖에 기회는 없다고 생각했습니다. 호텔 앞에 대기 중이던 공항행 택시를 타자 난 다소 흥분이 되었습니다. 라파즈의 삭막한 거리가 으시시한 추위 속에서도 꿈틀꿈틀 살아나는 듯했고, 시커먼 사람들이 꾸물꾸물 걸어가는 모습과 산등성이에 다닥다닥 붙은 가난한 집들에서 새어나오는 불빛과…… 모든 것이 어느 날 꿈속에서 보았던 것처럼 생각되기도 했습니다.

꾸불꾸불 택시는 자꾸 올라가더니 꼭대기 공항에다 나를 내려놓았습니다. 그제서야 난 택시 값이 생각나고 가슴이 철렁 내려앉았습니다. 볼리비아 돈이 있을 리 없는데 어쩌자고 아무 생각 없이 차를 탔노 절망하는 순간 어제 식당에서

"집어넣으세요. 이게 이 나라 돈입니다. 기념이 될 껍니다." 하던 그의 말이 번개같이 떠올랐습니다.

과연 주머니엔 지폐가 있었습니다.

"감사해요."

나도 모르게 중얼거리며 차에서 내렸습니다. 그가 미리서 이럴 나를 알고 대처해 준 듯 생각될 정도였습니다. 얼마나 고마운 사람인가.

공항 안은 썰렁했습니다. 그런데 나는 갑자기 주저앉고 싶어졌습니다. 다리가 후들거리는 것 같았고 허둥지둥 의자에 앉으니 들어 눕고 싶어졌습니다. 기운이 쑤욱 빠지고 토할 것도 같았습니다.

난 염체 불구하고 가방에다 머리를 박고 웅크렸습니다. 머릿속이 빙빙 거렸습니다.

"아! 산소부족이로구나."

그제서야 라파즈에 대해 설명해 주던 그의 말이 생각났고 아무렇지도 않은 나를 대견하게 바라보던 그의 얼굴이 생각났습니다.

얼마나 시간이 흘렀는지 몰랐습니다. 비행기표를 사야겠다는 생각도, 성경책을 꺼내야겠다는 생각도 못하고 괴로워만하며 시간을 흘려보낸 모양이었습니다.

"힘드십니까?"

먼데서 들려오는 것 같은 남자의 소리였습니다.

"일어나실 수 있으세요?"

바로 그였습니다.

"산소 흡입실로 가시죠."

그렇게 해서 나는 그에 붙잡혀 산소 호흡을 한 뒤 비행기를 타고 브라질로, 상파울로로 왔던 것입니다. 피차 아무 말도 안 했습니다.

무슨 말이 필요하겠습니까.

이미 그가 내 마음을 알아버렸는데. 그리고 내가 그를 따라 브라질행 비행기를 탔는데 말입니다.

비행기가 상파울로 상공을 선회할 때 그가 비로소 말문을 열었습니다.

"상파울로입니다. 이미 우린 결혼한 부부지만 전경희 씨를 붙잡고 싶은 생각이 조금도 없습니다. 계획에는 오는 토요일 결혼식을 갖기로 되있지요. 오늘이 월요일, 사실 이 며칠 동안에 새삼스럽게 결심을 한다는 것도 우스운 이야기겠지만 어쨌든 결정을 내리셔야겠지요."

그의 목소리를 옆으로 들으며 나는 울기만 했습니다. 왜 울었는지 모르겠습니다.

그의 목소리가 따듯해서 울었는지도 모르겠습니다. 그의 목소리가 조용했기 때문에 울었는지도 모르겠습니다.

"경희 씨 내 공부는 고등학교 2학년으로 끝났습니다. 이민 와서 이날까지 내가 한 것은 일 뿐이었습니다. 재단대 하나 더 있었으면 했을 정도로 일만 했습니다. 책을 읽은 적도 없고 음악을 들은 적은 디욱디 없었지요. 재단 칼에 손가락을 잘라 먹히고, 새벽에 졸며 바느질집 갔다 오다가 나무를 들이 박기도 했고, 강도가 권총을 들이댈 때도 절대 난 죽지 않는다는 생각 하나로 그놈을 돌아서게도 했지요. 식구들은 몽땅 나가는 교회 난 안 나갔지요. 시간이 아까웠기 때문이었지요. 그래서 이젠 돈도 좀 모았고, 가게도 하나 어엿하게 잡았습니다.

경희 씨는 우리 식구들처럼 고생은 안하실 것입니다. 경희씨가 첼로를 사야겠다 하면 첼로를 살 수 있고 피아노를 사달라 하면 피아노를 사드릴 수 있습니다. 난 음악과는 본래가 먼 무식쟁이지만 음대를 나온 경희 씨가 무얼 생각할 것이라는 것을 모를 만큼 무지하진 않을 것입니다. 사실 이런 이야기가 모두 쓸데없는 것인지도 모르겠습니다. 그냥 이야기해 드리는 것뿐이지요.

그렇죠. 사진 한 장 가지고 결혼한다는 것은 넌센스죠. 난 경희씨가 허영에 찬 여자였기를 바랐는지도 모르지요. 그저 철부지 외국에 있는 돈 많은 남자, 그래서 시집가겠다고 한 여자였던 편이 낳지요. 처음 본 순간, 난 걱정이 되더군요. 역시 그랬지요. 라파즈 공항에서 서울로 가겠다고 한마디만 하셨다면 난 보내드렸을 것입니다. 호텔에서 없어진 것을 알았을 때 난 이미 그렇게 작정했었으니까요. 오늘은 우선 목사님 댁으로 가 계세요."

난 그를 따라 상파울로에 내렸습니다. 그를 따라 시내로 들어오며 건조하고 거친 도시 라파즈와는 달리 푸르고 풍성하고 거대한 상파울로에 자연스럽게 흡수되는 느낌을 가졌습니다.

그리고 토요일 나는 결혼식을 가졌습니다. 조금의 울렁거림도 없었습니다. 조금의 수줍음도 없었습니다. 정말 조금의 흥분도 없었습니다. 그렇다고 나는 절망하지도 않았습니다. 우울하지도 않았습니다. 슬프지도 않았습니다. 그냥 담담했습니다. 남의 결혼식에 갔었을 때도 난 그렇지 않았습니다. 누구의 결혼식에 가도 난 괜히 슬퍼했고 걸어 들어가는 신부의 뒷모습을 보며 또는 불러 주는 축가를 들으며 눈시울이 뜨거워지곤 했던 나였습니다.

친구가 결혼을 할 때 그 애보다도 더 흥분해가지고 마구 떠들어대던 나였습니다.

"피곤하지요?"

누군가가 가까이 와서 속삭여줄 때 나는 정말 내가 피곤한가 하고 생각해 볼 정도였습니다.

난 피곤하지도 않았습니다.

"색시가 음전하군."

"집사님, 며느리 참 참하네요. 곱기도 해라."

"음악가래."

사람들의 말을 남의 말처럼 들으며 결혼식을 마쳤습니다. 정말 잘 치러냈습니다.

왜 조금의 불안도 없었는지 지금도 난 모르겠습니다.

그는 굳이 신혼여행을 가자고 했지만 나는 굳이 가지 말자고 했습니다.

나의 신랑, 나의 결혼식, 나의 신혼여행에 대해 단 한 번도 구체적인 상상을 해본 적이 없었지만 최소한도 이런 모습일 수는 없지 않은가, 나는 허니문이라는 말을 아껴 주고 싶은 생각마저 들어서 자꾸 반대를 했는지도 모릅니다.

그는 말없이 받아주었습니다.

시동생만 셋에 시어머니 혼자서 꾸려온 덩치 큰 정체와 첫 날부터 난 싸움에 들어갔습니다. 난 무엇보다 집 전체에서 풍겨 나오는 냄새 때문에 견딜 수가 없었습니다. 뭐라고 표현할 수 없는 고약한 냄새를 없애기 위해 나는 용감한 투사마냥 하루 종일 싸워댔습니다.

시어머니는 옳다 싶어 아침부터 가게로 나가고 텅 빈 집에서 나는 일만이 구원인 것처럼 쓸고 닦고 그리고 버렸습니다. 구석구석 처박혀 있는 것 모두 끌어내어 과감하게 버리는 작업은 날 신나게 하기도 했습니다. 썩고 있는 감자, 싹이 난 양파, 잔뜩 곰팡이 핀 정체모를 병, 벌레가 우글거리는 밀가루봉지, 축축하게 걸려있는 옷가지.

너였구나, 너였어, 소리까지 질러가며 버렸습니다. 냄새를 풍기던 것들을 찾아내는 것은 기쁜 일이기도 했습니다.

한 달이 지나자 냄새는 서서히 빠져나가기 시작하더니 곧 사라지고 말았습니다. 냄새가 도망가고 말았는지 내 코가 마비가 되었는지 어쨌든 퇴치했다는 만족감도 들었고 나는 마음이 다소 편해지는 듯 싶었습니다. 시동생들은 무조건 날 좋아했습니다. 시꺼면 찌개 냄비가 마구 오르던 식탁에 제법 질서가 잡히고 깨끗한 주방이며 어찌 그들이라고 감각이 없겠습니까? 일찍일찍 들어오며 꽃도 사오고

"형수님 이거 어때요?"하며 디스크도 사왔는데 그것이 어떤 것이든 나는 기뻤습니다.

그는 항상 말이 없었습니다. 정말 그는 일밖에 몰랐습니다.

"집안이 반질반질하군요."

오는 사람마다 이렇게 말하고 찾아오는 사람이 차차 늘어나면서부터 나는 새로운 상황에 빠져드는 불안감을 느끼기 시작했습니다.

시어머니의 태도가 달라지기 시작했기 때문입니다.

"돈 보구 시집오는 것들" 이런 말을 누구에게 들으라는 건지 혼자 중얼거리기 시작하더니

"오늘 반찬이 뭡니까 형수님." 하는 막내를 보고는,

"넌 게걸이 들렸냐."

"형수님, 형님이랑 영화구경 갔다 오세요. 설거지 제가 할께요." 둘째가 말하면,

"미쳤냐, 사내 녀석이 부엌에 들구." 하며 큰소리로 야단을 친다든가 점점 바늘방석에 앉은 느낌이 들게 되었습니다.

밤이 늦어 바느질집 가는 일이 줄어드는 남편을 보고는 당장 집안이 쓰러지기라도 할 것처럼 펄펄 뛰었습니다.

"계집하나 잘못 들어오면 집안이 망한다던데."라는 소리를 서슴지 않고 했으며 가루비누가 너무 없어진다느니 쌀가마니 들여 놓은지 얼마라고 벌

써 홀쭉해 졌냐느니 하더니 마침내는 양재기에다 쌀을 담아 내주는 것이었습니다.

시동생들은 툴툴거리며 형수를 위로해주노라 했지만 나는 정신 나간 사람처럼 되어가지고는 그릇도 깨고 마당에서 넘어지기도 하는 일만 늘어갔습니다.

"참아야 해요."

어느 날 밤늦게 방에 든 나를 보고 남편이 말했습니다. 주르르 눈물을 쏟는 나를 보고,

"울면 안돼요. 대꾸해서도 안 되고 그저 정신 차리고 하루하루 참아 가면 되는 거에요." 했습니다.

나는 그날 밤 어머니의 성경책을 끄집어내며 결혼 이래 처음으로 내 미래를 생각했습니다. 두툼한 표지를 손바닥으로 만지며 '언제고 난 돌아갈 수 있다.'라고 다짐했습니다.

그런데 다음날 머리맡에 두었던 바로 그 성경책이 없어졌습니다. 특별히 잘 만들어진 것도 아닌 찬송가와 함께 제본된 두꺼운 것일 뿐인 그 성경책이 없어진 것입니다.

"누구 제 성경책 보셨어요?"

난 아무렇지 않게 물었습니다.

"교회에도 안 나가면서 성경책은 무에 필요하니?"

"엄마두, 집에선 안 읽나요?"

"원 창피해서, 아니 교회에서 결혼했으면서, 또 목사님이 주례를 서셨는데 그래 그럴 수가 있다던? 그런 주제에 성경책은 왜 찾는다누."

그렇게 해서 어머니의 성경책은 미궁에 빠진 채 없어져 버렸습니다.

다음 주부터 남편은 일찌감치 서둘러 교회를 가자고 했습니다.

나는 남편의 뒤를 따르며 처음으로 남편 그늘이라는 말을 실감했습니다. 어디가든 남편 뒤나 옆에만 있었습니다. 내 시야에서 남편이 사라지면

금방 회오리바람에 흔적도 없이 날아가 버리고 말 것 같은 생각이 들어 불안했습니다.

"성가대를 좀 맡아 주시지 않겠어요?" 누군가가 그런 말을 해 왔을 때도 난 남편 얼굴만 쳐다보았습니다. 남편은 웃으며 아무 말을 하지 않았고, 주위에서

"그래요. 좀 봉사 좀 해요. 매주 나오고요. 얼마나 재미있다구요." 하며 계속 권해도 나는 그냥 남편만 쳐다보고 아무 말도 안했습니다.

난 바보가 된 것 같았습니다. 사람들은 날 지나치게 얌전한 여자로 생각했을 것입니다.

일요일이면 온 집안이 떨쳐 나와 교회로 가는데 내가 한 번도 거부하지 않은 까닭은 남편의 의도를 이해했기 때문이기도 하지만, 그보다 나의 성경책을 찾아보자는 생각이 더 컸기 때문이었습니다. 난 성경책을 찾기 위해 사는지도 몰랐습니다. 틀림없이 일요일, 교회에 가면 찾을 것 같았습니다. 되도록 남에게 눈치 채지 않게 두터운 성경책만 찾았습니다.

나는 한 마리 굶은 강아지 같았습니다. 나는 찬송가도 하나 몰랐습니다. 안다면 크리스마스 때 부르는 몇 가지 정도 화이트 크리스마스도 찬송가로 생각했었을 정도로 나는 무식했습니다. 기도며 선교가 귀에 들어올 리가 없었습니다.

그래도 나는 성경책을 찾아야 했습니다. 시어머니가 아무리 혹독한 표현으로 날 몰아쳐도 참을 수 있었던 것은 내게는 길이 있다는 믿음 때문이었고, 그러한 내 태도가 시어머니를 더욱 화나게 만들었는지도 몰랐습니다.

"네 친정이 어떤지 난 모른다. 내가 아는 건 네 아버지가 감옥살이하구 있다는 거 그거 하나야. 그러구두 좋아 했으니 나두 미친년이지 누굴 원망해."

마침 그때는 온 집안 식구가 저녁을 막 끝냈을 때였습니다. 감옥살이란 말이 내 뒤통수를 침과 동시에 나는 앞으로 쓰러져 버리고 말았습니다. 팔팔 끓는 커피 주전자를 들고 있는 채로 말입니다. 고함치는 소리 문 닫

히는 소리들이 왱왱 머얼리로 들려왔습니다. 나는 계속 추락하는 것이었습니다. 끝도 없는 나락으로 끝없이 끝없이 떨어져 내려가기만 했습니다. 아무도 나를 끌어 올릴 수가 없는 거대하고 컴컴한 구렁이었습니다.

어렸을 적 나는 이렇게 추락하는 꿈을 잘 꾸었는데 깨고 나면 아버지가 옆에 있나부터 살피곤 했습니다.

"자라느라구 그러는 거야. 봐라 내일 2미리는 컸을 걸." 아버지 말대로 나는 자주 추락하는 꿈을 꾸었고 무럭무럭 자라 어머니 키를 넘어섰습니다.

"우리 집에선 엄마가 제일 꼬마다." 하시며 재미있어라 웃던 아버지가 어느 날 외동딸의 대학 졸업을 사흘 앞두고 사라졌습니다. 정신 잃고 허둥대던 어머니의 얼굴을 난 일생을 두고 잊지 못할 것입니다.

아무도 행방을 몰랐습니다. 외삼촌과 친구 분들이 매일 모여 장시간씩 이야기를 나누는 동안 어머니도 차츰 안정을 얻었고, 모두들 아버지가 어디 있는지를 아는 듯 했습니다. 회사는 외삼촌이 맡았지만 집으로 사람들이 몰려와 돈 내놓으라고 아우성을 치는 날이 계속되었습니다. 나는 지금도 왜 아버지가 붙잡혀가야 했는지 모릅니다.

"아버진 죄 지은 것 없으시다. 넌 아버질 알잖니?"

외삼촌의 이 말 한마디 이후로 나 역시 마음이 평온해졌습니다. 그러나 현실은 무서웠습니다. 어린 남동생은 외삼촌댁에서 학교를 다니게 되었고 큰 동생은 군대를 지원했습니다. 우리 집은 빚쟁이들의 차지가 되어 어머니와 나는 구석방에서 숨도 크게 쉬질 못했습니다.

피아노가 제일 먼저 실려 갔습니다. 응접 세트며 자개농이며 그 농 속에 들어있던 나의 혼수감 등을 밑두로 지꺼지꺼 실려 나갔습니다.

사람들은 나의 첼로가 하찮은 것인 줄 알았는지 그나마 한 가닥의 인정이 있어서 그랬는지 그것만은 손대지 않았습니다. 그러나 무엇이 더 없나 휘둥그래서 찾아대는 사람들 앞에 스스로 그것을 내놓았습니다.

"아주머니 이거 가져가세요. 좋은 첼로니까 함부로 팔지 마세요. 제값

대로 다 쳐서 받으세요."

그들은 가만히 날 쳐다보기만 했습니다.

"얘, 경희야 너 그게 어떤 첼로인데 그러니?"

누워있던 어머니가 후다닥 뛰어나오며 소리를 쳤습니다. 어떤 첼로냐는 말 때문인지 누군가가 첼로를 확 끌어당겼습니다.

"엄마 상관없어요. 인연이 있으면 언젠가 다시 만나게 되겠지 뭐. 아빠만 안녕하시구, 그리구 그리구……." 나는 엉엉 울어 버렸습니다. 처음으로 실컷 울었습니다. 그들도 더러는 훌쩍거렸습니다.

나는 정말 추호의 미련도 없이 나의 첼로를 넘겨주고 홀가분하게 브라질로 시집가겠다는 엉뚱한 응답을 중매아줌마한테 넘겨주었습니다. 브라질은 내게 있어서 전혀 미지의 나라였습니다. 미국이나 일본이었다면 아마 그런 답변은 나오지도 않았을 것입니다. 그 미지라는 것이 나를 끌어주었고, 심약한 어머니에게 희망과 용기를 주는 길이라는 생각이 들었습니다.

"그저 건강하고 건실하죠, 신랑감이 사실 건강하고 건실하면 그저 그만이지 뭐."

친구가 나가는 교회의 집사라는 아주머니가 보여준 사진 한 장. 그리고 건강과 건실이라는 두 단어, 그것이 전부였습니다. 그러나 실제에 있어서 사진 속의 얼굴은 아무런 작용도 영향도 주질 않았습니다.

라파즈 공항이 아니라 하네다였었다면 난 끝내 신랑이 될 사람을 찾아내지 못했을 것이라는 생각이 들 정도로 한 장의 사진은 단 한 번의 시선을 준 것으로 끝났습니다. 그때의 인상이 커크 더글라스의 턱처럼 생겼다거나 또는 토니 커티스처럼 웃고 있다거나 했었으면 마음에 새겨졌을 텐데. 남궁원 같은 미남은 물론 아니고 최불암처럼 머리가 덥수룩하지도 않은 그저 둥글한 얼굴이었으니. 그러지 않아도 남자 때문에 가는 것이 아니라 나 자신의 마음 하나로 결정한 터라, 그저 가방 속에 넣어버린 것으로 끝나버렸던 것입니다.

공항에서 처음 그를 대면하는 순간. 처음 얼마간 내가 살아내고 못살아내고는 저 남자 하나에 달려 있다고 생각했습니다.

아니 저 남자를 내가 남편으로 받아들이느냐 아니냐에 있다고 생각했는데, 뜻밖에 그것보다 더 어려운 문제가 터져 나오기 시작한 것이니, 정말 나는 정신을 제대로 차릴 수가 없었습니다. 그것이 삼류 텔레비전 드라마나 몰상식한 동네 아주머니들 입에서나 있는 이야기로만 알았던 일인데, 어쩌면 그렇게도 틀림이 하나도 없이 나한테 벌어질 줄이야.

병원으로 가는 차에서 난 깨어났습니다. 그리고 그 이후로 나는 말을 하지 못하게 되었습니다.

밤에 남편에게만은 몇 마디하고 싶어도 그것이 되지 않았습니다.

어떤 소동이 있었는지는 모르나 시어머니는 상당히 누그러졌습니다.

누그러졌다기보다 겁먹은 얼굴이 되었습니다. 내게 잘해 주려는 태도가 너무 강해 견디기 어려울 지경이었습니다.

나는 말만 못했을 뿐이지 전과 다름이 없었습니다.

화상이 아물게 되자 나는 열심히 일했습니다. 소문 때문인지 일요일에도 교회에 가지 못하게 해서 난 일요일 오전이면 집안 구석구석을 뒤질 수 있었습니다. 아무데도 잠가둔 곳은 없었는데 성경책은 보이질 않았습니다. 어쨌든 성경책은 찾아야 했습니다. 찾고 난 후라야 내가 어떻게 할 것인가가 서질 것 같았습니다. 아니 그렇게 내심 작정했습니다.

그런데 뜻밖의 장소에서 성경책은 쉽게 발견되었습니다.

남편의 가게 책상위에 그것은 잡동사니와 더불어 있었던 것이었습니다.

그날은 병원에 가기 위해 아침부터 차를 타고 함께 나갔있는데 남편을 기다리며 우두커니 의자에 앉아 있다가 그것을 본 것이었습니다.

성경책을 와락 끌어내며 나는 나도 모르게 소리쳤습니다.

"여기 있었구나."

남편은 이층에서, 시어머니는 뒤채에서, 시동생은 손님과 이야기하다가 모두들 후당탕 투당탕 달려왔습니다.

난 너무도 신이나서 "내 성경책 여기 있어요. 누가 내온 거에요? 난 그것도 모르구 얼마나 찾았다구요." 했다.

식구들은 아무 말도 못하고 눈을 둥그레 뜬 채 쳐다보기만 했습니다. 그러더니 시어머니는 울기 시작했습니다.

시동생은 급히 공장에 가있는 형제들에게 전화를 거는 것이었습니다. "형수님이 말하셨어. 정말이야 똑똑하게 말했어. 똑똑하게라니까."

나는 어쩔 줄 몰라 남편만 쳐다보았습니다. 남편은 성경책을 끌어안고 있는 나를 못 믿겠다는 듯 한참을 보더니 말없이 이층으로 올라갔습니다. 계속 눈물을 흘리면서 "고맙다. 고마워. 정말 고맙다."만 연발하는 시어머니의 소리를 들으며 나는 성경책을 택한 어머니의 지혜에 감격했습니다.

그날 이후 우리 집은 연일 잔칫집 같았습니다. 아무리 시어머니가 쉬쉬했어도 소문은 날대로 났었던지 교회 사람들이 떼를 지어 몰려들었고 그들의 표현대로 나는 신앙심으로 병을 이겨내고 하나님의 역사하심으로 마귀를 물리친 훌륭한 간증의 케이스로 등장해 버린 것입니다. 다른 교회 사람들도 왔습니다. 모두들 기도하고 찬송하고 난리 난 것 같았습니다.

이야기는 이렇게 되는 것이었습니다.

타국 멀리 시집가는 딸에게 시집의 종교를 따르라고 독실한 불교신자인 친정어머니는 성경책을 선물한다. 낯설고 물설은 곳에 떨어진 새댁은 고된 시집살이를 하노라 교회 나갈 틈도 없었지만 틈틈이 성경책을 통해 하나님을 만난다.

그러던 어느 날 시어머니가 자기 것으로 착각하고 그 성경책을 가게로 가져갔고 새댁은 혼자 애를 태우며 찾고 있다가 드디어 발견해 낸다. 그때의 큰 기쁨 때문에 말 못하는 병에 걸렸던 새댁은 말문이 열리게 된다. 할렐루야 할렐루야.

또한 시어머니 역시 자신의 잘못을 비로소 깨닫고 하나님 앞에 회개함으로써 하나님의 축복을 받는다.

할렐루야.

처음의 아연실색을 거쳐 나는 귀찮고 피곤해졌다. 이 거짓을 어찌해야 좋을지 당황하다가 나중에는 피하고만 싶은 마음이 되었습니다.

시어머니는 사람들과 기도할 때마다 울었는데 나는 철철 흘러넘치는 눈물을 볼 때마다 신기하기만 했습니다.

이러한 소용돌이 속에서도 차츰차츰 내게 인식되어지는 사실이 하나 있었습니다. 그것은 이렇게 하여 내가 이 집과 이곳에 붙잡히게 되는 것이로구나 하는 것이었습니다.

나는 항거하고 싶었습니다.

이 위선과 무질서 속에서 탈출해야 한다고 생각했습니다. 이 식구들과 맺어진 인연으로부터 빨리 벗어나야 함이 옳다고 생각하려 했습니다. 산다는 것은 이상했습니다. 그렇게밖에 말할 수 없습니다.

그즈음 남편이 지나가는 듯

"그 블라우스 한번 잘라볼까요? 좋아보이는데" 하고 자른 부루자가 대히트하게 된 것입니다.

시어머니는 나를 가리켜 복덩이라 하기 시작했습니다. 모두들 시어머니와 남편을 부러워하고 너나없이 한국서 신부를 데려와야겠다는 농담을 했습니다. 나를 붙잡으려는 또 하나의 인연이 생긴 것입니다.

나는 가게로 출근하게 되었고, 말을 배우기 시작하게 되었습니다.

스물 네 해를 살아오며 단 한 번도 인생에 대해 생각해 본 적이 없던 나는 이제 산다는 것이 불가사의한 시간의 연속이라 생각하게 되었고, 도저히 알 수 없는 내일을 앞두고 함부로 살아서는 안 되겠다는 깨달음도 갖게 되었습니다. 깨달음이라기보다 오히려 무서움이라 하는 편이 옳습니다.

어쨌든 내가 택한 브라질 행, 내가 택한 내 인생, 내 남편이며 식구들이라는 인식 앞에 나는 너무 큰 무서움을 느꼈습니다.

나의 일이요. 내일을 내 스스로 결정했다는 것은 나로선 큰 발견이었습니다.

어느 날 저녁 남편이 말했습니다.

"다음 모델도 생각해 봐요. 꼬삐아가 나왔다는 소문이 있으니 우린 다른 걸 해 보도록 하지요."

"꼬삐아가 나왔대요? 어머나 그럴 수가. 그거 어떻게 막을 수 없어요. 혼 안내요?"

나는 나도 모르게 소리쳤습니다.

그리고 이어

"좋아요. 또 딴 거 하면 되죠 뭐, 내가 한번 디자인 해봐야지."

그러면서 '내가 왜 이렇게 울분하나', '디자인 해보겠다고?' 스스로 놀랬습니다.

그리고 남편을 쳐다보며 웃었습니다. 처음으로 남편의 얼굴을 쳐다보며 마음 놓고 웃었습니다.

그날 밤 우린 비로소 부부가 되었습니다. 남편은 실로 넉 달 반, 나를 기다려 준 것입니다. 말없이 기다린 것입니다.

시어머니가 준 고통을 감수한 것도 실은 시어머니가 우리의 비밀을 모성 특유의 감각으로 알아챈 것 같은 생각 때문이었고, 나의 말도 안 되는 간청을 남편이 받아준데 대한 고마움 때문이었습니다.

나는 처음으로 편하게 잘 잤습니다. 새벽에 어둠 속에서 난 성경책을 꺼냈습니다. 그리고 남편에게 내놓았습니다.

"왜요?"

"아이, 왜요가 뭐에요. 왜 그래야죠." 남편은 어색하게

"글쎄 왜 성경책은?" 했습니다

"우리의 복덩인데."

남편은 시어머니의 흉내까지 내가며 농담을 다 했습니다.

나는 말없이 성경책 표지를 뜯어냈습니다. 빳빳한 지폐가, 미화가 들어났습니다. 남편은 눈만 둥그렇게 떴습니다.

"나도 얼만지 몰라요. 이걸 엄마가 어떻게 마련했는지도 몰라요. 빚쟁이들 몰래 감춰둔 패물 몇 가질 팔았을 거라구 생각은 했지만.

마지막 날 밤 엄마는 정 못 살겠다 생각이 되면 말이야, 후회하게 될 때 말이다, 하시며 더 이상의 말씀은 안하시고 내 손을 끌어다 성경책을 쥐어주셨어요. 손바닥으로 겉장을 누르게 하셨어요. 그리곤 내말 알았지? 그 말만 하셨어요.

난 얼른 알아챘죠. 그런 성경책이에요. 이게 말이에요. 그런데 없어졌잖아요. 도망칠 수가 없어진 거 아녜요?"

모두 5,500불이었습니다.

100불짜리, 50불짜리, 10불짜리 앞면 뒷면 어머니는 표지를 뜯어내고 부피를 쉽게 느끼지 않도록 정성껏 감춰주었습니다.

"그래요. 성경책은 특히 한글로 된 성경책을 탐낼 사람도 없겠구." 남편은 큰 연구라도 하듯 진지하게 말했습니다.

"자." 나는 남편에게 주었습니다.

"안되지요."

"왜요. 이걸 내가 가지고 있어도 되겠어요? 난 호시탐탐 도망칠 생각만 할텐데두요?"

"도루 제자리에 넣어둬요. 한국 나가게 될 때 도루 어머니 드려야지."

우리는, 우리 부부는 다시 정성껏 제자리에 그것을 넣어 놓았습니다. 그리고 경대 잎에 올려 놓았습니다. 어머니는 항상 핀안한 마음으로 우리를 지켜주실 것입니다.

이제야 나는 편지를 쓸 수 있어졌습니다.

길고 긴 편지를 쓰겠습니다.

이런 구절도 있는 편지를,

"엄마. 성경책은 엄마가 주신 그대로 있습니다.

영원히 그대로 있을 꺼에요.

밤마다 아빠 꿈을 꾸었는데 이제는 안 그래요. 딸은 시집가면 그만인가
봐요. 이말 아빠한텐 비밀이에요."

* 안경자의 필명은 김마리나, 이진서 등이 있다.

(『무궁화』 제3호, 브라질한인회, 1985)

  핸드폰 알람소리가 두 번 울렸을 때 창수는 습관적으로 핸드폰의 정지 버튼을 눌렀다. 새벽 2시를 가리키는 액정화면의 불빛이 깊은 적막에 싸인 이 새벽의 어둠을 조금씩 밀어내고 있었다. 몸이 무겁다. 하루 이틀 겪는 것도 아니건만, 정말 일어나기 싫다. 푹 자 버렸으면 하는 마음이 굴뚝같다. 그래도 일어나야 한다. 창수는 좀처럼 움직일 생각을 하지 않는 무거운 몸을 스스로 채찍질 하듯이 힘차게 기지개를 켠다.

  거실 소파 겸 간이침대에서 잠을 잔지도 어언 6개월이 되었다. 방에서 곤히 자고 있을 아내와 아이들이 행여 깰까 조심조심 화장실로 들어간다. 혼자 불편하면 되지, 핸드폰 알람소리에 온 식구들이 깰 까 혼자서 간이침대에 잠자기를 고집하자 아내는 영 불편한 얼굴로, 또한 안쓰러운 얼굴로 미안해했다. 다섯 식구를 책임지는 가장의 외로운 결단이니 이해해 달라고 너스레를 떨면서 미안해하지 말라고 아내에게 얘기를 했건만 아내는 어김없이, 새벽 문을 여는 창수의 뒷모습에 대고,

  "조심해서 다녀오세요."

  하고 배웅을 했다. 부시럭거리는 소리에 안 그래도 나름 신경을 쓰고 있던 아내는 새벽길을 나서는 남편을 배웅이라도 하고 싶었나 보다. 그러나 그렇게 배웅하는 것도 거의 한 달이 되어갈 때 쯤, 아내는 곤한 잠에서 깨어나질 못했다. 아내의 일과도 아이들이 일어나는 새벽 6시에 시작해 공장으로, 또 남편이 일하는 새벽시장으로, 다시 공장으로, 아이들이 돌아오는 저녁때는 부리나케 집으로 달려 와서는 저녁 준비까지. 눈코 뜰 새 없는 빡빡한 하루일과에 제대로 등을 붙여보지도 못한 아내는 저녁상을 치우고 나서는 시름시름 졸다가 곤한 잠에 빠지기가 일쑤다. 창수는 그런 아내를 볼 때마다 안쓰러운 생각이 들어 가슴 뭉클할 때가 한두 번이 아니었다. 못난 남자 만나서 괜한 고생 한다는 자괴감부터 나중에는 정말로 큰 호강을 시켜 주리라는 다짐도 수없이 스스로 맹세를 하였다. 개미같

이 일하면 언젠가는 펴지겠지. 고생 끝에 낙이 온다는 말이 헛말이 아님을 보이리라.

세면대 거울 속에 비친 얼굴은 또 어제와 다르다는 느낌을 받는다. 푸석푸석하다. 오랜만에 보는 지인들은 왜 이렇게 얼굴이 꺼매졌냐고 하는데 창수는 피곤 때문에 그리 보이는 것이라고 생각하였다. 매일 거울에 비추어 보는 본인의 얼굴이 새삼 달리 보일 리도 없는데 오늘 이 새벽에 보는 거울 속의 얼굴은 까매지기는 까매졌다. 눈두덩 밑에 그늘이 진 것 같다. 하루가 다르게 얼굴 형태가 바뀌는 것 같은 느낌을 애써 외면하면서 창수는 서둘러 옷을 입고 조심스레 현관문을 열고 어두운 새벽 속으로 들어간다.

2시 20분, 아파트 밖에서 대기하고 있던 택시기사 죠세가 반갑게 인사를 한다. 큰 싸꼴라 두 개를 뒷좌석에 싣고 브라스 훼링야로 가는 택시 안에서 창수는 새로운 하루의 시작을 '오늘도 화이팅!' 하고 속으로 외치는 것으로 시작한다. 활기찬 다짐이 오늘 매상에 큰 영향을 미치리라는 믿음은 훼링야에서 장사를 시작했을 때부터 생긴 버릇이다. 긍정적인 생각이 삶을 바꾼다는 믿음 때문이다.

훼링야는 손님을 맞을 준비가 한창이다. 여기저기서 '많이 파세요', '대박 나세요'라는 인사 소리가 쉼 없이 들린다. 창수는 이 훼링야의 새벽이 자신의 도전정신을 채찍질 한다고 생각했다. 피곤하고 지친 몸도 어느새 전투로 들어가는 군인의 마음가짐으로 바뀐다. 마네킹에 새로운 모델을 입히고 뜨거운 커피 한 잔을 마시면서 창수는 속으로 되뇌인다.

'전쟁이다. 전쟁, 살아남으려면 오늘도 죽을 각오로 팔아야 한다.'

이제 훼링야에 들어온 지 6개월째다. 잠이 많은 창수는 새벽에 일어나 장사를 하는 자신이 아직도 신기하다. 브라질로 이민을 결정했을 때도 새벽에 장사를 하리라고는 생각을 못했다. 원단 벤데가 신통치 않았을 때도 새벽에 일어나 낮과 밤이 바뀌는 생활을 할 자신이 없었다. 그런데, 아이들 유치원 비부터 밀리기 시작하더니 집 알루겔이 연체되면서 절망감에 휩싸였다. 한국에서 가져 온 얼마 되지도 않은 돈은 엉뚱한 사람 손으로 들어갔고, 이래저래 돌파구가 없는 상황이었다. 그때, 새벽장사를 하고 있던 교회 권사님이 건강상의 문제로 창수 부부에게 새벽시장 자리를 넘겨주었다. 한 달 동안 권사님과 같이 새벽에 나가 거래 손님과 물건을 가져오는 공급처까지 모두 인계를 받고 장사를 시작한 지 6개월이다. 장사를 해서 갚기로 한 인수대금은 이번 달로 모두 정리가 될 예정이다. 사람들 왕래가 많은 길목에 위치해 있어서 장사가 잘된 것도 있지만 창수의 부지런함과 근면함이 한 몫 했다.

손님이 오기 시작한다. 선뜻 물건을 사는 손님은 없고 가격만 물어본다. 가격을 물어보는 10명의 손님 중 한두 명만 걸려도 된다고 생각하지만 입질만 하는 손님만 있고 선뜻 물지를 않는다. 5시가 되도록 개시를 못한 창수는 초조해진다. 일주일에 장사가 제일 잘 된다는 화요일인데 오늘은 영 신통치 않다. 창수는 다시 스스로 주문을 걸듯이 중얼거린다.

'잘 될거야, 잘 될거야.'

주문의 효력일까. 개시를 했다. 그리고 끊임없이 손님이 들어온다. 마네킹에 새로 입힌 신상품이 불티나게 팔린다. 창수는 두둑한 호주머니를 만지며 오늘의 목표액을 상향 조정한다. 12시까지는 충분한 금액이 나올 것 같다.

목표액을 훨씬 넘긴 창수는 오후 2시에 문을 닫고 물건을 공급해주는 가게를 간다. 이 가게에 올 때마다 창수는 희망을 갖는다. 언젠가는 우리도 이런 가게를 하리라. 이 가게의 사장 내외가 창수의 롤 모델이다. 벤데 일부디 시직해 스스로 일군 사정 내외는 창수 부부에게 있어 희망이고 본보기였다. 몇 년이 걸릴지 모를 일이지만 분명 그 꿈을 향해 가고 있는 것만은 틀림없었다. 지금의 고생을 훗날 웃으면서 이야기 할 날이 있으리라. 당당하게 우리 힘으로 조그만 가게부터 시작해서 낯선 땅 브라질에서 떵떵거리며 살리라. 창수는 미래의 자기 모습을 그릴 때면 어깨가 절로 우쭐해졌다. 그때까지는 뼈를 깎는 노력으로 일하리라.

물건 대금을 정산하고 창수는 공장으로 향했다. 말이 공장이지 10여 평되는 조그만 공간이다. 아직 자르지 않은 원단과 재고 물건들이 비좁은 공간 안에 빼곡히 차 있다. 시큼한 냄새가 코끝을 살짝 스칠 때, 창수는 가슴이 갑갑함을 느꼈다. 순간, 심장이 멈춘 듯한 느낌이 일 초 정도, 순간이었지만 창수는 몸에 이상이 있다는 느낌을 분명 받았으나,

"어디 아파요?"

하는 아내의 소리에 정신을 가다듬을 수 있었다.

"아니, 피곤한가봐."

"얼굴이 안됐어요. 점심은요?"

"그냥, 그럭저럭 먹었어. 오늘 오랜만에 몸보신 좀 하자."

온 가족이 거실 바닥에 신문지를 깔고 둘러앉았다. 휴대용 가스레인지 위의 고기 판에는 삼겹살이 지글지글 익고 있었다. 큰 녀석 현규는 젓가락을 들고 삼겹살 익어가는 모습을 마른침을 삼키며 지켜보고 있었다. 그 옆에 포크를 들고 입맛을 다시고 있는 둘째 현준이 녀석도, 먹어도 된다는 엄마의 말이 떨어지기를 기다리고 있었다. 두 살짜리 셋째는 그러한 형들이 재미있기나 한 듯이 싱글싱글 웃고 있다. 아이들이 먹기 편하도록 익은 삼겹살을 조그마하게 자르고 있는 아내의 얼굴이 상기되어 있는 것을 보면서 창수는 맥주 두 캔을 가져오고 아이들 컵에는 콜라를 가득 채웠다.

"우리 가족을 위해서 건배!"

고기판을 중심으로 바닥에 빙 둘러앉은 다섯 식구들은 쨍 하고 저마다의 잔들을 부딪혔다. 일곱 살 현규나 두 살 터울인 현준이나, 이 상황이 재미있어서 까르르 거리는 셋째나, 건배라는 소리에 신이 나서 '건배'를 다시 복창했다. 창수는 맥주 캔을 아내와 부딪히면서 다시 건배를 하였다.

"우리를 위하여."

아내가 활짝 웃는다. 집에서 월례 행사처럼 먹는 삼겹살 파티라서 그런

지, 아내도 아이들도 정말 잘 먹는다. 맥주 두 캔을 비운 창수는 한 달에 두 번 정도는 파티를 해야겠다는 생각을 한다. 안 쓰고 절약하는 것보다 즐거워하는 아이들의 표정이 우선이라는 생각을 한다.

삼겹살을 실컷 먹은 둘째 현준이가 유치원에서 배운 노래라며 장기자랑을 한다.

"곰 세 마리가 한 집에 있어. 아빠 곰, 엄마 곰, 애기 곰. 아빠 곰은 뚱뚱해. 엄마 곰은 날씬해. 애기 곰은 너무 귀여워. 으쓱으쓱 잘 한다."

노래에 맞게 율동을 같이 하는 현준이의 재롱에 창수와 아내는 박자에 맞춰 흥겹게 박수를 쳐 준다.

"우리 현준이 잘 한다. 그런데 현준아, 우리 집 식구는 다섯 식구인데. 형아 곰도 있고 동생 곰도 있고." 하면서 아내는 '곰 세 마리'가 아닌 '곰 다섯 마리'로 개사를 해준다.

"곰 다 마리가 한 집에 있어."

개사한 가사를 현준이가 다시 불렀으나 늘어난 가사 때문에 발음이 부정확하다.

"곰 다 마리가 아니고, 곰 다섯 마리!"

"곰 다 마리가 한 집에 있어……."

아내도 창수도 배를 잡고 깔깔거린다. 짧은 박자 안에 '다섯'이라는 두 글자를 발음하기가 힘든지 '섯'자는 빼고 '다'자만 급하게 부른다. 그 상황이 너무 우스워서 창수와 아내는 자지러지게 웃는다. 모처럼 집 안 가득 웃음꽃이 피웠다.

"아, 행복하다. 엄마는 정말로 행복해."

아내의 말에 창수의 눈이 흐릿해진다. 이 조그만 웃음들이 아내에게 행복을 가져다주다니! 저도 몰래 감사하고 행복한 마음이 들어 눈시울이 붉어졌다.

"곰 다 마리가 한 집에 있어. 아빠 곰, 엄마 곰, 형아 곰, 현준 곰, 동생

곰. 아빠 곰은 뚱뚱해, 엄마 곰은 날씬해, 형아 곰은 씩씩해, 현준 곰은
똑똑해, 동생 곰은 너무 귀여워. 으쓱으쓱 잘 한다."

잠이 들 때까지 창수는 '곰 다 마리'를 흥얼거렸다. 생글생글 웃으면서.

그 날, 꿈속에서조차 창수는 그 노래를 흥얼거렸다. 정말로 행복한 잠꼬
대였다.

또 다른 아침이다.

다른 날에 비해서 오늘은 몸이 더 무겁다는 생각을 하면서도 창수는 오
늘 올릴 매출 생각에 마음이 급해졌다. 신 모델이 많은 날이라 어느 날
보다 일찍 준비를 해야겠다는 생각이 들어 마음이 바빠졌다. '일찍 일어나
는 새가 먹이를 찾는다'는 말이 귓가에 맴돌기도 했다. 세면대에서 면도를
하면서 창수는 행복한 웃음을 지었다. 어젯밤 일이 생각났기 때문이다.
빨리 나가야겠다는 생각과 어젯밤의 행복했던 일이 오버랩 되면서 창수는
저도 모르게 흥얼거렸다.

'곰 다 마리가 한 집에 있어……'

흥얼거리다 순간, 창수는 멈칫했다. 세면대에 비친 얼굴에서 붉은 선혈
이 비쳤다. 서투른 면도 때문에 상처를 낸 것처럼 면도날에 긁힌 상처 자
국이 선명했다. 그런데, 창수는 두려움에 떨고 있는 본인의 얼굴을 세면대
거울에서 보고 말았다. 면도가 서툴러서 상처를 낸 것이 아님을 창수는
느꼈다. 얼핏 어지럼증이 있어 면도기를 쥔 손이 부들부들 떨렸다는 것을
직감을 했다.

'이게 무슨 경우람? 한 번도 이런 적이 없었는데……'

뒷목이 댕기면서 머리가 아프기 시작했다.

'병원에 가 봐야 하나?'

고민할 겨를도 없이 창수는 이내 마음을 정리했다.

'병원비가 얼마인데…… 우리 형편에……'

'피곤해서 그래. 돌아오는 공휴일에 푹 쉬면 괜찮겠지.'

일요일이다.

아내는 아침부터 부산을 떤다. 교회버스 시간에 맞추기 위해서 아내가 재촉을 한다. 늦잠을 자고 싶었던 창수는 교회 가는 것이 내키지 않으나, 아내의 들뜬 마음을 깨뜨리고 싶지 않아 아이들 옷을 꺼내어 입힌다. 아이들도 아내만큼이나 들떠있다. 그래, 즐거운 마음으로 가자. 아이들도 좋아하는데.

브라질에서 좌절과 분노라는 큰 홍역을 치른 다음에 교회에 나가길 시작했다. 옷 벤데를 하던 아내의 거래처 사장의 인도로 교회에 나오길 시작했으나 창수는 아직도 교회 나가는 것이 어색하다. 하지만 아내와 아이들은 일주일 중 제일 행복한 날이라고 한다.

고향 이야기로 설교를 시작한 목사님의 설교를 들으면서 창수는 고향을 생각한다.

전라남도 승주가 고향인 창수네 가족은 창수가 중학교 2학년 때 서울로 이사를 오게 되었다. 가난한 농가의 아들이었던 아버지가 가난을 면하고자 서울로 이사를 하였으나 가난은 영원히 끊어지지 않는 쇠줄 같았다. 아버지는 일용 노동자로 나가고 어머니는 파출부로 일해야 창수의 가족이 먹고 살 수 있었다. 그래도 봉천동 산동네에 자리 잡은 방 2칸짜리 사글세방에 사는 창수네 가족은 단란했다. 어머니의 억척스러움 덕에 산동네이나마 조금 더 넓은 곳으로 이사를 했고 창수도 공업 고등학교를 졸업하고 대림동의 금형공장에 취직을 하면서 창수네 가족은 조금씩 형편이 풀리고 있었다.

금형공장에서 창수는 지금의 아내를 만났다. 경리를 보고 있던 아내와 연애를 시작하고 첫째를 가졌을 때 동거를 하기 시작했다. 결혼식은 나중에 하자고 약속을 한 것이 아직도 지키지 못한 약속이 되어버렸다.

셋째인 막내가 태어났을 때 창수 내외가 다니던 금형공장이 큰 화재를 입고 문을 닫게 되었다. 졸지에 직장을 잃은 창수 내외가 다른 직장을 구하지도 못하고 있을 때 옆집 아저씨가 솔깃한 이야기를 했다. 자기 친척이 브라질에서 옷 장사를 하는데 엄청난 돈을 벌었다는 이야기다. 옷을 만들 자마자 팔려 나간다는 얘기부터, 부지런만 하면 2년 안에 집을 산다는 등 의 얘기를 듣고 창수는 이민 계획을 세웠다. 브라질에 있다는 옆집 아저씨 의 친척과 통화를 하고 브라질 오면 자리 잡을 수 있도록 도와주겠다는 말을 듣고는 얼마 되지도 않은 집 보증금과 부모님이 보태준 돈을 들고 브라질 비행기에 몸을 실었다.

생전 처음 타는 비행기에서 창수는 미지의 나라에 대한 설렘과 두려움 보다는 앞으로의 밝은 미래, 이제 가난을 벗어날 수 있다는 꿈에 부풀어 있었다.

그러나 상파울로에 도착하고 나서 찾아간 옆집 아저씨의 친척은 소문과 달리 집도 없었고 번듯한 가게도 없었다. 공장에서 옷을 만들어 팔고 있는 사람이었다. 그 공장이 지금의 창수네 공장이다. 그래도 의지할 데 없고 아는 것이 없어서 그의 제안대로 가져온 돈을 모두 그에게 투자를 했다. '브라질에서는 한방에 금방 일어날 수 있다'라는 그의 말만 믿고 투자를 한 다음에 그에 대한 안 좋은 소문이 들렸다. 결국 창수는 한국에서 가져 온 돈을 날리고 그의 공장에 남아있는 쓸모없는 원단으로 돌려받게 되었 다. 그날 좌절과 절망, 분노로 창수는 폭음을 했다. 그래도 화가 안 풀리고 억울해서 밤새 꺼이꺼이 울었다.

이제는 한국으로 돌아갈 수도 없다. 돌아갈 집도, 돌아갈 차비도 없다. 창수는 원단 벤데로, 아내는 옷 벤데로 새로운 출발을 하였는데도 창수는 여전히 곤궁함에서 벗어나질 못했다. 오히려 한국에서의 생활보다 더 힘 든 생활로 몰렸다. 낙원인 줄 알고 찾아 온 브라질 땅에서 창수는 처절한 좌절과 분노로 몸이 망가지는 것을 방치하고 있었다. 그때부터 교회에 나 가길 시작했다. 김 집사의 인도로 교회에 나와 생전 처음 기도를 해 보았 다. 분노로 치를 떨었던 아내도 조금씩 진정되었고 창수도 평온을 찾게 되었다. 이제 아내는 아침, 저녁으로 기도를 하는 신앙인이 되어가고 있었으나 창수는 아직도 고향 승주의 선암사에 어머니의 손을 잡고 놀러가던 기억이 새록새록 나서 교회의 율법이나 설교를 어색해하고 있었다. 어머니, 아버지 모두 선암사에 가서 불공을 드리는 불교신자였기 때문이었다.

그래도 교회는 창수 가족에게 새로운 희망을 주었다. 성공의 땅 브라질에서 다시 시작할 수 있는 의지를 주었기 때문이다.

숲 속으로 모처럼 야유회를 갔다. 가져간 김밥과 샌드위치로 점심을 한 다음 아이들은 공차기와 술래잡기를 하며 즐거운 시간을 보내고 있다. 창수는 은색 돗자리에 누워 청명한 하늘을 바라보았다. 적당한 거리를 두고 구름이 깔린 하늘은 파랗다. 그리고 적당한 바람. 스르르 잠이 올려는 순간, 창수는 막내가 형들하고 떨어져 숲 속 깊은 방향으로 들어가는 것을 보고는 벌떡 일어나 막내에게로 달려갔다. 순간, 어두운 숲 속에서 희번덕이는 광채를 보고 창수는 멈칫했다. 무엇일까? 라는 의문이 금세 풀렸다. 서서히 어둠속에서 기어 나오는 물체를 보고 창수는 경악을 했다. 날카로운 이를 드러낸 호랑이가 슬금슬금 기어 나오는 것이 아닌가. 호랑이가 기어 나오는 방향이 막내를 향하고 있는 것을 보고는, 창수의 머리는 계산할 겨를도 없이 막내를 냅다 안고는 죽을힘을 다해 뛰기 시작하면서 아내가 있는 쪽을 향해 소리를 질렀다.

"피해!"

그런데, 분명 있는 힘껏 소리를 질렀건만 창수의 부르짖음은 밖으로 나오질 않았다. 속에서만 부르짖고 소리가 밖으로 나오질 않는다. 게다가 아내와 아이들은 너무나 태평하게 놀고 있지 않은가. 뒤돌아보니 호랑이가 바로 뒤에 붙어있다. 막내를 안은 손에 힘을 준 순간 창수는 또 한 번 경악을 했다. 두 손에 있어야 할 막내는 보이질 않고 막내가 벗어놓은 옷만 있지 않은가. 창수는 어리둥절할 겨를도 없이 앞을 보고 무조건 뛰었다. 뒤에서는 호랑이의 으르렁거리는 소리가 뒷목을 후려치고 있었다. 얼마나 뛰었을까. 심장 박동소리가 숲 전체를 울리는 것만 같다. 이제는 도저히 뛸 수 없다고 생각한 창수는 털썩 주저 앉아버렸다. 될 대로 되라지. 잠시 숨을 고른 뒤, 사방을 둘러 본 창수는 절망감에 휩싸였다. 호랑이는 온 데 간 데 없고 사방이 뻥 뚫린, 창수가 있는 곳이 흡사 하늘에 정체되어 있는 구름 위에 앉아있는 것 마냥 사방이 절벽이었다. 절망의 얼굴과 공포 의 얼굴이 겹쳐지는 찰나, 창수의 몸이 붕 뜨더니 밑으로 밑으로 추락을 한다.

"악!"

외마디 비명을 지르면서 창수는 공중에서 헛손질을 한다. 얼굴은 일그 러지고 눈알은 튀어 나오기 일보직전이다. 끝없이 추락하더니,

"으악!"

다시 한 번 단발마의 비명소리.

창수의 눈이 떠졌다. 머리부터 발끝까지 땀으로 범벅이다.

꿈이다. 소름 끼치는 악몽이었다.

"무서운 꿈, 꿨어요?"

잠에서 깬 아내가 걱정스런 얼굴로 수건을 내민다. 사방을 둘러 본 창수 는 가빠른 숨을 고른다. 아내가 건네준 냉수 한 컵에 비로소 진정이 된다. '후~' 하고 긴 숨을 뱉은 창수는 뒷목이 뻐근함을 느낀다. 두통까지.

다음날 창수는 일어나질 못했다. 알람소리는 아내가 미리 차단을 해 놓 은 까닭에 모처럼 창수는 저녁 무렵까지 긴 잠을 잤다. 잠에서 깨었을 때 는 두통도 말끔히 사라졌다.

내일은 꼭 병원에 가 보라는 아내의 말을 건성으로 들으면서, 오늘 훼링 야를 대신 나간 아내의 피곤한 얼굴을 쓰다듬으며 창수는 걱정스런 눈길 로 아내를 위로한다.

"얼마나 힘들었으면, 얼굴이 말이 아니네. 화장이라도 좀 하지……."

"내 걱정 할 때가 아니고…… 당신 걱정 되서……."

아내의 눈가가 어느새 촉촉해졌다. 고개를 돌린 아내의 어깨가 움찔거렸다.

"미안, 나 같은 놈 만나서 고생이 많네."

"······, 그런 말 하면 속이 시원하남?"

아내의 볼멘소리에 창수의 마음도 움찔거렸다. 속으로, 속으로 하염없이 눈물을 쏟았다.

'미안해. 미안해.'

"내일 모레, 공휴일 날 김 집사님이 놀러 가재. 모처럼 바람 좀 쐬고 오자."

화제를 돌리는 창수의 말투가 젖어있다.

공휴일이다. 10월이건만, 아침부터 바람이 씽씽 분다. 감기 걸릴까 걱정이 된 막내 때문에 오늘 야유회를 취소할까 생각을 했건만 하루에도 몇 번씩 바뀌는 브라질 날씨와 야유회 장소인 아루자는 햇빛이 들었을 거라는 생각, 그리고 차량부터 점심까지 꼼꼼히 준비한 김 집사 내외를 실망시키지 않기 위해 두툼한 잠바를 아이들에게 입혔다. 탁탁한 봉헤찌로를 벗어나 공휴일이라도 맑은 바람을 쐬야 한다는 김 집사 내외가 창수 내외에게는 둘도 없는 이웃이고, 형님같은 분이었다. 먼 브라질 땅에, 일가친척 없는 땅에서 그나마 의지하고 정을 나눌 수 있는 가족이었다.

집을 나서는 순간, 창수는 얼굴을 찌푸렸다. 뒷목이 아프고 두통이 오기 시작한 때문이다. 이러다 괜찮아지겠지, 하면서도 은근히 신경이 쓰였다.

한 시간여 달려 도착한 아루자의 날씨도 별반 다를 바 없었다. 쌀쌀하다.

김 집사 가족을 비롯한 여섯 가족이 각자 준비한 보따리들을 푼다. 만찬이 시작되었다. 푸짐한 점심이다. 삼겹살에 삐깡야, 그리고 닭 날개까지.

아이들은 여기저기 뛰어 다니며 놀고 있다. 모처럼의 외출로 아내의 기분도 나쁘지 않은 것 같다. 이민 선배들의 옛날이야기가 시작되었다. 집 알루겔, 아이들 학비도 못 내던 시절부터 꿋꿋이 참고 열심히 하면 언젠가는 성공할 거라는 이야기. 창수는 몇 번씩 듣는 이야기지만 들을 때마다 용기를 얻는다. 모두들 겪는 이민의 애환. 창수 가족도 처절하게 겪은 이야기다. 그러니 나도 성공할 수 있다는 믿음. 창수는 또 한 번 다짐을 한다. 정말 열심히 살 거라고. 그리고 성공할 거라고.

남자들의 미니 축구시합이 벌어졌다. 3명씩 팀을 나누어서 뛰기 시작한 지 5분여. 창수는 체력이 급격히 떨어지는 것을 느꼈다. 조그만 운동장, 그것도 반을 쓰는 운동장에서 공을 따라 움직이기를 5분여. 창수는 머리가 핑 도는 것을 느끼고는 잠깐 쉬겠다고 양해를 구하고 운동장 한 켠으로 물러났다.

'왜 이러지, 내 몸이 아닌 것 같아.'

한 켠에 놓인 벤치에 앉아 있다가 창수는 저도 모르게 누워 버렸다. 숨이 꽉 막히는 느낌, 심한 두통, 토하고 싶은 울렁거림. 그러나 창수 스스로 움직일 수 없다는 것을 창수는 느꼈다. 문득, '죽어가고 있는 것이 아닐까'라는 생각을 하니, 며칠 전의 악몽이 생생하게 기억이 난다. 그리고 두려움. 창수는 무서웠다. 악몽의 기억도 무서웠지만, 지금 저기 보이는 아이들과 아내를 향해 긴급한 소리를 지르는 본인의 소리를 듣지도 못하기 때문이다.

무섭다. 창수는 본인의 몸이 굳어가고 있다는 것을 느끼는 순간, 나오지도 않는 목소리를 포기해 버렸다. 아내와 아이들이 노래를 부르고 있는 모습이 반쯤 잠긴 눈에 보인다. 무슨 노래인지……. 아, 그래. 곰 다 마리. 둘째의 율동에 맞춰 아내는 박수를 치고 있다. 첫째도 같은 율동을 하고 있다. 막내는 깔깔깔 웃는다.

그 광경이 아릿한 흔들림과 흐릿한 안개 속으로 서서히 사라져 간다. 다급한 사람들의 목소리가 들리기 시작한다. 뛰어오는 아내의 모습 뒤로 흐린 하늘이 창수의 눈을 덮는다. 눈을 감은 창수의 귓가에 희미하게 들리는 사람들의 웅성거림, 그리고 아내의 절규, 그리고 또렷하게 들리는 '곰 다 마리'의 노래. 창수는 끝내 그 노래를 끝까지 듣지 못했다.

(『열대문화』 제10호, 열대문화동인회, 2012)

몸 구석구석에 식은땀들이 돌아다닌다. 흐멀흐멀 등줄기를 타고 흐르는 녀석들이 문사장의 온 몸을 경직시킨다. 다리에 힘이 풀려 어떻게 앉아 있는지도 모른다. 바로 문사장의 눈앞에서 시커먼 권총을 들고 서 있는 녀석과 눈을 마주칠까 두려워서 바닥에 떨어진 음식 찌꺼기들에 시선을 준다. 접시 위에서 신선함을 뽐내던 농어의 살집들이 상추와 함께 흩어져 있다. 흡사 큰 기생충 같은 형상으로 음식 제 본래의 기능을 잃어버린 채 죽어가고 있는 것 같다.

옆에 앉은 김사장의 툭, 툭 표시나지 않는 발 신호에 문사장은 김사장을 쳐다보았다. 극도로 긴장한 문사장의 얼굴을 눈치 채고는 눈짓으로 표시를 해 준다. 긴장하지 말라고… 하는 것 같았다. 김사장은 긴장하는 표정이 아니었다. 그저 하나의 상황설정으로만 받아들이고 있는 것 같았다. 문사장은 저도 모르게 한숨이 나오면서 '오! 하나님!'했다. 잘 찾지도 않던 절대자를 권총을 든 강도 앞에서, 소주병이 흐트러져 흡사 주정꾼들이 한 판 싸움을 한 뒤 같은 식당에서 절대자를 찾는 문사장은 자신에게 스스로 주문을 걸듯이 다시 한 번 하나님을 찾았다. 물론 속 깊은 곳에서만 울리는 소리였다.

두목인 듯한 흑인이 문사장 앞에 섰다. 있는 물건을 꺼내라는 신호를 보낸다. 핸드폰과 지갑을 조심스레 건넸다. 다른 녀석이 문사장의 몸을 훑는다. 섬뜩한 기운이 얼었던 문사장의 몸을 부들부들 떨리게 만든다. 호주머니에 녀석의 손이 들어왔을 때 '아차'싶었지만 이미 녀석의 큰 주먹이 문사장의 얼굴을 강타한 후였다. 고개가 젖혀지면서 입술이 터졌다. 상소리를 뱉으면서 녀석은 발길질을 했다. 문사장은 아무 대책 없이 두 대를 맞았다. 퇴근 할 때 벤데를 하는 아주머니가 준 현찰 1000헤알을 호주머니에 넣고 온 것을 깜빡 했다. 지갑 속에 든 850헤알, 그리고 핸드폰, 호주머니 속의 1000헤알을 챙긴 녀석은 다시 한 번 욕지거리를 내뱉고는 김사장의 호주머니를 뒤지기 시작했다. 두 대를 얻어맞은 문사장의 꼴이 되고 싶지 않았는지 식당 안의 15명 정도 되는 사람들이 현찰과 핸드폰들을 꺼내 놓는다. 얼핏 보아도 만 헤알이 넘을 것 같은 현찰과 최신 핸드폰들, 수표들이 탁자 위에 놓이기가 무섭게 한 녀석이 가방에 쑤셔 넣는다.

두 대를 맞고 난 문사장은 희한하게도 긴장감이 없어진다. 식은땀도 나지 않고 다리도 떨지 않는다. 입술 부위를 손으로 훔치니 피가 묻어 나온다. 탁자 위에 놓인 냅킨으로 입 언저리를 닦았다. 묘한 분노가 치밀어 오른다. 또한 모욕감도 생긴다. 흘깃, 문사장을 쳐다보는 얼굴을 정면으로 쳐다보았다. 바로 문사장을 때린 녀석이었다. 녀석과 눈이 마주친 순간 움찔했지만 오기가 생겨서 고개를 돌리지 않았다. 녀석이 다시 욕지거리를 하면서 발길질을 할 찰나 두목이 제지한다. 그만 철수하는 모양이다. 모두 여섯 명. 백인이 둘, 흑인이 넷. 문사장보다 머리 하나 이상씩은 더 있음직한 큰 체격들. 힘으로는 당할 수 없음을 문사장은 안다. 게다가 총까지 가졌음에야 대들 수가 없음을 알면서도 한번 대차게 대들고 싶다는 생각을 문사장은 한다. 무력하게 당한 자신의 처지가 억울하고 분했으나 거기까지였다. 속으로만 부들부들 모욕감에 치를 떨었으나 아무 행동도 하질 못했다. 신고하면 전부 죽여 버리겠다는 녀석들의 말에 속으로만 되받아쳤다.

'내가 니 놈들을 전부 죽여 버리겠다.'

녀석들이 빠져 나간 후, 식당 안이 더 어수선해졌다. 경찰에 신고하라는 사람과 신고해 보았자 소 잃고 외양간 고치는 격이라고 만류하는 사람. 괜찮으냐며 문사장의 상태를 관찰하는 사람. 그래도 그만하길 다행이라며 위로해주는 사람들이, 바닥에 쓰레기가 되어 버린 음식들과 섞이고 얽힌 더러운 느낌이 들어 문사장은 식당 주인에게 소리쳤다.

"주인 아저씨! 쏘주나 좀 돌리시오. 술이나 처 먹고 잊어먹게."

그랬다. 가슴에서 치밀어 오르는 수치심과 모욕감을 잊어먹고 싶었다. 군대를 제대한 지 16년. 아무리 16년 만에 눈앞에서 본 권총이지만 그 권

총 앞에 부들부들 떨었던 자신이 수치스러웠고 두 대를 연거푸 맞고서도 찍 소리 못하는 자신이 굴욕스러워서 소주라도 실컷 마셔야 분이 풀릴 것 같았다.

"에이, 기분 더럽네."

그리고 욕이라도 해야 진정이 될 것 같아 문사장은 저도 모르게 쌍소리를 연달아 뱉었다.

식당에서 강도를 맞은 사건은 순식간에 퍼져 나갔다. 원래 소문이란 것은 날개가 붙게 마련인데 원단회사 사장인 문사장의 이름이 들먹거리더니 급기야 강도들한테 얻어맞아서 병원에 입원을 했고 강도들한테 뺏긴 돈이 무려 5만 헤알이 넘는다는 과장된 소문이 돌았다. 좋은 일도 아니건만 만나는 사람마다 해명 아닌 해명을 해야 했다.

강도를 당한 사건의 여파는 문사장에게 조급함과 짜증감을 주었다.

브라질 땅에 이민 온지 4년 째, 원단 수입상을 하면서 처음으로 겪은 강도 사건이었다. 이민을 오기 전에 일 년에 서너 번씩 브라질을 왕복하면서도 없었던 일이며 심심치 않게 들리는 강도 사건은 문사장에게는 해당이 되지 않는 일인 줄 알았었다.

그러나 실상 본인이 당하고 나니 마음이 조급해졌다. 더 큰 사고를 당할 수 있다는 불안감이 마음속에 자리잡더니 돈을 많이 벌어서 이 땅을 빨리 떠나야겠다는 생각까지 이르렀다. 그렇게 마음을 잡기까지는 아직도 브라질 한인사회에 적응 못하는 아내의 향수병이 큰 작용을 했다. 강도 사건이 입에 오르내릴 때마다 아내는 경기를 일으키듯이 불안에 떨었다.

봉헤찌로에 있는 사무실의 아침은 원단 벤데들의 인사로부디 비로소 시작되는 것 같다. 신제품이 있는 날은 8시부터 원단 벤데들의 발걸음이 이어지고 바삐 움직이는 원단 벤데들은 쉴 새 없이 주문장을 팩스로 보낸다.

팩스로 들어 온 주문장을 살펴보던 문사장은 또 다시 감탄하고 말았다. 전체 주문장의 반 정도가 소피아 아주머니의 주문장이었다. 약 4개월 전에 들어 온 신참 원단 벤데가 기존 원단 벤데의 주문을 훨씬 뛰어넘은 것이 이번만이 아니었다. 4개월 전에 키도 조그마한 아주머니가 하도 보채는 바람에 시험삼아 준 재고원단을 순식간에 팔아 버리더니 신제품 원단을 언제부터인가 제일 많이 팔지 않는가.

"대단하다. 대단해. 우리 회사를 먹여 살리네."

문사장은 주문장과 미수금 장부를 책상 위에 올려놓고 소피아 아줌마에게 전화를 걸어 사무실로 불러 들였다.

"대단하십니다. 아줌마. 비결이 뭡니까?"

농이 섞인 말투로 소피아 아줌마에게 칭찬의 말을 전하고는 미수금 장부도 내 보였다.

"판매량도 많지만, 미수금도 제일 많아요. 다음 달에 통관비랑 돈이 많이 들어가니 수금 바짝 신경 좀 써 줘요."

미수금 장부를 자세히 들여다보니 3개월 전의 매출도 아직 수금이 안된 것이 보였다. 신제품이 많아서 파는데 정신을 쏟아 수금을 제대로 못했다는 아줌마의 설명을 듣고는 다시 한 번 수금을 재촉하였다.

문사장은 점심을 마치고 빠다리아*에서 김사장과 카페를 들고 있는데 갈레리아*에서 가게를 하고 있는 정사장이 들어와 반갑게 인사를 한다. 이런저런 안부를 묻다가 대뜸 정사장이,

"아참, 수금할 때 10%나 깎아주고 이거 고맙습니다." 한다.

웬 할인? 무슨 영문인지 몰라 자초지종을 물으니 벤데를 하는 소피아 아줌마가 일찍 수금을 해 주면 10%를 할인해 준다고 해서 지난주에 결재를 해 주었다 한다.

부랴부랴 사무실에 들어온 문사장은 전화기를 쉴 새 없이 돌려댔다. 소피아 아줌마의 거래처 여섯 군데를 전화를 했다. 네 군데가 수금이 완료되었다고 했다. 10%를 할인한 금액에 수금이 완료되었다. 물론 영수증도 구비가 되어 있다고 했다. 장부에는 미수로 남아 있는 거래처 들이었다.

소피아 아줌마에게 전화버튼을 누르다가 문사장은 숨고르기를 했다.

포커페이스! 진정해야 한다. 분노를 누르고 소피아 아줌마를 불러야 한다. 5분여 동안 마음을 진정시킨 문사장은 소피아 아줌마에게 전화를 했다. 한 번, 두 번. 그리고 열 번. 전화를 받질 않는다. 스피커폰으로 해놓은 전화기에서는 신호음만 공허하게 울린다.

소피아 아줌마의 집을 수소문해서 찾아간 문사장은 한 시간이 넘도록 소피아 아줌마의 집이 보이는 빠다리아에서 눈에 불을 켜고 지켜보아야 했다. 저녁 6시가 넘어서 주위를 살피며 현관문을 여는 소피아 아줌마를 뒤에서 잡아챘다. 깜짝 놀라는 소피아 아줌마의 손을 억센 손으로 잡아끌고는 사무실로 들어왔다. 사무실 문을 걸어 잠그고는 소피아 아줌마를 뚫어져라 쳐다보았다. 155cm정도 되는 키. 나이가 42세이던가. 허수아비 남편이 있다는 얘기를 들은 것 같고 고등학생 아들 하나, 중학생 딸 하나. 대강 파악하고 있는 소피아 아줌마의 신상명세를 머리로 새기면서 문사장은 아무 말을 하지 않았다. 속에서는 욕이라도 실컷 뱉어내고 싶었지만 의외로 침착해졌다.

"어디어디 수금 했어요. 아줌마?"

침묵 속에 내뱉은 문사장의 한마디에 그동안 얼어붙어 있던 소피아 아줌마가 문사장을 똑바로 쳐다보면서 대답을 한다.

"사장님한테는 죄송하지만 꽤 많은 곳을 수금했어요."

당당한 대답에 문사장은 어이없어 하면서 오히려 당황해 하는 본인 자신에게 화가 났다. 그리고 잠시 침묵의 시간이 흐른 뒤에 미수금 장부를 가져 와서 수금이 끝난 거래처에 표시를 해 달라고 했더니 소피아 아줌마는 거침없이 미수금 장부에 표시를 해 나갔다. 표시를 한 장부를 계산기로 두들긴 문사장은 한숨을 푹 쉬었다. 자그만치 11만 헤알이 수금이 되었다. 물론 회사에 입금이 된 돈은 없었다.

문사장은 자괴감이 드는 본인을 힐난했다. 제대로 관리를 못한 본인 자신이 한심하고 바보, 천치 같았다.

'이 아줌마를 욕해봤자 뭐하나. 관리를 제대로 못한 내 불찰이고, 내 잘못인데…….'

"어떻게 하실래요. 경찰을 부를까요? 아님 받은 돈을 돌려놓으실래요?"

"………"

"어떻게 하시겠냐고요?"

냅다 소리를 지른 문사장이 침을 튀기면서 분노를 표시했지만 소피아 아줌마는 의외로 담담한 표정이었다.

"에이, 씨발."

그 모습에 화가 난 문사장이 상소리를 했다.

소피아 아줌마가 담담한 목소리로 입을 열었다.

"사장님, 마음대로 하세요. 경찰을 부르시던지, 감방에 처 넣으시던지, 저를 때려서 분이 풀리실 거라면 때려도 좋아요. 그런데, 남은 돈은 없어요. 무일푼이에요. 정말이에요."

잘못했다고 빌 줄 알았던 소피아 아줌마의 의외의 말투에 조금 놀라기도 했지만 정작 문사장이 놀란 건 소피아 아줌마의 눈에 고인 눈물 때문이었다. 문사장이 두려워 겁에 질려서 흘리는 눈물도 아니고 큰 잘못을 뉘우치는 눈물도 아니었다. 그건 삶의 서러움을 넘어 체념으로 흘리는 눈물이었다. 그러한 눈물을 읽은 문사장이 차분한 목소리로 물었다.

"왜 그랬어요?"

잠시 뜸을 들인 후 소피아 아줌마는 담담한 목소리로 말을 이어 나갔다.

"돈이 필요했어요. 집 알루겔은 고사하고 당장 끼니 걱정을 할 정도로 하루하루가 지옥 같은 날이었어요. 아이들 학비는 밀려서 학교를 다닐 수도 없고……."

"아저씨는요? 남편분 말이에요."

남편을 물어보니 소피아 아줌마의 얼굴이 굳어졌다. 큰 한숨인지 체념의 소리인지 쇳소리 같은 소리가 나는 것 같아 문사장이 순간 움찔했다.

"사실, 수금한 돈 대부분은 남편이 가져갔어요. 밀린 알루겔은 내고 아이들 학비 내기 전에 그 인간이 전부 가져갔어요. 그 돈으로 밑천 삼아 몇 배를 불려 줄테니 걱정 말라면서……."

남편은 소문난 난봉꾼이라고 소피아 아줌마는 설명을 한다. 빙고에 빠진지 2년이 넘었다는 얘기와 돈이 없어도 빙고장에 들락거리고 집에 들어와서는 돈을 마련하라고 아내를 폭행하는 얘기까지 소피아 아줌마는 담담한 목소리로 말을 이어 나갔다.

"나야 어찌되든 상관없어요. 아이들 때문에 참고 기다린 거여요. 조금 있으면 아이들이 지들 앞가림 할 나이는 되니까, 그때까지만 아이들 곁에서 돌봐주고 나는 한국으로 돌아갈려고요. 사장님한테는 정말 죽을 죄를 지었지만 언제고 돈을 갚을게요. 일을 해서 조금씩이라도 갚을게요."

그리고는 목 놓아 운다. 서러움이 북받쳐 올랐는지 큰 소리로 엉엉 운다. 문사장이 난감해졌다. 허공으로 날아간 문사장의 돈을 생각하면 울분이 올라오지만 소피아 아줌마의 사정 얘기를 듣고 나니 마음이 무거워졌다. 커피 한 잔으로 아줌마를 진정시킨 문사장은 내일 다시 얘기하자고 일단 소피아 아줌마를 돌려보냈다.

다음날 특별한 복안도 마련하지 않은 채 출근을 한 문사장은 뒷골이 땡기는 소리를 들었다. 밤사이에 야반도주한 가족이 있는데 바로 소피아 아줌마라는 소문이었다. 부랴부랴 소피아 아줌마의 집으로 달려간 문사장은 아연실색했다. 무거워서 움직이질 못하는 가전도구들, 그릇들은 제자리에 있었시만 옷가지들은 챙겨간 흔직이 니무나 역력힌 집인의 모습을 본 순간 저도 모르게 욕지거리가 나왔다. 그리고 병들어 보이는 노인네, 아니 정확히 말하자면 노인처럼 나이 들어 보이는 삐쩍 마른 소피아 아줌마의 남편을 본 순간 뒤통수를 얻어맞은 듯 멍해졌다. 항상 빠다리아에서 대낮부터 술에 취해서 흐느적거리던 그 사람이 소피아 아줌마의 남편이었다.

삐쩍 마른데다가 힘도 없고 말도 어눌한 이 사람이 빙고장에 들락거리면서 아내에게 폭력을 휘두른다는 소피아 아줌마의 남편은 아니었다. 힘없고 무시당하는, 싸구려 깔피링냐* 한 잔에 하루를 버티는 그저 무능력하고 조용한 알콜 중독자. 그 모습이 이 남자의 모습이다. 소피아 아줌마는 알콜 중독자인 남편을 버리고 아이 둘과 야반도주했던 것이다.

시간이 지날수록 소피아 아줌마의 소문은 확장되어 퍼졌다. 병든 남편을 버리고 간 것은 문사장이 본 사실이고 여기저기 빌린 돈이 십만 헤알된다는 얘기와 다른 원단회사도 당했다는 얘기, 한국으로 갔을 거라는 얘기, 미국으로 갔을 거라는 얘기, 나중에는 아이들하고 도망친 것이 아니고 내연의 남자였던 다른 남자와 도망친 거라는 얘기, 총 2십만 불 정도의 돈을 챙기고 갔다는 얘기까지 어디까지가 사실이고 거짓인지 이제는 분간이 안 되었다.

그런데 분명한 것은 문사장이 소피아 아줌마에게 당한 돈이 11만 헤알이 아니라는 거다. 거래처에 일일이 조사를 한 결과 21만 헤알이나 된다는 사실을 알고 문사장은 마셔도 마셔도 취하지도 않는 술을 들이키면서 소피아 아줌마를 밤새 저주하고 또 저주했다. 소피아 아줌마가 흘린 악어의 눈물 같은 연기에 치를 떨면서 술이 깨면 다시 술을 들이 붇고는 그 눈물을 또 저주했다. 그리고 그러한 아줌마를 끝까지 믿고자 했던 본인 자신에게도 '병신또라이'라고 저주를 퍼부었다.

나쁜 놈들이 몰려 다니듯이 나쁜 일도 몰려다니나 보다. 소피아 아줌마 사건이 터진지 15일. 문사장은 아직도 그 충격에서 헤어나지 못하고 있는데 또 사건이 터졌다. 문사장이 든 계의 계주가 도망을 갔다. 3회를 남겨놓은 계는 십만 헤알짜리. 문사장은 두 구좌를 들었으니 만기금액 이십만 헤알짜리 계였다. 다음 달에 타서 원단금액으로 송금할 예정이었던 문사장의 입에서 비명이 절로 나왔다.

계의 피해금액은 꽤 컸다. 5개의 계를 운영하고 있던 계주는 큰 이자를 받고 돈놀이를 했다. 계원들의 돈으로 시작한 돈놀이가 하나 둘씩 사고가 나더니 급기야 수습할 수 없는 금액에 이르자 계돈을 걷고는 잠적을 해 버린 것이다. 계돈을 미리 받은 사람도 피해자라고 나서는 판에 받을 예정 이었던 문사장 같은 경우가 생돈을 갖다 바친 경우가 되어버렸다. 이래저 래 받기에는 힘든 상황이었다.

문사장은 이래저래 지쳐버렸다. 술 먹는 시간이 많아졌고 아내와 다투 는 일도 많아졌다. 지금이라도 한국으로 돌아가자는 아내와 한국으로 가 면 이 나이에 뭐하면서 살 거냐고 화를 내 버리는 문사장. 집에 들어가는 시간이 점점 늦어졌다. 아내는 귀가하는 남편을 사무적으로 대했다. 아이 들은 술 냄새 풍기면서 들어오는 아빠를 외면하기 시작했다.

문사장의 회사는 심각한 자금난에 봉착했다. 일련의 사건들이 문사장의 회사를 힘들게 했던 것도 있지만 지치고 힘들어 의욕이 떨어진 문사장의 관리능력이 떨어졌기 때문이기도 했다. 유행원단이 들어오는 시기를 맞추 질 못하고 뒷북치는 경우가 많아졌다.

'그만, 한국으로 갈까?'

부쩍 생각이 많아진 문사장은 고개를 흔들었다. 이대로 빈털터리가 되 어서 돌아갈 수는 없다. 한국에서 빌려온 돈만 이십만 불. 한국 원단 오파 상에 밀린 대금 삼십만 불. 주저앉으면 빚쟁이가 된다.

마음을 다시 잡은 문사장은 한국에 있는 부모님과 처남을 설득했다. 아 들의 실패를 볼 수가 없어 다시 한 번 기회를 주겠다는 부모님과 매형을 좋아했던 처남으로부터 삼십만 불을 넘는 돈을 차용 받아서 원단금액으로 송금을 했다. 그리고 가진 수표를 전부 할인을 해서 통관비를 냈다. 샘플 만 가지고 주문을 받은 결과 수입량보다 훨씬 많은 주문이 들어오고 마진 율도 상당히 좋아 회사 형편이 풀릴 좋은 기회였다.

모처럼 화색이 돈 문사장은 오늘 저녁에 들어오기로 한 컨테이너를 맞 을 준비를 했다. 브라스 창고에 물건을 맞을 인원을 배치하고 문사장 자신도 브라스에 있는 창고로 갔다. 브라스 외곽 쪽에 있는 문사장의 창고는 형편이 풀리면 이전할 계획이었다. 이번 기회에 무리를 해서라도 옮겨야겠다는 생각을 문사장은 한다. 밤만 되면 인적이 뜸한 거리였다. 알루겔이 싸서 얻었건만 창고에 올 때마다 이전해야겠다는 생각을 수십 번 했다.

컨테이너 차량이 들어오는 것이 보였다. 이제 새로운 희망을 쏘아 올리는 불꽃이 될 원단들이 저 컨테이너에 있다는 생각을 하니 문사장의 가슴이 벅차올랐다.

'오늘밤은 행복을 알리는 축배를 들리라. 고진감래. 그래, 고생 많이 했다. 이제 얼굴 펴는 날이 온거야.'

차량이 섰다. 직원들이 컨테이너 뒤로 이동할 찰나 컨테이너 뒷문이 '덜컥'하고 열렸다. 그리고는 문사장과 직원들이 경악할만한 일이 벌어졌다. 열린 컨테이너 문으로 한 무더기의 사람들이 내렸다. 그리고 그들의 손에 쥐어진 권총들. 그리고 언제 들어왔는지 밴 승용차에서 4명의 사내들이 내렸다. 사태를 파악한 직원들이 손을 들었다. 이 상황이 믿기지 않아 머릿속이 분주한 문사장이 뒷걸음질을 할 순간 둔탁한 물건이 문사장의 머리를 내리쳤다. 앞으로 꼬꾸라진 문사장의 머리에서 피가 흘렀다. 창고 제렌찌를 보는 마르코스가 달려와 문사장을 부축했다. 머리에서 흘린 피는 문사장의 이마와 볼을 타고 목덜미로 스멀스멀 기어 들어갔다.

녀석들의 본격적인 약탈이 시작되었다. 컨테이너 안은 텅 비어 있었다. 이미 원단들을 빼돌린 후였던 것이다. 텅 빈 컨테이너가 문사장의 창고에 있던 원단들로 채워지기 시작했다. 10여명 되는 강도들의 몸은 민첩했다. 거기다 문사장의 직원들까지 총으로 협박해 원단을 나르게 하니 순식간에 컨테이너가 차 버렸다.

피를 흘리며 이 광경을 보고 있는 문사장의 눈에서 눈물이 보였다. 이미 분노를 넘어 체념을 한 얼굴이었다. 피와 눈물이 섞인 문사장의 얼굴이 이그러지고 처참해졌다.

'망했다. 망했어.'

불가항력. 자포자기. 문사장의 뇌리 속이 부정적인 단어들로 채워지기 시작했다. 이어 아내의 얼굴과 아이들의 얼굴이 떠올랐다.

이만하면 배부르다 싶었는지 녀석들이 떠났다. 다친 사람은 문사장 뿐이었지만 창고 안이 휑하니 비었다. 전화선을 끊어버리고 각자의 휴대폰을 뺏은 후 녀석들은 문사장과 직원들을 사무실로 모아놓고는 밖에서 문을 잠가버렸다. 다행히 책상 서랍에서 쓰지 않는 휴대폰이 나와 겨우 밖으로 연락을 할 수 있었다.

경찰서에서 조사를 받는 3시간 동안 문사장은 지칠 대로 지쳤다. 저절로 쌍소리가 나왔다. 피해자와 가해자가 구분되지 않는 묘한 조사를 받고 경찰서를 나온 시간이 밤 12시를 넘어서고 있었다.

술집으로 들어 온 문사장은 화장실 거울에 비친 본인의 얼굴을 보았다. 거울 속에는 또 다른 문사장이 있는 것 같았다. 항상 말쑥한 차림이었던 문사장의 외관이 말이 아니었다. 양주를 벌컥 들이켰다. 술이라도 마셔야 이 밤을 보낼 수 있을 것 같았다. 독한 기운이 속으로 들어가니 조금은 마음이 진정이 되었다. 연거푸 양주 4잔을 마셨다. 문사장은 오늘 상황이 꿈이었다는 생각을 해 본다. 정말로 꿈이었으면 하는 바람이다. 오늘 무슨 일이 벌어진 것인지, 어떻게 해서 그러한 일이 일어났는지 머릿속이 정리가 안 되고 얻어맞은 부위가 지끈지끈 아프다.

'이제, 어떡해야 하나. 나는 도대체 되는 일이 왜 없는 건가.'

아내와 아이들, 부모님과 처남 얼굴까지 떠올랐다. 심지어는 중국에서 원단을 공급해주는 송사장의 얼굴도 떠올랐다. 모두 문사장과 직접직으로 연관이 되어있는 사람들이다.

'…… 죽어 버릴까? 다들 얼굴을 어찌 본단 말인가?'

또 다시 연거푸 두 잔을 비운 문사장의 눈에 눈물이 고였다.

'남은 것은 무엇인가? 아무 것도 없다. 철저하게 망했다. 정말로 죽어버

릴까?'

또 다시 잔을 들이켰다. 마시면 마실수록 머리가 맑아지는 것 같다. 벌써 반 병 이상을 마셨다. 문사장은 잔이 넘치도록 술을 따랐다. 그리고는 술잔을 공중에 들고는 스스로에게 건배를 했다.

"자, 미련 떨지 말고 세상과 이별한다. 어차피 가야 할 목숨. 조금 일찍 간다고 틀려질게 뭐 있나. 지금까지 살아온 내 인생에 작별을 고하며 건배!"

이 술집은 문사장의 소리를 들을 한국 사람도 없었다. 호기있게 잔을 들이킨 문사장은 자리에서 일어섰다. 순간, 몸을 주체 못하고 자리에 쓰러지듯이 주저앉아 버렸다. 술기운이 한꺼번에 올라와 몸을 지탱을 못한 것이다.

운전대를 잡았다. 머릿속이 빙빙 돈다. 악셀레타를 밟았으나 공회전이 된다. 기어를 넣지 않았다. 머리를 흔들며 정신을 수습한 문사장의 차는 빠른 속도로 도로를 달리기 시작한다. 손에 잡히는 CD를 플레이어에 넣은 문사장은 모든 창문을 열고 소리를 지른다. CD에서 나오는 'HOTEL CALIFORNIA' 노래를 따라 부르기 시작한다.

"우라질! 브라질! 개 엿 같은 니네 나라 난, 떠난다. WELCOME TO THE HOTEL CALIFORNIA!"

노래와 욕설이 섞여서 바람을 가로지르고 거리를 누빈다. 볼륨을 올릴 수 있는데 까지 올린 문사장은 핸들을 좌우로 꺾기 시작한다. 새벽의 23번 도로가 흘러간 팝송과 알아들을 수 없는 한국말 욕설과 두 개의 차선을 좌우로 왔다 갔다 하며 곡예운전을 하는 문사장의 차 때문에 광란의 도로가 되어 버렸다.

"우라질 같은 부라질!!! 이 X같은 나라! 망해 버려라. 강도들이 판치는 더러운 나라. 저주 받은 나라."

옆 차선을 달리는 운전사가 창문을 열고 손가락질을 하며 욕지거리를 한다.

"뭐라고 지껄이는거야. 이 XX놈아"

욕설로 응수한 문사장이 다시 목청을 높인다. CD는 어느새 존 레논의 노래로 바뀌어 있었다.

"IMAGINE ALL THE PEOPLE…"

그때 옆 차선에서 사이렌 소리가 울렸다. 존 레논의 목소리와 경찰 사이렌 소리와 문사장의 노래 소리가 새벽을 혼란스럽게 만들었다. 경찰차가 바싹 붙었다가 문사장의 차가 충돌할 기세로 달려들자 움찔하고 뒤로 물러난다. 급기야는 경찰이 총을 꺼내 들었다. 멈추라고 소리 지르는 것 같았으나 문사장은 아랑곳하지 않았다. 아예 경찰을 향해 쏴 보란 듯이 두 팔을 벌리기까지 했다. 문사장이 핸들을 놓고 두 팔을 벌리는 바람에 문사장의 차는 중앙분리대로 급격하게 회전이 되고 있었다. 순간, 문사장은 습관적으로 브레이크를 밟았다. 오래된 운전습관이 급브레이크를 밟게 된 것이다. 중앙분리대로 돌진하던 차가 끽 소리를 내며 멈췄다. 존 레논의 노래가 끝나가고 있었다. 경찰 한 명이 총을 겨누고 문사장이 있는 운전석 옆으로 오고 다른 한 명은 조수석 창문에서 총을 겨누고 있었다.

문사장은 눈을 감았다. 익숙한 리듬이 흘러나오기 시작했다.

'And the saddest thing Under the sun above
Is to say goodbye To the on-es you love'

멜라니 싸프카의 애절한 목소리에 맞춰 문사장이 따라 부르기 시작했다. 그 모습에 경찰관 둘은 문사장을 사이코 내지는 마약에 취한 운전사로 간주하고 조심스럽게 다가갔다.

'But before you know you say goodbye
Oh good time, goodbye It`s time to cry'

멜라니 싸프카만큼 애절한 목소리로 문사장은 노래를 했다. 그 모습을 경찰관 둘은 경계를 느슨하게 하고 말없이 지켜보았다. 문사장의 눈에서 흘린 눈물이 그의 볼을 타고 흘러내렸기 때문이다. 그리고 푸른 셔츠에 묻은 핏자국과 인생을 체념한 듯한 문사장의 슬픈 얼굴과 독한 술냄새. 그리고 애절한 음악이 경찰관 둘의 긴장된 마음을 조금 풀어 놓았다.

'But I will not weep nor make a scene
Just say thank you, life for having been'

차 안에 흉기가 될 만한 물건이 없음을 확인한 후 두 경찰관은 서로를 쳐다보더니 문사장의 노래를 팔짱을 끼고 듣는 여유를 부렸다.

'No I will not weep nor make a scene
I m gonna say "thank you, life for having been"
And the loudest cry Under the sun above Is to silent goodbye
From the on-es you love'
"you love~~~~"

마지막 구절을 문사장은 길게 끌었다. 두 눈이 눈물로 범벅이 되었다. 한바탕 소동과 목청껏 부른 노래 때문에 술기운이 조금은 가신 듯 했다.

경찰관이 농을 던졌다. 노래 잘 들었다고. 처음 듣는 노래인데 너무나 슬프게 들리길래 끝까지 듣고 있었노라고. 그리고 도큐먼트를 보여 달라고 한다.

"난 죽고 싶으니까, 당신들 마음대로 해."

하며 문사장은 도큐먼트를 꺼내 주었다. 죽고 싶다는 말에 경찰관 둘이 일순 긴장했다.

"감방에 넣어서 죽이던지, 지금 총으로 쏴 죽이던지. 니들 마음대로 해라. 이 더러운 브라질 땅에서 더 이상 살고 싶지 않으니 빨리 죽여줘."

문사장의 짧은 포루투갈어가 오늘은 술술 잘 나온다.

한 경찰관이 왜 죽고 싶은지 묻는다. 무슨 일이냐고 묻는다. 대답은 하질 않고 계속 죽고 싶다는 말을 되풀이하는 문사장에게 호기심이 생겼는지 경찰관이 재차 묻는다. 오늘 있었던 일들을 문사장은 얘기를 해 주었다. 기회의 땅인지를 알고 온 브라질 땅에서 난 쫄딱 망했다고 설명을 했다. 그러니 살고 싶은 마음이 없으니 제발 그 총으로 한방에 날 죽여줬으면 좋겠다고 덧붙였다.

한 경찰관이 어디론가 전화를 걸어 브라스 지역의 강도 상황을 확인했다. 문사장의 말에 거짓이 없음을 확인한 경찰관들이 문사장을 설득했다.

"어이, 친구. 죽는다는 것이 쉬운 게 아니야. 혹시 알아? 또 다른 기회가 생길 수 있잖아?"

"우리는 총에 맞고 약에 취해 죽어가는 사람 숱하게 봤어. 너무 허망하잖아. 넌, 보아하니 아직 젊고 똑똑해 보이잖아."

"네 부모님 생각을 해 봐. 네 가족은? 억울하잖아. 그래도 다시 시작할 수 있잖아."

상황이 반전되어 버렸다. 죽여 달라고 떼쓰는 문사장을 두 경찰관이 번갈아 가면서 문사장을 설득하고 있었다. 두 경찰관은 오늘 문사장을 경찰서로 데려가고 싶지 않았다. 경찰서는 오늘 범죄자들로 초만원이다. 그 북새통으로 들어가고 싶지도 않았지만 자꾸 죽고 싶다는 이 한국인이 불쌍하게 보였다. 눈물을 보아서였을까. 하기는 이 한국인이 딱히 피해를 준 상황도 없질 않은가. 도로를 조금 시끄럽게 했을 뿐 피해를 본 사람은 없다. 경찰관이 다시 설득을 했다.

"넌, 다시 시작할 수 있어. 신이 보호해 주실거야. 앞으로 잘 될거야."

"집이 어디야? 우리가 데려다 줄게. 잠 푹 자고 나면 살아갈 용기가 날거야."

결국 문사장이 설득당했다. 경찰차가 분사상 차를 에스코드 해 주면서 아크리마썽 집까지 올 수 있게 되었다. 집 앞까지 에스코트 해 준 경찰관이 악수를 건네면서 한마디 했다.

"이봐, 친구. 자네는 행운아야. 경찰이 범죄자를 집까지 친절하게 데려다 주는 것 봤나? 오늘 일은 안됐지만 더 좋은 일이 생길거야. 용기를 가지고 새롭게 시작해. 신의 가호가 있기를."

3년의 시간이 흘렀다. 죽고 싶어서 도로를 달리던 문사장의 신상에 많은 변화가 생겼다.

문사장의 아내와 아이들이 한국으로 떠났다. 컨테이너 강도 사건 이후로 문사장의 아내는 며칠 동안 몸져누웠다. 가위에 눌린 것인지 밤마다 식은땀을 흘리면서 잠을 잤다. 그리고 아침마다 문사장에게 최후 통보 하듯이 한국으로 돌아가던지 아님 이혼을 하던지 선택을 하라고 쏘아 붙였다. 죽을 작정이었던 문사장은 한국으로 돌아갈 수 없었다. 딱히 방법은 없었지만 한국으로 돌아가도 뾰족한 수가 없었다. 아내를 설득하기에는 문사장의 처지가 너무 형편없어서 떠나는 아내를 문사장은 말리지를 못했다. 결국 아내와 아이들을 한국으로 돌려보내고는 문사장은 독한 생각을 품었다.

중국에서 원단을 공급해 주는 송사장을 문사장이 배신했다. 문사장의 사정을 들은 송사장이 재기하라며 원단 값을 외상으로 공급을 해 주었건만 두 컨테이너 분량치의 외상값을 문사장이 갚지 않은 것이다. 통관회사와 짜고 원단 컨테이너를 빼돌리고는 중국 송사장에게 컨테이너 자체를 압수 당해서 돈을 줄 수 없다고 했다. 브라질 사정을 모르는 송사장에게 여기 브라질 통관이 가끔 그런 경우가 있다고 하고는 빼돌린 원단으로 자본을 만들어 중국에 있는 다른 한국공장의 원단을 들여오기 시작했다. 몇 번의 거래로 신용을 쌓은 문사장은 외상으로 들어 온 컨테이너를 똑같은 수법으로 빼돌렸다. 그리고는 또 다른 거래처를 찾고, 또한 문사장의 회사 또한 두 번이나 회사 이름을 바꾸고 사무실도 이전하고 전화도 바꾸었다.

그리고 한인사회에서 문사장은 악독한 사람으로 인식 되고 있었다. 수금은 제 날짜에 브라질 수금사원이 따로 수금을 했고 행여나 수표날짜가 길면 어김없이 이자를 물게 했다. 반품을 하는 가게들에게 운송비를 물게 했고 한국인 원단 벤데를 반 이상이나 줄여버렸다. 그래도 필요한 원단이 필요한 시기에 들어와 문사장의 회사는 그 규모가 점점 커져가고 있었다.

그리고 언제부터인가 문사장의 얼굴에 웃음기가 사라졌다. 길거리에서 마주치는 얼굴만 아는 사람에게도 꾸벅 인사를 하던 문사장이 어떤 한인들과도 인사를 하지 않았다. 물론 영향력 있는 한인들이나 큰 가게의 사장들에게는 인사를 하곤 했지만 가식적인 웃음으로 건성으로 하는 인사였다. 식당에서 혼자서 식사를 했고 술이 마시고 싶으면 브라질 술집으로 가서 브라질 여자들을 끼고 혼자서 마셨다. 이젠, 마음 터놓고 얘기 할 친구도 없었지만 오로지 매일 비밀금고에서 쌓여가는 현찰만이 문사장의 친구였고 위안이었다. 문사장의 회사는 3년 전의 비참한 상황에서 이제는 어떠한 어려움도 없을 것 같은 든든한 자본과 영업력을 가진 회사가 되어 있었다.

문사장이 집에 들어오는 시간은 밤 10시가 넘어서다. 늦게까지 회사에 남아 서류들을 꼼꼼히 살피다가 퇴근 후에는 헬스클럽에 들려 운동으로 땀을 빼고 들어온다. 그리고 잠이 들기 전까지 문사장은 심한 외로움에 쌓인다. 아무도 없는, 늦게 들어와도 반겨줄 이 없는 집안이 적막감에 싸여 숨소리조차 크게 들린다.

문사장은 수화기를 들었다가 다시 내리고, 오늘도 어제와 똑같은 반복이다. 한국에 있는 아이들이 보고 싶어 수화기를 들었다가 괜한 그리움만 더 쌓여 잠을 망칠 것만 같아 포기하기를 여러 날이다. 아내와는 통화를 한 지가 꽤 되었다. 브라질을 떠난 후 아내는 먼저 전화하는 법이 없었다. 이혼하지만 않았지, 사실 지금의 관계는 남남이 아니고 무엇인가? 아이들 존재가 아직두 부부라는 이름을 유지시켜주는 도구라고 생각하니 씁쓸한 기분이 들었다.

문사장은 차에서 가져온 CD를 플레이어에 넣었다. 차에 있던 CD를 정리하다가 흘러간 팝송이라고 써져 있기에 집으로 갖고 들어온 것이다. 성능 좋은 스피커에서 이글스의 Hotel California가 울려 퍼진다. 냉장고에서 찬 맥주캔을 꺼낸 문사장이 가볍게 따라 부른다. 그리고 이어지는 존 레논의 Imagine까지 들은 문사장은 맥주캔을 하나 더 가져와서 뚜껑을 딴다. 시원한 맥주가 목줄기를 타고 들어간다. 그때 스피커에서 울리는 잔잔한 멜로디에 문사장의 귀가 쫑긋해진다. 멜라니 싸프카가 부르는 Saddest Thing이 흘러나온다. 문사장의 눈이 열리고 가슴이 열린다. 3년 전의 일이 생각났기 때문이다. 도로 한복판에서 술에 취해 눈물을 흘리며 부르던 그 노래다. 이 노래를 들은 경찰관 둘이 문사장을 설득하지 않았는가.

문사장은 멜라니 싸프카가 부르는 노래를 한국말로 의미를 새기면서 따라 부르기 시작했다.

이 세상에서 가장 슬픈 일은 사랑하는 사람에게 안녕을 고하는 일이예요.
내가 알고 있는 모든 것은 모두 내 인생이고 내 자신의 것이에요.
그러나 당신은 안녕이라 말했지요.
아, 행복했던 시절이여! 안녕이란 말은 나를 울게 하지만
그렇지만 난 울지도 않고 연극처럼 꾸미지도 않겠어요.
'그동안 고마웠어요'라고 말하겠어요.
세상에서 가장 어려운 일은 사랑하는 이에게 작별을 고하는 것이에요.
아니에요, 난 울지도 않고 연극처럼 꾸미지도 않겠어요.
난 말하겠어요. 오! 그동안 고마웠어요.
그리고 세상에서 가장 큰 울음소리는
사랑하는 사람에게 조용히 안녕이라고 말하는 것이에요.

노래를 다시 처음부터 돌렸다. 다시 따라 부르기 시작했다. 문사장의 눈에서 눈물이 고이더니 따라 부르는 노랫소리가 목에 잠겨서 제대로 나오질 않았다. 그리고 한동안 먹먹한 표정으로 문사장은 거실 한 켠에 놓인 거울에 비친 자신의 얼굴을 보았다. 거울에 비친 본인의 얼굴이 생소했다. 마치 과거에 알던 사람이 많은 세월이 지나 괴물 같은 형상으로 추하게 변한 모습 같아 보였다.

'저건 내가 아닌데, 왜 저기 있는 걸까?'

면도할 때마다 보는 얼굴이지만 지금 저 얼굴은 그 얼굴이 아니다. 아니, 5년 전, 아니. 3년 전의 얼굴과도 틀린 얼굴이다.

'추하다. 탐욕과 욕망으로 가득 찬 얼굴이다. 목적을 위해서 수단과 방법을 가리지 않는 파렴치하고 치졸한 형상을 하고 있다. 어찌 저런 얼굴이 되었을까?

내가 왜 이리 되었을까? 그래도 한때는 착한 아빠, 착한 남편이었는데 거울 속의 저 자는 탐욕으로 똘똘 뭉친 형상 아닌가?'

Saddest Thing이 계속 흘러나온다. 노래가 계속 나올 수 있도록 REPEAT 해 놓았기 때문이다.

이 세상에서 가장 슬픈 일은 사랑하는 사람에게 안녕을 고하는 일이에요.

'세상에서 가장 슬픈 일은 사랑하는 사람에게 안녕을 고하는 일이라는데, 난 아무렇지도 않게 사랑하는 사람들에게 안녕을 고했구나.'

거울 속의 문사장이 울고 있다. 지나온 세월들이 오버랩 된다. 단란했던 시절들. 큰 녀석 유치원 재롱잔치부터 고깔모자를 쓰고 촛불을 끄는 작은 녀석의 생일파티. 상큼한 레몬 냄새가 나던 아내와의 첫 키스. 세상에 첫 선을 보인 첫 아이를 안고 행복해 하던 아내의 땀에 젖은 얼굴. 수줍게 웃으며 '사랑해'라고 속삭이는 아내의 달콤한 속삭임. 무수한 추억의 화면들이 문사장의 머릿속을 휘젓고 다니다가 가슴 속을 파고든다. 가슴 속에 뭉쳐있는 응어리들을 '콕' 찌르더니 '팡'하고 터뜨린다. 문사장은 엎어졌다. 그리고 소리 없이 울었다. 그러나 온 몸이 들썩거린다. 두 눈 가득 눈물이 그렁그렁하다. 가슴속에서부터 올라온 눈물 덩어리들이 낙하하는 폭포수처럼 한꺼번에 쏟아진다. 회한의 눈물, 그리고 후회의 눈물이었다.

'바보 같은 놈! 소중한 것을 잃어버리다니.'

얼마나 시간이 흘렀을까? 서서히 일어난 문사장은 수화기를 들었다. 잠시 머뭇거리다가 전화 버튼을 눌렀다. 잠시 후, 수화가 너머에서 익숙한 음성이 들렸다. 아내였다.

"나야! 오늘 할 말이 있어."

문사장이 어느 때보다도 부드럽고 조용한 목소리로 말했다.

더 이상 슬픈 일은 하지 않을 거라 다짐하며 문사장이 수화기를 고쳐 들었다.

(『열대문화』 제11호, 열대문화동인회, 2013)

"난 공범자야, 살인자야." 수화기를 떨구며 난 중얼거렸다.

"뭐라구요?" 눈이 둥그래진 아내가 소리쳤다.

"지금 당신 뭐라고 했어요?"

나는 소파에 털썩 주저앉았다.

머리가 띵했다.

일시에 모든 사고가 멎어버리는 것 같았다. 아내는 조심스레 일어나더니 텔레비전을 끈다. 방안이 일시에 괴괴해졌다.

아이들은 재잘거리다가 잠이든지 오래되었고, 우리 부부는 텔레비전에서 영화를 보고 있는 중이다. 아내는 포도주를 마시고 나는 위스키를 마시고 그래, 오늘은 기분 좋은 날이야, 가게를 열고 최상의 매상을 올린 데다가 그것이 거의 모두가 현찰이었다. 자꾸 철부지처럼 싱글벙글 해졌다.

"돈 안 꿔도 되게 됐죠?"

조그만 목소리로 말하면서 아내는 조금은 두려운 눈빛이었다.

이상하지 않은가?

1월 달 2월 달 계속 곤두박질하는 바람에 이리 막고 저리 막고 돈 받으러 마또그로스까지 가기도하고 그랬는데 이렇게 현찰만으로 그것도 무더기 돈이 들어오다니.

"장사가 시작됐나봐."

"아녜요. 이번 우리 까미정이 히트쳤나봐요. 보세요. 거의 다 우리꺼만 가져가잖아요?"

"글쎄……."

"누메루가 맞지 않는데두 가져갔어요. 값을 너무 싸게 낸 건 아니에요? 당신?"

"글쎄?"

그랬는데 저녁때 들어온 벤데 아주머니가 800장 주문 맡았다는 것이었다.

"아니 도무지 짜른 건 1000장인데, 몇 집 안가서 800장이니, 어떻게 더 돌아, 그래 그만 뒀지"

"잘하셨어요. 근데 아주머니 값이 너무 싼 게 아니에요?"

"아니, 값도 채 말하기전이야. 100장 주세요 빨리요. 나두 알아봤지. 오히려 조금 쎈편이던걸. 그러나 저러나 원단이나 더 있수?"

"네, 원단은 있죠."

"됐어, 그럼 말이야, 마음 놓고 알았지?"

그 바람으로 1000장을 더 잘라선 바느질집 쫙 돌리고 그리고 들어온 것이다. 그랬더니,

"아빠, 엄마, 내일 학교에 손님이 오는데 교장 선생님이 나 보구 피아노 치래. 나 보구 말이야."

2학년짜리 딸이 신나서 팔짝팔짝 뛰며 보고하는 것이었다.

우리 부부는 실로 오랜만에, 아니다. 오랜만이 아니고 비로소 처음으로 행복감에 빠졌다. 샤워하고 났는데도 잠이 안와 괜히 텔레비전 앞에 앉아 있었던 것이다.

잔뜩 들여놓은 샤드레이스 알고동 때문에 한 달 반 동안 나는 아내 몰래 얼마나 끙끙 앓았던가.

그리고 송 집사, 불쌍한 송 집사 때문에 얼마나 잠 못 자고 괴로워했던가. 우선 그 지겨운 원단더미, 날 내려 누르던 원단더미가 사라져 가는 데에 참으로 만족 할 수밖에 없었다- 이제 하나의 걱정도 떨어져 나갔고 집사님만 남았지, 세월이 해결하기야 하겠지만-

"이럴 때 요한 슈트라우스의 월쯔라도 들으면 참 좋을텐데……."

"이럴 때? 어떨땐데?" 나는 짓궂게 물었다.

"어마, 당신 지금 나하구 틀려요?"

"틀리다니 뭐가?"

"난 지금 말할 수 없이 좋은데……."

그때 전화벨이 울린 것이다. 아내와 난 동시에 시계를 봤다.

한시가 가까이 되고 있었다.

"송집사가 위독해요. 오스왈드병원, 아시죠? 빨리 오세요. 빨리"

수화기를 떨어뜨리며 맨 처음 떠오른 생각은 내가 그녀를 죽음으로 몰아넣은 범인들 중의 하나라는 것이었다.

그렇다, 내가 그녀를 죽게 했다.

나와 모두가 그녀를 죽게 했다.

온 도시가 들구 일어나 그녀를 막다른 골목으로 골목으로 몰아넣었다. 특히 그녀를 죽음으로 몬 것은 나였다. 방금, 바로 몇 시간 전 난 그녀를 봤었고, 그녀를 발견 하자 이상하다 하면서도 그냥 지나쳤고, 그리고 그 사실조차도 잊고 있었다. 모두 내 행복 때문이었다. 얄팍하기 짝이 없는 행복감, 오랜만에 장사가 잘 됐다는 게 너무 좋았던 나머지, 난 그녀를 외면했던 것이었다. – 그래, 집사님은 우리 가겔 온 거였어, 그래그래, 날 찾아왔던게 분명해. 근데 내가 손님과 바쁜걸 보구 기다렸던 거야. 우리부부가 웃으면서 가게 문 닫는 거, 차타는 거 그걸 다 보았던 게 틀림없어.

그리구 그리구, 내가 자길 지나쳐 버린 것두 알았던 게 틀림없어. 아– 난 펄쩍뛰며 일어났다. 아내에겐 말 한마디 없이 뛰쳐나갔다.

송집사, 그녀는 혼자서 쫓겼다.

소문에 쫓겼다. 처음 얼마간은 못 들은 척 외면하면 숨죽을 줄 알았다. 그녀도 그랬고, 주변의 우리도 그렇게 생각했었다. 철야기도 때 성가대원 전원은 모두 호된 시험에 든 송집사를 위해 울며 기도했다. 그런데 소문은 숨숙기는커녕 점점 너 불어나기만 했다. 송집사는 교회 니오는 걸 멈출 수밖에 없었다.

그녀가 없는 주일예배는 왠지 쓸쓸했다. 성가대원들은 풀이 없이 침통했고 그렇게 되니까 예배 전 순서가 조용한 채 진행되는 느낌마저 들었다.

송집사는 그만큼 주위를 즐겁게 해주는 특별한 기술을 가진 여자였다.

품위도 있고 멋쟁이었고 유머가 넘쳤으며 무엇보다 메조소프라노의 음색은 일품이었다.

처음에 얼마간 사람들은 분노했다

"도대체 누가 그따위 아가릴 놀려?"

"캐내봐요. 캘 수 있을꺼에요"

"말이 아니면 하지두 말구, 듣지두 말랬어, 떠들지들 마"

그러나 그것은 수물수물 자꾸 번지고 커갔다.

몇 년 전 나는 텔레비전에서 공상 괴기영화를 하나 보았었다. 이러했다 하나의 생물이었다. 스무고개 게임으로 친다면 그것은 동물이라 해야 했는데 눈도 코도 얼굴도 없었고 손도 발도 없는 것이었다. 그냥 움직이는 하나의 덩어리였다. 문어가 육지에서 꾸물렁 꾸물렁 움직여 가듯이 그 덩어리는 굴러 다녔는데, 그 괴물이 닿는 생물체는 그대로 괴물 속으로 빨려 들었다. 강아지도, 꽃도 사람도 자꾸 놀아 없어지는 대신 괴물의 덩어리는 자꾸 커갔다.

눈덩이처럼 자꾸자꾸만 불어 나가 어마어마해짐에 따라 그 마을의 공포는 극도에 이르렀다.

언제 어디로 스며들어올지 예측할 수 없는 공포, 마침내 전기충격인가 뭔가로 그 괴물은 완전 퇴치된다.

그 영화의 괴물이 오른 것은 그녀를 둘러싼 소문의 정체가 너무도 흉칙스러웠고 그리고 괴물처럼 점점 커갔기 때문이었다.

송집사는 처음 얼마간은 괴물과 정면 대결했었다. 다른 여자 같으면 입 꼭 다물고 외면하거나 울어버렸을 것을 그녀는 아무렇지 않게 화제에 올렸었다.

"여자 40이면 다 끝난 줄 알았는데, 인생이 말이에요, 참 별꼴이죠? 추문의 주인공이 다되구 말이에요. 브라질은 브라질이에요. 어이구 원 창피해서" 이렇게 말하며 깔깔 웃기까지 했었다.

그러던 그녀도 마침내 사색이 되어버렸다.

그때와 거의 동시하여 주변 가까운 사람들마저도 "설마……" 하는 표정이 되더니 쉬쉬하기 시작했다.

"아무리……", "글세", "혹시" 그러나 그때도 잠시 지났다.

그녀가 교회를 나오지 않게 되고 자기네 물건 구입하러 다니는 일도 고만두었을 때 그러니까 그녀의 모습이 모두의 시야에서 사라졌을 때 사람들은 옳다하고 떠들어대기 시작했다. 소문의 괴물은 노골적으로 정체를 드러냈다.

본래 입에 거품을 잘 물고 말세를 운운하기 좋아하는 축들은,

"정말 그럴 수가 없어", "그러니까 사람은 알 수가 없대는거야", "이참에 교회에서 제적시켜야 돼" 하며 계속 떠들어 댔으나, 역시 시간은 현명한 선생일 수밖에 없나보다. 석 달이 못가서 수그러들기 시작한 것이다. 제품이 박차를 가해야하는 철이 오기도 했고, 이때 그 무서운 총기 사건이 터졌기 때문이었다.

돈 꽤나 벌었다고 소문난 두 유명인사가 서로 총을 휘둘어 모두 중태에 빠진 사건이었다.

나는 이 소식을 접하는 순간 혼자 "옳다" 했다. 안도의 숨을 쉬었다.

이는 가련한 송집사를 위해선 너무도 다행스런 사건이라고 생각되어졌기 때문이었다. 이제 사람들은 그녀를 잊을 것이다. 소문의 괴물은 다른 건을 붙들고 늘어질 것이고 송집사는 그 늪에서 빠져 나올 수 있을 것이었다.

그래 그날 저녁 실로 오랜만에 전화를 걸었다.

"접니다. 오분 후 갈테니까 아파트아래 나와 계세요. 아셨지요?"

나는 아내와 함께 갔다.

생각대로 그녀는 기다리고 있지 않았다. 결국 올라갈 수밖에 없었다. 아이들은 보이질 않고 쌀타는 여전히 정갈했다.

"이이가 맛있는 집하나 알았대요, 생선요리 전문 집인데요 자, 일어나세요. 집사님."

"고마워, 근데 아무것도 먹구 싶질 않은 걸."

우리 내외는 마구 끌다시피 하여 간신히 밖으로 나왔다.

고급스런 식당에 마주 앉혀 놓고 보니 그녀는 너무도 야위어 있었다. 석 달 동안의 고통은 10년의 세월을 앞당겨 살게 한 것이었다.

나는 눈물이 핑 돌았다.

그녀는 내게 누님 같은 분이었다.

파라과이에서 온지 얼마 안됐을 때 우연한 이야기 자리에서 같은 대학 출신임을 알게 되었다.

내가 시험 치러 간 해 그녀는 졸업반이었고 한번 낙방하고 다시 들어갔을 땐 이미 졸업하고 없어서 우린 한 번도 함께 캠퍼스에 있어 본적이 없었는데도 얼마나 반갑고 기뻤었는지, 그녀도 나도 일가 친척이 라곤 단 하나도 없는 처지여서 그 인연이 더욱 소중했던 것이다.

"집사님, 이번 주일날은 꼭 교회에 나오세요, 성가대 야유회가 있는데 모두들 집사님이 계셔야 즐거울 꺼래요."

송집사는 내말이 채끝나기도 전에 흑흑 울기 시작했다. 아내도 덩달아 울었다.

나는 일찍이 이렇게 괴로움에 온통 젖은 울음은 본 적이 없었다.

입술을 깨물며 울음을 참느라 애쓰는 그녀를 보면서 나는 나 자신이 미워졌다. 오랫동안 얼마나 외로웠을까. 왜 좀 더 찾지를 못 했던 것인가? 자책으로 괴로웠다.

얼마를 울고 난 후 그녀는 말하기 시작했다.

"나는 누구에게도 말한 적이 없는 이야길 이제부터 하겠어. 단, 아무것도 묻지 말아줘."

너무도 차분한 목소리. 너무도 빛나는 눈빛 때문에 나는 대답조차 하지 못했다.

"어느 날, 가게 문 닫으려고 부지런히 그날 매상을 챙기구 있는데 누가 들어왔어. 잘 아는 남자였지. 난 계산하던 것두 중단하구……."

"웬일이십니까."

"송 여사 가게가 여기 있는 걸 모르고 얼마나 헤맸는지."

"무슨 용무가 계시는지요……."

"아니 뭐. 모스트라도 좀 볼 겸 우리 집 물건이 잘나가고 있는지도 볼 겸. 그냥 나온거죠 뭐."

"아, 네……. 좀 일찍 오실 껄 그랬어요. 문 닫을 시간인 걸요 어떡하죠?"

"아 뭐 괜찮습니다."

"전 그럼……."

송집사는 발코니스타 가방 검사를 한 뒤 다 내보내고 가게 문을 닫았다.

"요즘이야 경기가 없어서 이렇다하게 잘나가는 모델이 없어요.
다음에 한번 나오세요."

"아, 네. 고맙습니다. 저 그런데 지금 집으로 가시는 거죠?"

그녀는 순간 가슴이 덜컹했다.

오래 혼자 살아온 특별한 감각이 그녀를 주의 주는 것이었다.

"오늘은 여기 사무실에 볼일이 좀 있는데요, 왜요?"

"허 글쎄, 오다가 차 사고가 나서……."

"어떡하죠? 모셔다 드렸으면 좋겠는데 오늘 집세 땜에 사무실과이야기를 나눌께 있거든요. 동쪽 입구로 나가시면 택시를 쉽게 잡을 수 있어요 저쪽……."

"아, 네. 알겠습니다."

송집사는 평상시와 다른 그 남자의 태도에서 뭔가 끈적끈적한 낌새를 채고 사무실로 향했다.

그러나 사무실은 불행히도 닫혀있었다. 난감해졌다. 발코니스타들도 다 갔고- 쇼핑 안은 어느새 조용했다.

그녀가 차고에 이르렀을 때 역시 그 남자가 거기 서 있는 게 보였다.

얼른 과르다에게,

"저기 저 동양인 물건두 안 사구 시간만 끈 손님인데 택시 좀 잡아줘요. 부탁이야, 알았지?"

일러놓고 차로 갔다.

"택시가 없던데요. 이거 염체불구하고 신세점 져야겠습니다. 송여사."

"1분이면 될꺼에요. 어이 임마누엘 이분 택시 못 잡아서 그러나본데 좀 잡아줘"

"걱정 마세요. 잡아줄꺼에요. 죄송합니다. 전 운전이 서툴러서요."

그 남자는 분한 얼굴로 그녀를 노려보더니 뚜벅뚜벅 사라졌다.

그런데 그다음 다음날 이번엔 또 다른 남자가 왔다. 그 역시 먼저 남자처럼 평상시 자주 대면했던 도매점 주인이었고 두 사람이 아주 가까운 사이라는 걸 그녀도 알고 있는 그런 남자였다.

그 남자가 가게에 들어선 것은 점심시간이었다. 송여사는 불길한 예감에 얼굴을 찡그렸다.

"안녕 하십니까 송사장님."

"……"

"물건 벤데 나왔습니다. 경기가 나빠서 이러다간 밥이나 먹게 되겠는지……."

"자 보세요. 보시는데야 돈 받을 수 있습니까?"

"저 죄송합니다. 물건 넣으세요. 어떠한 것도 당분간 안보기로 했습니다."

"글쎄 다들 그러시죠. 허지만 노비다지가 있어야 하는 겁니다." 그는 낄낄 웃으며 아모스트라를 펴서는 발코니스타에게 보이는 것이었다.

그녀는 나머지 한 아이를 불러서 심부름을 시키고는 자신도 밖으로 나

와 버렸다. 이윽고 그 남자는 가방을 들고 나오더니,

"송 여사 점심이나 하러 가십시다. 이 안에 훼이조아다 잘하는 집 있다던데."

"감사합니다. 전 훼이조아다를 좋아하질 않아요."

"그럼 딴거루 하죠."

"벌써 먹을걸요."

"뭘 그러십니까? 재한테 물어 봤는데요." 하며 팔을 끌기까지 하는 것이 아닌가. 송집사는 깜짝 놀라 뿌리치고는 가게 안으로 뛰어들었다.

너무 놀라서 얼굴이 빨개졌다.

그것이 전부였다.

"바로 그 주말부터 소문이 나기 시작한 모양이야. 내가 안 것은 다음주 초였으니까"

"누굽니까?"

"아무것두 묻지 말라고 그랬지."

"왜요? 네? 집사님?"

"생각 참 많이 했어 정말 별의별 생각 다했지. 결론은 참자는 것이었구 모든 게 내가 여자요, 혼자 살고 있다는데서 오는 거니까.

나는 이날 이때까지 먼저 간 남편보다 더 멋진 남자는 본적이 없어.

남편이 가는 날 이렇게 말했었지,

"여보! 당신 아직 젊고 예쁜데 어떻게 혼자 살지?", "왜 못 살아요?"

"에이 바보 남자들이 가만 놔두는 줄 알어?"

"당신만큼 멋진 남자가 나타나면 그땐 모르죠."

"글쎄 당신도 바보라니까. 세상의 남자들이 얼마나 많은데."

"여보, 난 아직 당신만한 남자 본 적이 없어요. 당신 우쭐해도 좋아요. 정말이니까요."

"그래? 만약 멋진 남자 나타나면? 결혼하구려. 그럼 결혼하겠다구 약속해."

"싫어요. 빨리 나아서 일어날 생각은 안하구."

남편은 이런 얘길 끝으로 떠났지.

자만했었나봐. 사실 부족한 게 없었으니까. 남 어려운 것두 모르구, 남 괴로운 것두 모르구, 그이가 가고 나서두 그저 그이 생각 만하구 말이야. 오만했어. 신앙심두 그래, 그냥 교회 나가는 거야. 그냥 성가 대원이 되어 앉아 있었구, 비싼 옷 근사한 옷 입구 사람들과 어울리는 것 말구 생각한 게 없었어. 헌금 내는 일도, 봉사하는 일도 모두 남들이 하니까 했구, 교회 를 안 나가면 달리갈데두 없으니까 간거구 노래 잘하는 것을 자랑할 땐 교회밖에 없잖아?

난 지금두 그래, 그러한 나였기 때문에 벌 받고 시험에 들고 했다구 생 각한적 없어, 말하자면 내가 크리스찬이 아니란 뜻이지.

교회가 의지처구 교회 신도들이 고맙고 정말 그런 생각이 들기도 전에 그 반대가 되 버렸으니, 언제 내가 크리스찬이 되지?"

그녀는 공허한 눈으로 나를 보았는데 실은 나를 보는 것이 아니었다.

나는 나도 모르게 부르르 떨며 소리쳤다.

"죽일 놈들."

"모르지 그 사람들이 아닌지두."

"틀림없어요. 집사님이 그렇게 생각했음⋯⋯."

"그렇담 응징 받은 거야."

"네?"

그때 내 머릿속으로 번개같이 한 생각이 지나갔다.

"응징 안 받겠어? 나를 이렇게 만들어 놓고."

송집사는 내 얼굴을 보더니 얼른 말을 피해갔다.

그날 그녀는 많이 밝아진 얼굴로 돌아갔다. 그리고 그 주일 교회에 나 왔다.

사람들은 열심히 손을 마주 잡아 주었고 나는 사냥개처럼 눈을 번들거리며 누가 그녀를 외면하나 체크했다. 표면상으로 달라진 것이 없었다. 그래도 가장 좋아하는 것은 성가대원이었고 어딘가 활기가 도는 듯도 싶었다.

송집사는 전처럼 말은 많이 하지는 않았지만 시간이 흐르면 금방 회복될 것 같았다.

야유회에서도 나는 세심히 배려했다.

사회는 자진해 맡으면서 되도록 모두의 신경이 그녀에게 가지 않도록 이끌어 나갔다.

무얼 먹나, 누구와 얘기하나, 얼마를 웃나, 일일이 신경 쓰느라 먹지도 제대로 못하였을 지경이었다.

그날 헤어질 땐 나는 속으로 OK 했다. 그만하면 된 것이다. 완전 치유되기까지야 좀 시간이 필요하겠지만 역시 믿는 사람들이라 다르긴 달라하고 속으로 생각했다.

그때 총기 사건은 교민 사회를 발칵 뒤집어 놓았다. 워낙 유명한 인물들이었구 딴에는 뭔가 요직에도 있구.

총을 소지해야 되느냐. 마느냐.

총은 집에 두어야 하느냐, 가지고 다녀야 하느냐. 온통 총, 총 했다.

그러나 총 이야기에 묻어서 다른 이야기들이 퍼져 나갔다.

그들이 왜 총질을 했나였다.

돈 때문이다, 부도 수표 때문이다, 자리다툼 때문이다, 무슨 내기 때문이다, 아니다 여자 때문이다.

술집에선 단 둘이서 마셨기 때문에 증인이 없었고 단지 웨이터의 입에서 새어나온 몇 마디 말이 억측에 상상을 더해 번신 섯이었다.

나는 열심히 일만 했다.

은행 막느라 두쁘리까따 막느라 여념도 없었지만 아무것도 듣고 싶지 않았기 때문이었다.

너무 지저분했던 것이다.

"아직 여름 재고가 무더기로 남아있는 데도 긴소매를 잘라야 하니."

"일하러 이민 온거로군, 이렇게 일만하는 거라면 우리나라에서도 떼부자 안되겠어?"

나는 일부러 중얼거리기까지 했다.

그 두 돈 번 남자는 각각 다른 병원에 누워 중태를 헤멘다는 소문을 들으며 온 교민은 새로 일어나는 경기회복으로 다시 종종걸음을 쳤다.

말하자면 남이야 죽건 말건, 남이야 총으로 도둑대신 친구를 쏘건 말건, 남이야 여자 하나놓고 내기 걸었다 총질을 하건 말건 이젠 아랑곳 없었다. 도무지 관심 없었다.

그저 원단 사러, 바느질집 구하러 동분서주하기만 했다.

– 밥 먹고 변소 갈 틈도 없는데 한가하게 남이야기 해?

– 돈 다 벌어놓고 뱃속 편해서 총질하는 놈들 뭘 대단하다구 입에 올려–

아주 점잖아진 것이다.

바로 얼마 전까지 침을 탁탁 뱉어가며, 그런 여자는 제적시켜야 돼 하던 이들이었다. 나는 멀간히 그런 사람들의 얼굴을 쳐다보았다. 아주 정상이었고, 또 아주 주관이 있어 보였다.

나는 대중이란 이런 것이로구나 하고 깨달았다. 그래서 위정자들은 대중을 우롱할 수 있구나 하고 생각했다. 국민의 관심을 이쪽으로 저쪽으로 돌려가며 자기네 입장이 편해지도록 유도하는 일은 손바닥 뒤집는 것 이상으로 쉽겠다 싶었다.

아! 어리석은 대중이여.

그 깨달음 이후 나는 아내를 막았다. 때때로 아내가 "여보, 새로 난 밥집이 잘한대요. 오늘 점심은 거기 가봐요." 해도 화를 냈다.

"잘하는지 당신 가봤어?"

"아니 다들 그러니까 안거죠."

"직접 가서 맛보질 않았음 말도 하지마."

아내는 둥그렇게 쳐다본다.

"어제 수금 날 오리엔찌 어느 집에서 벤데하고 주인여자하구 쌈이 벌어졌대요. 가위를 휘두르고, 벤데 아줌만 기절하구⋯⋯."

"여보, 당신, 보구하는 소리야."

"아니, 바로 그 옆집 숙이 엄마한테 전화온걸요."

"그래두 당신이 현장에 있지 않고선 남한테 이야기 하는 게 아냐"

"남한테 하긴 당신 한테니까 하는 거죠"

아내는 울상이 되었다.

그래도 나는 계속 입을 막아대었다. 아내는 아직 어릴 뿐 아니라 착했기 때문이었다. 알아듣게 설명하는 것 보다 차라리 이렇게 하는 편이 빠르다고 생각했다.

한번은,

"뭐가 요즘 잘 나가는지 좀 알아봐." 했더니

"당신이 직접 나가보지 그래요. 남의 말만 가지구 안됐댔잖아요."

아내의 이런 응답에 나는 오히려 만족했다.

거의 두문불출 하다시피 한 두어 주일 지났다.

교회에서도 예배가 끝나는 대로 왔고, 송집사가 오지 않은걸 확인하고도 그녀의 집에 전화조차 걸지 않았다.

기도하고 찬송할 때만 빼놓고는 '송집사, 그 여자 이랬대⋯⋯, 저랬대.' 하던 사람들이 이번엔 '샤아드 레이스', '까미정', '짤랐어', '잘나가' 이런 소리만 했다.

내입에서도 ㄱ 소리 나도 모르게 니올까봐 난 일찌갑치 무리를 빠져 나오는 것이었다.

"그럼 어때요? 다 그렇게 사는 거죠?"

차에 타면서 아내가 볼멘 목소리를 했다.

"뭐라구?"

"다 그렇게 사는 게 아니냐구 했어요. 내말이 틀려요?"

"……"

"왜 갑자기 당신만 고고할려 해요? 뒤에선 다 남이야기 하려구 옮기는 거구 그렇지……"

나는 아내의 말이 옳다고 생각했다. 제법 그럴듯한 말도 하는가 싶기도 했다. 그러나 나는 말없이 돌아왔다. 웬만하면 아내는 남겨놓고 나 혼자 왔어도 되는 거였지만 그렇게 하고 싶지 않았다.

내가 옹졸해지는 건가. 이래서 외톨이가 되는 걸거야.

그러나 나는 많이 모여 있는 사람들이 싫었다. 각기 따로 있으면 괜찮은 사람들이 모이게 되면 달라지고 마는 게 싫었던 것이다.

송집사는 물건 하러 가끔 나오는 모양이었다.

때때로 우리 가게에도 들렸다 가지만 한 번도 마주치질 않았다.

아내가 오늘 낮에 같이 식사했어요. 송집사님 하구요 했을 때 내가 묻는 건 고작 '좀 잡수셔?'였을 뿐이었다.

"네. 그동안 가게가 엉망이었나 봐요. 우리 것두 좀 가져가셨어요. 이쉬 뻬리멘타 하시구 가져가시라니까 굳이 좋다면서 20장이나 싸시던데요?"

"교회는 좀 더 생각해보셔야 겠대요."

"그게 무슨 소리야?"

"모르겠어요. 그냥 그 말씀만하시대요."

"점심값 당신이 냈지?"

"아니 별걸 다……"

모든 게 다 제자리를 찾은 것 같았다. 벤대의 주문도 활발했고, 휘스칼도 활발한 모양이었다.

그러나 내가 정신없이 일을 한 건 그 경기의 흐름을 타느라고 그랬다기보다 그냥 그런 것이라는 편이 옳았다. 무엇이 잘 나가는지, 얼마큼 필요한 건지 그것도 모른 채 수표 막고 아내 입 막고 그러면서 보낸 것이다.

그랬는데 오늘은 오래간만에 짜증스런 내 얼굴에 싱글벙글 주책스런 웃음이 돌 지경으로 장사가 잘되어진 것이다.

난 정시간보다 30분이나 더 지나서야 가게 문을 닫고는 허둥지둥 차에 올랐다.

아내는 아내대로 여보. 빨리해요. 수상한 놈들 없어요? 하면서도 여기저기 살피지도 못했다.

차가 발동을 걸고 막 속력을 내어 우회전하는 순간 저기 왼쪽 건너편에서 걸어오는 송집사를 본 것이다. 거리는 어두워 있었지만 그는 분명 송집사였던 것이다.

그런데도 나는 그럴 리가 잘못 봤을꺼야 했다.

"당신 지금 송집사 봤어?"

"아니 집사님이 지금 이 시간에 여기 왜 있어요?"

"아냐 저기서 분명 봤는걸."

"당신 마음때문이에요. 지성으로 염려하니까 그러는 거에요."

"아닌데……."

"정말 집사님. 빨리 안정이 되어야 하는데, 아참 그러지 않아두 아까 낮에 전화 왔댔어요"

"뭐라구? 왜 이제 이야기해?"

"언제 이야기할 새가 있었어요? 물 마시러갈 시간도 없었는걸요."

"뭐라구 왔어?"

"그냥 잘있냐구요. 그래 내가 우리 까미정 잘나가요? 했더니, 응 잘나가질 민들었이. 여대끼지 민든 것 중에서 기장 수작인데 희시닪이요? 그레, 더 드릴까요 했더니 응 그러구 마시던데요. 그래 오세요. 남겨 놓을께요. 하구 그냥 끊어버렸지요."

나는 내심으로 잘못 봤기를 바라면서 그냥 몰았다. 그리고 밤내내 잊어버린 것이었다.

"죽지마세요. 죽지마세요."

엉엉 울며 차를 몰았다.

죽으면 안돼요. 집사님 그럼 지는거에요. 당당하게 서야 해요. 죽으면 안되요.

거대한 도시 상파울로의 밤거리는 혼자 조용했다.

내가 아무리 소리쳐 울어도, 아무리 있는 힘껏 달려가도 끄떡도 하지 않았다.

* 이진서는 안경자의 필명 중의 하나이다.

(『무궁화』 제2호, 브라질한인회, 1985)

꿈비까공항은 한산했다.

아무 곳에나 가방을 내려놓고, 은애는 습관처럼 사방을 둘러보았다. 아는 얼굴이 있을 리가 없었다. 가까운 의자에 털썩 앉고 보니 이미 할 일이 없어졌다. 할 일, 도대체 할 일이 뭐가 있겠는가.

시간이 되어 비행기를 타면 그것으로 모든 일은 끝나게 된다. 정말 끝이다. 오랜 시간동안 오로지 한 개의 목적을 향해 달려 왔는데, 그것이 이제 끝이 나는 것이다.

달려온 시간 15년. 기다려 온 시간 15년. 이를 악물고, 눈을 부릅뜨고 15년. 자나 깨나, 앉으나 서나, 오직 하나의 생각으로 버려온 15년. 그 15년이 끝나게 되는 것이다.

21세에 결혼, 잘 살아가던 26세 어느 날, 남편은 다섯 살짜리 딸을 데리고 사라져 버렸다. 그리고 지금 40대 여인. 김은애. 아파 누울 시간도 없었다. 누군가가 혹시 위로 같은 것 하려들까봐, 친구나 이웃이 있어 기도하러 가자 할까봐, 절도, 교회도 한사코 외면한 채 얼마나 몸을 도사려 왔었던가. 마음이 허물어질까봐, 하루아침, 또는 어느 한 순간, 와르르 무너져 내리면 어쩌나, 한 시 한 때도 늦추어 본적이 없는 한 개의 생각, 그것은 복수, 바로 그것이었다. 남편을 파멸로 그리고는 딸을 찾는 일.

해마다 딸의 생일이 돌아오면 그녀는 제일 좋은 진주를 한 알씩 샀다. 하나씩 늘어나는 진주알을 틈나는 대로 만지며, 만나고 말 것을 다짐하고 또 다짐하였다.

진주는 그녀 눈물의 결정체였다. 진주는 그녀 각고의 의지처였다. 처음 보석상 주인은 그렇게 비싼 것을 사고자하는 허름한 차림새의 손님에 대해 의혹에 찬 눈초리를 숨기지 못했지만, 해마다 같은 날 틀림없이 와서는 값을 묻기보다 더 좋은 진주알을 사고자 애쓰는 그녀를 아끼게 되었다.

"딸 생일이에요. 딸애가 시집가는 날, 목걸이를 만들어 줄테예요."라는 말과 함께.

그 진주알이 열두 개 되는 날 "내년쯤 중학생이 되겠군요." 보석상 주인이 말했다.

"중학생이요? 아니에요. 그 앤 열일곱 살이 되었어요."

"아! 네에. 난 또 예쁜 아가씨가 된 걸 모르구……."

"예쁜 아가씨, 네, 그럴 나이죠. 사장님, 그 앤 지금 먼 데 있어요."

그 말이 떨어지는 순간 은애는 흠칫 놀랐다. 누구에게도 해본 적이 없는 말이었다. 혹 딸아이의 얘기를 했다가 부정스런 일이 생기면 어쩌나, 그녀는 정성을 다하는 마음으로 딸을 생각했고, 진주를 마련해 왔던 것이다. 그러나 이젠 해도 되게 된 것이다.

"실례했습니다. 손님. 제가 그만……."

"아니에요, 내년쯤. 만나게 될 것 같애요."

"아, 그럼?"

"네, 먼 외국에 가 있지요. 갈 수 있게 됐어요."

환한 웃음이 번졌다.

그랬던 진주알, 그 애 나이대로 사서 열아홉의 진주가 지금도 그녀의 핸드백 속에 간직되어있다.

─도루 가지고 가다니, 그냥 줘 버릴 걸, 안돼. 그 앤 내 딸이 아냐. 첫눈에 알아보았지만 이젠 내 딸이라고 할 수 없어.─

손 한번 만져 보지 못하고 그 애 앞에서 마음껏, 있는 껏 흐느껴 울지도 못하고 떠나야 했다. 그 애는 전혀 남이 되어 있었던 것이다. 온통 상반신을 들어 내놓은 듯한 옷을 입고 껌을 쩍꺽쩍꺽 씹으면서 브라질 남자애와 함께 나왔었다. 남자 녀석은 뭐라고 큰소리로 떠들더니 딸애를 끌어안고 소리 내어 입을 맞추고는 이쪽은 거들떠보지도 않고 가버렸다. 은애는 낯이 달아올라 같이 간 한영사(韓領事)를 쳐다볼 수가 없었다. 한영사가 몇 마디 뽀르투게스로 말하니까, 그 애는 크게 놀라는 것 같았다. 그러나 그것도 찰나에 지나지 않았다. 뭐라고 빨리빨리 말을 한 후, 한참을 말없이 그녀를 쳐다보았다.

슬픈 눈빛은 아니었다. 전혀 아니었다.

놀랍다는, 이상하다는 그런 얼굴로 쳐다보더니 또 뭐라고 말을 하는데, 이번엔 천천히 더듬거리는 것 같았다.

"아주머니 저— 이 애는요…"

한 영사는 어떻게 말문을 열어야 좋을 지 망설이다가 이렇게 말하는 것이었다.

"좀 충격을 받은 모양입니다. 지금은 아무 말도 하구 싶지가 않대요. 엄마에 대해서 오랫동안 생각해 보질 않았답니다. 내일 나한테 전화하기로 했으니까……"

그리곤 꼭 열흘이 지났다. 깜깜한 열흘.

은애는 매일 학교 앞으로 나갔다. 등교하는 딸애와 끝나고 나오는 딸애를 지켜보곤 했었다. 조금의 구김살도 없이, 조금의 우울함도 없이 딸애는 남자애들과 깔깔대곤 했다. 브라질 여자애들보다 더 야단스러웠다. 옷차림도 그랬고, 몸짓도 그랬고, 웃음소리도 그랬다. 그 애 주변엔 항상 서너 명의 남자애들이 몰려 있었는데 그녀가 보기에도 녀석들은 불량스러웠다.

자꾸 보면 볼수록 그 앤 생면부지의 남이 되었고, 어느 집 딸인지 한심하기 짝이 없는 그런 애로 보였다.

─저앤 난이가 아니야. 아냐! 내 딸이 아냐─

사라져가는 딸애를 바라보며, 그녀는 매일 똑같은 소리만을 중얼거려야 했다.

남편을 파멸로 몰아넣으려는 일이 이렇게 처참하게 변질될 줄은 전혀 몰랐다. 딸을 참으로 영원히 빼앗겼다는 확인. 그 확인을 위해 브라질로 왔더란 말인가?

브라질.

은애에게 있어서의 브라질은 오로지 자기의 손에 의해, 파멸의 나락으로 굴러 떨어져야 마땅한 남편이 숨 쉬고 있는 땅, 그 외에는 의미가 없던 곳이었다. 그래서 자신이 그 저주의 땅에서 딸 난이를 구해 내오지 않으면 안 되는 지구의 끝이었다. 그런데 딸은 구제 밖의 존재가 되어 있었고 자기 자신은 엄마도 생모도 이미 아니고 있었다. 이제는 남편이 저주스럽다는 생각조차 들지를 않았다. 자기에게 내려진 운명의 무게를 비로소 똑바로 인식해버린 깨달음이 왔다.

몸을 부르르 떨던 원한도, 자기 학대도 일어나질 않았고, 시련아 얼마든지 와라 난 무서울 게 없다. 이기고야 말거니까 라는 시퍼런 칼날도 서질 않았다. 돌개바람이 한 바탕 불어 모든 걸 휩쓸고 가버린 것 같은 정적.

그런 인식이 들자 그녀는 비로소 귀국을 생각했다. 서둘렀다. 우선 돌아가 고향의 부모님 묘 앞 양지 바른 곳에 눕고만 싶었다.

"미스터 한. 나예요. 저 내일 떠나겠어요."

자신의 목소리가 너무도 담담한데에 스스로 놀라며 은애는 어두운 방에서 전화를 끊고는 혼자 울었다. 오래 오래 울었다.

눈물은 강물처럼 흐르고 또 흘렀다. 남편을 만났을 때도 눈물은 나오질 않았다. 그 남편이 병상에서 죽음 직전에 있는 것을 보았을 때도 눈물은 나오질 않았다.

허무의 눈물도, 억울한 눈물도, 또 연민이나 어떠한 것도.

"은애. 은애."

남편은 처음 그녀를 보자 두 번 이름을 부르더니 눈을 감아 버렸었다. 오래 동안 감은 눈으로 눈물이 흘러내렸다. 움푹 들어간 뺨을 우두커니 내려다보다가 그녀는 밖에서 들려오는 삼바 리듬을 듣고 있는 자신을 깨달았다.

－왜 아무것도 없을까! 다 어디 갔을까!－

자신 속에 오랜 세월동안 살찌워져 온 서릿발 같은 단어들, 원한에 넘치는 말들은 도대체 어디로 간 것인가. 충격도, 저주도 찾아볼 길 없는 텅 빈 마음자리. 은애는 자신이 매어달려 있었던 것이 허깨비였음을 알았다.

그 허깨비마저도 타 없어져 버려 재도, 흔적도 깡그리 허공으로 사라져 없어진 것을 발견했다.

은애는 망연히 흰 벽만 응시할 수밖에 없었다. 이윽고 남편은 눈을 뜨고 조용히 말을 꺼냈다. 목소리는 조금씩 말을 만나 뜻을 담기 시작했다.

"당신이 올 걸 알았지. 꿈에 보이더군. 이제 당신을 보니 죽는 내 마음이 편해졌어. 이렇게 오게 한 걸 보면 하나님이 날 용서해 주실 모양이야."

뼈만 남은 긴 손가락이 움찔움찔 그녀를 향해오다가 문득 서버렸다.

"난이를 만나고 싶어요."

그녀가 말했기 때문이다.

"그 앤 처음에 많이두 울었어. 나중엔 나도 같이 울어버리곤 했지. 그럼 그치는 거야. 울 엄마 어딨어, 울 엄마 어딨어. 브라질인 유모가 그것이 무슨 말인지두 모르고 그 아일 재울 때마다 그 말을 하더군. 노래처럼……. 유모는 착한 여자였는데 3년 전, 자기 고향으로 가야했어. 여기서 한 시간 떨어진 곳……, 난이도 따라갔지. 십여 년을 함께 살았으니까…….

난 말릴 수가 없었어. 그 앤 이미 어른이야. 그리구, 그 앤 날, 날……난이는 나하구 이야기 안한 게 5년두 더 될 꺼야."

그는 천천히 혼신의 힘을 다해 주소를 적어 주었다. 거기는 난이대신 루시아나라고 적혀 있었다.

은애가 종이쪽지를 받아 쥐고 그대로 병실을 나오자 거기 복도에 한 여자가 앉아 있다가 일어났다. 은애는 그제야 그녀가 누구임을 알았다.

"난이 어머니……."

"……."

한참을 두 여자는 얼굴을 마주보고 서만 있었다. 은애는 자기 마음속에 조금의 미움도 없는 것이 이상했다. 나이는 더 될 것 같고, 부드러운 눈빛과 둥근 얼굴은 호감을 갖게까지 하는 그런 인상.

–이 여자는 자기 인생이 더 중요했었겠지. 이 여자를 탓할게 뭐있겠어–
이런 생각마저 은애의 마음속에 일어났다.

한 번도 본 적이 없는 여자. 그러나 자기보다 먼저 남편을 만나 자기보
다 먼저 결혼했고, 몇 년 결혼생활도 했었으며, 호적상으로도 떳떳한 부인
일뿐더러, 난이의 어머니로 되어 있는 여자. 은애가 이런 사실을 캐어냈을
땐 남편이 딸을 데리고 사라진지 한 달이 지난 후였었다.

동사무소 바닥에서 깨어났을 때, 처음 들려온 소리는 –죽일 놈이야. 이
럴 수가 있단 말이야. 브라질루 떴어. 이렇게 깜깜일 수가 있담. 참 딱한
여자로군. 쳐 죽일 놈 같으니라구.–

은애는 다시 죽음의 나락 같은 어두움 속으로 빠져 들며 결코 깨어나지
말기를 바랐었다. 그러나 어김없이 생명은 돌아왔고, 은애는 걸어서 빈
집으로 돌아왔다.

자신이 머지않아 세상을 하직할 것을 알고 있었던 은애의 홀어머니는
서둘러 사윗감을 물색했다.

돈 많은 과부의 외동딸 은애는 "나이도 몸집도 듬지막한" 남자에게 대학
2년 때 시집갔다. 그리고 2년 후, 어머니는 세상을 떴고 천애 고아가 된
은애는 아닌게 아니라 나이도 듬직하고 몸집도 듬직한 남편밖엔 모른 채
3년을 더 산후. 자신이 호적상 결혼한 적도, 딸을 낳은 적도 없으며, 태산
같았던 남편은 딸애를 데리고 브라질로 이민 가버린 참담한 운명과 만나
야 했었다.

매일 매일 공항엘 나갔다.

세상에 대해선 아무것도 아는 게 없었던 은애는 좀 높아 보이는 사람마
다 매달리며 브라질로 가게 해달라고 생떼를 썼다. 브라질은 물론 남미
쪽으로 떠나는 사람들을 찾아다니며 남편의 이름을 말하고 자기 주소를
주는 일을 매일 매일 했다. 그러다가 거기서 여학교 동창을 만나게 되었

고, 그의 도움으로 은애는 이성 쪽으로 돌아서게 되었으며 그때부터 섶에 누워 쓸개를 핥는 일을 시작했다.

단 한순간도 남편과 딸아이의 영상으로부터 벗어난 적이 없었다. 도처에서 남편을 만났고 딸을 만났다. 10여 분을 뒤따라 간 적이 한 두 번이 아니었다. ─브라질 이민 간 게 아닐지도 몰라. 정말이야.─ 이렇게 부르짖으며 버스를 내려 방금 전에 행길을 따라 걸어오던 남편 같은 사람을 찾아 허둥지둥 달려간 적은 또 얼마였었던가. 그럴 때마다 은애는 남편을 파멸로 몰아넣을 더 무서운 계획을 짜내곤 했었다. 그것이 그녀를 치부하게 해 준 원인이 된 것이다. 그녀는 안 먹고 안 입었다.

"15년 동안 단 한시도, 저 양반은 난이 어머니로부터 헤어져 나온 적이 없었어요. 그것을 나만은 알죠. 저인 죽어라 일을 했고, 잊을려구 일만 한 것인데 돈이 들어왔어요. 교민 중에 손꼽히는 부자가 됐죠. 엄청난 부자가 되었어요. 한 푼 쓰지는 않고 벌기만 자꾸 벌기만 했으니까. 교포를 위해 단 한 푼도 내놓칠 않았어요. 일부러 욕을 먹으려고 그러는 것 같았어요. 늘 외로워 했구, 괴로워했구……, 여기선 웃지 않는 사람으로 소문났지요. 저이가 제일 기뻐했던 때가 있었는데, 그건 폐암선고를 받았을 때였었지요. 더 큰 고통을 받으며 죽었으면 좋겠다구 하더군요."

"……"

"난이 어머니, 저에겐 애가 없어요. 죄 값으로 난이를 잘 키우려 했었어요. 결국 그 아일 유모에게 뺏기구 말았지만…… 오직 유모말만 들었지요. 먹는 거, 공부하는 거…… 점점 더 고집스러워졌구 입 꾹 다물고 말하지 않는 것으로 항거했어요. 다행히 유모가 착해서 그나마……. 유모가 데리고 갔어요. 벌써 3년째 우린 그 아일 만나지 못하고 있어요. 오지두 못하게 하지요. 만나주질 않아요. 유모 네가 가난하기 때문에 금전적 도움만 허용할 뿐. 그것도 최소한의 돈이죠. 착한 유모두 그 아일 온전히 다스리지 못하는지 먼발치로 볼 때마다 그 애가 잘못되어 가는거 같애 마음이 괴롭더군요. 난이 어머니, 아빠의 임종이 멀지 않았는데, 단 한 번만 만나고 떠나게 말씀해 주세요. 저 하나의 욕심 때문에 저 양반이 겪는 괴로움, 난이 어머니가 겪는 괴로움, 그리구 불쌍한 난이…… 어떻게 하면…….”

그녀는 오열에 차 의자에 쓰러졌다. 은애는 그냥 돌아서서 병원을 나왔다.

자기와는 모두 인연이 없는 것인 양 돌아서 나오며 자기 가슴으로 바람이 휘익 몰아쳐 오는 소리를 들었다. 쓸쓸한 바람, 차가운 바람이 한참 스쳐 지나갔다. 이윽고 바람은 하나의 생각을 가져왔다.

긴 시간이 자신보다 더 그들을 학대했다는 것.

사실 이 땅에 도착하자마자 친구의 동생인 영사를 찾아가 남편의 소식을 알게 되었을 때, 남편이 죽음의 사자와 오늘 내일, 오늘 내일, 시간을 다투고 있다는 것을 들었을 때, 은애는 뒤통수를 후려 맞는 아찔함을 느꼈었다. 운명의 신이 자신에게 있어서만은 특별히 가혹하다고 생각한 것이었다. 괴로움에 빠뜨려서 서서히 서서히 죽어가게 하고자 얼마나 깊은 밤, 머리를 짜고 또 머리를 짰었던가. 그러나 운명은 한 발 먼저 도착하여, 한 발 먼저 남편을 차지해 버린 것이다. 가차 없이 내쳐질 그녀의 채찍 앞에 서서 그를 보호하고 나선 것이다. 그리고는 가장 편안하고 완전한 종말을 그를 위해 마련해 준 것이다.

–이럴 수가 있을까. 이럴 수가…….–

은애는 호텔방에서 사흘을 칩거했다. 방향을 잃은 것이다. 계획은 날아가 버렸고, 다만 어찌해야 할지 막막해졌다. 혼돈의 사흘이 지난 후, 은애는 그곳에서 나왔다. 끝내는 만나 봐야겠다는 유혹을 이기지 못했을 뿐더러, 난이의 거취를 달리 알아낼 도리가 없었기 때문이었다.

–편한 마음으로 죽겠다고? 내가 그를 도와 편하게 죽도록 해 주었단 말인가?–

운명이 빙글빙글 자신을 향해 웃는 것 같았다. 그러나 그것도 못 알아차린 듯 떨쳐버리고 서둘러 딸애를 찾았는데…… 그랬었는데……, 거기마저 운명은 먼저 와서 모녀사이에 턱 가로막고 버티고 나설 줄이야.

언어의 장벽.

이것은 은애가 전혀 예기치 못했던 사태였었다. 생각해 보나마나 당연한 결과인데 왜 그걸 단 한 번도 떠올리질 못했었을까.

―내 어리석음이라니―

탄식의 소리가 그녀를 눈뜨게 했다.

난이에게선 열흘이 넘도록 연락이 없었고, 그녀는 자신의 운명과 비로소 온화한 마음이 되어 대면하는 기분이 되면서부터 떠오른 귀국에의 결정을 탐탁하게 여기기까지 했다. 과거엔 운명과 똑바로 마주보고 서서 분노에 찬 눈과 목소리로 울부짖곤 했었다. 이제 외딴 나라, 외딴 곳, 외딴 방에서 은애는 운명이 자기 어깨를 툭툭 치며 달래주는걸 느꼈다.

―쉴 때도 되었지? 은애? 좀 쉬도록 해 봐. 넌 너무 뛰었었어. 너무 피곤해, 그렇지? 안 그래?―

―그래요. 피곤해요. 손에 잡은 건 하나두 없는데 피곤만해요―

―뭘 갖구 싶은 거야? 뭘 붙잡구 싶은 거냐구?―

―모르겠어요. 이젠 아무것도 모르겠어요.―

―다 그런 거야. 이것이다. 드디어 잡았다, 하구 손을 보면 그게 손 안에 없는 거지. 모르는 건 누구나 다 마찬가지야. 그러니 쉬는 거야.―

―쉬면 어떻게 되는 거죠?―

―그저 쉬는 거라니까.―

―내가 쉬면 우리 난이는, 우리 난이는…….―

―글쎄, 그 난이 생각을 쉬라는 말이래두.―

―안돼요. 그럼 안돼요.―

―…….―

은애는 말없는 운명 앞에서 자신의 안 된다는 외침이 자그마한 소리로 쪼그라들었음을 알아낸다.

–할 수 없지요? 난 인 이제 할 수 없는 거죠?–

–……–

공항은 점점 시끄러워 갔다. 여행사 직원이 수속을 끝냈을 때, 한 영사가 나왔다.

"미스터 한, 그동안 애 많이 썼어요. 서울 오거든 꼭 전화줘야 합니다."

차분하고 여유 있는 자신의 말소리를 음미하며 은애는 쓸쓸히 웃었다. 한 쪽 구석에서 연인 같아 보이는 젊은이가 마주안고 울고 있는 것을 보며 그들이 불행해지지 말기를 빌어주기까지 한다.

–금방 만나게 돼야 할 텐데. 왜 저리 헤어져야 하는 건지. 그래. 누구든지 헤어져선 안 되는 건데.–

"좀 더 계시는 게 좋을 것 같은데……. 어쨌든 따님을 만나고 가셔야 하지 않겠어요?"

"연락이 없잖아요?"

"아니에요. 꼭 연락한다구 했어요."

"그럼 뭘해요? 서로 말이 통하질 않았는데…… 그 생각을 못한 게 잘못이지. 하여튼 미스터 한이 계속 관심을 가져주길 부탁해요. 저도 엄마가 살아있다는 확인을 했을테니 생각이 있겠구, 난 이제 너무 지쳐서 우선 돌아가 당분간은 생각을 정리해야겠구……."

"따님은 제가 열심히 찾아보겠어요. 쇼크가 컸던데다 워낙 자유롭게 지내온 터라 어찌해야 될지 갈피를 잡을 수 없나 보죠. 자, 아직 시간이 있으니까 커피나 한 잔 하시러 가시지요"

그 때, 은애는 자기 앞을 누군가 막아서는 것을 느꼈다.

난이였다. 뚱뚱한 브라질 여자와 함께였다. 은애는 잠시 호흡을 가다듬었다. 아찔, 현기증을 느낀 때문이었다. 은애는 천천히 의자에 앉았다. 그리고 조금의 동요 없이 난이의 얼굴을 올려다보았다. 상당히 키가 크다고 생각되었다. 가까이서 보니 아직 어린 얼굴이었다.

조심스레 내려다보기만 하던 난이는 아무 말 않고 다가서더니 은애의 안경을 천천히 벗기는 것이었다. 한참을 눈을 들여다보고, 이마를 보고, 입술을 보고, 뺨을 보고, 찾는 것 같이, 기억해 내는 것 같이, 그렇게 한 참을.

-아! 그래. 이 앤 옛날의 날 찾는 거야-

은애는 얼른 올렸던 머리를 풀어 내렸다. 옛날처럼 긴 머리가 어깨를 덮자, 난이는 다가와 살그머니 은애의 무릎에 얼굴을 묻혔다. 그리고 작은 소리로 그러나 정확히 말하는 것이었다.

"울 엄마."

은애는 정신이 아득해왔다. 깊은 구렁으로 한없이 한없이 추락하던 그 꿈속의 느낌이 생각났다. 그런데 이것은 깊고 어두운 구렁이 아니라, 자신이 구름위에 올라간 듯 저 먼 하늘을 나는 듯한 아득함이었다. 푹신푹신한 구름 위를 딸에게 안겨 날고 있다고 느낀 다음 순간, 조금씩 조금씩 딸아이가 자기 몸속으로 들어오는 것을 느꼈다. 그리고 자기의 몸도 마음도 자꾸 자꾸 커지는 것 같은 생각이 들었다. 어떠한 것도 다 쓰다듬어 줄 수 있을 것 같았다. 어둠 속에서 빙글거리던 운명이라는 존재까지도 품어 줄 마음이 생기기도 하였다.

-이리 와요. 날 위해 애쓰지 말아요. 나한테 와서 쉬는 거에요. 그렇게 앞서서 다니지 않아도 이젠 됐으니까. 그동안 피곤했지요?-

눈물 저쪽으로 유모가 두 팔을 벌리고 다가오는 것을 보며 은애는 또 다시 부웅 떠오름을 느꼈다.

* 「해후」는 소설가 안경자가 이진서라는 필명으로 한인회보 『무궁화』(1985년)지에 발표
  했던 작품을 개작한 것이다.

(『열대문화』 제5호, 열대문화동인회, 1988)

"까페 한 잔 하시겠어요? 세뇰 융기?"

다정한 목소리에 고개를 드니 하이문드였다. 언제 봐도 푸근한 미소가 오늘따라 더욱 잔잔했다. 그가 말없이 끄덕이니

"오늘은 무슨 생각을 그리 깊이 하십니까? 혹 썩어빠진 정치가들을 탄식하고 계십니까"하고 묻는다.

"아니요."

"뭔가 깊은 생각에 빠진 것 같던데요. 저기서부터 걸어오는 걸 보고 있었지요."

"아무 생각도 안했습니다. 가끔씩 아무 생각도 하지 않은 연습을 한답니다."

"아무 생각도 안하는 연습이라고요?"

"네."

"이거 또 철학적인 얘길 듣게 되는군요!"

"뭐 그런 건 아니구……."

"아무 생각두 안할 수가 있어요?"

"어렵지요. 그러니까 연습을 하는 겁니다."

"연습을 하면 됩니까?"

그의 눈이 반짝 빛난다.

"되지요."

"왜 그런 연습을 해야 되는 거죠? 왜 아무 생각도 하지 않기를 원하는 겁니까?"

"글쎄요. 설명이 어렵군요. 으음 이럴 때 없나요. 당신은? 모든 것에서 헤어나오구 싶은 때, 아무 것으로부터두 방해 받구 싶지 않을 때, 머릿속, 맘속을 깨끗하게 하구 싶을 때 말입니다. 근데 잘 안됩니다. 참 어젠 바다에 갔었어요?"

자신도 잘 모르는 무념의 상태를 어떻게 설명하랴. 게다가 아침 출근하자마자 들려온 감원 소식으로 자신도 모르게 우울했던 차라. 그는 얼른 말머리를 돌린다.

"아니요. 집 마당에서 해를 쬐었지요."

"그럼 전화나 하지 그랬어요?"

"놀러 가셨을 줄 알았는걸요."

"나두 종일 집에 있었는데 한가하게 혼자서 바둑만 두었지요."

"혼자서 바둑을?"

둥그런 눈만큼 목소리가 크다.

"왼 손과 오른 손 두 손이 있잖아요?"

"세뇰 융기는 시간이 갈수록 사람을 어리둥절하게 하는군요."

"세뇰 융기의 깊은 자존심에 늘 매력을 느껴온 것, 이제 고백합니다."

애정과 슬픔이 가득 찬 그의 눈빛에 세뇰 융기는 문득 심상치 않음을 느낀다.

"하이문드, 오늘은 좀 이상합니다. 왜 그러시죠? 무슨 일이 있습니까?"

"네. 아마 더 이상 일을 못하게 될 것 같군요."

"왜요? 고만 두실려구요?"

좀처럼 놀라는 일이 없는 세뇰 융기를 아는지 하이문드는 얼른 어깨를 활짝 펴고,

"그렇게 될 것 같습니다."하며 가볍게 넘겨 버리려 한다.

"좋은 일이라도……."

"아니. 그게 아니라 해고될 깃 같애요."

"뭐라구요?"

"그런 정보가 있었어요. 우리 과에서도 한 사람, 오늘 오후 발표가 있대요."

"확실합니까? 그게 당신이라는 거?"

"그건 아직 모르겠어요. 그렇지만 당신은 물론 아닐거구. 그건 천하가

다 그렇게 생각하구 있으니까. 그럼 누가 있겠어요, 또?"

"날 수도 있지요."

"세뇰 융기! 당신은 이 회사의 공로자입니다. 포상까지 받은 분 아닙니까? 허지만 그것보다 당신의 일을 해낼 사람이 없지 않습니까? 안 그래요?"

"우리 속담에 이가 없으면 잇몸으로 라는 말이 있습니다."

그렇게 말을 하면서도 세뇰 융기는 자신의 온 몸에 흐르고 있는 강한 자부심을 애써 물리치려 하지 않는다. '사실인걸, 누가 나만큼 해내랴'

"당신의 말씀대로 우리 브라질은 정치가들 때문에 이 꼴이 되었습니다."

"하이문드, 걱정하지 마세요. 당신의 정보가 확실한 게 아닐 테니까"

"……."

둘은 잠시 말을 잊고 서 있다.

자신들의 앞날보다, 또 회사의 장래보다 우선 브라질의 내일이 암담하게 느껴져 와 그만 답답해진다.

"나 때문에 우울해 하지 마세요. 세뇰 융기, 하나님이 도울껍니다. 자, 저 잠깐 나갔다 오겠습니다. 공중 맡은 서류 찾아와야죠."

하이문드는 가볍게 등을 두들겨 주며 오히려 그를 위로해 준다.

'착한 사람.'

그가 낡은 브라질리아를 몰고 떠나는 걸 한참 내다보다가 세뇰 융기는 얼핏 하나의 생각을 해낸다.

'나야말로 그만 둘 때가 된 게 아닐까? 난 그만두어도 우선 가게에서 생활비는 들어올 꺼구.'

더 이상 진급이 허용되지 못하는 상황이라면 결단을 내리는 것도 괜찮다는 생각을 해 보는 것이다. 나이 들기 전에 아내가 그렇게 바라는 제품에 한 번 도전해 보는 방법도 있고 그 일이 그렇게 황당한 것은 아니잖는가? 하이문드는 여섯의 아이들에 별다른 재산도 없어보이고…… 아! 어제도 돈 때문에 바다엘 못 간거야'

'그래. 그건 좋은 이데아야.'

하이문드 대신 내게 해고 명령을 내리도록 청원을 하자. 퇴직금으로 하다못해 가겔 하나 더 얻어도 될테구…….

그는 어제 저녁 때 나눈 아내와의 대화가 다시금 귓가에 쟁쟁히 울려온다. 아내의 불안에 찬 목소리가 여느 때와는 다름을 느꼈었다. 천성이 태평한 아내라고 보아 왔었는데…….

"애들 학비가 또 올랐어요. 당신 월급이 올라간다 해도 물가처럼 오르진 않을테구. 큰일 났어요. 선물가게도 옛날 같진 않아요. 부자들은 들어와서 비싼 거, 비싼 수입품만 찾아요."

"당신, 어쨌든 밀수품 취급은 절대 안 돼. 알았지?"

"여보, 부자들이 찾는 건 바로 그런 거예요. 그러니 우리 가게는 파리만 날리는 거죠. 차라리 집어치우고 다른 걸 해야지."

"다른 거?"

"제품, 우리두 제품해요."

"제품을 아무나 하는 줄 알아?"

"그럼, 어떤 사람이 한다구 생각하세요. 당신은?"

"그리고 인젠 안 돼."

"왜 이젠 안돼요?"

"잘 알잖아, 나라 돌아가는거."

"네, 맞아요. 당신 월급으루 주택부금까지 내면서두 걱정이 없었을 때가 있었지요. 이젠 애들 대학 보내구 결혼 시킬 일을 생각하면 진땀이 부쩍 나요. 그런 때예요, 시금은. 당신두 빙금 이젠 안된다구 했죠? 인시을 하긴 하는군요."

"……."

"이러구 하루하루, 도대체 당신은 뭘 기다리는 거예요? 진급요? 경제 회복이요?"

"그럼, 어떡허란 말야?"

"사표를 내세요. 장사가 백배 천배 나요. 난 자신 있어요. 제품할 수 있다구요. 당신이 싫다면 난 혼자서래두 할꺼야."

아내의 결의에 찬 외침을 그는 아연해서 듣고 있었었다.

아닌 게 아니라 끝까지 온 느낌이 들었다. '때가 왔는지도 몰라. 때가. 그래 때가 온 거야.'

그가 다소 밝은 마음으로 사무실을 열었을 때 책상위에는 "사장실로"라는 쪽지가 그를 기다리고 있었다. 그는 자신도 모르게 한숨을 지었다. 하이문드의 낡은 차가 아내의 화난 얼굴과 함께 떠올랐다.

'자, 어떻게 설명을 할까? 설명이 통할 수 있을까? 하이문드 대신 날 해고시켜 주시오? 도대체 이건 위선이 아니냐? 생각해라, 생각해.'

사장실 문의 손잡이를 잡으며 그는 엉뚱하게도 그것이 프랑스에서 수입한 것임을 상기해 내고 그만 웃음이 나왔다.

사장은 없었다. 이탈리아 3세인 사장과는 늘 대화가 되어 온 터라 그가 부재중이라는 사실이 세뇰 융기를 다소 당황하게 해주었다.

"회사의 사정상……."

부사장은 무거운 짐 내려놓듯 말 한 마디 한 마디를 밖으로 내놓았다. 그러나, 사장대신 부사장이 마침내 내려놓은 짐은 세뇰 융기 바로 그에 대한 해고 통보였다.

무슨 말을 어떻게 하였는지 그는 모른다. 기억할 수가 없었다. 조금 웃었는지도 모른다. 어쨌든 다음 순간 돌아서 나왔고 부사장이 따라 나와 문을 열어주었을 때, 손잡이가 프랑스제라는 생각을 다시 되돌렸을 뿐이다.

털이 부숭부숭 고릴라 같은 부사장이 힘차게 세뇰 융기의 손을 잡아 쥐며 "사장님이 일주일 후 마이애미에서 오실 텐데, 그 때 저녁이나 나누자고 전화가 왔어요." 하였다.

털북숭이 손을 내려다보는 순간 세뇰 융기는 갑자기 자신이 점점 줄어

드는 듯한 착각에 빠졌다.

"감사합니다."

간신히 인사하고 문을 닫자 비로소 정신이 조금 돌아왔다.

뚜벅뚜벅 계단을 내려왔다. 엘리베이터가 귀찮았다. 돌계단은 먼지 하나 없이 깨끗하였고 오르내리는 사람 하나 없이 조용하기만 하였다.

'이 무슨 꼴이람.'

그는 심한 낭패감에 빠졌다. 부끄러운 노릇이었다. 이민 온 한국인이 브라질인을 동정하다니, 실력 같은 거 뭐 말라 비틀어 진 소리냐 말야. 네 자신을 알란 말이야.

서늘한 계단을 돌고 돌아 사무실까지 내려오는 동안 그의 충격은 조금씩 사라졌다. 그가 사무실로 돌아가 우두커니 서서 창밖을 내다보고 서있던 하이문드를 보았을 때는 이미 평상시의 자세로 돌아가 있었다.

"세뇰 융기, 서울은 아름다운 도시인가요?" 하며 하이문드가 말을 시작했을 때도 그는 초연한 표정으로 대답할 수 있게 되었다.

"서울말입니까? 아름답다기보다 크고 싱싱한 도시지요. 작년에 나갔을 때 그렇다고 느꼈지요."

"서울이 고향이죠?"

"아니요. 내 고향은 북쪽입니다."

"아! 그랬었지요. 고향에 가고 싶으시죠?"

"물론이지요. 특히 지금 같은 때."

"지금요?"

"네. 하이문드 지금 난 사장실에서 나오는 길입니다. 시장은 여행가서 없구 부사장이 나한테 한 말 무언지 아세요?"

"⋯⋯⋯."

"해고 명령입니다. 당신은 아니고, 융기, 바로 납니다."

"뭐라구요?"

"만난다는 것은 헤어진다는 것을 의미한다는 말이 있지요. 그 말이 불현듯 생각이 나는군요."

"세뇰 융기, 전 지금 모든 걸 이해할 수가 없어요."

그의 목소리가 떨려 나왔다.

"이해구 뭐구 있읍니까? 내겐 오히려 좋은 기회가 되는지도 모르겠어요. 화가 복이 될 수도 있지요, 내가 너무 안일했던 거 같구."

하이문드의 커다란 눈이 세뇰 융기의 진심을 찾기 위해 재빨리 깜박인다.

"도대체 어떻게 된 건지…"

"올 것이 온 거죠. 생각해 보면 지극히 자연스런 결과 아닙니까?"

"……."

말없이 미소 짓는 세뇰 융기를 보다가 갑자기 하이문드는 소리를 죽여 중얼거린다.

"이해할 수 없읍니다. 정말 이럴 수가 없읍니다."

목소리가 울음 속에 섞여버리자 세뇰 융기마저 잠시 슬픔에 빠져든다. '정말 따뜻한 사람이구나 이 사람을 위해 내가 해고당한 것은 다행한 일이야. 이 하이문드는 달리 재주도 없고 그냥 착할 뿐인데 직장을 잃으면 큰일 아닌가?'

"나 역시 당신을 알게 된 거 큰 행운이라 생각합니다. 종종 전화도 주고 놀러두 오세요. 애들두 데리고 우리 함께 불고기 구워먹으러도 갑시다."

"감사합니다. 제가 김치 맛을 잊을 수 있겠읍니까? 세뇰 융기 생각에 아침이면 슬퍼질 겁니다. 아! 전 이제 어쩌지요?"

그 때 전화벨이 울렸다. 세뇰 융기는 피곤한 대화에서 풀려나오게 된 것을 다행으로 생각하였다.

조금 조용해지고 싶었다. 도서실로 올라가 빌렸던 책 반환하고 20여분 멍하니 앉았다가 내려오니 하이문드는 이미 퇴근한 모양이었다.

차고는 퇴근하는 직원들로 시끄러웠다.

모두들 "어이 세뇰융기!" "세뇰 융기 뚜두 벵?" 아주 반가운 듯 큰 소리로 인사를 던졌다. 그 역시 그들과 조금도 다름없이 그렇게 인사하며 차를 빼냈다.

저녁시간인데도 바깥은 화끈하였다. 차를 몰아 회사 정문을 나서면서 순간적으로 그는 방향을 잡지 못해 당황해졌다.

왜 이러지?

당연히 아내의 가게로 가야하는 시간인데 왜 그곳으로 향할 생각을 외면하고 싶어지는 건가? 스스로 의아해 하다가 그는 픽 웃어버린다. 다음 순간 가게와는 반대 방향으로 핸들을 꺾으며 '그래 술이나 마시자.'

세뇰 융기는 이럴 때 함께 술을 마실 수 있는 친구가 있다는 것을 고마워한다.

라르고 도 꽁꼬르지아를 막 내려가자 길을 메꾸며 걷고 있는 사람들을 보고 그는 깜짝 놀랐다. 온 거리가 깜깜할 정도로 사람들이 꽉 찬 것을 그는 처음 본 것이다. 서서히 좌회전하며 군중들은 오리엔찌 전역에서 쏟아져 나온 점원이나 공원들인 것을 알아냈다. 그들은 웃고 떠들면서도 재빨리 걷는다. 누구하나 한가하게 걷는 사람이 없었다. 후즈벨트역을 향해서 버스를 향해서 부지런히 걷는 젊은이들을 보며 이렇게 많은 사람들이 모두 자기의 일과 직장을 가지고 있다는 생각을 하니 그는 다소 쓸쓸해졌다.

그가 사람들의 물결을 거슬러 밀레르거리로 들어가니 친구인 이정석이 막 문을 닫으려 하는 순간이었다.

"마리오, 나야"

세뇰 융기의 빈가운 목소리에 정석 미리오 리는 후딱 돌아선다.

"와! 이거 융기, 너 웬일이야? 전화도 없이."

마리오는 차로 달려왔다.

"행운인데? 1분만 늦었어도 허탕칠 뻔했잖아?"

"날 만나러 온거야? 정말?"

"마리오, 빨리 문이나 닫어."

2층에서 우루루 내려온 직공들의 가방을 일일이 검사하면서 뭐라 말했는지 까르르 웃음보가 터진다. 남자 녀석들은 껌을 질정질정 씹으며 나오고 여자애들은 곱게 화장을 고친 얼굴들로 신이 나는 듯 키들거리며 나온다.

"짜우, 짜우."

"짜우, 세뇰 리."

"짜우, 세뇰 리. 내일 아침까지 안녕히!"

짜우 소리가 명랑하게 저녁 하늘로 퍼져 나간다. 꽤 많았다.

'저 애들은 즐겁구나 그래, 재미없는 하루 끝낸 게 좋을까? 집으로 간들 별 뾰족한 일이 없을텐데. 그래두 어쨌건 일을 끝낸 건 기분 좋지. 내일 또 일할 수 있고 일하면 살아갈 수 있는 거니까. 내일을 걱정할 필요가 없으니 오늘은 즐거운 거야.'

밀레르거리는 퇴근하는 사람들로 까르나발 때의 찌라덴찌처럼 시끄러웠다. 한국 교포들이 브라질 경제 사회에 얼마큼 기여하고 있나 그 실제를 확인하자 세뇰 융기는 잠시 어리벙벙해졌다.

전화 한 통화 하고 나오며 마리오는 "잠깐만 기다려" 유쾌한 목소리로 외쳤다. 잠시 후 두 젊은이가 큰 자루를 하나씩 어깨에 걸머지고 나와 차에 싣는다.

"자, 끝났어."

철문을 닫자마자 그는 세뇰 융기의 차로 뛰어든다. 기쁨이 넘쳐흐르는 얼굴이다.

"저거 네 차 아냐?"

"쟤네들이 필요해. 바느질집 갔다가 단추집 들려야 하니까."

"니가 안하니?"

"요즘은 내가 안가."

"그럼, 믿을 한 애들이구 또 다 확인하니까."

"너 잘하는구나!"

"뭘?"

"제품말야."

"이젠 궤도에 올랐지. 자, 가자."

"어디루 갈까?"

"응. 우리 집으루 가자. 마누라가 마침 얼큰한 찌개 끓여 놨다니까."

"그래? 니 와이프가? 술 두 있어?"

"야, 융기 너 우리 집에 술 없을까봐 걱정하는 거야?"

"니 와이프가 놔 둬?"

"안 놔두면?"

"그러지 말구, 딴데루 가지. 거기 내 술두 있을껄?"

"아냐, 오늘은 철야기도 간대. 애들은 마침 학교 캠프에 가고 없어. 집이 괴괴할 텐데 잘 됐잖아. 융기 내가 왜 이렇게 신이 난 줄 알아? 아까 니가 내 이름 불렀을 때, 그때 말이야, 난 니 생각을 하구 있었어. 정말 난 깜짝 놀랬어. 아닌가 했다구."

그들의 차가 브라스지역을 다 벗어날 때까지도 거리는 발자욱 소리, 이야기 소리로 환기에 가득 찼다.

"야, 대단하구나!"

"뭐가?"

"딴 건 그만두구 말이야. 우리 교포들 집에서 고용하고 있는 브라질레이루, 굉장할 꺼야. 그 수가 말이야."

"그럼. 우리집만두 스물여섯이거든. 서기 나 바느질 사람들. 따져뵈. 우린 규모가 작은 편인데도 그러니 웬만한 집, 엄청나지."

"물건 사다가 파는 사람들두 넣어야지."

"그 사람들 뿐인가? 각종 물따쟁이들도 있잖아? 또 계리사, 변호사, 비뜨리니스따, 매일 들리는 거지들, 빠르에서 팔아주는 카페……, 원단공장

벤데돌, 각종 부속품……."

"물따쟁이라니?"

"세무원들 말야."

"세무원을 물따쟁이라 부르니?"

"응. 아! 교통순경도 물따쟁이지. 바쁘니까 별수 있어? 물따 각오하구 아무데나 세우게 되는 거지."

"정말 대단한데?"

"지금 얘긴 작게만 본 거구. 본격적으루 우리가 이 나라 경제에 공헌하고 있는 바를 따져본다면 대단한 정도가 아니지."

"그렇겠다."

"그렇지만 워낙 큰 나라가 아니니? 우리가 지금까지의 사업 체험과 추구해온 이윤을 새로운 시각으로 확대시키구 재투자 한다면 그 때 비로소 굉장하다구 할 수 있겠지?"

"……."

"우린 더 커질 수 있어. 얼마든지 커질 수 있다구. 그러니까 융기, 너두 그 알량한 직장 그만두구 제품하자구."

"제품을?"

"그래, 우린 엔지니어기 때문에 더 잘 할 수 있어."

"그건 또 무슨 소리야?"

"무슨 소린가는 니가 제품을 하게 되면 알게 돼."

"별 소릴……."

그들이 도착했을 때는 이미 마리오 부인은 떠나고 난 다음이었다.

"정말 해두 해두 너무 하는군."

"뭘 그래, 이렇게 상 다 차려 놓구, 찌게 냄비는 맛좋은 냄새풍기며 끓고 있구 저렇게 말야, 안 그래?"

"새벽 기돈지, 철야 기돈지 모두 모르겠어. 왜 기도를 하는 건지. 자,

보란 말이야. 이 정도두 아까 낮에 내가 막 화를 냈거든. 그 결과야. 남편이구, 애새끼들이구, 식구들이야 저녁을 먹든 또마 까페를 하든 기도하러 달려만 가면 되는거냐구 소릴 했더니, 날 한심한 눈으로 쳐다보더라구. 하느님도 당신같이 가정을 파괴하려드는 광신도는 외면할 꺼라구 소릴 쳤지. 참 웃기는 노릇이야. 좀 살게 되나 보다 했더니 마누라가 저 꼴루 날뛰지 뭐야."

"너두 교회 가지?"

"가지."

"그럼, 됐어. 종교가 달라야 문제지."

"제대루 광신할 꺼라면 위기가 올찌두 몰라."

"쓸데없는 소릴. 자. 술이나 가져와. 봐라, 마리오. 김치에 깍두기, 풋고추조림, 두부 부침, 오징어 젓, 침 넘어간다."

"그거 거의 다 가게에서 산거야."

"찌개두 파냐?"

"물만 갖다 부면 되는 게 있어. 이건 완전히 미친 경지야. 나 말이야, 일밖에 모르는 남자가 되버린 거 아니?"

숟가락으로 간을 보며 근사하다고 떠들어대는 친구를 시무룩히 바라보다가, 그는 슬그머니 사라진다.

'위로받아야 될 사람은 내가 아니로군.'

오래간만에 온 친구의 집은 많이 달라져 있었다. 피아노에 가구에 그림에 벼락부자의 냄새가 물씬 났다. 이민 올 때 가지고 온 책자들은 비참한 몰골로 구석에 몰려 있었고, 옛 은사가 마지막 신물로 징싱껏 쳐준 사군자 편액들은 보이지도 않았다. 대신 중국인이 그린 화려한 모란꽃 부채가 대형으로 걸려 있었다.

"뭘 봐. 마누라 취미라서 놔 둔거야. 니 마음속에 어떤 생각이 일고 있는지 난 다 아니까, 입 꾹 다물고 우린 술이나 마시자구."

"입다물구 어떻게 마시니? 웃기지마. 니가 잘 사는 거 보기가 좋아서 그러는 거야! 난. 애들은 다 잘 있니? 보구 싶은 걸."

"그럼, 그 애들 아니면 내가 뭣 땜에 돈 벌려구 애쓰나 싶지. 자, 얼음은 없지만 찬 물은 있으니까, 건배나 하지."

"자, 건배. 네 화밀리아를 위해."

"나두."

얼마만인가, 아무도 없는 데서 이렇게 둘이 마셔 본 것. 세뇰 융기는 그러나 마음이 영 편안해지지 않는다. 위스키 올드 에이찌가 몸속으로 들어가 말썽을 부릴 것만 같았다.

"융기 너 이런 돈 만져 봤니?"

언제 가지고 왔는지 마리오는 수표 뭉치를 양쪽 손에 움켜쥐고 와서 불쑥 내밀었다.

"뭐야. 이게 다 돈이라구?"

"응."

"다 쓸 수 있는 거야?"

"물론."

"다 니꺼니?"

"물론, 융기, 너 이거 종잇장으로밖에 안보이지? 그치? 나도 처음엔 그랬어. 근데 말야, 이게 매일매일 돈으루 변신하더란 말이야. 가만 날짜를 기다리구 있다가 자기 날만 되면 은행으로 들어가구, 은행으로 들어 갔다 하면 변신하는 거야. 신기하지 않니? 볼래? 액면가를?"

"부도나지 않어?"

"왜 안나? 영 영 돈이 되지 못하는 것두 있지. 근데 돈도 못되보는 병신은 얼마 안돼."

"정말 한 장이라두 부도나면 억울해서 어떻거니?"

"처음엔 나두 겁 되게 나더라. 근데 시간이 좀 지나니까 이골이 나더라,

강심장 알어? 결국 장사꾼 심장은 강심장이란 얘기야, 융기, 너 암말 말구 나와라."

"나와서?"

"나와서 제품하는 거지?"

"내가?"

"내가라니? 나도 하는데?"

"할 수 있다구 생각하니? 내가?"

"글쎄, 아무소리 말구 나오라니까. 니가 그 직장에서 나온다는 건 다른 걸 말하는 거기두 해."

"다른 거라니?"

"관두자."

"뭐야? 뭘 말하는 거야?"

"말할까? 니가 만든 세계가 있어. 거기서 나온다는 뜻이야. 현실의 마당 으루 나와야 해. 그래야 산다는 것이 어떤 것인지 알 수 있어. 네 기여가 브라질을 위해서 그만 했으면 됐으니까, 이젠 나오는 거야. 암만 그래야 넌 일개 고용원이지 대한민국 대표가 아니라구."

"무슨 소릴 하는 거니, 도대체?"

"글쎄 말이 필요없대두. 어차피 이민 그 자체가 도전이었잖아? 안 그 래? 이거 보라니까? 이 수표, 우선 돈이야 돈은 모든 걸 낳는 거야, 이런 내 생각 네가 웃는 대두 좋아."

"웃기는? 그저 다를 따름이지?"

"내 생각은 이래, 우선 돈을 모으는 거야. 우리는 소수니까 우리가 우릴 키우고 지키는 거야. 누가 우릴 보호해 주겠냔 말야? 싫어두 뭉쳐야 돼. 그렇게 해서 엄청나게 부자가 되거든 자식들을 각계로 내보내는 거야. 어 느 개인의 고고하고 깨끗한 정신만으로는 안돼, 망상이야."

"날 말하는 거니?"

"지나쳤다면 사과하지."

그러면서도 그는 조금도 미안한 기색 없이 어린애처럼 수표를 한 장, 한 장, 쌀라 바닥에 깔기 시작하였다.

"야. 너, 사람 기죽이는 거니?"

"기? 그래. 그렇다. 기 좀 죽어 봐라. 하기야 내가 이런다구 니 놈이 눈 하나 깜짝 하겠니?"

"야, 빨리 치워. 술이나 마시자. 좀 마시구 싶다 오늘은."

그날 밤 세뇰 융기는 올드 에이찌 한 병을 혼자 마시다시피 하였는데도 정신이 말짱하였다.

식탁 위에 엎어진 마리오를 끌어다 쌀라 안락의자에 뉘이고 아침에 돌아올 친구 부인을 위해 식탁을 치우는 일도 잊지 않았다.

그런데 바로 그날 밤이었다. 모든 것의 시작은 바로 그날 밤이었다. 집으로 꺾어 들어가는 어귀에서 그는 갑자기 멈춰 버리고 말았다. 이상한 팻말을 본 것이었다. 팻말에는 이런 글씨가 있었다.

RUA SEM SAIDA

"후아 쎙 싸이다?"

그는 큰 소리로 그것을 읽어 보았다.

"출구 없는 길이라구?" 분명 뜻은 그러했다. 갑자기 머릿속으로 찬바람이 불어왔다.

"출구가 없는 길이 세상에 어디있어? 나갈 데가 없다니? 그럼 길이 아니지. 길이란게 뭔데 말야. 길의 기능이 있잖아 말이야, 그러니까 지금 내가 저기루 들어가면 나가지 못한다는 거 아니냐 말이야. 그렇지, 그래서 알려 준다는 거겠지. 미리 알려 주는 거니까 알아서 하라는 친절한 예고야. 출구가 없는 길이니까 알아서 하시요. 좋아, 그건 좋아. 어떡하지 근데? 저기 보이는 게 저게 바로 우리 집인데. 분명 우리 집인데 거 이상하다. 나가지 못할 곳에 어떻게 우리 집이 있지? 후아 쎙 싸이다……." 읽고 또 읽어도 방법이 없었다.

뒤에서 빵빵 누군가 경적을 울리지 않았더라면 밤새 그냥 거기 머물러 있었을 지도 모를 판인데 그만 얼떨결에 밀려서 들어가고 말았다. 집을 향해 운전하는 데만 온 신경을 집중하였다. 집에서 눈을 떼면 작은 쥐새끼처럼 이 집 저 집 그만 쩔쩔 찾아 헤맬 것 같은 생각이 들어서였다.

그리곤 만 사흘 동안 그는 위스키 올드 에이찌로부터 깨어 나오려고 무진 애를 써야 했었다. 겨우 악취와 두통에서 벗어나는가 하자 뒤이어 몰려오는 잡다한 생각들과 싸우느라고 만 사흘을 더 누워 있어야 했었다.

처음에는 꼬리를 물고 떠오르는 생각들을 지워 버리려고 애썼다. 잠은 괘씸하게도 새벽이면 달아나 버렸다. 다른 때 같으면 그의 아내며, 애들이 차례로 와서 법석을 떨며 깨워대야 겨우 눈꺼풀이 열렸었다. 하품을 있는 대로 하며 변소로 가면 그 뒤에다가 대고 식구들은 떠들어 댄다.

"당신은 이민을 왔어두 그 모양이니, 우리 식구 잘 살긴 글렀어요."

"아빠, 우리 지각이야, 이러다간 또."

"에잇! 빨리 대학생이 되야지."

"대학생이 된다구 뾰족한 수가 나겠니?"

"엄마 그땐 내가 운전할 수 있잖아? 맨날 아빠 깨우지 않아도 되구."

"얘, 관 둬. 관 둬, 차를 사야지 운전두 하지, 저렇게 간신히 눈 떠서 회사 나가는 것두 힘들어 하는 아빤데 어느 세월에 돈 벌어 찰 또 하나 사게 되겠니?"

마지막 말을 물소리로 지우며 세놀 융기는 조금씩 잠에서 깨어나곤 했었다.

그런데, 어떻게 된 건지 새벽 다섯 시 정도면 영락없이 원수 같던 잠은 크게 회개나 한 듯 사라져 버린다. 아무리 더 자보려고 애를 써도 그게 되질 않는다. 머리는 지끈지끈 아파오는데도 별의별 잡다한 생각들은 메뚜기 떼처럼 몰려와 그의 의식을 마구 헤집어 놓는다.

'나와라. 나와라.'

박자를 맞추어 소리를 질러대기도 하고

'네가 사는 너만의 세계, 세계, 세계.'

메아리치듯 머릿속에선지 귓속에서인지 울리기도 했다.

그는 필사적으로 무념의 상태로 도망치고자 했다. 그러나 도무지 그것들로부터 피할 수도 없었고, 막아낼 수도 없었다. 고작 한다는 것이 듣지 않으려고 샤워를 하거나, 음악을 크게 틀어놓는 일이었으나 물소리도 전축소리도 그것을 지우지는 못했다.

'넌 도대체 이민을 왜 온 거니? 봐라 네 주변을! 네가 가지고자 했던 생활을 누리고 있는 것이냐? 과연 너는 회사에서 꼭 필요했던 존재였냐구? 넌 뭐였냐 말이야. 어떻게 할 꺼지? 식구들한텐 뭐라고 얘기할 꺼구. 해고당했다. 이젠 난 실직자다. 이런 말을 할 수 있겠어? 그것보다 뭘 해야 되나, 제품? 제품을 한다?'

아무도 없는 집에서 앞마당 등의자에 나가 앉지도 못하고, 아래층, 윗층 오르락내리락 하기를 사흘, 그동안 그를 가장 괴롭힌 것은 아내에게, 아이들에게 말을 털어놓는 일이었다.

엿새째 되는 밤 그의 아내 도나 이자는 이렇게 말했다.

"당신, 내일은 출근을 해야지요?"

"……."

"워낙 결근이 없는 당신이라, 당신 정말 그동안 단 하루도 지각두, 결근두 없었잖우? 하이문드가 두 번씩이나 전화를 걸었어요. 미안허지두 않수?"

"미안하긴 뭐가 미안해."

"아니 그럼 당신이 지금 출근 못할 정도루 아프단 말이에요? 사원들한테 뭐라구 거짓말할꺼유?"

"거짓말?"

"꾀병이잖아요? 꾀병이란 말은 알죠?"

"꾀병이라구? 안 나가면 그만 아냐?"

"뭐라구요?"

"까짓 회사 사표내면 고만이지 뭘 그래? 꾀병이라니."

"네에?"

"사표란 말두 몰라 사표?"

"사표?"

세뇰 융기는 자즈러지게 놀라는 도나 이자보다도 더 놀랐다. 자기한테서 그런 식으로 말이 만들어져 나올 줄 몰랐던 것이다.

"아니, 여보! 아하! 알겠어요. 당신 그 생각하느라구 된 몸살을 않았구려?"

"······."

"좋아요, 그 결심 잘 했어요. 정말 사표 내는 거죠? 정말이죠?"

남편의 사표 내는 날을 기다리며 살아온 것처럼 좋아서 펄펄 뛰더니 그 달음으로 친정식구들한테 전화를 걸어 댄다.

집안은 축제 분위기로 돌변하였다. 당장 세뇰 융기의 큰 처남 내외가 들이 닥치고 도나 이자는 안절부절못하는 것이었다.

'입사를 축하해도 이렇게 대단할 수는 있을까? 세상에 사표 내는 것을 축하하느라고 법석을 떨다니'

그러나 세뇰 융기는 결과와는 상관없이 스스로 사표를 낸 것이 아니라는 생각에 이르러서는 그만 쓴입을 다실 수밖에 없었다. 게다가 그동안 주위 사람들이 자신을 어찌 보고들 있었나에 생각이 미치자 그만 어처구니가 없어지기도 하였다.

입안이 깔깔해왔다.

"사표 내겠다는 게 뭐 그리 대단한 결심이라구 이러십니까?"

말이 퉁명스러울 수밖에 없었다.

"대단하지, 자네니까 대단한 거야. 뭐 나 같은 사람이야 이거 해보다 안

되면 저것두 해보구 저게 안 되면 또 이거구 그저 되는대론데, 자네는 매사 틀림없는 사람아냐? 그런 사람이 안 되겠다 했으면 안되는거지. 자네 천 그것두 모르구 맨날 나보구 말 좀 해주라구 찔끔찔끔 짜기 일쑤였지."

세놀 융기는 자꾸 마음이 조여 왔다. 식구들이 귀찮았고 일시에 싹 꺼져 주었으면 좋겠다는 생각만 들었다.

"내일 가게루 나오라고. 아홉시쯤"

"왜요?"

"왜긴? 공장자리부터 찾아야지."

"네?"

"걱정마. 원단은 당분가 내가 밀어 줄테니까. 아마 둘째두 좀 나눠 줄 수 있을껄?"

"뭐라구요?"

"뭘 놀래? 처음엔 다 도움 받는거야. 누가 거저 주겠다는 건가?"

"아니, 제품하라구요?"

"그럼 뭘 하겠어?"

"제가요?"

"여보! 당신 친구도 하는데 당신이라구 못할 게 뭐 있수?"

"넌 가만있어. 가서 술이나 가져와. 축배부터 들고 보자구. 역시 자네 판단은 정확했어. 월급으론 도저히 안 되지. 이런 불경기 때는 머리를 써야 된다구. 불경기 틈에서두 돈 버는 사람은 반드시 있는 법이니까"

큰 처남의 번질거리는 얼굴을 한참 쳐다보다가 그는 자기도 모르게 눈길을 돌리고 말았다. 그때 창밖으로 헤드라이트가 비침과 동시에 R. SEM SAIDA란 글씨가 마구 달려 들어왔다.

제품은 순조로웠다.

다행인지 다 그런 것인지 첫 번 작품인 브라우스는 잘 나갔다. 정신과 육체가 각각 달리 움직이는 듯하면서도 딱딱 들어맞았다.

"여보 단추 집 갈 꺼 정확히 해 뒀어요? 그리구 주문장대로 다 싸 놨죠? 나포리 200장, 제비집 50장, 해바라기 집은 100장인데 노랑색 많이 달랬어요. 참 당신 점심 드셨어요?"

"그걸 인제 묻는 거야?"

"아이구 깜짝이야, 왜 그렇게 소릴 질러요?"

"지금 몇 신지 알어?"

"어머, 벌써 네시에요? 어쩌나, 밥부터 먹구 보죠."

"먹었어. 난."

"그럼, 소린 왜 질렀수?"

"이건 도대체 우리가 해바라긴지 할미꽃인지를 위해서 일하는 거야 뭐야. 뼈골 빠지게 일해선 정성껏 묶어서 배달까지 해주구, 그 집들만 좋은 거지 뭐냐구? 이 색은 된다 저 색은 빼라 그리고 수표는 생색내구 끊으면서 날짜를 보면 가관이지……."

"어머 당신 별 바보 같은 소릴 다 하우? 뼈골 빠지게 만들어 놨는데 아무도 안 팔아 주면 어떻게 되는지 모르세요?"

도나 이자는 남편이 사표 낸 것만도 그저 고마워서 또 남편이 밤늦도록까지 아무 소리 않고 일하는 것이 너무 대견해서 어떠한 말로도 대꾸하지 않기로 결심에 결심을 할 뿐이다.

그러나 세뇰 융기는 그러한 아내의 속마음까지도 괜히 미웠다. 제품계의 이모저모를 조금씩 알게 되면 될수록 못마땅해 했고 발끈발끈 화를 내는 일이 늘었다. 시작하자 자기네 집 첫 물건이 잘 나간다는 현상까지도 그에게는 못마땅한 일의 하나였다. 돌이기는 일의 규모기 엄청난 것도 못마땅하였고, 적은 월급 받고 일해 주는 고용인까지도 도무지 딱했으며 그들의 성실하지 못한 태도에도 화가 났다. 직업의식은 고만두고라도 직장의식마저 희미한 것에도 분노가 끓어올랐다.

대강 계산한 첫 번 브라우스 1000장에 대한 이익금을 머리에 떠올리며 최근까지 자기와 함께 근무했던 동료들의 하찮은 봉급을 탄식하기도 하였다.

물론 팔리지 않아 재고로 쌓여 있는 물건도 상당하다는 사실에 놀라기도 했지만 이웃들은 오히려 태연해 할 뿐 아니라 돈의 무게에 대해서 조금의 중량감을 느끼지 않는다는 사실에도 괘씸한 마음이 들었다. 잘 먹고, 잘 쓰고, 숫제 '돈이란 써야지 들어오는 법이야'라는 믿음이라도 가진 양 써대는 모습이 영 못마땅하기만 하였다.

"당신은 쉽게 번다고 보는군요? 생각해 봐요. 뭐가 쉽게 버는 거예요? 잠 안자고 몇 사람분을 한 몸이 해내잖아요? 그 먼지 먹어가면서요?"라고 아내는 말하지만 세뇰융기에게는 도무지 와 닿지 않는 말이었다.

그는 열심히 일을 할 수 밖에 없었다. 일에 몰두하면 바로 그 일이란 것의 재미를 맛보게 될 것이라는 희망보다는 그렇게 함으로써 아내와의 충돌을 피하고 또 자신의 내적 갈등을 감출 수 있다는 생각에서였다. 말없이 일만 하였다. 남들과 섞이려하지 않았다. 이웃들이 아침마다 모퉁이 바르에 모여 까페를 마시면서 큰 소리로 떠드는 것을 볼 때마다 그는 치를 떨었다. 그들의 안하무인이 무서웠다. '무엇이 저들로 하여금 저토록 자신만만하게 만들어 줄 수 있는 건가? 남의 나라에서 그것도 아침마다, 한국말로…….어떻게 저렇게 염치도 예의도 버려 버리게 되었단 말인가? 조심조심, 가만가만. 친절하고 부드럽게 점잖게 왜 안 되는 걸까?'

어쩌다 이웃들과 자리를 같이 했다가도 그는 조바심에 못 견디어 결국은 먼저 빠져 나오곤 하였다.

도와줍네 하고 들락거리는 처가집 식구들이 지겨워졌고, 그들의 말이 귓가에서 윙윙거릴 때마다 냅다 소리 지르고 싶은 충동을 참노라 무진 애를 써야 했다.

뭐가 그리 신나는 것인지 그는 한심하기만 하였다. 떠밀렸건 스스로 발을 들여 놓았건 어차피 들어온 이 제품업에서 한 번 보아라 하고 멋지게 해내고 싶은 생각은 생기기도 전에 꺼져버리고 매사에 짜증만 남아 혐오스러움에 빠질까봐 은근히 겁이 날 정도였다.

그러던 차에 회사로부터 퇴직금을 수령하라는 연락이 왔다. 그는 후다닥 뛰어 일어났다. 회사 봉투를 본 순간 온 몸에 전율이 흘러내렸던 것이다. 모든 일 그대로 팽개쳐 놓고 곧바로 차를 몰아 회사로 향하며 자기를 좋아하던 동료들이 먼 곳으로부터 서서히 다가옴을 느꼈다. 그는 오랜만에 즐거워졌다.

회사는 여전하였다. 대리석 계단과 기둥도 여전히 반들거렸고 옥상위에서는 회사의 깃발이 상파울로 기와 함께 기분 좋게 휘날리고 있었다. 사람들은 여전히 자기 자리에서 일하고 있었다. 수위나 청소부도 다 그전 그 사람이었고 복도를 오가는 얼굴들도 예전 그대로였다. 휴게실 구석에는 생화들이 싱싱하였고 어느 구석에서도 침울이나 피곤은 발견되지 않았다.

그는 어리둥절해졌다. 경리과 직원들은 반갑게 그를 맞았으나 그 반가움은 넘치지도 모자라지도 않은 평상시 그대로여서 그는 순간 멈칫하였다.

다행스럽게도 사장은 회의 중이었고 그가 치루어야 할 잔무는 비교적 긴 시간을 요하는 것이 아니었으므로 세놀 융기는 하이문드마저 만나게 될까 조바심 내며 서둘러서 경리과를 나왔다.

"공장일이 산더미처럼 날 기다리구 있어서… 웬만큼 바빠야지."

예상치도 못했던 말을 급히 쏟아놓으며 순간 그는 수치감에 얼굴이 달아올랐다. 직원들은 일제히 잘가라고 소리 질렀다.

그들의 눈빛에 부러움이 비쳤는지, 아니면 비웃음이 감돌았는지 그는 볼 사이 없이 허겁지겁 계단을 내려왔다.

"빌어먹을!"

일찍이 소리 내어 말해 본 적도 없는 참으로 빌어먹을 소리를 토해내며 자동차문을 꽝 닫았다. 아늑한 차 속에서 그는 화를 삭이려고 애를 썼다. 도대체 인간이란 얼마만큼 간교해 질 수 있단 말인가? 얼마만큼 비열해질 수 있단 말인가?

자신의 마음속에 도사리고 있었던 의식은 어떤 몰골이었나를 곰곰 생각해 보았다. 세놀 융기, 그 자랑스러운 존재를 내보내고도 회사는 건재해 왔고 사람들은 당황해 하지 않았으며 그의 변신에 대해서도 태연하다는 사실을 알아차렸을 때 '오! 나는 상처를 입었던 건가? 공장일이 날 기다린다구, 고작 그것이 너의 자존심이었더냐?'

차고를 빠져 나오면서 그는 말할 수 없는 허탈감에 빠져 들었다.

자기를 위해 슬퍼해 줄이는 아무도 없다는 것을 생각해 보았다. 이상하였다. 자신도 또한 두고 돌아서는 온갖 것들과 소위 아미고들에 대해 조금도 섭섭함이 없었다. 그는 이제 이별이 안타깝지 않았다. 그들도 마찬가지라 생각하니 그 현실이 기이하기만 했다. 12년, 얼마나 긴 세월이냐! 어찌하여 그들도 나도 헤어짐에 대해서 이리도 건조할 수 있을까, 이것이 과연 무엇일까……. 나는 이곳에다 힘껏 나의 젊음은 쏟았었는데 정말 아낌없이 쏟았었는데…….

그러나 세놀 융기는 차의 엑서레터를 밟으며 더 이상 이별이니 뭐니는 생각하지 않기로 마음먹었다.

'아데우스.'

자기도 모르게 중얼거렸다. 그러자 비로소 모든 것이 선명하게 인식되어 왔다. 다시는 만날 일이 없는 사람들, 다시는 올 일이 없어진 곳, 그리고 더 이상 가는 연필을 잡고 하얀 종이가 있는 제도대 위에서 고요한 시간을 보낼 일이 없다는 것이 '아데우스'란 말로 분명해진 것이다.

지난날의 하루하루가 잔뜩 긴장되어 있었던 것같이 생각되어졌다. '한국 사람들은 다 이렇다. 최소한 다 이렇다.' 그는 늘 속으로 외쳐댔다. 말은 잘 못해도 숫자에 있어서는 타의 추종을 절대 불허하련다 하는 자세로 일했었다. 그는 고고하게 행동했다. 어떤 것에도 지지 않았다. 동양인의 예의를 고수했고 그래서 어디서건 반드시 여자보다 나이 많은 사람을 예

우했으며 미소와 목례로 그들의 호들갑스러운 인사를 받곤 했었다. 그들은 머지않아서 세뇰 융기의 발음이 자못 우스꽝스러워도 웃지 못했다. 그 강파르고 삭막한 동양인의 필체가 자신들은 감히 흉내 낼 수 없는 달필인 것을 알았고, 자신들보다 더 철자가 정확하고 악센트 부호가 꼭 제자리에 첨가 된다는 것을 알게 되었기 때문이었다.

과묵한 한 사람의 동양인 아미고는 이상한 천재였다. 모두들 그를 가볍게 대하지 못했다. 그것이 그를 만족시켰다.

그러나 차를 돌려 큰 길로 나서면서 슬슬 슬슬 뭔가 모를 것이 흘러 나가는 듯한 편안함을 느꼈다. 딱딱하고 거칠거칠한 덩어리가 조금씩 녹아 빠져나가는 것 같았다.

'이런 식으로 인연을 끊는다는 것도 기분 좋은 일이야.'

이별의 자리를 마련하고 이별의 순간은 나누며 "마지막 나의 잔" 운운하며 코가 저리 가도록 마셔야 했던 옛날 기억이 아득하게 떠올랐다.

세뇰 융기는 그들이 자기를 쉽게 잊어버릴 것을 알았고 그 자신도 더 이상 그들을 생각하지 않을 것을 알았다.

'이 얼마나 상쾌한 이별인가? 좋다. 이제는 철저히 나 자신으로 돌아가자. 나의 세계를 만들어 보는 거야.'

스스로에게 다짐하며 앞을 본 순간 세뇰 융기는 자지러지게 놀라고 말았다. 차가 자기의 집골목 어귀 바로 그 팻말 RUA SEM SAIDA 앞에 멈춰 있었던 것이다.

'이럴 수가……'

자기도 모르게 탄식의 소리가 입 밖으로 나왔다.

큰 소리치고 나온 대로 그는 브라스에 있는 공장으로 갔어야 했다. 아직도 끝내야 할 오늘분의 일이 있었고, 그것보다 아직 해는 중천에 있었다.

그의 무의식이 회사와 집을 여느 때처럼 연결시켜 주었다고 하면 팻말 앞에 멈추고 만 것은 무엇이란 말인가?

며칠 전 도나 이자는 바로 이 자리에서 이렇게 말했었다. 아니 소리를 질러댔었다.

"여보, 안 들려요?"

그는 깜짝 놀랐다.

"응? 왜 그래? 갑자기."

"꼭 그렇게 소릴 내어 읽어야 하냐구요?"

"뭘?"

"후아 쎙 사이다 말이에요."

"그랬나?"

"그랬나가 뭐예요? 허구헌 날인데."

"그랬어?"

"병이예요, 병."

"신경 안쓰면 되잖아?"

"안쓰긴? 들려오는데두요?"

"참, 당신 생각나? 후아 쎙 싸이다를 우리나라에선 뭐라구 그랬나? 그런 말이 있겠지?"

"있지요."

"뭐라 그래?"

"막다른 골목이라구 그러지 뭐라 그래요?"

"아! 그렇지 막다른 골목. 그럼 우리 집은 막다른 골목 집인가?"

"막다른 집이라구 해요."

"막다른 골목집이나 막다른 집이나 그게 그거잖아?"

"아이 깜짝이야. 근데 왜 자꾸 그런 건 묻는 거예요?"

"한국에선 막다른 집보구 나쁘다고 했던 것 같은데?"

"참, 별 괴상한 건 기억하구 있군요?"

그 이후로 그는 조심하자 했었는데 차는 또 다시 그 팻말 앞에서 딱 멈추고 말았던 것이다. 자신도 모르는 사이에.

골목 안은 조용하였다. 그 끝에 있는 자기의 집을 세놓을 용기는 남의 집처럼 보았다. 두터운 커튼 틈으로 염탐하듯 내다보던 할머니들도 낮잠을 즐기는 중이었고, 극성스러운 아이들은 아직 학교에 있는 모양이었다.

꽃들만이 그들의 시간이었다. 조금의 불안도 없이 오로지 하늘과 바람과 햇볕을 사랑하고 있는 꽃들. 다시 그는 자신의 집을 보았다. 옆집들처럼 갖가지 화초들이 하늘거리고 있었다.

'꽃들끼리는 이야기가 잘 되나 보군.'

그 때 깜삐나스 처남 집에서 캐어다 심은 도라지가 생각났다. 잡초 속에서 쑤욱 올라와 있을 대공을 미안한 마음으로 떠올리는데 바로 옆에서 말소리가 들려왔다.

"무슨 일이라도 있나요? 세놀 용기? 괜찮습니까?"

옆집 도나 랑제였다.

"아, 아니오. 꽃을 보구 있었어요."

"피곤해 보이는데, 쉬시러 들어오시는군요. 정말 쉬셔야 해요."

"아닙니다. 공장으로 가야합니다."

그는 반사적으로 시동을 걸었다.

"대단하신 분들입니다. 열심히 사시는 모습이 부러워요. 남편은 지금 축구 보느라구 정신이 없어요."

"제가 부러운데요. 자, 그럼 나중에 봅시다."

그는 정중히 고개를 숙여 보이고는 얼른 핸들을 꺾었다.

'당신들은 너무도 노련한 배우야, 지금 그 말이 얼마나 허황된 깃인지 난 이젠 알지. 난 안다구.'

그는 마구 화를 내며 차를 돌려댔다. 그래서 그는 도나 랑제의 눈에 진정으로 스며있는 존경의 빛을 읽을 수가 없었다.

몇 번 요동을 치던 차가 이윽고 부웅! 떠났다.

'뒤를 보지 마!'

그는 중얼거렸다. 그러나 큰길로 들어서기 직전 슬쩍 뒤를 보고야 말았다. 길도 보이지 않았다. 건물도 꽃나무들도 보이지 않았다. 다만 그 자리에는 고집스레 지키고 있는 팻말 RUA SEM SAIDA 만이 보일 뿐이었다.

＊안경자는 필명으로서 이진서ㆍ김마리나를 사용하였다.

(『열대문화』 제4호, 열대문화동인회, 1988)

시계는 여섯시 반이었다. 애를 쓰다 겨우 잠이 들었던 것 같았는데 역시 세 시간도 못자고 깨버린 것이다.

－아냐, 더 자야 돼. 더.

몸을 꼬부리고 이불을 어깨까지 끌어 올리며 잠이 달아나지 않도록 조심조심 했다. 그때 쌀라에서 남편의 목소리가 들려왔다.

"일곱 시 반 티샷으로 하죠. 네, 그럼 제가 연락 안해도 되겠군요. 그럼, 이따 만나죠."

헤지나는 자신도 모르게 벌떡 일어났다.

－안돼요!

있는 힘을 다해 소리 질렀으나 소리는 밖으로 터져 나오질 않았다.

－여보, 오늘 병원 가기로 한 날 아니에요? 잊어버렸어요? 토요일 두시, 토요일 두시 말이에요.

소리는 만들어지지 않고 다만 가슴이 터져나갈 것 같아 숨을 크게 들어쉬어야 했다. 이불은 벗어던지고 벌떡, 방밖으로 나갔다.

남편이 틀어놓은 라디오에서는 나폴리 민요가 샤워소리와 함께 신선하게 집안을 채우고 있었다. 열어놓은 창으로는 또한 싱싱한 바람이 펄럭펄럭 커튼을 물리치며 들어오고 있고 아! 한마디로 거기는 딴 세상이었다.

파바로티인가! 그는 지금 선상(船上)에 서있는 듯 타 루치아, 잘 있소. 서러워 말아다오. 헤지나는 순간 소파에 주저앉으며 갑작스런 어떤 힘에 의해 망연해진다

친구들, 나폴리 노래만을 계속 부르던 어느 날의 음악 시간이 떠올랐기 때문이었다. 아냐, 음악시험이었었지. 그때 난 바로 이 노래를 택했었어.

"더 자지 않구!"

물을 뚝뚝 흘리며 나오다 남편은 흠칫 놀란다.

"당신, 골프 치러 갈 꺼예요?"

"응."

"토요일이잖아요?"

"김 선배가 아침부터 전화로 팀을 짜니 어떻게 해? 그 양반 일요일은 안 되잖아."

"가게는요?"

—병원은요?라고 묻는다는 것이 그런 소리가 되어 나오고 말았다.

"셀지요가 다 알아서 할 텐데 뭘, 당신 안 나가봐두 돼. 걱정할 거 없어."

"36홀 돌겠군요."

"모르지, 지독한 사람들 아냐? 더 자라니까 그래? 한 열한시까지 푹 자라구."

남편은 서둘러 옷을 갈아입는다. 신바람이 풀풀풀, 어떤 것도 그 분위기를 바꿀 수 없음을 그녀는 안다.

—그래, 오늘은 결과가 나오는 거지만 아무것도 아닐 지도 몰라. 5분도 기다리지 않고 모두 다 정상입니다라고 할꺼야. 간단히 말이야. 괜한 걱정을 했다 싶을 꺼야. 그럼 2시까지 기다린 저이한테 미안하지. 그래, 혼자 갔다 오는 것이 낫지. 저인 저렇게 까맣게 잊어버리고 있는 걸 어떻게 해. 무슨 수로 상기시켜 준단 말이야. 그리구 내 책임도 있잖아?

그녀는 일주일 전 병원에 혼자 갔었고 왼쪽 가슴에 만져지던 작은 멍울을 그 자리에서 떼어 내도록 했었다. 돌아와선 아무렇지도 않게 그 일을 얘기했었다.

"당신, 낮에 어디 갔었어?"

"병원에요."

"병원? 왜?"

그때 식구들은 일제히 혜지나를 쳐다보았다.

"왼쪽 젖가슴 윗 쪽에 멍울이 만져지잖아요? 기분 나쁘게. 그래서 갔었는데 의사 말이 기름 덩어리 같지만 일단 떼어 내야 한다는 거에요. 그러라구 그랬지요."

"엄마. 안 아팠어?"

"아프긴 요만한 거였는걸. 왜 그전에 너두 배꼽 근처에 동글동글한 게 있어서 떼 낸 적 있었지? 기름덩어리 말이야."

식구들은 몽땅 안심했다는 듯 저녁을 마저 먹었다. 다만 남편만이 나중에 잠깐 한 마디 했다.

"정말 괜찮데?"

"토요일에 결과가 나온댔어요. 두 시에 같이 오래요."

"토요일? 이번 토요일? 두시라구?"

남편은 재확인 했었다. 메모를 하듯이. 그러했는데 어쩌란 말인가.

"당신은 잠이 약이야. 자. 갔다올께. 오늘은 제대로 맞을 꺼야. 어저께 잘 자뒀거든? 짜우! 나 땜에 잠이 깬거야? 다시 들어가 자도록 해봐. 짜우! 참 이따 끝나구 전화할께. 저녁은 다함께 하게 될 테니까."

태평한 남편, 마음은 이미 골프장으로 가있는 남편, 잠 많은 아내가 일주일 내내 이리 뒤척 저리 뒤척, 온갖 생각에 괴로워하는 것도 모르고 코만 골던 남편, 핸디 18이면 바랄 것이 없다더니 14, 12하며 오직 골프만을 생각하는 남편, 그 남편이 잠깐 사이 남겨놓고 간 건강한 바람을 맞으며 헤지나는 쓸쓸함을 잊고 만다.

아이들 방은 깊은 밤중이다. 덧문도 내리고 커튼도 쳐놓고 방마다 다른 세계다. 엄마가 방문을 열고 한참을 들여다보아도 전혀 모르고 잘 뿐이다. 토요일 아침은 늦잠자도 되는 아침, 막내는 그 사실이 너무 좋아 노래까지 불러대곤 하시 않는가? 반듯하게 누워있는 딸이이는 참으로 에쁘다. 정말 천사의 얼굴이다 스물한 살, 그 애는 거의 일주일가량 필요한 말 이외는 하지를 않고 지낸다.

"난 이해할 수 없어. 엄마를! 결혼은 내가 하는 거예요 내 결혼이라구요. 그리고 난 당장 결혼하겠다는 게 아니잖아요? 그 애와 만나지도 말아라.

엄마! 난 주셀리노가 좋아요. 진짜로 좋아요. 엄마가 걔를 싫어하는 이유라는 게 말이 되요? 잘 생각을 해봐야 되는 건 엄마야.”

마지막 말은 뽈투게스였었다. 순간 할 말을 잊고 멍했었던 자신이 떠오른다. 딸이 휙! 외계로 떠나버린 것 같은 느낌, 영 돌아올 것 같지 않는 생각이 들었었다. 영리하고 상냥하고 자랑스러웠던 딸이 외계인처럼 느껴지다니, 그러나 자고 있는 모습은 따뜻하기만 하다. 스물한 살, 아름다운 나이다. 만일, 만일에 말이야. 헤지나는 살그머니 딸아이의 방문을 닫으며 생각했다.

도또르(닥터) 다닐로가 오늘 흉측한 선고를 내린다면 애, 넌 어떻게 되는 거지? 엄마가 수술을 받고 그러고도 안될 때 엄마는 가야하고, 영원히 말야. 그래서 난 다만 널 위해 더 좋은 남자, 더 좋은 집안을 생각해야 했던 거야. 네 긴 앞날을 보는 거다. 걘 안 돼.

헤지나는 어느 식당에서 보았던 주셀리노의 어머니를 다시 떠올린다. 두서너 개의 보석이 번쩍거리는 손이 젓가락질을 한다. 남이야 어떻든 탐욕스레 먹는다. 그러다가 갑자기 젓가락 한 짝을 거꾸로 쥐더니 귀를 후비는 것이 아닌가! 입으로는 음식을 씹고 젓가락으로는 귀를 후비고 한참을 그러다가 이번엔 느닷없이 머릿속을 긁어댄다. 그녀가 그 젓가락으로 다시 음식을 집는 것을 보자 헤지나는 후닥닥 뛰쳐 일어났다. 방금 들어간 음식들이 곤두서서 왝! 뛰어나올 것 같았다. 리나가 처음 주셀리노를 데리고 왔을 때의 경악을 아무도 알 리 없으니 무조건 ‘안돼!’소리만 하는 엄마를 식구들은 이상하게 쳐다 볼 수밖에.

“엄마, 형이 말이야, 누나 생일이라구 디스코 레이저, 들고 다니는 걸 선물했다! 그거 얼마나 비싼 건지 알아?”

그 말을 듣고도 구역질이 나서 한참을 진정시켜야 했었다.

안돼. 리나야 그런 시어머니, 넌 견딜 수 없을꺼야.

방문을 닫아주고 다시 쌀라로 나오다가 만난 시계는 7시 14분. 두시까지는 아직도 멀었다. 잠은 이미 달아날 대로 달아나고. 새삼스레 할 일이란 없었다. 까페(커피)라도 마실까 부엌으로 들어가자 거기 전자휘르노(레인지)가 먼저 7:14하고 달려든다. 정작 팔목시계 없이 산 지가 십여 년도 넘었는데 웬 시계들은 도처에 심어놓았더랬지? 눈을 들면 쌀라의 벽시계, 텔레비전을 보려면 그 밑의 비디오에도 시계, 전화기에도 시계, 애들 방마다 벽시계, 사발시계, 라디오 근처에만 가도 먼저 눈에 들어오는 것은 시간이다. 오븐 안에다 물 한 컵을 넣고 손가락으로 숫자판을 누르면서 시간과의 관계를 생각해본다. 시간을 따라 살아온 세월, 시간을 계산하며 산 세월, 시간에 쫓기고, 시간에 끌려서 때로는 시간에 아부하고, 타협하고, 사정하며 살아 왔다는 생각이 몰려온다. 시간의 노예였던가? 정말 그랬었던가!

시간을 벗어나서는 살 수 없는 일인데 새삼 시간과 세월을 의식하는 자신이 우스워지고 만다.

물은 빨리도 끓여진다. 무심코 까페를 타니 바그르르 넘쳐흐른다. 이런 까페가 얼마나 맛이 나랴, 하는 순간 여태까지의 이민 생활이 꼭 빨리 끓여진 까페 같다는 생각도 든다. 까페 냄새를 맡으며 헤지나는 마음의 안정을 맛본다. 기쁠 때도 슬플 때도, 흥분했을 때도, 한가할 때도 늘, 먼저 생각하는 것은 까페, 이민 생활의 가장 탐탁한 친구이다.

도나 헤지나는 쌀라에 혼자 앉아 까페를 마신다. 커튼 틈으로 밖은 햇살이 아름답게 쏟아져 들어왔다.

햇살 속에서 먼지의 입자들이 가볍게 춤춘다. 그들은 한군데에 있지도 않고 같은 방향으로도 움직이지 않는다. 아래로 또는 옆으로 친친히 올라갔다가 다음 순간 사라지고 도무지 그 행방을 쫓을 수가 없다. 즐겁기 짝이 없는 듯 유영하는가 싶더니 어느덧 괴로움에 미쳐 헤매는 모습으로도 보인다. 그리고는 잠깐 사이 어디론가로 없어져 유심히 따라가던 시선을 당황케 해주곤 한다. 먼지는 물론 하나의 존재이다. 저렇게 허공 가운데서 떠돌다 어디로 가는 것일까? 분명 이르는 곳이 있을 것이다. 이 세상에는 내가 먼지로 보이는 더 큰 존재가 있겠지? 그의 눈에는 먼지 같은 내가 이리저리 정신없이 왔다갔다하는 모습이 한심하게 보일 테지. 결국은 사라지고 말게 되는 걸 저런다하며 웃겠지.

죽는다는 것, 반듯하게 누워 두 손 가슴위에 깍지 끼고 잡아드는 것과 무엇이 다르랴. 어떤 밤에는 천둥치는 소리도 못 듣고 자기도 하지 않느냐. 그것은 죽음의 한 모습이었을 께다.

도나 혜지나는 20년도 더 전에 첫 아이 유산 때를 기억해 낸다. 복도 끝 딱딱한 긴 의자에 남편이 앉는 것을 보며 수술실로 들어가던 날 아침, 병원은 조용하고 추웠기 때문에 남편이 앉으려던 딱딱한 나무의자가 자꾸 마음에 걸렸었다. 병실 안은 따뜻했었는데 의사도 간호원도 모두 추워 보였던 것은 왜였을까?

수술대 위에 눕게 하더니 두 손을 가죽 띠로 묶는데 그 절망감으로 나는 이미 죽었었지. 병원 문만 밀고 들어가도 마음 놓이고 의사가 이마만 짚어도 아픔이 사라지곤 하던 내가 아니었던가. 간호원이 검고 차디찬 무엇인가를 가져다 코와 입을 덮어버리며 하나 둘 따라 세라고 하였었다.

하나아, 하나아, 두울, 두울 아 그렇구나 이것이 마취라는 것이로구나. 그래, 빨리 마취당해주자. 그리고 빨리 모든 걸 끝내버려야지. 다아서엇, 여더얼, 하다가 의사의 발자국 소리, 쇠붙이 부딪치는 소리, 간호원 대답 소리, 비록 멀리서지만 다 들리는데 어떻게 된 것인지 몸이 전혀 말을 듣지 않는다는 것을 인식하고야 말았다. 난 지금 아주 잘 마취되고 있는 거야. 아주 잘, 그렇지만 아니다. 이거는 죽는 거와 같애. 죽음이란 게 바로 이런 걸꺼야. 난 영 깨어나지 못할 수도 있어. 그래, 지금 난 조금의 저항도 못하고 죽어가는 것인지도 모른다. 죽는다는 것은 이런 과정일 께다. 조금씩 조금씩 멀어져가는 것, 귀로는 들을 것 다 들으며, 몇 분이지? 혈압은? 추우면 안 돼. 미쓰김 전화 받아. 아무 짝에도 소용없는 소리들을 들으면서 그런 소리들과는 아무 인연도 관계도 없이 아주 외롭게 덩그마니 수술대 위에 누워 아! 이렇게 반항도 못하고, 죽음 쪽으로 밀려갈 수밖에 없는 것, 이것이 죽는 거야. 난 죽고 있는 거야.

그러자, 그녀의 명료한 의식 속에는 아무것도 몰려오지 않고, 이를테면 살아온 나날이라던가 사람들이라던가 등은 전혀 없고 다만 추운 복도, 길고 딱딱한 나무의자 그 끝에 앉아 있는 남편의 모습만이 떠올라 왔다. 안돼! 안돼! 안되는데, 그인 모르고 있는데……. 몸은 꼼짝 못하고, 시간은 흘러갔다. 얼마나 흘러갔는지 몰랐지만 그녀가 수술실 문을 열자 처음 본 것은 딱딱한 나무의자 그 끝에 앉아 올려다보던 눈빛, 남편의 한 없이 어두운 눈빛이었다. 슬픔? 슬픔도 아니었다, 두려움? 그것도 아니었다. 연민도 아니었고 고통도 아니었고 뭐라 표현할 수 없는 눈으로 쳐다보던 남편, 그를 보자 그녀는 왈칵 울음을 터뜨리고야 말았었다. 남편이 거기 있다는 발견, 살아온 자신을 맞아주고 있다는 안도감이었을 것이다. 남편의 끝내 아무 말도 해주질 않았었다. 그녀는 그날 남편을 위해 시댁으로 가서 나흘을 묵었다. 위안 받고 그리고 따뜻이 쉬어야 할 것은 자신이 아니고 남편일 꺼라는 생각에서였었다. 그랬던 남편은 바로 이틀 전 병원에 가야 된다는 말을 새까맣게 잊어버린 채 골프장으로 달려가 버린 것이다.

내 경험으로는 암은 아닙니다. 기름 덩어리일 뿐이에요. 그러나 조직검사를 해보는 게 좋겠지요. 이왕 오신 김에 어떻습니까? 나이도 나이니까 혈액 검사, 소변검사도 해보시고 X-Ray도 찍읍시다. 세뇰킹 들어오시라 하세요. 아, 혼자 오셨습니까? 그럼, 내일 오셔서 떼어낼까요? 지금요? 의논도 없이요? 괜찮으세요? 하긴 의논이 뭐 필요하겠어요? 아프진 않습니다만, 간단히 떼어내는 거니까 염려될 건 없어요. 결과는 일주일 후에 나옵니다. 토요일 두시면 어떠시겠어요? 남편과 함께 오시겠죠? 제가 직접 찾아다 놓겠습니다. 99.9% 작은 기름덩이입니다. 자, 간호원 수술준비.

도또르 다닐로는 아주 친절하게 안심시켜 놓고 그만 마지막에 수술이란 말을 해버렸었다. 간단히 떼어내던 어쩌든 수술은 수술이다. 싫다. 수술이.

침대로 돌아가 딸의 모습 그대로 반듯하게 눕자 반사적으로 떠오른 도또르 다닐로의 말들은 먼지들과 마찬가지로 머릿속을 마구 헤집고 다니며 산란케 한다.

마침 FM에서 요들이 메아리치기 시작하자 그녀는 자기도 모르게 눈을 감는다. 정말 좋은 아침이다. 도또르 다닐로의 결과를 잠시 잊을 수 있다면 얼마나 기분 좋은 아침이야? 암? 암이라고 다 같지 않겠지 수술하면 될 걸 뭐, 조기발견일 테니까.

그녀는 볼륨을 올렸다.

"엄마, 일어나. 까페다마냥(Cafe da manha : 가벼운 아침 식사)이야. 몇 신 줄 알어?"

어느새 잠이 들었었나?

"형하구 나하구 한 거야. 누난 까페 마시구 벌써 나갔어. 주셀리노하구 깜뽀스 죠르당엘 갔다 온대."

"거기 먼델 왜?"

"엄마 리나가 차 놓구 갔거든. 리나 차 좀 쓰면 안돼?"

"누나가 알면 펄펄 뛰지 않겠니?"

"리나 누난 늦게 올 껄 뭐?"

"니꺼가 어때서 넌 밤낮 누나찰 못써 난리니? 딴소리 말구 이따가 엄마나 좀 태워다 줘."

"어디 가는데?"

"병원."

"또?"

두 아들은 펄쩍 놀란다.

"아냐, 종합검사 결과가 나오는 날이야. 시간은 오래 걸리지 않을꺼야. 이비라뿌에라 공원 근처야."

"토요일인데 병원이 일을 할까?"

"엄마 애들하구 약속했는데, 영화보러 가기루. 어떡하죠?"

"영화? 알렉스, 나두 가 응?"

"그 대신 넌 니돈 써야 돼?"

두 아들은 히히덕거리며 빵에다 이것저것 얹어서 먹음직스럽게 먹어댄다. 한참을 먹다가야,

"엄마 왜 그래? 입맛이 없어?" 한다.

"까페 한 잔 했어 아까. 그러나 저러나, 영화 몇 시쯤이니?"

"금방들 올껀데……. 엄만 언제 나갈거야?"

"아냐, 괜찮다. 천천히 혼자서 쇼핑센터나 둘러보다가 두시에 가면 돼."

"엄마, 나두 가."

"그래, 그래 알프레도 넌 엄마따라 가라. 잘 생각했다. 그거."

"싫어. 형따라 갈거야."

"이랬다, 저랬다. 계집애 같이 노네."

떠들며 한참을 옷을 갈아입더니 삽시간에 바닷물 빠지듯 지저분한 식탁만 남겨놓고 두 형제는 나가버린다.

남들이 부러워하는 딸 하나 아들 둘의 단란하다는 가정도 이제는 쓸쓸할 뿐……. 모두들 여기는 자기 자리가 아닌 듯이 뿔뿔이 나가버리자 큰 집안에 덴그마니 남는 건 도나 헤지나만이다.

−내가 몇 달 후 죽게 된다면 어떻게 될까. 이 집안은−

다 식은 까페를 따라 버리며 그녀는 설거지를 시작한다. 그러나 설거지가 끝나기노 선에 그 일이 싫어졌다. 허리가 아프고 허리가 이프디는 느낌이 오면서 뒷골도 아픈 듯 했다. 대충대충 끝내고는 얼른 소파에 눕는다. 가만히 눈감고 있자니 시간이 정지된 것 같아 얼른 눈을 뜬다. 문득 잎들이 고개를 떨구고 힘없이 모여 있는 것이 보인다. "소도 쳐다 봐 줘야 자란다"는 브라질 속담이 있다고 했지. 그럼, 우리 아이들은 어찌 될 것인가?

알프래도는 아직 열다섯도 안 되었는데.

자신의 방정맞은 생각에 머리를 흔들며 헤지나는 급히 외출 준비를 한다. 이건 하나의 감상일 뿐이다. 아니 궁상이다. 바삐 움직이며 자신의 신경과민을 탓해 본다. 쇼핑이나 가자. 단추나 지폐 같은 부속품을 사러 혼자 다녀야 했던 것 말고 그냥 한가하게 집밖을 나간다는 일이란 이민 와서 15년 만에 처음 있는 일이라는 발견이 왔다.

포도 위에 나무그림자는 길고 검었다. 싸늘하면서도 상쾌한 남미 특유의 겨울 냄새가 코를 스친다. 지나는 차들도 거의 없고, 길 앞을 청소하는 맑은 물이 소리까지 내며 흘러간다.

어디로 갈까. 쇼핑 이과빼미? 그 근처 고급 보띠끼? 모룸비는 어떨까? 도대체가 아는 곳이 없다. 근 15년을 제품하여 상파울로에서 지내오는 동안 백화점이라는 델 몇 번 가보았던가? 자기 자신을 위해서 무엇인가를 사본 일이 과연 얼마나 있었나?

거리는 토요일 오전, 바람은 싸늘하면서도 싱싱하다. 헤지나는 천천히 걸어간다. 단 한 번도 지나가 본 일이 없는 듯 생소한 거리라는 느낌이 왔다. 한 동네, 불과 집에서 몇 미터 옆인데 너무도 낯설다니 얼마나 달팽이처럼 살았단 말인가? 숯도 판다고 써 붙인 육곳간, 조그만 꽃집도 있고, 커튼집도 있고, 응접 셋트 수리집도 있다. 치과 옆에는 노란 유치원이 있는데 이름이 NARI SINHO(코의 애칭) 바로 그 옆집은 세탁소, 역시 키 작은 일본인 부부가 유창한 뽈투게스로 손님과 농담중이다. 손님중의 한 부인이 헤지나를 보더니 상냥하게 인사를 건넨다.

"안녕하세요? 날씨가 참 좋지요?"

"안녕하세요? 정말 날씨가 좋군요."

응답을 했으나 그녀가 누구인지 전혀 생각이 나질 않는다. 같은 아파트의 주민? 약국집 여자? 그러나 상대는 정말 반가운 얼굴이었고, 틈만 주면 따라와 베이징요(가벼운 키스)도 나눌 기세로 보였다. 마침 택시가 왔다.

빈 택시는 항상 반가운 감을 준다. 택시 잡기 위해 전쟁을 치루 던 서울의 기억 때문일까?

아베니다 화리아리마로 가자던 택시다 자르딩 에우로빠를 지나게 되자 그녀는 아름다운 동네에 반해 차를 내린다. 골목에는 세워놓은 차도 없다. 토요일 오전 조용하고 깊은 분위기, 공기마저 푸르르다. 집마다 숲속 같은 그 속에 수위들이 우울한 얼굴로 내다보고 있다.

어느 꽃나무에서인지 달콤한 향기가 바람을 타고 다가온다. 아! 위험해도 좋다. 이런 집에서 살고 싶어. 도시 한복판에서 새소리, 꽃향기, 풀냄새와 살 수 있다니…….

골목 어귀에서 그녀는 예쁜 글씨의 미장원을 만났다. 그래, 머리나 할까? 이런 동네에서? 비싸야 얼마나 비싸겠어? 머리를 하자는 자신의 생각을 아주 만족히 여기며 벨을 힘있게 눌렀다. 조용한 듯하면서도 손님들로 꽉찬 넓은 방, 손톱 칠해주는 여자마저도 프랑스 말을 하는 것 같아 주눅이 드는 것을 억제하며 안내하는 대로 고급 소파에 앉았다. 나이를 짐작할 수조차 없는 부인이 서둘러다가와 우아한 태도로 "저는 에스페라우다입니다." 하며 앉는다.

"저희 집엔 처음이시죠?"

"네. 헤지나에요. 지나가다가 그냥."

"반갑습니다. 자주 오세요. 고객 가운데는 일본부인들이 많답니다."

"아. 저는 일본여자가 아닌걸요?"

"아. 그러세요. 실례했습니다. 그럼?"

"한국인입니다."

"어마, 그러십니까? 20년 역사에 한국 손님은 처음입니다. 정말 반갑습니다. 어딘가 다르다고 느끼긴 했었지만……." 어쩌고 하는 사이에 웃옷이 벗겨지고 부드럽고 고운 가운이 입혀지더니 머리가 감겨지고 향기 나는 침대에 뉘어진다.

"잠깐만 누워 계세요. 마유미가 와서 마사지를 해드릴 겁니다. 바쁘지 않으시지요?"

"두 시까진 이비라뿌에라 공원 근철가야 되는데……. 실은 옷을 보러 나왔죠."

"어머나, 도나 헤지난 행운이 있으시군요. 한 시부터 쌀라 마르가리다에서 데스휠래(패션쇼)가 있게 됩니다. 도나 마르가리다의 오늘 소재는 리뇨이고 주로 편안한 외출복이 소개될 꺼에요. 저희 집에선 한 달에 한번정도 작은 규모이긴 하지만 이런 쇼우가 있답니다. 한 번 보아 주세요. 분명 마음에 드는 의상을 만나게 될 겁니다."

도나 에스마레우다의 말소리는 브라질 여자같이 않게 부드럽고 동글동글해서 그녀는 저절로 끌려들어 가고 만다. 아 예기치 못한 하루, 정말 행운의 하루가 되기를 빌고 싶은 마음도 든다. 많은 여자들이 누웠다갔을 많은 침대인에도 불결하다는 생각 전혀 없이 그녀는 공작부인이 되어 본다. 그리고 정말 데스휠레에서 마음에 드는 꼰준또(투피스)까지 사 입고 쌀렁을 나올 때는 완전히 구라파 영화 속을 지나온 듯한 환각마저 들었다. 그러나 택시가 복잡한 거리로 들어서자 그녀는 서서히 환각상태의 일이 생각났다. 아주 짧은 순간이었음에도 불구하고 굵직한 뇌세포들이 총동원되어 아주 재빠르게 나눗셈을 해내더니 한 벌 옷값이 350불이 넘는다는 답을 내놓았을 때, 그리고 그것을 모른 척 외면했었던 것도 생각했다.

"350불? 옷 한 벌에 350불! 미쳤어!"

자기도 모르게 중얼거리던 다음 순간 자질구레한 뇌세포들이 일제히 아우성치는 소리가 머릿속에서 웅웅거렸다.

－남편은 단 한 개에 300불인 골프채를 눈 하나 깜짝 않고 샀어. 생각나지? 그치?－

남편은 값보다 그 마대이라 따꼬(우드 채)가 장타를 날려줄 기대에 흥분했었다. 그렇지만 이 비싸기 짝이 없는 꼰준또를 얼마나 입게 될까. 만일

도또르 다닐로가 '수술준비!' 하고 나온다면 말이다. 잠시의 분위기 그 고풍하고 고급스런 분위기에 휘말렸던 일이 결국은 한개 허영심으로 심판될까봐 얼른 생각을 돌려버렸다.

오늘은 오늘이다. 기분 좋은 오늘이 되게 하자. 계산, 어떠한 종류의 계산도 하지 않기! 어떠한 종류의!

병원 앞에서 택시가 멈추자 도나 헤지나의 가슴 속에서는 철커덕! 철문 닫히는 것 같은 무서운 소리가 났다. 아직 두 시 전이다. 애써 침착하려 하며, 앞을 본다. 호수 가에는 많은 차들이 빈틈없이 빙 둘러싸고 있어 350불짜리 고급옷의 여자 하나가 불쑥 끼어들 자리 하나 없는 듯 했다. 벨을 누르니 그 벨소리가 길 밖까지 들려왔다. 병원은 괴괴했다. 토요일은 일을 안 할 텐데, 정말이지 의사는 왜 약속했을까. 잘못 들었던 것은 아닐까. 토요일 두 시. 다시 한번 길게 누르는데 안쪽에서 인기척이 났다. 안쪽은 나무에 가려 깊고 어두웠다. 신발 그는 소리에 이어 문지기가 검은 모습을 햇빛 속으로 드러냈을 때 도나 헤지나는 섬짓 소름이 끼쳤다. 진한 회색의 망토를 걸치고 느릿느릿 걸어 나오는 반 흑인은 아마데우스 모짤트를 찾아왔던 죽음의 사자를 순간 생각케 했다.

"추워요. 조엉?" 날카로운 목소리가 되어버렸다.

"네, 부인 죄송합니다. 기다리시게 해드려서 정말 죄송합니다."

그의 목소리는 정말 얼어붙은 듯 힘들게 빠져 나와 더욱 그녀를 자극했다. 춥다니 이렇게 화창한 날 12도 정도일 텐데 망토까지 두르고 난리야.

찬바람을 일으키며 안으로 들어가다가 쿨럭거리는 기침소리를 들었다. 그만 부끄러워졌다. 내가 왜 이러지! 숙음의 사사? 나이를 헛믹었지. 헛먹었어. 탄식을 하며 도또르 다닐로의 방문을 노크했다. 단호하게 힘을 주어 세 번. 결과가 어떻게 나오든 의연하게 받아들이리라. 오늘은 오늘, 오늘의 나는 오늘의 나라고 마음먹으며……

도또르 다닐로는 없었다. 언제나 의자에 앉아 조용히 웃으며 맞이하곤 하던 의사대신 낯선 일본남자 하나가 옆 진료실에서 보였다. 그 남자는 온 몸에 힘을 주며 지휘를 하고 서 있었다. 귀에다 이어폰을 꽂았기 때문에 소리도 없는 방에서 땀까지 흘려가며 지휘봉을 휘두르는 모습은 그녀를 아연실색케 하였다. 머리카락은 머리카락대로 휘날렸고 왼쪽 뺨 오른쪽 뺨, 팔의 힘찬 움직임 따라 오르락내리락하는 것이 괴이하게 보이기까지 하였다.

자. 이 노릇을 어쩐다?

헤지나는 얼른 나와 방을 다시 한 번 확인해 보았다. 분명했다. 이게 도대체 어찌 된 일인가, 가슴은 불길한 생각으로 두근거리기 시작했다. 아래층 쌀라에서 기다릴까, 어쩔까, 분명 두시랬는데, 피한 것은 아니겠지, 그렇담 의사가 아니지.

"어느 분과 약속하셨습니까? 도나헤지나"

태도가 몹시도 공손했기 때문에 헤지나는 조엉한테 미안해졌다.

"도또르 다닐로와 두시에 약속했어요."

"도또르 다닐로는 급한 일로 꾸리찌바엘 가셨습니다. 열두 시 안으로 오신다고 하셨지요. 그래서 도또르 준뻬이도 기다리고 있습니다."

"도또르 준뻬이?"

"네. 진료실에 있는 일본의사 말입니다."

"그 남자가 의사에요?"

"네. 도또르 다닐로와 내일 아침 수술을 하시게 되었다고 하시던데요. 어느 일본부인이래요. 암수술이라던가?"

그는 말도 채 끝내지 못하고 심한 기침에 빠져 버렸다. 무슨 말인가 더 하려는 듯하더니 끝내는 기침에 숨이 막혀 안쪽으로 허둥지둥 들어갔다. 그 뒷모습을 보며 다시 불길한 예감에 휩싸이게 된 헤지나는 벌떡 일어나고 말았다.

"조엉. 문 걸어요. 나중에 전화할께요."

대문 앞에서 그녀는 아무렇지도 않은 척 "조영은 알아요? 그 일본 부인이 무슨 암인지?" 하고 묻고 싶은 것을 꾹 참고 대신 돈을 쥐어 주며 "집에 갈 때 고기 좀 사가지고 가요. 돈이 남거든 약 사는 것 잊지 말고" 했다. 조영이 놀래서 아무 말도 못하고 문만 붙잡고 있자 헤지나는 다소 마음이 풀리는 듯 했다.

밖은 여전히 쾌청했고, 호수에서는 어른들의 요트경기가 한창이었다. 요트들은 원격조정을 받고 있었으나 모양은 너무도 완전하였다. 출렁이는 물결도 그랬고 뒤뚱거리는 것도 그랬고, 한참 보고 있노라니 자신이 유럽의 어느 강가에 서있는 듯 하였다. 떠나갈 것 같은 함성과 함께 경기가 끝나자, 헤지나는 다시 병원을 바라보고 한참을 멍청이 서 있었다.

도또르 다닐로는 곧 올까? 일부러 피한 것은 아닐 테니까, 또 딴 의사도 기다리구 있구, 내일 아침은 무슨 수술이길래 일요일인데두……. 일본 여자? 날보구 그러는 건 아닐 테지. 아! 도대체 몇 시나 됐을까.

그때, 우연히 검은 몬자가 신호대기에 서 있는 오빨라를 들이받는 장면을 보게 되었다. 일시에 사람들이 몰려들었다. 신나는 사건이 생긴 셈이다. 어디선가 경찰도 달려왔다. 모두들 입을 모아 몬자의 주인을 미친놈이라고 했고, 서로 증인이 되어 주련다고 했다. 그러나 헤지나는 다음 순간 낭패감에 빠져 들고 말았다. 오빨라의 주인이 한국 사람이라는 것과 그가 뽈뚜게스를 완전에 가깝도록 못한다는 것과 그리고, 주셀리노의 삼촌뻘 되는 사람이라는 것 등을 단번에 알아봤기 때문이었다. 동시에 떠오른 생각은 그가 이민 온지 서너 달도 안 된 사람이며 오빨라는 최신형 디쁠로마따라는 것이었다.

차에서는 〈우린 너무 쉽게 헤어졌어요.〉가 눈치도 염치도 없이 쏟아져 나오고 있었는데 그 사실이 또한 그녀를 당혹에 빠뜨렸다. 모든 것을 안본 것으로 하고 싶었다. 빨리 길을 건너가서 도또르 다닐로를 만나는 더 중요한 일이 있음을 상기하고 싶었다. 이건 내 문제가 아니다. 저 사람은 지금 공부하고 있는 중이야. 자기가 풀어야지. 아랍계(系)가 틀림없는 저 몬자의 주인이 결국에 가서는 승자가 된다는 것을 배우게 되는 아주 중요한 수업을 하고 있는 거야. 저 많은 목격자가 지금은 정의감에 휘말려 증인이 되어 주겠다고 외치며 "자뽀이네스, 힘내라" 응원하지만 그 모든 일이 물거품처럼 사라지고 만다는 현실을 현장 학습하는 거야. 그러니, 스스로 해야지 내가 뭘, 안 그래?

그러나 아랍계가 뚱뚱한 배를 불쑥 내밀며 묘한 미소를 콧수염으로 옆으로 보이자마자 헤지나는 한 걸음 불쑥 내딛고 말았다.

헤지나는 씩씩하게 걸어가 앞차의 휘따(카세트테이프)부터 껐다. 젊은 여자가 애를 안고 있다가 후다닥 놀랜다. 그들에겐 일별도 않고 여유 있는 태도로 경찰관에게 손을 내밀었다.

"나는 헤지나입니다. 저 남잔 내 조카이구, 당신이름은?"

"네, 조제 마리아, 조제 마리아 도스 싼또스 입니다."

"난 처음부터 모든 것을 보았어요. 저 미친 몬자가 조용히 신호를 기다리고 있는 내 조카의 새 차를 들이받는 걸 많은 시민들이 보았어요. 또 증인이 되 주겠답니다. 대단한 사건도 아니니, 교통 번잡하게 만들지 말고 빨리 처리합시다. 차안에 애기엄마 병원부터 가야겠어요. 저 콧수염한테 잘못했다는 말 한 마디라도 하고 빨리 꺼지라고 하세요. 알겠어요? 조제? 그에겐 오늘이 행운의 날입니다."

그녀의 말이 끝나자 떠나갈 듯 함성과 박수소리가 터졌다.

"예. 부인."

그러나 경찰관이 갈 것도 없었다. 몬자의 아랍남자는 허둥지둥 달려와 헤지나에게 "감사합니다. 부인 정말 감사합니다." 하며 어쩔 줄 몰라 하였다. 그녀는 말없이 손가락으로 주셀리노의 삼촌을 가리켰다. 영문도 모르고 멀뚱히 서있던 그 남자는 달려들어 손을 잡으며 "잘못했어요. 내 잘못이었습니다. 감사합니다." 하는 말을 알아듣는지 어떤지 덩달아 "오브리가도(감사합니다)" 하는 것이었다.

몬자가 먼저 내뺐다. 군중들은 일제히 흩어져 갔다. 공원은 다시 평화로움에 잠긴다. 누군가가 "벌써 세시야!"하는 소리에 그녀는 깜짝 놀라 병원 쪽을 바라본다. 다시 들려볼까? 왔겠지? 그녀의 머릿속으로 우수수 낙엽 소리가 들려왔다.

"저어 혹시?"

바로 옆에서 들린 말소리는 그 낙엽들을 몰아가 버렸다. 아! 주셀리노의 삼촌뻘인자가 어쩔 줄 모르고 서 있는 것이 아닌가? 이것이 문제인 거야. 왜 가버리지 않고 서있는 건가? 이 남잔.

"한국분이시죠?"

"네."

"아, 맞군요. 정말 뭐라고 감사의 말씀을 드려야 할지……."

"같은 동포 아니에요? 어서 가보세요."

"정말 혼났었어요. 구세주가 달리 없더군요. 아주머니 이 은헬 어떡하죠?"

"원 별 말씀을, 그저 먼저 이민 와서 이곳 사정과 뽈투게스를 좀 안다는 거죠. 저도 처음엔 도움 많이 받았었어요. 다 그렇게 도움 받고 또 주며 사는 거 아니겠어요? 가 보세요. 애기엄마 놀랜 모양인데……."

"네. 감사합니다. 근데 저어 누구신지요. 나중에라도……. 전화번호라든가……."

"네. 나중에 자연히 다 알게 됩니다. 자. 그럼 안녕히 가세요."

그는 단호한 헤지나의 태도에 밀려 꾸벅 절을 하고는 차로 돌아갔다. 문을 열자 "여보, 헤드라이트가 깨진 것 같은데 보상도 안 받고 보낸 거 아니에요?"하는 날카로운 소리가 들려 왔다.

그 차도 떠나갔다. 그것을 참으로 다행이라 여기며 천천히 집 쪽을 향해 걸음을 옮긴다. 월요일 아침 일찍 전화로 묻지. 바쁠 것 뭐 있담. 브라질에서 배운 것이 바로 '천천히.'아닌가? 우리말에도 인명(人命)은 재천(在天)이라 했고, 억울할 것도 없는 삶이었지. 꼭 이루고자 했던 목표물도 없었으니. 그저 평범하게 그러나 성실하게 살아왔으면 된 것이 아니냐? 남 일 할 때 일했고, 남 번 것처럼 벌었다. 자식들은 속 썩이지 않았고, 남편 역시 그러했으면 잘산 인생이다. 좀 더 살고 아니고의 차이일 뿐, 얼마를 걸었는지 아파트 앞에 이르자 갑자기 주저앉을 것 같았다. 점심을 먹지 않았다는 생각이 났다. 하늘은 겨울답게 벌써 어두운 빛을 띠고 나뭇가지들 위에서 밤을 준비시키고 있었다.

"안녕하십니까? 도나 헤지나."

한량없이 착한 수위가 손수 문을 열어준다. 엘레바돌(엘리베이터) 앞에서 습관적으로 10층을 누르고 서 있다가 헤지나는 가슴이 뜨끔해 옴을 느꼈다. 자즈러지듯 쌀라의자에 주저앉는다. 이번엔 왼쪽겨드랑이 밑이 뜨끔거린다. 정신이 번쩍 들었다. 결국 그렇구나. 그렇구나! 헤지나는 하얀 벽을 바라본 채 그냥 한참을 앉아 있었다. 그냥 앉아 있었다.

"안녕하세요? 헤지나, 당신 옷 굉장히 멋있군요. 너무너무 근사해요."

호들갑을 떨며 다가온 것은 아파트 관리 위원인 부루샤였다. 본 이름인 도나 이졸라보다 언제나 마귀할멈(부루샤)이란 별명이 먼저 떠오르는 심술쟁이 과부는 "예쁜 리나 기다리시군요. 애인이 떠났는데도 저 앞에 그냥 서있더군요. 참 좋은 때죠? 두 번 올 수 없는 세월, 쨔우! 내일 또 봅시다." 하더니 담을 기어오르는 애들을 향해 달려가 버린다. 아닌 게 아니라 수위실 층계에 앉아 있는 것은 틀림없이 리나였다. 무엇을 생각하는지 꼼짝 않고 앉아있는 뒷모습이 자그맣게 보인다. 불쌍한 거, 고민하지 마라 리나야. 너 좋다면 고만이지. 엄마두 주셀리노 그 애가 미운 게 아니다. 공부 잘하구. 너만큼은 아니지만 음악을 좋아한테니 됐구. 집이 부자니 고생은 안할거구. 부모 무식한거야 어쩌니, 먹던 젓가락으로 귀를 후빈데도 어쩌니, 그런데 이상하게도 구역질이 나질 않았다. 가벼운 마음으로 일어났다.

그때 "엄마아!" 하며 두 아들이 곤두박질하며 엘레바돌에서 나왔다.

"왜 그래? 무슨 일이야?"

"엄마아? 왜 여깄어? 올라가 응? 올라가세요. 그러지 않아두 기다리구 있는데 수위가 인테르포니(인터폰)로 알려 주잖아."

"근데, 너네들 왜 그래? 왜 울구 난리니?"

"엄만 왜 여기 있었어? 병원에서 전화 왔었어. 지금두 또 왔어. 아빠하구 얘기하구 있어."

남편은 둥그런 눈을 더 동그랗게 뜨고 들어서는 혜지나를 말없이 맞는다.

"어떻게 벌써 오셨수?"

"응. 안개가 껴서. 아까 왔는걸. 도또르 다닐로한테서 여러 번 전화 왔었어. 근데 당신 왜 아침에 나한테 얘기 안했어? 깜빡 잊었잖아. 도또르가 당신 아무 문제없대. 아주 깨끗하다는 거야. 혈액검사, 소변검사, 모두 정상이고 다만 혈압이 좀 낮지만 빈혈두 없대."

"조직검사 결과는요? 유방암 말이에요?"

"그것두 아니래."

"……."

"자. 앉어 이리와 앉어. 도똘이 정말 미안하다구 여러 번 전화했어. 당신 왔냐구. 방금 전화에선 경찰에 알려야하지 않겠느냐구까지 했단 말이야. 사람이 왜 그래?"

"……."

"사실 자기의 경험으론 70내지 80프로가 유방암이라 진단되더래. 당신 나이로나 그 멍울의 위치로나 말야. 열십자(十字)로 4등분했을 때 오른쪽의 위쪽이었다매? 만지면 아프지두 않았구, 일단 시간이 급하니 기름덩이라 안심시켜놓구 빼내기부터 했다는 거야. 당신 아주 태연했다면서? 어제 늦게 직접 가서 결과를 가져왔는데 말이야. 들어봐. 그 주에 그런 부인환자를 여섯 명을 받았는데 깨끗한 것은 당신 하나였었대. 너무너무 좋아서 전화를 해주려니까 번호가 병원에 있어서 못 했구. 새벽에 구리찌바에서 급한 수술이 있다구 연락이 오는 바람에 약속을 어기구 말았지만 준뻬이라는 일본 의사한테 전화를 걸어두었었대. 이런 부인이 두 시에 오거든 이렇게 한마디 해주라구. 빠라벵스!(축하합니다) 근데 어떻게 된 거야? 독또르 준뻬이 못 만났어? 당신?"

"낯선 남자가 있길래 그냥 나왔지요."

"그럼 내가 대신 해주지 빠라벵스."

그러자 두 아들도 동시에 기운찬 목소리로 "엄마, 빠라벵스"한다.

헤지나는 쓰러지듯 주저앉는다. 뭐라 표현할 수 없는 뜨거운 기운이 가슴에서 온 몸으로 서서히 퍼져 나가는 듯 했다. 멀리서 개 짖는 소리, 차 달리는 소리가 들려왔고, 어느 집에선가 구수한 고기냄새도 났다.

다음순간 배가 고프다는 느낌과 더불어 와락 눈물이 쏟아졌다. 끝없이 쏟아졌다. 남편은 돌아섰고, 알랙스도 알프레드도 덩달아 엉엉 울었다. 눈물 저쪽으로 화분의 잎새들이 반짝반짝 보였다.

"자, 그만 해. 우리 저녁 먹으로 가지. 참 의사한테 전화부터 걸어 줘야지. 그 사람 말이 당신은 나쁜 선고를 받았어두 식구들한테 말할 사람이 아니래던데? 어떻게 나보다 잘 알어. 당신한테 반한 거 아냐?"

"아빠두! 그럼 아빠가 어떻게 엄마 혈압이 어떤지, 에모글로비나(헤모글로빈)가 어떤지 알겠어요?"

세 부자가 소리 내서 웃는데 리나가 들어섰다. 리나의 시무룩한 얼굴을 보자, 헤지나는 벌떡 일어섰다. 그러나 리나는 엄마를 본 척도 않고 방으로 향했다.

"리나야! 이리와."

헤지나의 목소리는 낭랑했다.

"너 언제 왔는데 이제 올라오는 거니? 돌층계에 주저앉아 도대체 무슨 생각하느라구 여태 있었어. 응? 주셀리논가 뭔가 하는 녀석, 안된다구 했지? 엄마가?"

(『열대문화』제7호, 열대문화동인회, 1990)

내가 자신의 참 모습에 눈이 떠진 것은 아내 루우를 땅에 묻고 돌아온 그날 밤부터였다. 끝까지 남아 주었던 몇몇의 친구들마저 가버리고 난 뒤, 그들이 억지로라도 마셔야 된다고 부어 넣어준 위스키 기운에 잠깐 잠이 들었었는데 그것이 5분인지 50분인지는 몰라도 너무 목이 말라서 눈이 떠진 모양이었다. 그때 나는 나도 모르게 소리를 질렀었다. "루우, 물 좀 줘. 물."

그리고 다음 순간 나는 소스라쳤었다. 이제는 물 가져다 줄 사람 없이 이 세상에 나 혼자라는 것, 루우는 땅 속에 나는 빈 아파트에 혼자 남았다는 것.

당신들은 알겠는가? 아내가 이제는 이 세상에 없다는 것을 안 순간, 서른세 살 남자가 빠진 혼돈(混沌)의 늪을.

세찬 바람이 머릿속을 마구 헤집더니 사라져 버렸다. 살라 한 복판에 서서 나는 사방을 휘둘러보았다. 사면이 하얗기만 한 벽, 고작 두세 걸음이면 끝나는 좁은 살라가 갑자기 허허한 벌판 같았다.

세상 천지에 그냥 하나로 남은 나.

어제 아침 함께 우유를 마시고, 식탁에 흐트러진 빵부스러기를 손바닥으로 쓸어 모으던 루우가 오늘은 땅 속에 있다니……. 어떻게 이런 일이 일어날 수 있을까?

나는 그만 주저앉았다. 갑자기 공포가 나를 덮쳤기 때문이었다. 머리끝에서 시작된 전율이 발끝으로 빠져나가는 것을 생생하게 의식하면서 꼼짝 못하고 앉아 있었다. 무서워졌다. 말할 수 없이 무서워졌다. '죽었어. 루우는 죽었어. 관 속에 누워 땅에 묻혔어.'

난 갑작스럽게 엄습해 온 낯선 공포에 잠시 숨도 못 쉬고 있었다. 등을 의자에 꼭 붙이고 나도 모르게 주먹을 불끈 쥔 채, 그렇게 앉아 있었다. 난 지금도 모르겠다. 그 때의 그 공포감은 주위 어른들이 얘기해 준 바

있는 소위 사자(死者)와의 정(情)떼기였는지, 혹은 죽음이라는 것이 무엇을 의미하는지를 알아버린 데서 온 것인지를.

그러나 아마도 당신들은 짐작할 수 있을 것이다. 그 공포의 덩이를, 그 무게를 그리고 그 색깔을. 그러나 그것은 짐작에 불과한 것, 어찌 내가 되어 그 전부를 그대로 알 수 있으리. 지금 생각해보니 그것은 단순히 죽은 자가 정을 떼게 하기 위해 살아남은 자에게 준다는 식의 무서움 증만은 아니었던 것 같다. 나를 숨도 못 쉬게 만든 것은 삶과 죽음 그 자체에 대한 최초의 접근에서 비롯된 것이었다고 본다.

만난 지 4년여의 결혼생활 아내와 나는 무지무지하게 일을 했다. 애기 낳기, 한국 나가기, 가구 사기 등 어떠한 종류의 계획도 그것이 돈과 관계되는 일이면 무조건 나중으로 미루고 오로지 돈을 모으기 위해 우리는 일만을 했다.

나는 옷을 만들어 내는 일 전부를 맡았고 아내는 옷을 팔아 돈을 받고 그 돈으로 또 다른 돈을 사는 일을 맡았는데 어느 부부가 우리들처럼 일사불란 할 수 있었겠는가.

루우는 그렇게 끄루제이로를 주고 달러를 사는 일이 필생의 사업인 듯 실로 열심히 그 일을 해냈다. 때로는 그 달러를 팔아 다시 끄루제이로를 사야할 때도 있었는데 그럴 때 루우는 얼마나 비통에 빠지곤 했었는지 …….

나는 그 돈, 그 미불(美弗)들이, 그 달러들이 어디에 어떻게 숨겨져 있는지를 안다. 아파트에도 강도가 들었다는 얘기를 들을 때마다 우리 부부는 온갖 머리를 짜내어 가장 안전한 곳에다 정성껏 갈무리해 놓았으니까. 그럴 때면 얼마나 의기투합되는 한 쌍의 부부가 되곤 했었는지…….

그러나, 그러나 말이다. 그 많은 돈이 과연 무슨 의미가 있다는 말인가? 루우는 죽고 말지 않았는가? 루우가 이루고자했던 삶이란 도대체 어떤 것이었을까? 그것을 안다 해도 이제는 소용없는 일이라는 것을 그때 나는 깨달았던 것이다. 루우와 내가 함께 살아온 나날들이 얼마나 어리석었나를 깨닫고 나니 내게 주어졌던 시간 앞에서 절망할 수밖에 없었다. 목마른 내게 물 한 컵 가져다 줄 사람이 없다는 사실이 앞으로 얼마나 많은 시간 나를 절망시키고 전율시킬 것인가. 그 발견에 이르자 그만 급작히 공포에 빠지기 시작했던 것 같다. 비로소 죽음의 의미를 들여다보기 시작한 것이었나 보다.

루우는 여느 때처럼 가게 앞에서 말했다.

"열한 시에 병원가야 되는데……."

"병원은 왜?"

"정기 검진일이에요."

"으응. 그런가? 앗 참, 언제지?"

"뭐가요?"

"언제가 출산일이냐구?"

"예정일은 이달 20일인데, 정확할 수는 없댔어요."

"그래? 같이 갈까?"

"바느질집 가야죠."

"오후에 가지, 뭘."

"안돼요. 내일 아침엔 지방 손님들이 온댔어요. 난 택시 타고 가면 되니까 빨리 바느질집이나 갔다 오세요."

그때 나는 좀 부끄러운 생각이 들었다. 돌아서는 루우의 몸가짐이 너무 무거웠고, 콧등에 송송 배어나온 땀들이 모두 나를 보고 있는 것같이 느껴졌기 때문이었다. 처음 가져보는 느낌이었다.

그 부끄러움 그 미안감은 이미 하나의 전조(前兆)가 아니었는지……. 매달 한 번씩 가는 병원에 단 한 번도 동행해 본 적이 없었으니까. 변명을 한다면 아내 루우는 건강했고, 병원행(病院行)정도는 아무 것도 아닌 일로 나를 인식시켜 놓았기 때문이었다.

"지금 바느질집 간댔자 기다려야 될걸. 어제 전화가 왔었잖아? 데려다 줄게."

"그럼 전철역까지만 데려다 주세요. 빨리 가져 올래면 가서 지키고 있어야 된 다구요."

찌라덴찌역(驛) 앞에서 우리는 헤어졌다. 마음속으로는 얼마 멀지않은 빠라이조의 병원까지 가도 되는데 하면서도 워낙 단호한 루우의 태도에 그냥 멈췄고, 루우는 무거운 몸을 아무렇지도 않은 척 내렸다.

그때 나는 평소에 한 번도 한 적이 없는 말을 불쑥했다.

"조심해, 루우!" '조심해!'

한번은 큰소리로 한 번은 속으로.

루우는 말없이 웃으며 고개만 끄덕하고는 돌아섰다.

우리 둘은 늘 그러했듯이 그냥 그렇게 헤어졌다.

루우는 역을 향해서, 나는 바느질집이 있는 과률루스를 향해서.

그것이 마지막 장면이었다던가, 마지막 나눈 대화였다던가 하는 말을 하자는 것은 아니다. 일상의 대화나 관계가 늘 밍밍했었으니까 어느 한구석에도 운명을 한탄할 낌새는 없었다. 그러나 나는 이제 낌새가 아닌 전부를 알아버리고 말았으니 그것은 내가 얼마나 아내 루우에 대해 무관심했었는가 하는 것 바로 그것이다. 정기 검진일(檢診日)은 물론 출산일(出産日)도 모르고 있었고, 그것보다 택시비가 아까워 전철을 타고 병원에 가곤했었다는 사실도 모르고 있었나, 그리고 출산 후의 산모구완은 마련해 놓았었나……

이런 움직일 수 없는 사실들을 아내가 가고 난 다음에 발견한 것, 그것이 나를 무섭게 만들었던 것일 것이다.

당신들은 알 수 있겠는가? 싸웅빠울로의 유월 말 밤 열한시.

아무 소리도 없는 살라, 예컨대 까페 잔 달그락거리는 소리라던가 얼굴 씻는 물소리도 들려오지 않는 빈 살라, 그리고 아무런 움직임도 없는 멜렁을 잘라내는 손놀림, 그 한 조각을 들어 권하는 눈동자의 조용한 움직임도 없는 빈 살라에서 서른세 살 젊은 남자가 느끼는 천길 절망을 말이다. 어느 틈새를 통해서인지 쌀쌀한 바람이 밀려들어와 황량한 벌판 한가운데 버려진 듯했다. 춥고 쓸쓸한 벌판에 사정없이 몰려오는 기나긴 밤. 나는 그 긴 밤이 무서웠다. 그제야 친구들이 쉽사리 가지 못하고 있어주었던 까닭을 알게 되었고 허둥지둥 나가서 아무 위스키나 구해와 마구 권했던 까닭을 이해하게 되었으나 이미 공포의 긴 밤은 피할 도리 없이 눈앞에 닥쳐왔다. 의자 등받이로부터 등을 떼고 물을 가지러 몇 걸음 저쪽의 부엌으로 가는 일이 왜 그렇게 싫었는지 도대체 이게 무슨 꼴인가, 무슨 꼴이란 말인가. 입안이 바싹바싹 타들어 왔다. 갈증 때문인지 무서움증 때문인지 타들어오는 입술을 깨물고 있을 때, 바로 그때 전화가 울렸다.

괴기영화에서처럼 전화가 울렸다. 정말 부끄럽고 또 창피한 노릇이지만 그때 나는 외마디 소리를 지르며 벌떡 일어났다. 공포심과 수치감은 그러나 거의 동시적인 것이었기 때문에 그래도 나는 얼른 수화기를 집을 수 있었다.

"박 서방! 날쎄, 지연이 고모! 도대체 어떻게 된 일인가? 으응? 이게 무슨 소린가?"

"……"

전화속의 목소리는 금방 울음이 터질 것 같았지만 난 그것이 내게 온 전화인지조차 몰라 멍하니 있기만 했다.

"박 서방, 우린 지금 들어오는 길이야. 이 사람아, 무슨 날벼락이란 말인가!"

"……"

"박 서방, 여기 시카고야, 듣고 있나. 이 사람? 지연이가 어떻게 된 거냐고?"

"……"

지연이? 그러자 나는 다음 순간 지연이가 루우라는 사실을 기억해 내었다. 그리고 박 서방은 나 자신이고 전화 목소리는 미국에 있는 루우의 고모 것이라는 것을 알아냈다. 그렇다. 지연이는 루우의 이름이었다. 4년 전 루우의 고모이면서 유일한 친척인 현 집사네는 우리를 결혼시키자마자 미국으로 떠나버렸었다. 그리고나서 얼마 안되 뒷거리 조그만 가게를 얻어 제품을 시작했을 때, 아내는 점원 아이들에게 자신을 루시아라 소개했는데 그 애들이 도나 루우라고 부르는 대도 나도 루우라 했고 아침에나 저녁에나, 집에서나 가게에서나 루우라 부르는 동안 지연이라는 진짜의 이름은 아득한 어두움 속에 파묻히게 되고 말았던 것이다.

"여보게, 이 사람 혼자서 얼마나 기가 막혔겠어? 어이구, 불쌍한 우리 지연이. 이게 무슨 날벼락이란 말인가? 응? 박 서방, 이 사람아, 젊은 사람이……."

실로 몇 년 만에 들어보는 박 서방이란 소리인가!

나는 그제야 털썩 주저앉았다. 고모의 울음은 통곡으로 바뀌었다. 그 통곡소리는 내게는 구원이었다. 나는 수화기를 움켜 쥔 채 나도 모르게 흑! 울음을 터뜨리고야 말았다. 단 한 방울의 눈물도 나는 흘리지를 못했었다. 루우를 찬 땅 속에 묻을 때도 그리고 묻고 돌아서 올 때도 나는 울지를 못했었다. 울음이 나오질 않았었다. 아니 그랬었다는 사실도 모르고 있었었다. 내가 병원에 뛰어 들었을 그때는 이미 루우는 수술실에 있었었고 너무나 많은 일들이 나를 몰아대는 바람에 어떤 일이 내게 일어났는지 그것을 알 사이 없이 나는 이리저리 끌려 다녀야 했었다.

모든 일들은 마치 그렇게 계획된 것인 양 조금의 여유도 주지 않고, 그 다음 그 다음으로 나를 끌어대었다. 산모도 못 살리고 태아마저 못 살리고 난 후, 옆 사람들은 펑펑 울면서도 끊임없이 많은 것을 주문해 왔었다. 사진 가져와라, 옷 가져와라, 장지(葬地)를 사라, 한국에다 연락했느냐? 미국 전화번호 아느냐? 영주권이 필요하다, 사인을 해라, 여기에도 사인이다.

아니다……. 해라, 가져와라들에 쫓겨 다니느라 슬픔을 가져보지 못했다는 것은 아니다. 이 싸웅·빠울로에는 오직 나 혼자였었기 때문에 쩔쩔매었던 것은 사실이었지만, 그것은 내가 슬퍼할 수 없었던 것의 이유는 아니다. 그저 무감각 상태였다고나 할까?

어떻게 알았는지 사람들은 와주었고, 나대신 슬퍼해 주었고, 루우의 찬 손을 잡으며 기도해 주었고, 그리고 눈물을 흘려주었다. 나는 그저 고개를 숙여 인사를 받고 인사를 주었지만 그 모든 나의 행위는 그냥 그렇게 한 것에 지나지 않았었다. 다만 내가 뿌린 흙이 소리를 내며 관으로 떨어졌을 때, 순간 나의 가슴이 터져나가는 듯한 아픔이 있었지만, 그래서 잠깐 휘청 했었지만, 그 역시 옆 사람들 때문에 만류되어 나는 그 다음에 어떤 일들이 일어났는지 볼 사이 없이 허공으로 동댕이쳐진 느낌이었다. 둥둥 떠 있는 것 같기도 했고 심연 밑바닥 깊숙이 잠기는 것 같기도 했고, 루우의 부재(不在)를 처음 인식하기 전까지 줄곧 바로 그런 상태에 빠져 있었었다. 비로소 나도 모르게 슬픔이 복받쳤다.

울면서야 나는 한 방울의 눈물 없이 작별의 말 한마디 않고 루우를 떠나보낸 그 시간들이 생생히 떠올라 통곡을 않고는 견딜 수가 없었다. 정말 견딜 수가 없었다.

루우의 고모는 미국 땅에서 나는 여기 싸웅·빠울로에서, 한참을 울었다. 서로의 손을 부여잡은 듯 수화기를 움켜잡고.

"박 서방, 정신 차리게. 정신 차려야 되네. 그만 진정하게나. 내가 잘못이지. 지연이한테도 자네한테도…… 용서하게."

그러나 나는 진정할 수가 없었다. 도저히 울음을 멈출 수가 없었다. 무엇이 나를 그토록 울게 하는지 조치 모른 채 울기만 했다. 울음에 이유가 있어야 하나? 그렇지 않다. 그때의 나는 그저 울음이 나와 울었고 울음을 그칠 수 없어 울었다. 그쳐야겠다는 의지 같은 것은 끼어들 틈도 없었다.

나는 왜 울었을까? 그것은 하나의 회한(悔恨)? 이제는 영원히 손잡아 줄 수 없는……?

혹은 외로움. 오랫동안 잊고 있었던 외로운 내 과거가, 외로운 내 운명이 떠올라서였나? 아니면 정말 오랫동안 참아왔던 내 서러움, 오래된 슬픈 상처가 되찾아온 것이었나?

흔히들 자기의 서러움으로 운다고 하지만 왜 그렇게 울었는지 나는 지금도 잘 모르겠다.

"미안하네. 박 서방, 가 볼 수가 없어서. 어떡하나. 다 박복해서 그렇게 된 걸. 서울에단 내가 알릴걸세."

그제서야 나는 루우의 가족들이 서울에 있었다는 것을 기억해 내었다. 전화는 그렇게 끝났지만 충격은 무서웠다.

루우 → 지영이 → 현지영 → 서울식구……

이런 식의 연상이 나를 강타하면서 번쩍 나는 눈을 떴다. 그것은 하나의 인식이었다.

아! 그것은 하나의 인식(認識)이었다. 루우는 루우가 아니었다는 발견. 내가 아내에 대해서 알고 있는 것이란 도대체 하나도 없다는 발견, 여태까지 루우와 나 두 사람 인연의 4년은 현지영이라는 이름 하나로 말미암아 어둠속으로 추락해 버렸다. 나와 더불어 4년을 살아온 사람은 분명 루우였는데, 현지영이라는 여자는 그럼 누구란 말인가?

열심히 일하는 부부, 어떻게 해서든 살아보려고 밤과 낮을 일밖에 모르며 사는 젊은이들, 매사 틀림없는 부부, 그들은 누구였었나?

도대체 무엇이 우리를 엮어 놓았던가? 현지영은 왜 혼자서 이곳에 왔어야 했고 식구들은 서울에 다 있는데, 그리고 왜 루시아가 되어 이 땅에서 살아야 했었나?

나는 마음이 바빠졌다. 루우를 알아야 한다는 생각이 절실해졌다. 고아처럼 지내온 내 아내, 비로소 나는 루우에게도 절박했던 순간과 암담했던 세월이 있었을지도 모른다는 생각을 하기 시작했다. 불쌍한 나의 루우. 너무도 오랜 시간을 나는 내 고통과 싸우노라 지쳐 루우를 바라보질 못했었던 것이다. 내게는 루우에 대한 애틋한 기억하나 없다. 어처구니없게도 어떤 순간에 표정이라든가, 재미있었던 말 한 마디, 어느 날 밤 나누었던 대화의 한 토막, 잘 어울린다고 느꼈던 옷차림……

도대체 간단한 것 하나도 제대로 떠오르지를 않았다. 이럴 수가 있을까? 이럴 수가 있을까?

나는 허겁지겁 살라를 휘둘러보았다. 텔레비전도 있고 안락의자며 식탁도 있고 전화기를 또 다른 자그만 탁자위에 놓여있고 벽에는 달력과 시계, 그림들이 걸려 있었다. 그러나 그 모든 것들은 아주 낯설게만 느껴졌다. 처음 간 남의 집처럼 말이다. 텔레비전 앞에서 권투 중계, 축구 경기 빼놓지 않고 보곤 했었는데 왜 이토록 다른 집에 와 있는 듯 어색하기만 하는지……

일찍이 그것들을 나의 것, 나의 집, 아내와 함께 사는 내 가정이라 생각지 않았다는 말인가?

암울한 마음으로 아내의 손길이 스쳐갔을 이것저것을 보았다. 그러다가 파도 그림을 보는 순간 루우의 나즈막한 목소리가 기억났다. 생생하게 기억났다.

"이발소 그림인데요. 뭐."

재미있다는 듯이 날 쳐다보며 말했었다.

비루이에 사는 손님인 알베르또가 물건 값 대신 가져온 그림을 살라 벽에 걸때 루우가 했던 말, 그 말.

"이발소 그림인데요. 뭐."

닌 지금도 그 말이 무슨 뜻인지 모른다. 하얀 파도가 바위에 철썩 부딪히는 그림, 알베르또가 화가인 것을 알았던 때문이기도 했고 어쨌든 난 실감나게 잘 그렸다고 감탄했던 터라 루우가 더 이상 언급이 없는 것을 보고 그저 훌륭한 작품이 아닌가 보다 했었다. 그 이발소 그림이 풀로 붙여 있다. 그것을 오리면서 루우가 했던 말도 귓가에 들려왔다.

"생일날이에요. 사랑하는 사람이 꽃을 들고 찾아온 거예요. 놀라움과 기쁨이 넘치고 있죠?"

"사람이 어떻게 이렇게 뛰어 오를 수가 있어?"

그러나 루우는 그냥 웃으며 붙이기만 했었다. 그리고는 만족한 듯이 그림을 손으로 쓰다듬기까지 했었지. 나는 방으로 갔다. 루우의 화장대에선 아무것도 떠오르지를 않았지만 그 서랍을 열자 나는 다시 한번 슬픔이 왈칵 복받쳤다. 매상 장부들이 차곡차곡, 공책마다 들어오고 나간 것들이 또박또박 적혀 있어서 나를 새삼 놀라게 했다.

연수표(連手票)들도 한 장, 한 장 날짜별로 적혀 있었고 그것도 아주 정성껏, 그래서 그 정성의 힘으로 부도(不渡)같은 것은 나지 않았을 것 같았다. 공책들은 참 많기도 했다. 마치 상사(上司)에게 보고하기 위해 특별정리라도 한 것처럼 일목요연하고 깨끗하게 써나가고 있었다. 그 공책들을 부둥켜 잡고 나는 나도 모르게 무릎을 꿇었다.

"미안해. 루우, 미안해. 용서해 줘. 날 용서해 줘."

나의 말은 공허하게 가슴으로 돌아왔다. 미안하다고? 겨우 그 말인가. 나는 내 입을 막았다. 부끄러움에 눈을 뜰 수가 없었다. 창틈으로 싸늘한 바람이 비집고 들어와 나를 더욱 참담하게 하였다.

몸이 떨렸다. 나는 싸웅빠울로의 겨울을 싫어한다. 몸살이 날 것 같은 으시시한 공기, 쌀쌀한 바람, 따끈한 아랫목이나 따스한 다방이 생각나기만 하면 의례 내 아픈 기억이 뒤따르고 그것은 또 의례 한참동안 나를 못 견디게 만들어 주기 때문이다. 겨울은 가난한 자들에겐 그나마 있던 것마저도 놓쳐버리게 되는 계절 차라리 혹한(酷寒)의 와중에선 더 이상 잃을 것이 없어, 오히려 가난한 연인들을 굳게 결속시켜주지만, 겨울의 문턱 십일월 어느 날 남자들은 느닷없이 사랑하는 이로부터 결별선언을 받게 된다. 아마도 그것은 이제 시작될 길고 긴 겨울을 앞에 두고 도저히 그것을 마주 향해 헤쳐 나갈 용기가 여자들에겐 없기 때문인가 보다. 겨울은 부자(富者)들의 시간이다. 내가 사랑했던 한 여자도 그러했다. 그날 첫눈이라도 내릴 것같이 음산했었던 날, 나는 마침 감기가 심해 콧물을 훌쩍거리며 약속시간보다 반시간이나 일찍 다방 문을 밀었다. 몸을 녹이기 위해서였다. 놀랍게도 그녀는 먼저 나와 있다가 어두운 얼굴로 나를 올려다보았지만 나는 조금도 알아채질 못했었다. 다만 둘의 마음이 그렇게 일치된 것에 놀라고 그저 푸근해졌을 따름이었다.

"오바코트를 새로 맞추지 그래?"

그것이 그녀의 첫 마디였었다.

"뭘, 아직 멀쩡한데."

"몇 푼 한다고……."

"그렇게 낡아 보여?"

주고받은 말은 그것뿐이었다. 보리차를 다시 주문해서 가루약을 입에 털어 넣는 것을 찬찬히 보더니 그녀는 슬그머니 일어났다.

"나두 몸살인가 봐. 집에 가서 누워야겠어."

난 나대로 야근을 위해 회사로 돌아가야 했었기에 그런 헤어짐을 오히려 다행이라 여겼었다. 그렇지만 않았어도 사실 그녀가 돌아가 몸살 난 몸을 마음 편히 뉘일 따끈하고 깨끗한 아랫목이 없다는 것쯤은 금방 떠올릴 수 있었을 텐데, 나는 야근의 무게와 두통의 부담으로

"그래?"

하고는 가볍게 일어섰었다.

이틀 후, 회사로 장문(長文)의 편지가 배달되었고 그녀는 어디인지 모를 곳으로 사라져 버렸다. 편지는 그러나 또렷하게 한 글자, 흰 글지 확인이라도 하는 것처럼 쓰여졌다. 지금도 되살아나는 그 첫 구절.

"낡은 외투가 싫어. 알지? 내가 겨울을 싫어하는 걸. 일생동안 감기와 몸살에서 해방될 수 없을 것 같애. 난 그게 싫어."

당신들은 알 것이다. 무슨 말인지 몰라서 읽고 또 읽어야했던 내 어리석

음을, 마침내 도저히 내다보이지 않는 나의 미래가 그녀를 돌아서게 했다는 걸 편지가 알려주었을 때 나는 기가 막혔었다.

그 저주할 가난이 둘을 사랑할 수 있게 했다고 믿고 있었었기 때문이었다. 한 달쯤 후 그녀의 친구로부터 전모(全貌)를 추측할 수 있는 말을 들었는데, 그것은 한마디로 허무, 허무였다. 와르르 허물어지는 소리가 머릿속에서도 들렸고 가슴속에서도 들렸다.

"아니에요. 갠 울고 또 울면서 말했어요. 영원히 사랑한다고요. 난 그걸 믿어요."라고 그 친구는 역시 울면서 말했지만 나도 그리고 당신들도 그 말이 얼마나 공허하다는 것쯤은 알지 않을까?

그냥 영원히 잊을 수 없다던가, 오래 잊혀 지진 않을 거라던가 했다면 그거야 혹 그럴 수도 있겠지 하련만.

하기야 그녀는 자기를 그런 식으로라도 감싸주고 싶었을 것이다. '그렇다면 그러라고 놓아두지' 하고 나 또한 그녀로부터 등을 돌렸지만 그것은 내 의지였을 뿐 쉽지가 않았었다.

여름날 매미 소리 따가운 서울근교를 걸을 때도 그 소리 "난 겨울이 싫어."가 귀에 쟁쟁 울려왔고 바람만 불었다 하면 난 의례 감기 들까봐 전전긍긍하였다. 어느 곳에선가 그녀가 깔깔거리며 "그것 봐. 또 감기잖아" 할 것만 같아서였다. 그러는 자신이 한심하고 미웠지만 어쩔 수가 없었다. '싫어' 라는 글자에서 도망치고 싶었지만 되질 않았다.

어려서 부모를 잃고 오로지 한 분 형님 의지해 살다가 그 형님마저 중동(中東)으로 가고 말아 고아처럼 지내던 내게 그녀는 어떤 존재였었겠는가? 그러나 우리들 실제의 인생은 삼류소설만도 못한 것인지 마침 회사에서 브라질 파견의 건(件)이 생겼다. 난 선뜻 자원했다. 더운 나라! 얼마나 좋으냐? 몇 개월 안 돼 지사(支社)는 철수되었지만 난 망설임 없이 주저앉았다. 내가 루우를 처음 소개받았을 때, 그때만 해도 내 가슴속에는 싸늘한 서울의 바람이 남아 있어서 결혼은 고사하고 어떠한 여자도 여자로 보지 않았을 때였었다.

그러나 그날은 남쪽으로부터 불어 닥친 급작스런 한파로 길거리에 오가는 차량마저 뜸했던 저녁.

"박군, 영하로도 내려가지 않는 날씨지만 제법 춥지?"

내일 나갈 물건을 꾸려놓고 공장 밖으로 나오는 내게 제품집 주인이었던 현 집사가 말을 붙였다.

"춥긴요?"

"더 살아 봐. 춥다 소리 나올 때가 온다구!"

"글쎄요."

"그래두, 이런 날엔 얼큰한 찌개가 그립지 않아? 박군, 우리 집에 가서 저녁먹구 가. 조카가 돼지고기 넣구 김치찌개를 끓여 놨을꺼야. 가자구."

가끔씩 저녁밥 신세를 져오던 터라 별 사양 없고 그날도 갔었다. 그런데 우연히 부엌에서 루우가 자기 고모한테 말하는 것을 듣게 되었다. 이렇게.

"고모. 난 겨울이 좋아. 싸웅빠울로에 이런 날씨가 있을 줄 몰랐어. 추우니까 좋은데?"

난 잠시 멍해 버렸다. 잠시 후 찌개를 가지고 나온 루우를 똑바로 쳐다보면서 나도 모르게 물었다.

"겨울이 좋으세요? 추운 게 좋으세요?"

루우는 얼굴이 빨개져서 얼른 부엌으로 들어가 버렸지만 그것이 결국은 인연이 되어 우리는 부부로 맺어졌다. 처음 얼마동안 나는 마음에 평화를 느꼈었다. 그러나 루우의 고모네가 떠나고 좀 무리해서 공장이 딸린 작은 가게를 얻었을 때 느닷없이 '싫어' 소리가 귓가에 쨍! 울려왔디. 이찔했다.

나는 그 소리를 이겨내야 한다고 이를 악물었다. 죽어라하고 미싱을 밟았다.

"너무 애쓰지 마세요. 고모가 꿔준 돈 천천히 갚아도 된댔잖아요?" 아무것도 모르는 루우는 안타까워했지만 난 어쩔 수 없었다.

결국 루우는 나를 위해 같이 잠을 안 잤고 같이 바느질을 했다. 아니다. 나보다 잠도 덜 잤고 나보다 더 일을 많이 했었다. 1년이 채 안되었을 때 우리는 그 돈을 만들어내고 말았다.

대체 다른 이들의 삶은 어떠할까? 마음속에서는 홀로 황량한 가을 들판을 걸으면서 마음 밖에서는 여름의 시장(市場) 한복판을 헤치고 있다던가, 식탁에 빙 둘러 앉아 함께 고기를 썰고 살라다를 나누고 포도주를 따르지만 그러면서 이야기하고 웃고 참으로 단란해 보이지만 남편은 남편대로 아내는 아내대로 서로는 모를 일로 속에서는 한숨 쉬며 괴로워하고 있지는 않은건지……

어리석게도 난 떠나간 지 오랜 여자의 허상에 묶여 아내 루우를 바로 보질 않았던 것이다. 아내가 벽에다 붙이며 까지 바랐던 생일날 정경 속에는 따뜻한 집안이 있고 넘치는 사랑이 있는데, 내 마음은 엉뚱히도 외딴 겨울 벌판을 헤매고 있었음이 분명하지 않은가.

나는 갑자기 외로워졌다. 고아처럼 느껴졌다. 일찍이 느껴보질 못했던 외로움이었다. 밤 열한시에 도서관을 나와 배고픈 몸으로 30분을 걸어서 텅 빈 하숙방으로 돌아오곤 했던 학생시절에도 가져보지 못했던 외로움. 난 도저히 그 밤을 그렇게 보낼 수가 없었다. 그러나 내겐 갈 곳이 따로 없었다. 따스하고 즐거운 가정에 어둡고 쓸쓸한 내 몸 하나를 불쑥 끼어넣을 용기가 나지 않았다. 다른 이들의 아파트에 반짝반짝 빛나고 있는 불빛을 우두커니 내다보다가 나는 이상하게 중동에 있는 형의 가족 대신 서울에 있을 루우의 가족들이 그리워졌다. 느닷없이 그리워졌다. 어쩌면 같은 말씨, 같은 모습, 같은 취미를 가지고 있을 지도 모를 사람들, 그 가족들이 보고 싶어졌다. 어떤 사람들일까? 혹은 냉정한 사람들일 지도 모른다는 생각도 들었다. 루우는 식구들 이야기를 하지 않았으니까. 그리고 또 혼자 와서 결혼했고 혼자 살다 갔으니까. 그래도 나는 만나고 싶었다.

나는 벌떡 일어났다. 그래 가자. 찬바람이 덜컹 창문을 흔들어 댔으나 나는 그 바람이 걱정되질 않았다. 이제는 감기도 몸살도 그 어떤 겨울 냄새도 날 불안하게 하지는 못할 것이다. 천지에 나 혼자 남았지만 춥지도 외롭지도 않았고 무섭지는 더욱 않았다. 내가 그 식구들, -따뜻한 사람들이든 차가운 사람들이든- 을 만나면 지연이가 아닌 루우를 이야기해 줄 것이다. 루우 이전의 모습에 대해서도 하나도 빼지 않고 모든 것을 다 들을 것이다. 비록 짧막한 한마디 말에 불과했지만 나의 마지막 말이 진실이었음도 이야기해 줄 것이다. 괴롭고 부끄럽지만 다 이야기할 것이다. 루우가 말없이 웃으며 받아준 그 말.

"조심해. 루우!"

이제는 내 가슴 속에 묻은 그 말을, 때때로 걸어가는 내 발걸음이 무겁다고 느껴질 때면 나는 그 말을 중얼거릴 것이다. 그러면 루우는 말없이 웃는 얼굴로 내 앞에 나타나 줄 것이다. 그 웃는 얼굴은 어떠한 추위도 막아줄 것인즉…….

끊임없이 메아리칠 그 말, 작게 때로는 크게 내 가슴 속 깊숙이 메아리칠, 그나마 한마디뿐인 그 말을 루우에게 남겨준 것을, 나는 한마디가 정말로 모든 불운의 전조가 되었다는 죄의식에서, 내가 쉽게 벗어나 올 수 없다는 것도 당신들은 알 수 있겠는가?

이러한 모순의 연속이 우리네 삶의 모습인지…….

(『열대문화』 제8호, 열대문화동인회, 1992)

아마존의 새벽은 고요함 바로 그것이었다. 엎드린 채 선실 창으로 밖을 내다보던 씨뇰리는 문득 태초의 아침이란 말을 생각해냈다. 그대로 태초의 아침이었다.

물이 불어 대부분의 밀림들은 물속으로 사라져 버렸고, 키가 큰 나무들만이 자기의 위치를 알려주고 있는 그 사이로 하늘이 선홍색이다. 새들은 모두 어디로 갔을까? 아침을 만들어 주고는 이미 머언 밀림을 향해 날아들 갔는가? 단 한 마리의 새도 없는 단지 고요할 뿐인 2월의 아마존은 강이 아닌 바다, 그것도 망망대해이다.

소리도 배제되고, 작은 움직임마저도 거부된 지극히 단순한 구도, 그 단순함이 주는 거대한 힘 앞에서 꼼짝없이 있다가 아! 내가 보고 있는 것을 선실 창만큼의 아마존이 아니었나하는 생각을 해내었다. 창틀 크기만큼의 아마존 조각, 씨뇰리는 벌떡 일어났다. 그리고는 서둘러 침대를 내려왔다. 문 여는 소리가 삐거덕! 문명이라는 것을 일깨워 주었다. 조심스레 문을 열자 눈앞에 펼쳐지는 세계! 그는 감히 한 발짝 앞으로 내디딜 마음도 내지 못한 채 숨마저 죽이고 그렇게 서 있어야 했다.

거대한 정적, 찬란한 광활함, 소리라고 하는 소리는 모두 거대한 기운 속으로 빨려 들어가 어디론가 끝도 모를 나락으로 사라져 버려 다시는 돌아올 것같지 않은 정적, 그 완전무결한 정적이 그를 일순에 에워쌌기 때문이었다.

잠시 그는 눈앞에 아무것도 없는 듯한 상태에 빠졌다. 아니 자신의 존재마저도 없어져 버린 듯한 상태라 할까? 그것이 과연 얼마 동안이었는지는 모르겠지만, 정말 한 순간, 한 찰나에 지나지 않았는지 또는 제법 몇 분간이었는지, 어쨌든 텅 빈 것 같은 의식을 깨워준 것이 있었는데, 그것 역시 하나의 소리였었다. 물치는 소리! 배 앞쪽에서 누군가가 작은 보트를 물에 내리고 있는 것이 거무스레 보였다. 빠알간 하늘을 배경으로 하고 있는 검은 형체는 어제 오후 마나우스 선착장에서 그를 기다리고 있었던 선장 뻬드로인 듯했다.

"안녕히 주무셨어요?"

그의 목소리가 작아서였는지 인기척을 느끼지 못했었는지 뻬드로의 표정은 다소 놀란 듯했다.

"뭐하십니까?"

뻬드로는 수줍어하면서 웃기만 하였다.

"어딜 가시려구요?"

"같이 가겠어요? 어제 저녁 그물을 쳐 두었었는데……. 고기들이 잡혔는지 보러가는 겁니다."

전날 처음 만났을 때도 느낀 것이었지만 뻬드로의 말은 느리고 대체로 단순하였으며 상파울로 사람들과는 억양이 아주 달랐다. 인디오의 피가 섞였을 거야.

뻬드로의 도움을 받아 배에서 내리며 씨놀리는 가벼운 흥분을 맛본다. 새벽의 고기잡이라니! 그는 심호흡을 해보기까지 했다. 천천히 물살을 가르며 그가 가는 것인지 배가 가는 것인지 앞으로 나아가다 보니 조금 전에 생각했던 망망대해는 문자그대로의 까마득한 느낌으로 엄습해왔다. 배는 점점 멀어지고, 멀어짐에 따라 점점 더 자신이 작아져 가고 있다고 느껴졌다. '한 알의 좁쌀'이라고 표현했던 옛 사람의 생각이 떠올랐다.

도대체 이 사람은 어디에다 그물을 드리웠다는 것일까, 그러는 씨놀리는 그것을 물어 볼 수가 없었다. 얼마만큼이나 가야 되는 것인지, 몇 시쯤 되었는지, 왜 새들은 보이질 않는 것인지, 물은 어느 때쯤에야 빠질 것인지…….

그러나 마음속으로 자꾸 비집고 들어오는 갖가지 궁금증들은 밖으로 내몰아지지가 않았다. 되도록이면 노 소리를 내지 않으려고 조심에 또 조심을 하기라도 하는 것처럼 뻬드로가 조용했기 때문이었는지도 모른다.

하늘은 어느새 하늘로 돌아오고 있었다. 노가 물살을 가르는 것을 가까이서 보면 물은 깨끗한 대로 검은색이지만 아침노을이 가심에 따라 수면은 파란 수면으로 되돌아오고 있었다.

얼마쯤 갔을까 수초인지 나무인지 섬들이 보이기 시작했다. 참 반가웠다. 그런데 그 섬들도 목적지는 아닌지 그는 그냥 그냥 젓기만 했다.

"아직 멀었어요? 상당히 온 것 같은데?"

마침내 씨뇰리는 물었다.

"다 왔어요."

그러나 정작 그를 놀라게 한 것은 아마존에서의 그들의 거리 감각이 아니라 방향감각이었다. 도대체 어디가 어디인지 알 수 없는 곳에서 그는 어디를 향해 가고 있다는 것인가? 진홍색의 하늘도 사라진 지 오래된 곳에서 오로지 물만 보이는 곳에서 말이다.

씨뇰리는 멍청해져서 자신이 떠나왔음직한 곳을 뒤돌아보았으나 이미 배는 없었고, 배라 여겨지는 점 같은 것도 없었다. 그런데도 뻬드로는 조용조용히, 그리고 열심히 저어서 보트를 어느 풀 있는 곳에다 멈추게 했다.

지금같은 우기(雨期)가 아니었다면 그냥 조그만 섬이었을 테니까 이 사람은 표적으로 삼을만한 뭔가가 있었을꺼야. 그런데 지금은? 그는 그저 신기하기만 했다.

뻬드로는 한 손을 뻗쳐 풀 사이로 그물을 찾았다. 조심스러운 그의 손놀림을 보면서 씨뇰리는 그물 속에서 꿈틀거릴 물고기들을 상상했다. 가슴 그득 기쁨이 차올랐다. 서울서 나서 서울에서 자란 그에게는 꿈같은 경험이 아닌가! 마치 손끝에 푸른 탄력이 스쳐간 듯 자신도 모르게 손을 털었다.

그러나 씨뇰리는 놀라고 말았다. 뻬드로가 들어 올린 그물 속에는 막상 아무것도 없질 않은가!

"어떻게 된 겁니까?"

씨뇰리는 꽥! 소리칠 수밖에 없었다. 뻬드로는 웃기만 했다.

"아니 한 마리도 없잖아요?"

배신감에 찬 소리마냥 씨뇰리의 목소리는 떨리기까지 했다.

"그렇군요."

그뿐이었다. 허망해하는 씨뇰리를 그대로 두고 뻬드로는 수초인지 건초인지를 뜯어낸 그물을 보트 뒤쪽에다가 던졌다.

"어떻게 한 마리도……."

"……"

"물이 불어서……. 고기들은 저 밑바닥으로 내려갔나 봐요."

끝내 섭섭했다. 그 마음을 아는지 모르는지 뻬드로는 다시 노를 잡는다.

"그럼 어느 때 오면 고기가 많이 잡힙니까?"

"네?"

"지금이 우기라구 하셨죠?"

"10월, 9월 그땐 비가 없어요."

"그땐 그물 가득 고기가 잡히겠군요?"

"글쎄요. ……"

"네? 고기가 없는 겁니까? 그럼?"

"아니, 고길 많이 잡아본 적이 없어서 모르겠는데…. 아! 이따가 낮에 낚시하시겠어요? 거기가면……, 거기선 큰 고기 많이 잡는 걸 봤는데……. 사람들이 많이 오는데 많이 잡던데요?"

처음으로 말을 많이 했다. 속으로 '10월에 꼭 와야지 올 10월에 말야, 하고 다짐을 하고 또 하는데 문득 그의 눈앞에 보트 한 척이 보였다. 한 남자가 그림처럼 앉아 있었다. 가까이 가서 보니 낚시 줄을 드리우고 앉아 있는 자그마한 까보끌로였다. 그는 다가기는 보트를 향해 웃고 있었는데, 잠자리처럼 웃고 있었는데 앞니가 몽땅 없었다.

"좀 잡았어요?"

뻬드로가 작지만 친절한 목소리로 물었다.

"……"

저쪽 남자가 대답대신 눈으로 가리킨 앞자리에는 두 손가락 합친 것보다 조금 길까한 물고기가 두어 마리 보였다.

계속 웃고 있는 건지 아니면 얼굴이 그렇게 생긴 건지 하여튼 참 해말간 얼굴이었다.

"……"

"……"

두 사람은 잠시 말없이 있었다. 까보끌로라고 해도 그는 인디오에 더 가까웠다. 그 역시 수줍은 웃음이었다. 언젠가 강원도 두메산골에서 만났던 촌노(村老)같았다. 이가 없어서 그렇지 어쩌면 그렇게 나이가 많지 않을지도 몰라, 저렇게까지 앞니를 잃다니, 씨뇰리는 전에 읽었던 신문기사의 마지막 귀절이 떠올랐다.

"백인들이, 백인 선교사들이 가져다 준 설탕은 마침내 그들의 이를 몽땅 썩게 하고야 말았다."

그들 아마존 사람들은 그러고 있더니, 그렇게 말없이 마주 보고 웃기만 하더니 슬그머니 헤어졌다. 잘 가란 말도 없이 많이 잡으란 인사도 없이 서로 멀어져 갔다. 빈 배, 빈 그물로.

새벽의 바다 같은 강에서 아침을 낚는 아마존 사람들, 불을 대로 분 물 때문에 고기들은 더 깊은 곳으로 숨었는데도 그들은 소박한 조반을 위해 낚시를 드리우고 앉아 있는 것이다. 또 한마디의 푸념도 짤막한 한숨도 그들은 모른다. 빈 배, 빈 그물 그러다가 씨뇰리에게 슬그머니 떠오른 것은 한 수(首)의 시조였다.

추강(秋江)에 밤이 드니 물결이 차노매라.
낚시 드리우니 고기 아니 무노매라.
무심한 달빛만 싣고 빈 배 저어 오노매라.
이렇게도 마음이 청랑할 수 있을까 했었는데 그와 똑같은 마음자리를
오백여년이 지난 지금 만다다니……

새벽의 아마존강 위에서 느닷없는 이조(李朝)의 시조(時調) 한 수. 무슨 인연일까? 까보끌로의 얼굴에 오버랩 된 강원도 촌노의 이미지 때문이었을까?

혼자만의 조용한 감동을 가슴 그득 채우며, 아니 빈 배에 가득 싣고서, 떠나왔던 곳에 되돌아갔을 땐 배는 아직도 새벽잠에 푹 빠져 있었다. 대해 한복판에 떠서, 시간이 닭도 없이 태초를 깨고 개벽한 지도 모르고, 깊은 잠 속에서 깨어날 줄 모르는 것이었다.

선실 맨 꼭대기에서 사방이 칠흑같이 깜깜할 뿐인 긴 긴 밤을 그들은, 그들 상파울로 사람들은 웃고 마시고 춤추며 보냈으니, 이 맑은 새벽 기운이야말로 단 잠을 만들어 주기엔 너무 고마운 것이 아니랴.

배에 오르니 구수한 음식 냄새가 반갑게 그를 얼싸 안는다.

몇 시나 되었을까? 갑자기 시장 끼가 엄습해 왔다.

"아! 맛있는 냄새! 배고픈데요?"

"그러세요? 또니오와 꼭 같은 사람이 왔군요!"

주방에서 여자의 명랑한 목소리가 들려왔다.

"누군지 알겠어요. 또니오 아버지로군요?"

긴 앞치마를 두른 뚱뚱한 여자가 땀을 흘리며 나왔다.

또니오 아! 또니오

씨뇰리는 털썩 주저앉았다. 머릿속에서 윙! 소리가 났다.

아! 또니오. 그렇지. 내 아들 또니오, 안또니오 정수(定洙), 그런데 어떻게 이 아침 아들아이의 일을 잊고 있었을까? 그 앨 찾기 위해 여기까지 온 사실을 말이다.

밤새 아들아이 생각 때문에 잠을 이룰 수가 없었던 것마저도 까마득히 잊고 도대체 또 이 아침 무엇을 한 것인가! 도대체 무엇이 몇 날 며칠 동안의 말할 수 없던 불안을 새까맣게 잊을 수 있게 한 것인가?

"얼굴도 닮았군요."

여자는 활달했다.

"리라고 합니다. 또니오는 단 하나 뿐인 내 아들입니다."

"난 주싸라얘요, 저 남자 처얘요."

뻬드로를 가리키는 손짓이 익살스러웠다.

"또니오두 내가 만든 쏘빠를 아주 좋아했어요. 내 쏘빠가 그를 살렸다구요."

주싸라는 자랑스러운 듯 부글부글 소리 내고 있는 큰 들통을 보여주었다.

"고맙습니다. 정말 고맙습니다."

"무슨 말씀을……."

"어떻게, 또니오가 몹시 앓았다구요?"

"열이 많이 나구 헛소리를 하구, 그렇지만 지금은 좋아요. 다 괜찮아요. 그러니까 걱정마시구 또니오가 좋아하는 쏘빠나 맛보세요."

"그런데 정말 오후에 그 앨 만날 수 있는 건가요? 어제 마나우스에 나오질 않았잖아요?"

"그럼요. 지금쯤 눈이 빠지라 날 기다리구 있을 겁니다."

"그래요? 그런데 조반은 언제입니까? 먼저 먹을 수 없을까요? 냄새가 너무 기막혀서……."

주싸라는 커다란 질그릇 가득 생선 매운탕 같은 느낌의 음식을 담아 내왔다.

상파울로에서는 먹어본 적이 없는 쏘빠였는데 우선 냄새도 냄새였지만 색깔도 얼큰한 듯해서 더욱 반가웠다. 씨뇰리는 조심스레 국물을 맛보았다. 조금씩 조금씩, 아주 신중하게 아니 예의를 차려서 점잖게 맛을 본다. 역시 맛은 훌륭했다. 물론 맵지는 않았고 도마도가 그런 효과를 내 준 것인데 토막 친 생선과 통감자며 우선 시각적으로 친근한 느낌을 주었다.

"무슨 생선입니까? 맛이 최고입니다."

"여러 가지에요. 지금 당신이 마악 집은 그거, 그건 삐라냐구요."

"뭐요? 삐라냐라구요?"

씨뇰리는 기겁을 하고 숟가락을 놓았다. 그리고 쏘빠 위로 불쑥 솟아나와 있는 생선 토막을 풀어져라 보았다.

평범한 흰살 생선이었다. 다만 날카로운 이빨은 여러 시간 조리되었음에도 불구하고 여전히 살의(殺意)를 품고 있었다.

"정말 삐라냐가 있군요." 씨뇰리는 바보처럼 중얼거렸다.

"당신네 둘은 참말 똑 같군요. 어쩜 그렇게 똑같지요? 놀라는 것두 말하는 것두"

"그래요?"

그는 다소 부끄러워하며 다시 먹기를 시작했다.

"그런데 다른 것두 있는데요?"

그가 삐라냐 대가리를 적당히 분해해서 옆 접시에다 옮겨놓는 것을 보면서 주싸라가 말했다.

"그게 뭡니까?"

"또니오는 처음에 삐라냐 소리를 듣고 먹질 못하던데요? 쏘빠마저도 못 먹더라구요. 그래서 삐라냐 대가릴 미리 빼 놓구 줬더니 먹지 뭡니까?" 주싸라는 깔깔거리고 웃었다.

생선탕은 정말 맛있었다. 여러 가지 생선들을 넣고 푹 끓였는데 생선들끼리 잘 어울려서 편안한 맛을 만들어 냈다.

"또니오를 데리고 갈려구 왔지요?"

그녀는 조심스레 물었다.

"정말 오후엔 만나게 되는 겁니까?"

"요즈음엔 계속 거기 있었으니까 틀림없이 만날 수 있을 꺼요."

"거기가 어딘데요?"

"브랑꼬네 오두막."

"그앤 거기서 뭘하구 지내는 거죠?"

"하루 종일 강물만 내다보구 있거나 브랑꼬랑 나무를 태우거나 만지오까 밭 만들려구요. 또니오는 말라깽이 브랑꼬가 좋은가봐요."

"……"

"또니오는 말이 없어요. 우린 처음에 그 사람이 브라질 말을 모르는 줄 알았다니까요. 열에 들떠서 외마디 소리를 지르곤 했는데 무슨 말인지 모르겠더라구요."

"오래 앓았습니까?"

"한 사흘…. 브랑꼬가 날 부르길래 배를 댔더니 방바닥에 죽은 듯이 누워있더라구요."

"……"

"두말않고 배로 데려 왔지요. 우리 배로 여길 온 사람인데 그냥 놔둘 수 있나요? 침대에 눕히고, 아차 나 좀 봐! 어젯밤 씨뇰리 당신이 잔 그 침대 밑에 또니오 가방이 있을 텐데……. 맙소사! 그걸 까맣게 잊고 있다니…. 또니오두 이상하지? 왜 그걸 안 찾는 거지?"

중얼거리더니 후다닥 일어나 뛰어 나갔다.

잠시 후 주싸라는 너무도 눈에 익은 작은 여행용 손가방을 들고 의기양양하게 들어왔다.

작은 여행용 손가방 하나! 천막천의 라란자색이 밤색 가죽과 잘 조화된 그 가방! 지금은 세월의 때가 묻어서 낡을 대로 낡은 그 가방을 내가 어찌 기억을 못하겠는가.

가방을 두 손으로 받는 순간 그는 가슴 속으로 쏴아 불어오는 아픈 바람을 느꼈다.

바람은 먼데서부터 사랑스러운 말소리를 담아왔다. 아빠, 이거 뭐야? 알아 맞춰봐. 내꺼야? 응. 정수 생일선물. 내 생일선물? 뭔데? 알아 맞춰 보라니까. 먹을꺼? 아니. 장난감? 아니, 공부하는 거? 아니. 그림책? 아니. 응, 알았다. 내 옷이지? 아니. 아냐? 그럼 뭐야 아빠.

그때가 다섯 살 혹은 네 살 때였던가?

포장지를 뜯어내는 아빠의 손가락을 안타깝게 보던 어린 아들의 눈망울이 바람을 따라 다가온다. 그거 뭐야? 아빠, 와! 가방이다. 그렇지? 가방이지? 맞지 아빠?

아들은 이 가방을 얼마나 좋아했었던가, 얼마나 소중하게 여겼었던가. 어디를 가던 지, 소풍이나 바캉스 갈 때는 말할 것 없고 외갓집 방문할 때 할아버지 병문안 갈 때도 꼭 가지고 다녔었지.

뭘 넣었니? 내꺼. 글쎄 네껀데, 그것들이 뭐냐구? 뭐뭐 많어. 좀 보자. 안돼, 왜 안돼? 내꺼니까. 아들아이는 한사코 보여주질 않았다.

아빤 니가 안 보여줘두 다 알아. 정말? 그럼. 아빠가 봤지? 아냐, 치사하게 몰래 보진 않어. 그럼 말해 봐, 뭐가 있어? 딱지. 쬐그만 자동차, 저번 날 고모가 사다준 야구 글러브, 아빠 헌 지갑. 그런 거지 그치? 또 뭐야? 모르지?

이민 올 때는 이미 중학생이었고 그런 가방쯤은 졸업시켜 버렸을 터였는데 아들아이는 그것을 이민 상자 속에 끼워 넣는 것을 잊지 않았었더란 말인가?

어찌해서 난 한 번도 그 가방을 보질 못했었더란 말인가! 또한 난 한 번도 아들아이의 생일을 기억해 주질 않았었더란 말인가!

가방 속에는 여러 가지가 있었다. 조립식 장난감이나 마징가제트가 그려진 딱지는 물론 없었지만 별의별 잡동사니가 꽉 들어차 있는 것이 옛 분위기와 다를 바 없었다. 반들반들한 조약돌이 여러 개 그중 하나에는 깨알만한 글씨들이 써있기도 했다. 성경책과 찬송가, 수련회 일정표, 휴대용 CD플레이어와 여러 장의 디스크, 카세드 테이프, -그레고리안 친트, 마일즈 데이비스 까에따노 벨로조, 쇼팽, 비틀즈, 드뷔시, 바그너, -바그너? 아들아이는 바그너를 싫다고 했었는데……

소설 같은 책이 두 권, 선글라스, 야구모자, 휴지, 로션과 면도기 등이 들어있는 비닐 백, 실과 바늘, 나침반, 카메라, 아! 카메라.

카메라를 발견한 순간 그는 가슴 속에서 더 깊은 곳으로 쿵! 무언가가 육중하게 떨어져 내리는 소리를 들었다.

그 쿵! 하고 내려앉는 소리, 그 소리는 실은 아들아이가 돌아오지 않았다는 얘기를 들었을 때도 들렸었고, 아들아이의 쪽지편지를 읽고 났을 때도 들렸었다.

"아빠, 엄마, 나중애 가께요 거쩡마새요, 지금 생각이 피료합니다. 정말 재송함미다. 이정수."

"또니오는 무슨 생각이 필요했을까요? 무슨 일이 있었어요?"

젊은 전도사는 외딴 데를 보며 말을 꺼냈다. 어렵게 꺼냈다.

"저, 마지막 날 밤이었는데요, 제가 너무 둔해서 일이 이렇게……."

계획했던 대로 수련회는 잘 끝났다. 적당히 은혜스러웠고, 적당히 피곤해진 모두들은 하늘의 별들을 올려다보며 잠시 말없이 앉아 있었다. 그때 A가 말을 꺼냈다. 전도사님 상파울로에 가기가 정말 싫은데요? 그냥 여기서 목사님 도와드리며 있을까봐요.

A는 이민 온지 반년밖에 안된 대학생이었다. 그래두 가야죠? 가서 또 벤데를 해야겠지요? 벤데는 내 직업. 공부는 부업이니까요. 그 지긋지긋한 도우라덩 집에다가 열심히 물건을 져 날라야지요? 그때 또니오가 끼어들었다. 형두 도라우덩에다 물건 팔어? 어떻거니? 그래두 제일 많이 죽여주는데? 죽여주는게 뭐야? 응 많이 팔아 준다는 거야. 근데 왜 지긋지긋해? 야, 넌 벤데 안한다구 그것두 모르니? 전도사는 또니오처럼 아무것도 몰랐기 때문에 말릴 수가 없었다. 아니 다른 애들이 조마조마해서 숨죽이고 있었다는 사실조차 몰랐었다. 뭘? 그놈의 집 말이야. 정말 악랄해. 오십 장, 백 장, 또 백 장 또딸 이백오십 장 이틀 간격으로 주문 했으면서두 수금할 때 여덟 장 남았으면 반품하는 거 있지?

"밤풍이 뭐야?"

"바안 푸움, 돌려주는 거. 못 팔았다는 거지. 야 그건 또 괜찮아. 내가 그 집에서 주문 받았다니깐 어떤 아저씨가 그러더라 수금 갈 때 발리장을 넓은 종이에다 붙여가래는 거야. 주인여자가 악랄해서 무심코 여러 장을 주면 그 중에 한 장 정도는 슬쩍 바닥에 떨어뜨린다는 거야."

"떨어뜨리면."

"그건 빼구 계산해 주는 거지?"

"아무리 글쎄 내가 당한 일이 아니니까 그건 나두 몰라, 그렇지만 벤데 울리는 집으로 소문난 건 사실이야, 또니오야 그렇지만 벤데 한번 해볼 만한거다 너. 수금대열에 서서 난 기도하군해. 정말루 난 감사기도 드린다."

그때 다른 친구가 얼른 말문을 돌렸다.

"전도사님, 이번엔 몇 분이나 장로에 피택됩니까?"

"글쎄, 난 그런데 관심이 없어."

"정말 관심이 없으신 거에요, 아니면 관심 갖지 않으려구 애쓰시는 거예요?"

"무슨 말인지 모르겠네. 말을 어렵게 해서."

"전도사님, 돈으로 장로자리를 산다는 얘기 들어보셨어요?"

"너네들……."

"뭘 놀래세요? 그 도라덩 집 그 악랄한 마나님이 남편 장로 만들려구 건축헌금 엄청 냈다는 건 천하가 다 아는 사실인데요? 불쌍한 벤데들 울리며 번돈 하나님이 모르실거라구 생각하나 보죠?"

"넌 오늘 너답지 않게 말이 많다, 왜 그러니?"

"죄송해요, 여기 북쪽 브라질 사람들허구 지내다 보니까 내 자신이 너무 답답하고 지저분하게 느껴졌나봐요. 상파울로에 가기도 싫고, 물건 나르면서 내가 일마 버는 건가 머릿속으로 계산하는 깃두 싫고. 대학가겠다구 밤이면 학원으로 달려가는 것도 싫고. 가면 뭘 해요, 졸기만 하는데."

"누구나 다 걸었던 길이야."

"근데요, 전도사님. 여기 사람들 보니까 참 착하죠? 욕심이 정말이지 전혀 없는 것 같애요."

이야기가 욕심에서 양심으로 흘러갔다가 착한 사마리아 사람까지 간 후 다시 장로 선출로 되돌아 왔을 때 "또니오가 조용히 일어나 나가더군요. 그때도 전 몰랐어요. 아침에 짐을 메고 버스 정류소로 떠날 때도 몰랐어요. 버스들이 보이는 곳에 오니까 자긴 마나우스로 가겠다는 거예요, 한 일주일 아마존을 찍구 가야겠다구요. 그러면서 쪽지를 내밀기에 부모님들이 걱정하시지 않겠냐니까 '편지에 썼어요' 그러는데 표정이 영 단호해 보여서……. 애들두 아무 말이 없구……. 또니오가 떠나구 한 시간쯤 지난 후에야 한 녀석이 A한테 도라덩이 누구네 가겐지 아냐구 묻더군요. A두 저두 그때야 알았어요."

젊은 전도사는 계속 시선을 피하더니 "죄송합니다" 하였다.

그 사람은 무엇을 알았다는 것일까? 그리고 무엇이 죄송하다는 것일까?

"또니오가 나 찍어준다고 했는데, 약속했는데…"

식탁을 치우던 주싸라가 중얼거렸다.

"리! 또니오는 자기가 카메라 갖구 온 걸 잊어버렸나봐요!"

아들아이는 사진 찍는 것을 좋아했지. 돈을 모으면 카메라를 사곤 했었지. 팔기도 잘 했고 사기도 잘 했다. 카메라 잡지도 매달 사서보고, 학원에도 다닌 것은 물론 무슨 협회에도 가입했고, 자기 방 변소를 암실로 꾸며놓기까지 했다. "얘 정수야, 너 한 달에 나가는 필림값이 얼만지 아니?", "엄마, 그 대신 난 딴데다 돈 안 쓰잖아? 옷두 안사구 춤 추러두 안가구 운동화두 싼거만 사잖아?"

그러는 아이가 카메라를 가방 밑바닥에 버려둔 채 어떠한 것에 마음을 쓰고 있다는 것인가!

그는 와자지껄 떠들며 내려온 동선객들을 피해 방으로 들어와서도 카메라를 두 손으로 움켜 쥔 채 꼼짝 못하고 있었다.

"야 임마, 찍으려거든 아빠 얼굴이나 찍지 손은 뭐하러 찍니?"

"계산기 찍는 아빠 손가락이 재미있잖아?"

"정수야, 너 지금 뭘 찍었니?"

"엄마 상추쌈 입에 넣는 거."

그때는 그냥 웃기만 했었지.

"너 전시회 한답시고 아빠 엄마 흉한 꼴 만천하에 보이는 건 아니겠지?"

"아빠, 사람들한테 보여줄께 얼마나 많은데 그래요?"

"도대체 뭘 보여주고 싶은 거냐 넌?"

"큰 거리 길가 의자에 나란히 앉아서 거지와 재미있게 얘기하는 어린애, 마지막 떠나는 쎄나를 눈이 새 빨갛게 되도록 울면서 손 흔드는 아주머니들, 공중에 멈춘 채 파르르 날개 짓 하는 베자 홀로르. 아빠, 난 방학 내내 그 새들만 찍었음 좋겠어요. 저번 날 텔레비전에서 보니까 너무너무 놀라운 새 얘요, 아빠, 우리 아마존 여행 안 갈래요?"

그런 그 애가 어째서 카메라를 가방 속에 처박아 놓고 시키면 강물만 내려다보거나 땅을 파거나 한단 말인가?

그는 아들이 누웠던 침대에 아들처럼 누워서 아들처럼 이어폰을 꽂고 아들이 좋아하는 까에따노 벨로조의 노래를 듣고자 했다. 그러나 까에따노 벨로조는 웅얼웅얼 조용조용 기타 반주 하나로 그를 잠의 세계로 데리고 가서는 주싸라가 문을 두드릴 때까지 슬쩍 붙잡아 두는 일만 했다.

"씨뇨리? 낚시 안 하시겠어요?"

배는 어느새 떠나왔는지 사방이 밀림으로 에워싸여 있는 꼭 호수 같은 곳, 한 가운데로 미끄러져 들어가고 있었다. 어디선가 달콤한 내음이 더운 바람결에 풍겨온다. 브라질 내음새이다.

"이제끼지도 비가 굉장했었는데 여러분들은 운이 좋습니다. 보트엔 두 분씩 타시고 미끼는 필요 없으니까 그냥 던지기만 하세요."

해는 머리 바로 꼭대기에서 하얗게 터지고 있다. 영화에서 본 그대로의 밀림이었다. 수목들은 모두 넝쿨들에게 꼼짝 없이 붙잡혀서 가지는 가지대로 밑둥구리는 밑둥구리대로 제 모습을 잃고 있었지만 만수산 드렁 츩처럼 편안히 엉클어진 채 천년만년 지내온 듯하다. 후드득 새들이 날자 꽃인지 열매인지 푸르르 푸르르 물위로 떨어진다. 그래 저렇게 몇 만 년을 지내 왔으니 저렇듯 강물이 검을 수밖에 없지. 저 자양분 많은 아마존의 검은 물이 유유히 흘러흘러 브라질 땅을 살찌우고 다시 온갖 생명들을 키워내는 것이리라.

처음 공항에서 택시로 선착장에 도착 했을 때 씨뿔리는 검은 물을 보고 몹시 놀랐었다. 수천억 개의 콜라병이 부둣가에서 일시에 깨어진 듯, 아니 곤륜산에 살던 붕새가 구만리 높이높이 떠서 남쪽 바다로 날아올 때 자기 만큼 큰 붓을 떨어뜨린 듯. 어쨌든 붕이라는 새가 한번 날고자 하면 그의 날개가 하늘을 가린다고 했는데…… . 그래서 신선(神仙)의 거대한 붓이 지금도 강바닥에서 먹물을 뿜어내고 있는 것이 아닐까?

초록빛 바닷물, 에메랄드빛 하늘, 하늘빛 강물, 푸른 강물… 도대체 먹물 같은 강물이 있다는 말을 들은 바 없는데 아마존의 네그로 강은 이름 그대로 검은 강물. 한 달 또는 두 달을 내리 내린 비는 수만리 수목을 서서히 삼켜서 오래오래 새김질하다가 어느 날 기분 좋게 사라져 버리기를 수만년. 강은 네그로라는 이름이 되어 버렸겠지.

그는 뻬드로가 하는 대로 굵은 나무토막에 아무렇게나 둘둘 말려있는 나일론 낚싯줄을 풀었다. 지렁이도 떡밥도 물리지 않은 굵디굵은 낚시 바늘을 끝내 의심하며 뻬드로가 하라는 대로 물에 던졌다.

"지렁이 같은 거 없이두 잡혀요?"

그는 묻고야 만다.

"……."

뻬드로는 끄덕인다.

"이렇게 해도 잡히곤 하나보죠?"

그러는데 저쪽 다른 보트에서 '잡았다!' 외치는 소리가 들렸다. 그리고는 머지않아 뻬드로도 한 마리 낚였다. 팔뚝만한 뚜꾸나래가 요동을 친다.

푸드득푸드득 얼룩무늬가 아름답다. 씨뇰리는 자기도 모르게 가슴이 벅차
왔다.

"나도 꼭 잡아야겠는데요?"

그러나 아름다운 아마존의 뚜꾸나래는 브라질인도 인디오도 아닌 낯선
동양 얼굴엔 흥미가 없는지 좀처럼 잡히지 않는다. 그는 슬그머니 눕는다.
눈을 감는다. 빨간 세계, 하얀 점들이 왔다갔다하다가 사라지면 빛나는
보라색이 옆으로 길쭉 늘어났다가 줄었다가 한다.

갖가지의 새 소리가 들리기 시작한다. 새소리만 들린다. 새들은 소리로
존재하는가? 저 새들은 이제 노아의 방주로는 돌아가지 않을 것이다. 머
지않아 물이 줄고 또 다시 밀림에는 밀림만의 나라가 들어설 것을 알기
때문이겠지.

갑자기 컴컴해지며 서늘한 기운이 느껴져서 눈을 뜨니 배는 어느새 밀
림 속 좁은 수로로 들어가고 있었다.

"누워 계세요. 브랑꼬네 오두막으로 가는 중이예요."

"아, 그러세요? 감사합니다."

"낚시하는 동안이면 갔다 올 수 있거든요."

보트가 수로를 빠져나가자 섬인지 육지가 보였다. 그리고 판자로 지은
작은 집 하나도 보였고 그 집 앞에 쪼그리고 앉아있는 애도 하나 보였다.
보트는 쏜살같이 미끄러져 갔다.

"잘 있었어요? 할머니?"

조그만 애는 실은 조그만 할머니였다.

"브랑쇼 있습니까?"

할머니는 고개를 젓는다.

"또니오는요?"

할머니는 또 고개를 젓는다.

"둘 다 없어요?"

할머니는 끄덕끄덕 한다.

"어디 갔어요?"

할머니는 오른손을 들어 왼쪽을 가리킨다.

"안녕히 계세요!"

할머니는 끄덕끄덕 한다. 부지런히 보트를 돌리며 뻬드로는 "밭 만다는데 갔나봐요"했다. 그는 다시 눈을 감고 바닥에 눕는다. 마음이 조용한 물속으로 잠겨들 듯 편안해진다.

아들은 밭에 가 있다 아들은 밭을 만든다. 나무를 태우고 뿌리를 파내고 돌은 던지면서 땀을 흘린다. 땀이 떨어지고 만지오까에 떨어져서 다시 만지오까를 싹 틔운다. 만지오까는 굵직굵직 자란다. 아들은 그 만지오까를 먹게 될 것인가? 아들은 베자 홀로르를 잊고 있다. 아름다운 베자 홀로르는 장대같은 비에 밀려 날아가 버렸다. 아들은 새도 잊고 사진도 잊고 전시회도 잊고 상파울로도 친구들도 그리고 가족도 잊어 버렸다. 잊는 것은 좋은 일이다. 잊으면 평온하다. 그러나 잊는 것은 힘든 일이니 잊을 수만 있으면 잊거라 아들아, 오늘은 잊어버리고 브랑꼬와 밭을 만들거라.

"다음엔 비 안 올 때 와야겠어." 툴툴거리는 소리에 눈을 뜨니 다시 호수였다. 두어 시간 동안에 대여섯 마리. 낚시 좋아하는 도시 사람들이 약이 올라 있다.

배로 올라와서야 씨뇰리는 팔 다리가 빨갛게 익어버린 것을 발견했다. 무덥다거나 뜨겁다고 느낀바 없는데 살은 익어버렸다. 공해를 뚫고 내려오는 도시의 햇볕은 불쌍도 하구나.

씨뇰리는 식욕도 없는데다가 볕에 그을린 팔다리가 화끈거려서 점심상엔 나아가지도 않고 맨 꼭대기 층으로 올라갔다. 배는 육지를 따라가고 있었다. 가끔씩 집이 보인다. 집 앞에는 아낙네와 아이들이 서 있다. 배를 바라보며 서있는 아이들한테 손을 흔들어 준다. 영락없이 아이들은 어머니 뒤로 얼른 숨는다. 숨는 아이들은 모두 배가 불쑥 불러있다. 몹시도 낯익은 모습이다. 어머니는 낚시를 드리우고 서 있기도 했다. 점심을 준비하기 위해서일 께다. 집 앞에서도 고기는 잡히나 보다. 어떤 집 앞에는 새로 푸른 칠을 한 배가 쉬고 있기도 했다. 좋은 자가용을 가지고 있구나! 모터를 단 길다란 보트가 지나간다. 여자 둘이 밀짚모자를 깊숙이 쓰고 있다. 남자들은 대체로 보이질 않는다고 생각하는데 아래층 선미(船尾)에서 주싸라가 뭐라고 외친다. 밀짚 모자중의 하나가 맞받아 소리를 지르며 어딘가를 가리키는데 어찌나 배가 빠른지 벌써 저만치 달아나 버린다. 아마존에도 모터보트가 들어와 기세다 등등하다.

어느새 올라왔는지 주싸라가 컵을 내민다.

"리모나아다 한 잔 드세요. 지금 그 여자들 보셨죠? 또니오를 아침에 봤대요. 브랑꼬랑 있대요."

"어디 있답니까?"

"밭에요. 낮잠이나 한 숨 주무세요. 인제부턴 섬도 안 보이고 검은 물밖엔 안 보일꺼예요."

아닌게 아니라 섬들이 점점 멀어지고 앞은 다시 망망대해가 되었다. 왁자지껄 포카 판을 벌리려고 올라온 일행을 피해 다시 선실로 내려오니 오로지 할 수 있는 것은 눕는 일 뿐이었다.

벌렁 눕다가 앗! 그는 그만 펄쩍 튕겨 일어나야 했다. 열쇠 꾸러미가 옆구리를 무섭게 찔렀기 때문이었다. 열쇠들은 옆구리를 찌른 것과 동시에 그의 큰골 작은골, 뇌세포란 뇌세포들을, 편안히 쉬고만 있던 그것들을 무섭게 기습공격 했다. 갑자기 머릿속으로 달려 들어온 것들은 가게, 은행, 매상, 수표, 장부, 청구서, 부도, 월급계산, 날러시세, 환진……, 그리고 그들 뒤를 따라 아내의 고함 소리가 들려왔다.

"또니오 녀석 못 만나도 토요일까진 와야해요!"

새벽기도, 십일조, 헌금위원, 안수집사, 장로피택, 감사헌금, 건축헌금, 구역예배, 성경공부, 대심방, 할렐루야……

남편 장로 만들기 2개년 계획.

"이봐요, 난 장로깜이 못 된다구. 아무나 장로하는 줄 알어? 기도할 줄 몰라서 장로 못 한다구, 난 언변이 없잖아? 월급 줄 테니 하라구 해도 난 안해, 난 신앙심이 없는 거 당신만은 알잖아? 첫째 술을 못 끊으니까 안 된다구. 다른 사람 기도하는 소릴 들음 웃음이 나오는 난데 어떻게 해. 지금도 유세차 모년 모월 모일 제문(祭文) 읽으며 제사 지내시는 아버님이 서울서 들으시구 진노하실라."

별의별 말로 협박도 해보고 화도 내보고 유화책도 써보고 호소도 해보았지만 아내는 바위처럼 끄떡도 하지 않았다. 경(經)을 읽거라. 내 귀는 소의 귀. 조금씩 조금씩 남편의 숨통을 조여가고 있다는 사실을 알 리 없는 아내는 이민 생활의 꽃을 최고로 피우기 위해 온갖 노력을 서슴지 않고 경주하고 있는 것이다. 때로는 경건하게 때로는 경쾌하게 아내는 앞만 보고 걸어 나갔다.

아내의 신앙심에 대해 콧방귀 뀌는 그도 때로는 어리둥절해질 때가 빈번하다. 무심코 방문을 열다가, 또는 가게 문을 닫다가 아내의 기도하는 모습을 만나게 되면 그만 순간 당황해지곤 한다. 아내는 순치된 것인가? 그러나 언제 그랬냐는듯 아내는 눈을 번득이며 5분 늦은 종업원을 질타하고 서울서 온 지 한 달밖에 안 된다는 신참 벤데를 매몰차게 내몰아 버리는 것이었다.

아내의 꿈인 남편 장로 만들기를 무엇으로 격파하랴, 어떠한 작전도 있을 수가 없었다. 그렇게 정신없이 숨도 못 쉬고 끌려가다가 정말 어느 날 덜컥 장로님이 되고 피로연이나 돌잔치에 가서 식기도(食祈禱)를 해야 하는 괴로움을 겪게 될지도 모르지.

씨놀리는 머지않아 교회에서 누리던 자신만의 작은 즐거움마저도 강탈당할 것 같은 서글픔을 느낀다. 시장(市場)에서와는 다른 얼굴들이 서로 인사한다. 그것이 그는 은근히 즐겁다. 아주 가끔씩은 목사님의 설교가 귀에 들어오고 마음으로 스며들어 머릿속 깊이 남을 때가 있다. 돌아오는 차 속에서 아내에게 그 기억들을 모아서 재구성해 보이는 것이 때로는 즐겁기도 하다. "참신한 소재로 열심히 준비된 설교는 금방 느낌이 와, 오늘 말씀 뭐였는지 당신 말할 수 있어?" 아내의 귀는 소의 귀 무엇을 들었는지 거의 모른다.

그러나 무엇보다도 큰 즐거움은 찬송가 부르기이다. 한 번도 배운 적이 없는 곡인데 어찌해서 음치에 가까운 내가 큰 소리로 함께 부를 수 있지? 도무지 수수께끼이다. 찬송가는 대부분 어렸을 적, 저 부산 피난시절을 떠올리게 한다. 향수에 젖게 하는 찬송가, 그 중 몇몇 곡은 정말 아름답다. 찬송가 부르는 시간을 더 많게 하지, 아니 처음부터 끝까지 찬송가만 부르면 어떨까?

예배가 드디어 끝나고 천천히들 예배당 밖으로 나간다. 상당히 의젓해진 심신(心身)은 새로이 자리 잡은 신심(信心) 때문이겠지. 권사님들이 차 한 잔 마시고 가라고 권하는 것을 보는 것도 즐겁다. 한가한 마음으로 차를 마시며 이제 집에 돌아가 낮잠 한 잠 자고 나면 하루해가 다 갈 텐데 교회 마당에서 배구나 하다 갈까 망설여 보는 것도 즐거운 일이다. 그래서 한바탕 배구를 끝내고 목사님 몰래 시원한 맥주 마시기, 어떠한가! 남편 장로 만들기 작전이 성공하는 날 장로 남편은 교회가 주던 그나마 소박한 즐거움을 잃게 되는 날인 줄 아내는 모를 것이다. 아내여! 어떻게 할 수 없는 아내여!

이틀 전 선장 뻬드로의 전화를 빌았을 때 아내는 할렐루야를 외치며 감사의 기도까지 했었다.

"여보, 하나님이 내 기노를 들으신 거예요. 이이구, 우리 정수!"

처음 아내는 부랴부랴 짐을 쌌다. 그러나 '나두 갈래요.'가 '내가 갈래요.'로 바뀌었다가 '난 있어야겠어요.'로 결정되기까지는 단 1분도 걸리지 않았다.

아내가 나두 가겠다구 했을 때 씨놀리는 그것을 지극히 당연한 것으로 받아들였었다. 아내가 혼자 가겠다고 했을 때 오히려 그 생각이야말로 합리적인 것이라고 여겨졌었다. 그러나 곧바로 그것은 철회되었고 탕자(蕩子)는 아버지에게 가게는 어머니에게로 귀결되었다. 지극히 편안한 구도처럼 보였지만 아내는 못내 불안해했다. "걱정마, 뻬드로라는 선장이 그랬어. 또니오를 마나우스로 데리구 나오겠다구. 만일 그렇게 안된다 해두 있는 곳을 알고 있대니까……."

그러나 그것이 아니었다. ―또니오를 못 만나도 토요일까지는 와야 된다?― 그럼 아내는 생각하는바가 달랐었다는 것인가? 그는 우두커니 강물만 내려다본다. 물살을 가르는 검은 강물을. 그러나 그러나 말이다. 그는 열쇠꾸러미를 꽉 쥔다. 한 생각이 불끈 치솟는다. 아들을 찾으러 온 것인가? 과연 나는 아들을 데리고 가기 위해 서둘러 떠나온 것인가? 열쇠꾸러미 풀어놓는 것마저 잊고 말이다.

열쇠들은 주렁주렁 많이도 매달려 있다. 아파트 열쇠, 가게 열쇠, 공장 열쇠, 새 차 열쇠, 헌차 열쇠, 금고 열쇠, 책상 열쇠…….

열쇠들은 쇠뭉치가 되어 그를 강물 속으로 끌고 들어만 갈 것 같았다. 그는 비틀비틀 일어났다. 선실의 벽에 등을 붙이며 힘겹게 일어났다. 떨리는 손이 열쇠꾸러미를 움켜잡았다. 열쇠뭉치는 그러나 쉽게 빠지질 않았다. 진땀을 흘리며 양 손 손가락 모두를 총동원하여 그것을 몸으로부터 뜯어내려 했다. 그것들은 이미 몸의 한 부분이 되어버린 듯 움쩍도 하지 않았다. 씨놀리는 꿈속에서처럼 있는 힘을 다하여 그 끔찍한 덩어리를 움켜잡았다. 그리고 뜯어냈다. 천근 무게로 몸에서 뜯어져 나온 쇳덩어리를 그는 있는 힘을 다하여 던져 버렸다. 강물은 꿀꺽 삼키고 흔적도 없이 뒤로 사라져 버린다. 땀으로 범벅이 된 그의 얼굴에 태초의 바람이 스쳐왔다. 멀리 한 개 섬이 보였다. 아들이 있는 섬, 아들이 밭을 만들고 있다는 섬이…….

(『열대문화』 제9호, 열대문화동인회, 1995)

거리는 조용했다. 구름이 잔뜩 덮인 7월의 첫 토요일, 한겨울이다.

의기소침해진 주인들은 할 일 없이 바르로 가고 점원들은 어깨를 잔뜩 올리고 팔짱을 낀 채 밖만 내다보고 서 있다.

갑자기 떨어진 기온은 사람들을 묶어 놓는다. 커튼 틈으로 밖을 내다보는 주택가 노인들은 그래도 이뻬호슈(이른 봄에 피는 붉은 보라색 꽃나무)가 필 시간임을 알 것이고 소년들은 영어 글자들이 요란한 수입품 자께따를 입는 즐거움에 추운 것이 신날뿐이다.

"올 겨울은 유난히 추운데?"

"그리구 유난히 길구……."

주차장을 빠져 나가면서 브라질 사람들이 이 겨울을 불평한다.

"이 사람들, 물도 얼지 않고 눈도 안 내리는 겨울을 가지고 뭘 그래? 고작 영상 11도 아냐?"

그러면서도 준형 역시 두 손을 바지 주머니에다 넣는다. 무성한 가로수를 헤치고 바람이 지나간다. 잎파랑이 속에 녹아 있는 위대한 여름의 기운에 부딪혀 잎사귀 하나 떨구지 못하고 간신히 빠져나가는 바람이지만 여름옷을 만들어야 하는 옷 장수들에겐 된바람이기만 하다.

그는 핸들을 잡은 채 잠시 눈을 감는다. 그대로 잠이나 잤으면 싶은데 잠은 잠 생각을 하는 순간 사라진다. 루스 공원의 울창한 나무들을 내다보고 있노라니 가게 닫는 시간에 대어 오려고 진땀 깨나 흘렸던 일이 까마득하게 느껴진다. 춥지 않을까? 저 푸른 나무들은?

갑자기 찾아온 낯선 여유는 공원의 나무들이 놀라운 존재로 보여 진다. 십여 년을 한 동네에 살면서 단 한 번도 들어가 보지 못한 공원―그 발견이 가져다 준 부끄러움, '그래, 월요일부터 나도 아침 일찍 공원 산책을 가야지.' 그런 결심까지 하는데 새들이 열댓 마리 푸드드득 힘찬 소리를 내며 큰 나무들 속으로 사라진다.

"아!"

날아가는 새들은 순간 썽 호끼(상파울루 외곽 도시)에서 본 대형 화폭 하나를 생각나게 해주었다. 나무는 컸다. 잎이 무성한 나무였다. 잎과 가지 사이사이로 새들이 있었다. 새들이 많았다. 그 많은 새들은 모두 밖을 향해 부리를 높이 쳐들고 있었다. 그런데 부리는 완강히 닫혀 있었다. 그때 그 브라질 부인은 말했었다.

"문을 열어 줄 수가 없어요. 그가 화를 낼 거예요. 미안해요."

"그럼, 들어가진 않을게요. 조금만 열어 주시면……."

예전에는 큰 창고였을 것 같은 엉성한 곳이 화실이었는데 그가 본 나무와 새들의 그림 이외의 것은 모두 하얀 천으로 가려져있었다. 부인은 정말 미안해서 몸 둘 바를 모르겠다는 듯 눈을 피했었다.

'그래, 오늘은 꼭 만날 거다.'

그는 서울로 가게로 돌아왔다.

"문 닫지."

"벌써요?"

"나 말야, 오늘 썽 호끼에 가려구 그래. 무슨 한이 있어두 만날 거야. 밤 늦더라두 기다렸다가 꼭 만나구 말 거야."

"그러나 저러나 맞긴 맞아요? 쌩판 딴 사람 갖구 그러는 거 아니에요?"

아내의 목소리는 퉁명스러웠다.

"아냐, 틀림없어."

"자기 남편의 국적두 모르는 여자가 어디 있어요?"

"그럴 수도 있지. 자뽀네즈나 꼬레아노나 다 같은 자뽀네즈로 생각할 수도 있지 뭘 그래. 그것보다 내 생각엔 그 양반이 날 피한 것 같아."

"피할 이유가 뭐에요?"

"글쎄, 그게 나두 알고 싶은 건데, 하여튼 첫 번째 날엔 정말 부재중이었구. 두 번 째 날엔 집안 어딘가에 있었던 게 틀림없었어. 왜냐하면 말이야,

내가 차를 되돌려서 그 집 앞을 지나오는데 말이야, 집 언덕 위 큰 나무 아래 흰 옷을 입은 남자가 길 쪽을 내려다보구 있더라구. 얼핏 보기에두 동양 남자였거든. 같이 안 갈래?"

"싫어요, 김치 담가야 해요."

"그래?"

"잠이나 자지 그래요? 사우나 갔다 와서, 맨날 불면증 불면증 하지 말구."

아내의 그 말은 갑자기 큰 유혹으로 그를 공격해 왔다. 잠! 정말 오늘은 잠이 잘 올 것도 같았다. 적당히 서늘하고 적당히 피곤하지 않은가? 바느질집에서 돌아오다가 그만 길을 잃고 30여 분이나 헤맸었다.

준형은 단 한 번도 상쾌하게, 아니 깊게 잠들어 본 적이 없다는 것을 또다시 떠올린다. 숫자도 세어 보고 브라질 종업원이 가르쳐 준 대로 담을 넘는 양들을 333마리, 334마리 세기도 해보고, 자기 전에 계단을 오르내리며 온몸을 혹사시키기도 했다. 그러나 잠은 그에게 푸근한 품을 내어 주지 않는다.

"사우나? 내가 언제 사우나 가는 거 봤어?"

"그럼, 추운데 옷이나 든든히 입구 가요."

같이 가자는 제의 때문이었는지 아내는 발끈하는 남편을 탓하지 않는다. 그러고는

"갈 곳이 있어서 좋겠수. 바람난 남자 같은 거 알아요, 당신?"

아내는 농담까지 했다.

하늘은 두꺼운 잿빛으로 도시의 지저분한 건물들을 무겁게 내리누르고 있었다. 여기저기 서둘러 출문 내리는 소리가 나면 상가는 일시에 쓸쓸해지고 만다. 아내를 집에 내려 주고 그는 식품점에 들러서 소주와 돼지고기를 샀다. 얼큰한 돼지고기 안주에 소주 한 잔, 그가 정말 한국 사람이고, 사촌형이 그렇게 찾고 있는 김화백이 맞다면 소주를 보고 돌아서지 않을 것이다. 작년인가 식품점에서 처음 소주병을 보았을 때 준형은 와락 자기

도 모르게 소주병을 움켜잡았었다. 고향 친구의 손목을 부둥켜 잡고 한동안 기뻐서 말도 못하고 서 있는 사람과 똑같은 모양으로.

그러나 그 소주, 첫 모금을 마시고 났을 때 그는 자기도 모르게 "어엇?" 하고 소리를 질렀었다. 도무지 옛 맛이 아니었기 때문이다. 십 년이 지난 지금에도 생각만 하면 혀끝에서 또 목을 넘어간 다음까지도 기억에 생생히 떠오르는 소주의 그 맛이 아니었다.

영하 16도의 도봉산 중턱에서 배낭을 짊어진 채 안주 없이 꿀꺽 마시던 한 모금의 맛도 아니었고, 포장마차 안에서 참새인지 병아리인지 작은 날개 구이와 함께 잔뜩 찡그리며 마시던 그 맛도 아니었다. 대학 합격 친구와 떨어진 친구 대여섯이 하숙방에서 밤새 시커먼 김치 보시기 하나 방바닥에 놓고 말없이 주고받던 그 맛도 아니었다.

부슬부슬 비 내리는 늦가을 저녁, 다 찌그러진 '도라무깡' 얼싸 안고 앉아 누군가 돈 있으면 돼지갈비 얼큰하게 구우라고 호기 있게 외치거나, 그것도 여의치 못할 땐 어깨 늘어뜨리고 삶은 두부 한 보시기 놓고 홀짝거리던 소주의 맛도 아니다. 희로애락을 틀림없이 함께 나누었던 옛 친구 같은 그런 소주의 맛이 아니었기 때문이었다. 싱겁고 들척지근한, 도대체 그것은 한 마디로 소주가 아니었다.

다시 조심스럽게 두 번째 모금을 마셔 보았는데도 역시 그것은 소주가 아니었다. 전혀 아니었다. 옛 소주는 어디 갔는지 없고 소주라는 딱지를 붙인 사기꾼이 친구의 탈을 쓰고 빠끔히 쳐다보고 있는 느낌이었다. 친구가 변한 것인지 내가 변한 것인지, 올드에이찌(브라질 위스키)나 죠니워커 때문에 내 입맛이 바뀐 것인지 21세기 한국 사람들의 미각이 바뀐 것인지, 어쨌든 준형은 다시는 그 엉터리를 마시지 않기로 했는데 김 화백한테 간다고 생각하자 느닷없이 눈길이 그 병으로 갔고 조금의 주저함도 없이 그것을 샀던 것이다.

추운 날씨 때문인가? 아베니다 빠울리스따도 악명 높은 헤보우사도 쑥

쑥 잘만 빠져 20여 분도 채 안돼 그는 하뽀자 따바레스로 들어섰다. 붉고 큰 호박, 노란 색의 '진짜 꿀', 흙 그릇들을 실은 트럭들이 길가에 계속 보인다. 덜커덕덜커덕 롬바다를 수없이 넘고 넘어 비로소 썽 호끼로 빠지는 길로 들어섰을 때부터 하늘은 엷은 구름으로 바뀌기 시작하더니 마침내 해가 나기 시작하였다. 해가 나오고 파란 하늘이 보이자 모든 것이 달리 보였다. 양쪽으로 보이는 수목들은 이미 겨울이 아니었다. 묵은 진녹색 속에서 새 잎들은 완전히 봄이었다. 그곳에는 이미 봄이 와 있었던 것이다. 그랬구나! 그는 오랜만에 한가하고 나른한 기분에 빠진다.

차 안은 따뜻했고 카세트테이프에선 드보르작이 계속 흐른다. 무곡도 첼로곡도 모두 깊고 슬픈 것이 언제나 그를 조용하게 위무해 주곤 한다. 드보르작은 준형의 유일한 이민 친구, 그는 즐겁기까지 했다. 그래서인지 옆 좌석에 놓여있는 〈나의 문화유산 답사기〉를 보고도 화가 나질 않았다.

어제 아침이었다. 은행에서 찾은 부도수표, 액수를 보자 가슴이 철렁했다. 두 장 모두 액수가 컸다. 반사적으로 뒷면을 보니 약속이나 한 듯 13이란 도장이 쾅쾅 찍혀 있었다. 다시 이름을 보았다. 놀랍게도 하나는 한국 사람이었다. 전혀 알지 못하는 지방 사람이었고, 액수는 더 컸다. 마침 뒤에 서 있던 부속 가게 주인이 목을 빼 보더니 "자네도 당했군" 하는 것이 아닌가.

"당하다니요?"

"벌써 어제 오늘 내가 안 것만도 세 번째야."

"잘 아는 사람입니까?"

"이니. 우리 동생네 건 더 그디그. 데도기 깨끗히구 성실히데나 뵈. 교포끼리는 신용조회를 잘 하지 않는 걸 이용한 거지."

"신종 사기꾼이군요."

"신종이긴? 종종 있었지."

"어떡하죠?"

"글쎄, 어떡하든 수소문해서 놈부터 잡구 봐야지."

"우선 신문에다 내야지요?"

"벌써 알렸지. 가만들 있나?"

준형은 말없이 돌아서 나와 가게 쪽은 쳐다보지도 못 하고 곧바로 바르로 갔다. 멍하니 카페 잔을 내려다보며 내일 지불해야 할 원단 값이 있나 생각하고 있는데, 누군가 "봉지아" 하는 것이 아닌가? 그것도 어깨를 푹 감싸 안으며 반가운 듯 큰 소리로, 깜짝 놀라 돌아보니 맞은편 쪽에서 진스 제품 하는 빠울로였다. 그가 여기서 대학을 졸업했고, 이민 온 지 오래되었으며 진스로 엄청 돈을 벌었다는 것은 온 천하가 다 아는 사실이지만, 바로 그 사실들이 비록 가게는 맞은편에 있다 해도 제대로 통성명하고 얘기 나눌 기회를 만들어 주지 않았던 조금은 서먹한 그런 관계였었다. 그런 그가 웬일로 아주 반갑게 브라질식 인사를 해와 그만 깜짝 놀란 것이다.

"아, 네. 봉지아입니다."

준형은 급히 대꾸한다는 게 그만 두 나라 말을 접붙이고 만다.

"박형, 대학교수 했댔수?"

"대학 교수라니요?"

"한국서 말이에요."

"아닙니다."

"왜 이래요? 어제 우리 조카 친구가 놀러 왔었는데 박형 제자더라구. 인기 있는 교수였었다는데?"

"교수라니요? 교수 아닙니다."

"역사과 교수였수?"

빠울로는 준형이 옆 의자에 놓았던 〈나의 문화유산답사기〉를 집어 들면서 물었다.

"역사과요?"

"아, 아닙니다."

그때, 바로 그때, 책갈피에 끼어 두었던 부도수표들이 팔라당팔라당 가볍게 날아 떨어졌다. 숨이 턱 막혔다. 하필 빠울로 앞에서라니. 대학교수 아니라고 하는 이 자리에서라니, 바닥에 떨어져 누워 있는 두 장의 수표, 그때 그에게 난데없이 떠오른 것은 '낙엽은 폴란드 망명정부의 지폐' 시 한 구절이었다. 준형은 알 수 없는 수치심에 빠졌다. 할 수 있으면 그 자리를 벗어나고 싶었다. 급히 집어 주머니에 쑤셔 넣는 준형을 보며 빠울로가 말했다.

"매일 몇 천 헤알(브라질 화폐 단위)짜리 수표들이 돌아오는 통에 미치고 환장하겠지요? 지금 그런 때예요. 그러나 저러나 그전부터 어딘가 좀 틀리다 그랬는데 역시 교수님이셨댔군요."

"교수님이 아니라니까요. 교수가 아니라구요."

준형은 자꾸 더듬었다. 왜 그러는지 자신도 몰랐다. 빠울로가 떠나간 후에도 준형은 계속 중얼거렸다. 난 교수가 아니었어요. 그저 시간 강사였을 뿐이었어요. 정말이에요. 교수가 아니었다구요. 쓸데없는 시 나부랭이를 주섬주섬 싸가지고 이 대학 저 대학 팔러 다니던 보따리 장수였다구요.

'나는 겨울 같은 건 몰라'라고 풍성한 잎들로 우람하게 동네를 지키고 있는 거대한 망가나무 한 그루, 그를 우러르며 조그만 주유소와 조그만 식당이 정답게 붙어 있는 로터리에서 오른쪽으로 꺾어 한 5분가량 꼬불꼬불 내려가면 아주 한적한 마을이 나온다. 집이 보이기 전에 먼저 만나는 것은 바나나 나무들이다. 바나나 나무들이 무리지어 있으면 틀림없이 인가가 있고 인가가 있으면 그 근처엔 틀림없이 바나나 나무들이 서너 그루씩 모여 있곤 하는 것이 브라질 시골 풍경임을 이젠 그도 안다. 그 바나나 나무들은 추위와 바람에 누렇게 마른 큰 잎들을 지저분하게 달고 있지만 역시 자세히 보면 거기에도 봄이 와 있었다. 그곳을 지나면 벌거숭이 집 한 채가 길가에 바짝 나와 있고 까만 토종닭들이 붉은 벼슬을 흔들며 왔다 갔다 하는 게 너무 반갑다.

그 집 앞을 지나면 제법 굵고 키 큰 대나무들이 덩어리 덩어리 단단하게 어깨동무들을 하고 있는 숲이 있다. 바싹 마른 황색의 대나무가 바람이 불적마다 서거덕 서거덕, 사그락 사그락 그 역시 귀에 익은 소리를 낸다. 그런데 그가 반한 것은 대나무 숲만이 아니었다. 잠시 후에 만나게 되는 소나무들이었고, 소나무들 뒤에 있는 더 키가 큰 에우깔리삐또 나무들이었다.

바람은 가늘고 긴 이 유칼리 나무 가지들을 스치고 지나올 때는 유칼리 소리를 내고, 무성한 소나무 숲속에선 소나무 소리를 낸다. 유칼리 바람과 소나무 바람이 대나무에 이르러서는 대나무 바람에 흡수되어 버리고 만다. 온통 서거덕 소리 하나로 남는다. 그런데 오늘은 솔바람 소리만 들렸다. 바로 지난번에 왔을 때는 차를 세우고 한참을 눈을 감은 채 바람 소리만 듣기도 했었다. 김 화백이 이곳에 정착한 이유가 나무들이 내는 바람 소리 때문이 아닌가 하는 생각이 들자 만약 오늘도 못 만나게 되면 어쩌나, 아니 자기는 한국 사람이 아니라고 하면 어쩌나 은근히 걱정스러워졌다.

소나무 숲을 돌면 조금 높은 곳에 김 화백의, 아니 김 화백이라 생각되는 이의 화실인 커다란 창고 건물이 보이고 이어서 평범한 단층집이 나타난다. 4월 어느 날이었던가? 막 가을로 접어들어 리어카 좌판에 이른 감이 등장하던 날, 그는 그 반가운 감을 사들고 찾아 나섰다. 그날, 서너 시간 헤맨 끝에 찾은 집이다. 예쁜 동양계 혼혈아기를 안고 있던 늙은 브라질 부인은 '그림을 그리는 사람이 살고 있는 건 맞다. 그러나 그는 꼬레아노는 아니고 어쨌거나 지금은 여행 중이다. 그는 한없이 좋은 사람이지만 누가 그림을 보거나 만지면 무섭게 화를 낸다. 그래서 저 창고엔 아무도 들어가지 못 한다. 청소하러 들어가지도 않는다'고 수다를 떨었다.

차를 멀찌감치 세워놓고 준형은 조심조심 올라갔다. 만약 자신은 한국인이 아니라고 한다면 돌아서 나오는 척하다가 갑자기 큰 소리로 "김준구 씨"하고 불러 봐야겠다고 작전까지 세웠다.

집안은 조용했다. 잡음 섞인 라디오 음악이 나지막하게 흘러나오는 것을 듣고 그는 짝짝 손뼉을 쳤다. 그러자 첫날의 그 늙은 부인이 나오다가 놀라서 얼른 다시 들어간다.

잠시 후 한 손에 책을 들고, 또 한 손으로는 안경을 벗으며 한 남자가 나오는데 틀림없는 한국 남자의 얼굴이요, 한국 남자의 몸가짐이었다. 준형이 '뽈뚜게스로, 안녕하시냐, 나는 한국사람 박인데'라고 준비한 인사말을 다 끝낼 사이도 없이 집주인은 아주 반가운 얼굴로 달려들 듯이 한국말을 하는 것이 아닌가.

"어서 오십시오. 여러 번 찾아오셨다구요?"

준형은 소스라쳤다.

"……."

"번번이 죄송했습니다. 유모인 도나 씨다는 절 일본 사람이라고 생각하지요. 자. 들어오세요. 누추합니다만."

누추! 그는 콧등이 시큰해 왔다. 얼마 만에 듣는 말인가! 누추…….

"아, 그러지 말고 작업실로 갑시다."

김 화백은 서둘러 앞장을 서다 말고 유창한 포어로 소리친다. 목소리가 부드러우면서도 힘이 있었다.

"도나 씨다, 맛있는 카페 부탁합니다. 귀한 분이 방문하셨다구요."

작업실로 쓰고 있는 큰 창고의 문을 열기까지 그는 한마디 말도 하질 못했다. 김 화백이 계속 말을 했기 때문이라기보다 아직도 당황감에서 헤어 나오지 못한 까닭이었다.

"회실이리기보디 작업실이지요. 그림두 그리구 빕싱두 만들구, 참 어기에다 온돌방두 만들었지요. 전에는 농작물 창고였다는데 내 아이디어가 좋지 않습니까? 참 성함이 어떻게 되시는지요? 우리 서로 인사조차 나누지 못했는데요?"

그제야 준형은 간신히 말문을 열었다.

"선생님, 전 박준형이라고 합니다. 선생님의 후배 되는 박기형이 제 사촌 형님이구요."

"박기형이? 박기형, 박기형, 박······."

"네."

"저, 당주동 살던 박기형이?"

"네, 제가 동생입니다."

"박기형, 그래 기형이. 맞아요. 기형이 그 친구, 시 쓰는 사촌 동생 얘길 자주 했던 것 같은데 맞습니까? 하, 이거 정말 반갑습니다. 정말 귀한 분께서 오셨군요."

"형은 지금 뉴욕에 살고 있습니다."

"뉴욕이요? 거 참, 거긴 언제 갔누? 거기서 그 친구 뭘 합니까?"

"설렁탕 집 하고 있습니다."

"설렁탕? 그림은 어떡허구?"

"그림두 그리구요. 오는 봄엔 서울서 두 번째 개인전을 갖게 될 겁니다."

"거 잘 됐군요. 그런데?"

"기형이 형이 지난번 저두 볼 겸 상파울루 비엔날레에 왔다가 우연히 선생님 그림을 발견했습니다."

"내 그림? 내 그림은 거기 없었는데? 비엔날레완 전혀."

"그게 아니구 인터내셔널 호텔에."

"아, 그래. 거기 아래층 벽에 내 그림이 하나 걸려 있지. 그 호텔 주인이 가네꼬라고 일본인 3세인데 내 그림을 좋아하지요. 그걸 봤나 보군."

"네."

"용케도 알아봤군, 그 친구."

"첫눈에 알아봤다는데요?"

"고맙군. 그 뉴욕 친구 그림 이 누옥(陋屋)까지 왔다 갔습니까?"

"아, 아닙니다. 마지막 날 체크아웃 하다가 봤기 땜에 저보구 수단과 방법을 가리지 말고 찾으라구."

"아하, 찾기가 수월치 않았을 텐데 혼나셨겠군요. 그런데 박준형 씬 상파울루에 사시나요?"

"네."

"거기서 뭘……."

"제품 합니다. 옷 제품."

"다른 일은?"

"다른 일이요?"

"설렁탕집에서 그림이 나오지 않아요?"

"아! 전 그냥 장사꾼입니다."

그러는데 도나 씨다가 카페를 내왔다. 준형은 그 카페가 고마웠다. 그들은 나무의자에 앉았다. 나무 의자는 의외로 편안했다.

김 화백은 '카페가 잘 끓여졌다. 이 손님은 내 옛 친구의 동생이다. 아는 잘 자냐?' 자상하고 친절한 태도며 웃음 띤 얼굴이 도무지 한국 사람이 아니었다.

둘은 말없이 카페를 마시며 잠시 고요함을 즐긴다. 모든 것이 한가함 그대로였다. 여기저기서 끊임없이 지저귀는 새소리도 한가했고 고올 고올 대는 암탉소리도 한가했다. 어디서부터 오는지 알 수 없는 수목 타는 냄새도 한가했고 천천히 움직이는 푸른 연기의 모습도 한가했다. 준형은 카페 마시는 것도 잊은 채 푸른 연기를 따라 수목 타는 냄새 속에 빠진다.

정다운 그 냄새와 그리운 '낙엽을 태우면서!' 아, 그래, 갓 볶아낸 커피의 냄새. 잘 익은 개암 냄새. 그런 구절늘이 있었어. 나음 순간 끼닭 모를 서러움이 울컥 치밀었다. 한동안 찾아오지 않았던 그 서러움.

까닭 모를 서러움! 얼마나 많은 순간들을 이 서러움 때문에 당황했었던가! 느닷없이 파고들어 가슴을 황량하게 만들어 놓고 사라져 버리는 그 서러움의 정체. 슬퍼야 할 때 정작 슬프지 않고 가슴 아파야 할 때 오히려 멀뚱해지는, 이민 온 자의 가슴속에 엉뚱하게도 그것은 느닷없이 찾아와 아무것도 아닌 일에 서러움을 뭉게뭉게 피워 놓곤 하였다.

옛 가을바람 같은 바람이 얼핏 스쳐갈 때, 신호 대기 중 문득 길가에서 민들레꽃을 발견하게 될 때, 일요일 낮에 비행기 소리를 듣게 될 때, 신문에서 가끔 친구들의 이름이나 작품을 만나게 될 때, 이런 때엔 그런대로 서러움의 근원을 알 수 있겠는데 어느 날 아침 새파란 하늘을 보았을 때, 집 앞에 막 도착하였을 때, 저녁 밥상에 털썩 앉다가 또는 손톱을 깎다가 TV를 켜다가 도대체 서러움은 왜 치미는 것인지. 물론 정체 모를 서러움은 그렇기 때문에 순간으로 왔다가 순간으로 사라져 버리긴 하지만, 그때마다 얼마나 황당해지는지 모른다.

준형은 카페 잔을 든 채 가만히 화가의 옆얼굴을 보았다. 가늘게 실눈을 뜨고 먼 데를 내다보고 앉아 있는 노 화가의 얼굴을 온통 평화만이 있는 듯했다. 옆에 손님이 앉아 있는 것도 잊고 카페 마시는 일도 잊고 자기 자신도 잊은 듯이 보였다. 준형은 슬그머니 고개를 돌려 자기도 밖을 내다보았다. 가까이 보이는 능선이 정다웠다. 능선 저 너머로 구름마저 한가했다.

박준형은 슬그머니 일어나 급하게 앞으로 갔다. 이젤에 놓여 있는 그림은 역시 나무 그림이었다. 잎사귀 하나 없는 가지에 큰 열매들이 주렁주렁 길게 매달려 있는 고목이 세 그루 앞서거니 뒤서거니 다정히 서 있다. 김화백은 수줍게 웃으면서,

"그림 보시려구요?"하며 옆에 세워 둔 그림의 흰 천을 벗겨준다. 바로 지난번 문틈으로 본 새들의 나무였다.

"선생님, 이 그림 지난번 왔을 때 봤습니다. 문틈으로 봤어요."

"그랬습니까?"

"전 이 그림이 보구 싶었어요. 제대로 보구 싶었어요. 그리구 이 새들을 그린 분과 얘길 하구 싶었어요."

"……."

"그런데 새들은 없어져 버렸구 선생님은 평화스럽군요."

"그래요? 새들은 여기 이렇게 있는데?"

"아니에요. 없어졌어요. 이걸 보십시오. 이 자루 속에다 묶어 가지구 가지마다 매달아 놓으셨잖아요. 분명 같은 나무잖아요. 속으로 울부짖는 새들마저 안 보구 싶었지요."

"자루가 아니구 열맨데?"

"열매인 척하지만 실은 새를 가둔 자루지요. 선생님이 새들을 가두어 버린 거죠."

"그래요? 시인이 그렇담 그런가 보군요."

"전 알 수 있습니다. 새들이 외쳐대는 걸. 울부짖는 걸 말입니다. 선생님의 가슴속에 새들이 살고 있는 걸."

"새들이 살아요?"

"수없이 많은 새들이 살고 있어요."

"준형 씨한테 내 그림의 제목을 붙여 달라 하려 했더니. 자, 그림은 놔두고 우리 카페나 한 잔 더 마십시다."

"참, 카페는 관두고 술 한 잔 어떻습니까? 제가 소주를 가져왔는데."

"소주요?"

"소주도 잊어버리셨군요."

"소주, 아 그래, 소주. 소주를 엄청나게 마셨었지."

"네, 제가 그 소주를 사왔다니까요. 돼지고기하구요."

"허 참, 준형 씨, 이 노릇을 어떡하쇼? 난 술을 못 해요."

"왜요?"

"술 끊은 지 오래 됐다우."

"그래두 오늘은 저와 한 잔 하셔야 합니다. 선생님 만나면 코가 비뚤어지게 마시라구 기형이 형이 전화에다 대구 신신당부 했다구요."

"걱정 말아요. 술 대신 차를 마시구두 취하면 될 것 아니요? 우리 집에 오신 귀빈이니 내 처가 담근 까샤사(사탕수수로 만든 브라질 민속 술)가지구 내가 까이삐린냐(까샤사 술에 레몬즙을 타서 만든 칵테일)를 만들어 드리지."

"부인이요?"

"아, 준형 씨, 오늘 우리 집에서 주무시구 가면 안 될까요? 오늘이 장인 제일(祭日)이거든요. 그래서 처랑 애들이 리베르다지(상파울루의 중심구, 일본 이민자들의 집중 거주지)에 제물 마련하러 갔다우."

"그렇습니까? 그럼 자구 말구요. 영광입니다. 근데 얼큰한 돼지고기하구 까이삐린냐는 안 어울리겠는걸요?"

"왜요?"

"제가 가지고 온 것은 고추장으로 양념한 거니까 소주랑 맞죠."

"아, 그런 게 어딨어요? 먹으면 되는 거지."

"선생님, 자장면에 김치가 안 어울리고 설렁탕엔 깍두기가 맞구. 안 그렇습니까?"

"우리가 여기 브라질 땅에 살구 있는 건?"

"그러니까 선생님이 울부짖는 새들을 그릴 수밖에요."

"허허, 이 사람……."

김 화백은 웃음 반 탄식 반 더 이상 말을 못 하고 천천히 걸어서 화실을 나간다. 그가 도나 씨다를 불러 무엇이라고 지시하는 동안 준형은 주렁주렁 열매가 달린 앙상한 나무 그림을 다시 본다. 브라질에도 이런 겨울나무가 있었던가?

열매는 실은 열매 모양을 한 자루. 이 자루 속에는 새가 한 마리 갇혀 있다. 노 화가는 가슴을 파며 울부짖는 새를 잡아내 이 자루에다 가두어 버린 것이다. 새는 더 이상 울지도 못한다. 노 화가는 왜 이렇게 했을까? 끊임없이 울부짖는 내면의 새소리를 외면해 버리고 싶은 것인가? 왜 날려 보낼 생각을 하지 않을까? 새들은 날아가지를 못 하나? 날기를 거부하는 것인가? 이다음의 그림은 무엇일까?

어느새 돌아온 김 화백은 익숙한 솜씨로 녹색 리멍을 썰고 즙을 내어서 설탕과 함께 술 따른 잔에 섞더니 새하얀 수건에 잔을 받쳐 내민다. 리멍 색깔이 투명한 술 잔!

"선생님, 아이야, 우리 식탁엔 은쟁반에 하얀 모시수건을 마련해 주렴. 기억나시죠?"

"오늘 내 귀가 호사하는군요. 그런 내 귀를 위하여 건배할까요?"

"말씀 놓으십시오. 그리구 건배는 제 눈을 위하여 하고 싶습니다. 근데 '마련해 주렴'이 맞나요? '마련해 두렴'이 맞나요?"

"자, 편히 앉아요. 준형 씨. 어때요? 술 맛 좋지 않아요?"

"정말 좋은데요."

"준형 씨, 천천히 마셔야 합니다. 이 술은."

"정말 한 잔 안 하실 거예요?"

"준형 씨, 내 이야기 한 자루 펴리다."

"이야기요?"

"참 시는 쓰는 거예요?"

"전 이제 시인이 아닙니다."

"아니, 시는 쓰는 거냐구요? 지금도 시구가 떠오르고 그걸 종이에다 옮기냐구요."

"아니요. 잘 떠오르지도 않지만 어쩌다 치밀어 올라 와두 종이 앞에선 무기력해지고 말아요."

"ㄱ래요?"

노 화가는 술잔 대신 차를 한 모금 마시고는 또다시 실눈을 한 채 한참을 내다보다가 입을 열기 시작하였다.

아이들이 다니는 학교에서 바자회가 있었어요. 페스타 주니나(브라질의 6월에 있는 민속절) 때였는지 잘 기억이 안 나는데, 어쨌든 새로 부임한 음악 선생님이 피아노 한 대 장만하려구 제의를 한 거였지요. 딸아이가 우린 무엇을 낼까 궁리 끝에 '아빠, 아빠 그림 어때요?' 했는데 바로 이것이 모든 것의 시작이었어요. 사실 내 그림이란 게 없었어요. 아이가 말한 건 바로 그 아이가 어렸을 때 그려 준 연필그림이었거든요.

장인어른이 갑자기 폐렴으로 돌아가시자 장모님께서 얼마나 슬피 우시는지. 근데 알고 보니 사진하나 제대로 남기지 않았다는 걸 서러워하시는 거였어요. 당장 관 앞에 놓을 사진도 없었으니 암만 뒤져 봐도 사진다운 사진이 없었거든요. 그때 제게 문득 떠오른 생각 하나, 초상화! 그래 초상화가 있지. 내가 그리면 될 거 아냐?

아무 말 없이 작업실로 뛰어와 장인어른을 그리기 시작했지요. 장인어른의 얼굴은 의외로 선명하게, 사진보다 더 선명하게 떠올랐어요. 내가 보기에도 사진 같은 아주 반가운 얼굴이 빙그레 웃으며 종이 위에 나타났어요. 완성된 그림을 얼른 가져가 장모님 드렸지요. 장례식은 장인어른 초상화에 대한 놀라움으로 성스럽고 경건하게 치러졌어요. 그때부터 전 이웃 어른들 영정 그림 작가가 되었지요. 솔솔 소문이 퍼진 거지요.

하루는 먼 데서 오신 할머니 한 분을 그려 드리고 잠시 앉아 있었는데 그분도 의자에 앉아 졸고, 우리 장모님도 옆에서 졸고 계셨어요. 그런데 옆에서 놀고 있던 다섯 살짜리 딸아이가 조용히 와서 외할머니를 올려다보는 모습이 눈에 들어왔어요. 천사였어요. 천사 아세요? 사실 우리에겐 천사가 낯선 존재 아닙니까? 그 모습이 없잖아요? 그런데 그때 생각난 단어는 천사였어요. 라파엘 그림에 있었던 바로 그 아기 천사. 곱슬머리에 통통하고 동그란 얼굴, 맑은 눈.

난 급히 연필을 잡았지요. 딸아이는 자기 그림을 보더니 날 꼭 안아 주더군요. 그 그림은 액자에 넣어서 방에 걸렸지요. 그리고 세월이 10여 년 흘렀는데 바로 그 그림을 가져가겠다는 거였어요.

바자회는 그저 그랬다. 각 농가에서 나온 음식이나 수제품, 농산물, 양란 등의 화분 중심이었으니 그럴 수밖에. 그러나 페스타주니나가 지니는 분위기는 학교 전체를 흥겨움에 빠지게 해서 아이는 느닷없는 교장의 전갈을 받았을 땐 영문도 모르고 신나 뛰어왔다.

딸아이의 손에 끌려 난 처음 아이들의 학교로 갔다. 만국기로 뒤덮인 운동장을 지나 교장실로 들어가니 몇몇 앉아 있던 손님들이 몽땅 일어나 정중한 예를 표하는 것이 아닌가?

"어떤 일이 벌어졌는지 아십니까?"

모두들 싱글거리는 얼굴이었으므로 난 일단 안심을 하였지만, 흥분한 교장 선생님이 내가 앉기도 전에 재빨리 그 '어떤 일'을 다 말해 버리는 바람에 난 완전히 바보가 되었다.

조카딸의 첫 부임을 축하할 겸 도움도 줄 겸 왔던 일본계 호텔 사업가 가네꼬상이 내 그림을 보자마자 피아노를 한 대 사주는 조건으로 그 그림을 가져가겠다고 했다는 것과 이 그림 이외의 다른 그림도 보고 싶어 한다는 것을 일사천리로 말해 버렸다.

대사건이었다. 학교로서도, 딸아이에게도 대사건이었다. 가네꼬와 약속을 하고 돌아서 나올 때도 몰랐는데 한 걸음 한걸음 걸을 때마다 나는 벅찬 감동에 휘말렸다. 그림을 팔다니, 내 그림을 사겠다는 사람이 있다니, 내 그림을 봐준 사람이 있다니, 도대체 이런 일이 나한테 다시 찾아오다니. 나는 어린아이처럼 마구 달리고 싶었다. 하늘을 향해 펄쩍 뛰어오르고도 싶었다. 이런 기쁨이 대체 얼마만인가? 서울서 가졌던 첫 전시회, 신문기사, 대학시절의 국전 특선, 그런 기억들이 한꺼번에 몰아닥쳤다. 나는 주먹을 불끈 쥐었디.

그때였다. 바로 그때였었다. '아빠!' 하는 낯익은 목소리가 들려 온 것은. 교문 밖, 여러 여자 아이들이 몰려 서 있었는데 그 중 한 아이가 날 향해 환히 웃으며 튀어 나왔다. 눈이 마주쳤다. 그러나 그 아이는 내가 모르는 아이였다. 생전 처음 보는 브라질 처녀 아이였다. 잘못 보았구나

하고 고개를 돌리자 그 아이는 또다시 '아빠!' 더 큰 소리로 부르는 것이었다. 그리고 또 눈이 마주쳤다. 경악에 차서 날 쳐다보는 그 아이는, 아! 바로 내 딸이었다. 다음 순간 난 계단에서 굴러 떨어졌다.

실제로 내가 기절을 했었는지 혹은 멀쩡했었는지 그것은 모르겠다. 전혀 모르겠다. 어쨌거나 병원에 실려 갔다가 집에 오기까지 온통 난리가 난 모양이었다. 딸은 "나 땜에 아빠가, 나땜에"만 외쳤다. 난 줄곧 눈을 감고 있었다. 눈을 뜰 수가 없었다. 아내도 아이들도 볼 수가 없었고, 하늘도 땅도 볼 수가 없었다. 딸아이의 놀란 눈만 떠올라 아무것도 볼 수가 없었다. 눈을 꽉 감았지만 나는 딸아이의 그 눈, 놀라서 쳐다보던 그 눈에서 도망칠 수가 없었다. 딸아이는 나의 전부를 알아 버린 것이다. 딸을 알아보지 못한 아버지를 알아보았던 것이다.

마음속에서 일어난 참담한 부끄러움은 나를 몰고 몰아 암흑의 밑바닥으로 끌어내렸다. 그리고 거기서 내가 만난 것은 참으로 무서운 소리 '너는 누구인가'였다. 내 몸이 살아 숨 쉬고 움직이고 생각도 했을 테고, 이야기도 했을 텐데 그렇게 살아온 나는 껍데기였나? 한국에 두고 온 사람들, 두고 온 모든 시간들, 그 그리움에 사로잡히고 그 아픔에 끄달리며 이렇게 살고 있는 나. 엉뚱한 곳에서 낯선 사람들과 아무 생각 없이 살고 있는 내 생활, 이것은 임시의 나날, 이러한 내 생활은 언젠가는 끝나게 되고 난 제자리로 돌아갈 것이라고 굳게 믿어 온, 오! 나의 어리석음이여! 그렇지만 나의 참된 삶, 빼앗기고만 나의 삶이란 어떤 것인가? 실은 그것이 어떤 것인지조차 난 내놓을 수 없었다.

어느 날 내가 숨어 있던 산 속 암자로 어머니가 소리 없이 오셔서 낮은 목소리로 말씀하셨다.

"얘야, 떠나거라. 편지도 하지 말고 소식 전할 생각도 하지 말고 만날 때까지 건강해야 한다. 그것만 약속해라."

조용조용 배를 탔고 다시 비행기를 탔고 브라질에 도착했다. 나는 사상

가도 아니었고 반체제 운동가도 아니었다. 대학시절 아주 가깝게 지내던 친구가 어느 날 갑자기 무슨 사건의 주범으로 붙잡혀 간 것이 모든 것의 전부였고 시작이었다. 군화 발 그대로 우리 집이 무섭게 뒤져지던 그날 행운이었는지 불운이었는지 지금도 모르겠지만 난 미국으로 이민 가는 기형이 형의 마지막 스케치 여행을 함께하고 있었다. 사찰 중심의 일정이 될 것이란 말을 들으셨던 어머니, 도대체 어떻게 찾으셨는지 지금도 가끔 추리를 해보다가 말지만 송광사 암자에 있던 우리를 찾아오셨고 3개월 후 다시 나타나서는 혼자 있던 나를, 외아들인 나를 멀리 떠나 보내셨다.

난 아무리 생각해 봐도 부당한 듯했다.

"엄마, 난 잘못한 게 없어요. 난 그 친구를 최근 만난 적이 없어요. 애들은 다 알아요."

아무리 말해도 어머니는 완강하셨다. 아닌 게 아니라 신문의 보도는 험악했다.

일본에서 비행기를 탄 지 한 시간도 안 되어 난 변소 앞에서 쓰러졌다. 극도의 불안감이 날 무너뜨린 것이다. 그때 나타난 사람이 일본에서 간호원 단기수련을 마치고 귀국하던 수웰리였다. 수웰리는 비행시간 내내 날 간호해 주었다. 나도 수웰리도 비슷한 정도의 영어 실력으로 간단한 대화를 할 수 있었다. 난 조금씩 안정을 찾았는데 비행기에서 내리고도 난 수웰리 곁을 떠나지 못했다. 결국 이 넓은 천지에 아무도 없다는 사실을 들은 수웰리의 아버지는 말없이 날 이 집까지 데리고 왔다.

공항에서 처음 만난 씨뇰 프란시스꼬! 난 그분의 얼굴을 지금도 생생히 기억한다. 부드러운 미소, 말없이 말을 하는 눈빛, 조용한 표정. 그분은 나를 구하러 오신 분 같았다. 식구들 역시 조용하고 다정했다. 누구 하나 호기심에 젖어 몰래 보려 하지 않았다. 그저 어떻게 하면 편안하게 느끼도록 해줄 수 있을까만 생각하는 사람들 같았다.

나는 거의 한 달을 열에 들떠 먹지도 못하고 앓았다. 상파울루의 큰 병원 간호사인 수웰리는 가끔씩 집을 찾아왔다. 조금 원기를 회복하여 일어나 앉은 어느 날 걷게 하려는 의도에서인지 아버지의 가게에 가보자고 하였다. 난 그 소리가 얼마나 반가운지 얼른 따라나섰다.

시계방은 아주 작았다. 마침 화가 잔뜩 난 한 남자가 떠들고 있었다. 시계수리공은 오늘도 결석인데 그 손님은 자기 시계를 아직도 고쳐놓지 않았다고 화를 내는 것이라고 수웰리는 설명해 주었다. 난 얼른 내가 한번 그 시계를 보겠다고 말했다. 씨뇰 프란시스꼬는 날 보자 꾸중하는 얼굴이었지만 손목시계를 받아 들고 더 작은 방으로 들어가 앉는 나를 보더니 그만 눈이 휘둥그레 커지는 것이었다.

시계는 어린 나의 전부였다. 시계를 열려고 하면 가슴부터 뛰고 이제 나타날 환상적인 세계를 생각하며 침을 꼴깍 삼키곤 하던 어린 시절의 나, 시계 고치기는 어릴 적 나의 최고의 과제였다. 초등학교 때 이미 선수가 되었던 나, 난 자신 있게 그리고 익숙하게 그 두껍고 큰 손목시계를 열었다.

시계를 열고나서 30분 후 난 재깍재깍 부지런한 소리를 내며 돌기 시작하는 시계를 내놓았다. 그날부터 난 매일 시계방에 씨뇰 프란시스꼬와 함께 출근하였고, 내 수리 기술로 인해 우리 시계방은 날로 번창하였다. 난 종일 그 작은 유리방에 들어 앉아 시계를 들여다보았다. 죽은 시계를 살리고 또 살리고 난 그 살리는 일이 좋았고, 이 집을 돕는 일이 좋았지만 무엇보다 씨뇰 프란시스꼬와 함께 있는 것이 좋았다.

그분은 가능한 대로 그 작은 유리방에서 날 끌어냈다. 바다에도 데려갔고 산에도 데려갔다. 우리 둘은 말없이 몇 시간을 앉아 있곤 하였다. 서로 말이 통하지 않았지만 그러는 동안 미칠 것 같던 나는 조금씩 순치되어 갔다.

우리는 함께 식탁과 의자를 만들었고, 아기용 침대를 만들었다. 목수간으로 바뀐 창고에서 가게 간판도 새로 만들었고 서랍 달린 책상도 만들었다. 그분은 언제나 찬탄의 눈빛을 하고 나를 안아주곤 하셨다.

그분은 종종 리베르다지로 날 데려가 이것저것 구경을 시켜 주었다. 그분은 단 한 번도 어떡하다 여기까지 왔느냐고 물어 본 적이 없었다. 그분 생각으로는 내가 일본 사람처럼 느껴졌는지 리베르다지엘 데려가곤 한 것이다. 거기서 뭔가 사기를 바라셨지만 난 필요한 게 없었다. 흥미를 끄는 것도 없었다. 그러던 어느 날 우린 영수증 용지를 사러 문방구에 갔었다. 씨뇰 프란시스꼬가 점원과 얘기하는 동안 난 슬슬 물건들을 둘러보다가 나왔는데 집에 돌아와 보니 어느새 사셨는지 도화지와 연필이 있었다. 그분은 내가 그 많은 가게를 다녔어도 유일하게 만져 본 것은 도화지와 그 연필이었다고 하였다. 난 내가 그랬는지 기억도 나지 않았는데.

그 후 수웰리와 나는 결혼식을 올렸다. 우리가 사랑을 한 것인지 지금도 그때 일을 모르겠지만 우린 지금 서로를 깊이 사랑한다. 장인이 되신 씨뇰 프란시스꼬는 그것을 아신 모양이었다.

씨뇰 프란시스꼬가 갑자기 돌아가시자 하늘이 무너진다는 것이 무엇인지 난 처음으로 알았다. 통곡을 해도 모자랄 사람은 난데 정작 장모님이 우시는 바람에 난 냉정해질 수 있었고, 그래서 장인이 말없이 사주신 그 종이와 연필로 그분의 얼굴을 그릴 수 있었다. 씨뇰 프란시스꼬. 나를 품어 주시고 살려 주시고 돌아가셔서도 나를 만들어 주신 분.

나는 두 눈을 꾹 감고, 물론 먹지도 않고 말도 않고 참담함 속에서 그분을 생각하게 되었다. 나는 그분과 나의 인연의 힘을 생각해 보며 누워 있었다. 물론 눈을 감은 채. 하루 또 하루, 딸아이는 물론 식구들 모두 숨도 못 쉬고 조용조용 디녔다.

그날, 굴러 떨어지고 며칠이 지났는지 모르지만 그날, 아이들 엄마는 새벽 기도를 갔기에 변소 가려고 혼자 일어나게 되었다. 부러진 한쪽 다리를 지팡이에 의지하며 아직도 캄캄한 방, 조심조심 침대를 내려와 한 쪽 한 쪽 걸어 변소를 향하다가 나는 그만 소스라치게 놀랐다. 살라에 앉아 계신 어머니를 본 것이었다. 틀림없는 어머니였다. 어머니가 오신 건가? 내가 정신을 잃고 있던 동안?

언제나처럼 어머니는 옆모습을 보이며 방바닥에 단정히 앉아 기도를 하고 계셨다. 어쩌다 새벽에 목이 마르거나 소변이 마려워 후다닥 구를 듯이 소리 내며 마루로 나가면 어머니는 늘 어둠 속에 단정히 앉아 계시곤 하였다. 늘 낮은 목소리로 기도를 하시며 염주를 굴리시곤 하였다. 그럴 때면 난 내 호들갑스러운 행동이 부끄러워 발뒤꿈치를 들곤 하였었다. 뭘 외우시는 거냐고 꼭 여쭤봐야지 하지만 그때 뿐, 언제나 잊어버리고 말아 그것이 무엇인지 알아보지 못했다. 그뿐 아니라 언제나 새벽에 염주를 굴리는 어머니의 옆모습은 어머니다운 한 행위로 각인되었을 뿐, 그 의미도 가치도 몰랐다. 그저 막연히 어머니는 기도하고 있는 것으로만 알았다. 아니 어머니는 새벽에 기도하는 분으로만 알았다.

그런데 이게 웬일인가? 분명 어머니였다. 앉아 계신 모습, 옆모습도 염주 굴리는 손의 위치도 다소곳한 고개 각도도 틀림없는 어머니의 모습이었다. 나는 다시 한 번 눈을 감았다가 떴다. 그래도 거기 어머니는 단정히 앉아 계셨다. 그렇다면 어머니가 오신 게 분명하였다.

나는 그 자리에 서서 나지막하게 불렀다.

"엄마!"

"엄마?"

그러자 어머니는 서서히 몸을 돌리셨다.

"아빠! 아빠!"

딸 아이였다. 나의 어머니가 아니고 나의 딸이었다. 내가 알아보지 못한 내 딸이었다. 딸아이는 나를 부축하려고 얼른 일어났다. 그때 묵주가 손에서 굴러 떨어졌다. 나는 그때서야 어머니의 기도를 알았다. 어머니가 새벽에 나를 위해 기도하셨던 것을 알았고, 그것도 모자라 손녀의 모습으로 날 찾아오신 것을 알았다. 아니 그것이 아니었다. 딸이 날 부축하겠다고 일어날 때 난 넘어지듯 딸을 부둥켜안았다. 딸은 너무도 우리 어머니와 닮았기 때문이었다. 어쩌면 그렇게도 꼭 같은지.

준형 씨, 푸른 새벽을 마주 대하고 서서 너무도 벅찬 감동에 마구 눈물이 쏟아지더군요. 난 흑흑 소리 내어 울었어요. 딸을 의지하고 서서 얼마나 울었는지 몰라요. 일생에 그렇게 운 적이 없었지요. 딸도 울고 나도 울고 한참을 울고 나니 정신이 맑아 왔어요.

딸의 손을 잡고 마당으로 내려갔지요. 하늘이 점점 밝아오니까 모든 것이 보이기 시작했는데 그 뜰에 있는 것은 생전 처음 보는 것이었어요. 저 빠이네이라(상파울루 주에서 많이 서식하는 꽃나무. 가을에 꽃을 피우고 꽃이 지면 솜을 담은 열매가 맺힌다) 세 그루도 처음 보는 것이었고 그 나무를 떠나 멀리 날아가며 우지 짖는 새들도 처음 보았어요. 저 아래 개울도, 불끈 불끈 솟아 있는 개미집들도 처음 보는 것이었어요.

일찍 길을 나서는 사람들이 저 아래에서 "오이! 봉지아! 씨놀 낑, 괜찮아요?" 하며 반갑게 내게 인사하는데 난 그 사람들이 누구인지 몰랐어요. 난 그 사실을 딸에게 말할 수 없었지요.

세상은 비로소 창조되어 내 앞에 펼쳐졌어요. 그 세상은 너무도 아름다웠어요. 난 그 아름다움을 그리지 않을 수 없었지요. 열심히 그렸어요. 모든 그림을 씨뇰 프란시스꼬에게 바치는 내 마음 알겠습니까? 그분은 그림들을 다 만족스럽게 받아 주시는 것 같았어요. 웬일인지 가네꼬가 나를 좋아해서 가끔씩 그와 만나 그림 얘기도 하고 음악 얘기도 하고 그러지요. 그러나 무엇보다 그는 내 그림을 세상에 선보였고 작은 화랑이긴 하지만 정기적인 전시를 통해 많은 고객을 만들어 주었어요.

딸은 결혼해서 아기가 둘이고 사위는 시계방을 계속하고 있지요. 아들은 우스삐 대학에서 전자공학을 공부하고 있고, 가네꼬의 도움으로 일본에서 두어 차례 어머니를 만나 뵈었으니 참 행복한 놈이지요? 어머니는 올 연말에 아주 이곳으로 모실 생각입니다.

말을 마친 김 화백이 고개를 돌려 준형을 보았을 때, 그는 고개를 젖히고 자고 있었다. 깊은 잠에 빠져 있었다.

아이들이 도착했는지 떠들썩하는 소리가 났다. 빙그레 웃으며 김 화백은 온돌방으로 갔다. 그는 힐끗 자기 그림을 본다. 솜 열매는 주렁주렁 달려 있다. 머지않아 굳은 껍질은 탁 터질 것이고 부드럽고 고운 솜이 바람에 날릴 것이다.

'솜 열매를 아십니까? 솜이 나무에 열린답니다. 보세요! 저 커다란 나무에 분홍색 꽃이 투명하게 피어나 가을을 사랑하다가 차차 지고 나면 어느 날 문득 주먹만한 푸른 열매가 나타납니다. 주렁주렁 달린 열매를 발견한 아침, 얼마나 기쁜지. 그러다가 열매의 녹색이 누래지면 절로 문을 열지요. 솜이 세상으로 나오고 싶은 거지요. 솜이 날려요. 아름다운 솜이 날려요. 그 솜이 날리는 날 오세요. 나랑 같이 만져 보자구요. 그 사랑스러운 솜을 줍자구요. 바로 그 솜들을 주어다 시인에게 맞는 이불을 만들어 드릴게요. 이 이불을 보세요. 내 아내가 만든 이불, 아내 수웰리가 조각조각 천들을 무어서 이불을 만들어 주었지요.'

김 화백은 가벼운 솜이불을 가슴에 안아 본다. '솜이에요. 새가 아니에요. 진짜 솜이에요. 새는 없어요. 새를 만지듯 솜을 만져 보아요.'

이불을 내어다가 덮어주는데 준형이 놀라 눈을 뜬다.

"제가 잠이 들었었나 봐요?"

놀라 일어나는 준형의 귀에 아기 웃음소리가 까르르 들린다.

"우리 넨네, 우리 아기!" 하며 김 화백이 달려가고 아장아장 아기는 "버, 하버지!" 하며 달려온다. 브라질 말인지 한국말인지 너무 정다웠다.

준형은 자기도 모르게 이불을 끌어당긴다. 잠이 쏟아져 왔다.

'제사를 봐야 하는데 나두 같이 절을 해야 하는데.'

(『해외동포문학의 창』 제8회, 재외동포재단, 2006)

엄마는 아이를 본다. 아이는 무심하다. 아니다 오로지 옷, 새 옷이 걱정되나 보다. 구겨질까 봐 걱정이 되나 보다. 가만 앉아 숨마저 조심스럽게 쉬고 있다. 앞에서는 선생님이 계속 말씀하시는데 아이는 아무 것도 듣지 않는다. 샤드레스 베스치도만 만지작거린다. 무슨 생각을 하고 있는 걸까? 아이의 목덜미 솜털이 보르르! 엄마는 왈칵 눈물이 나온다.

이 아이를 낳고 난 얼마나 행복했던가? 혼자 누워 한없이 둥둥 떠올랐던 그날, 그 오후의 병원 병실, 그것은 기쁨이었을까?

아빠를 그대로 닮은 아이의 옆모습, 그 모습이 날 행복하게 했지. 혹 "수고했어." 했던 아빠의 조금 떨리던 목소리 때문이었는지도 몰라. 아빠는 영원히 변치 않을 모범 아빠의 눈빛으로 아가를 들여다보고 또 들여다보았지. 그리고 아가의 발을 만지며 "이렇게 보드라운 것은 세상에 더는 없을 거야." 했어. 혼자 말하듯, 아니 혼자 말한 거야. 그랬기에 그나마도 많이 한 거지. 참 말을 많이 한 거지. 신기한 듯 신비한 듯 그러면서도 아빠는 사진을 찍지 않았다. 사진이 아가를 눈멀게 할까 봐? 그랬던 아빠는 그런데 그날! 아니 바로 그날도 늦은 시간 병실로 왔고 아빠의 옷자락에선 수상한 아니 낯선 냄새는 여전했지.

남편이여, 당신은 누구인가? 남자인가? 아빠인가? 남편인가?

아빤 아기 방으로 가 유리창 밖에서 널 들여다보며 "애기 이름 뭐지?" 했다. 남처럼. 나는 내 직감을 가볍게 던져버리고 무참히 무시해 버리고 그리고 아내의 사리에서 내려와 세상의 둘노 없는 엄마의 자리로 갔다. 그리고 중얼거렸지. "아가야, 넌 이름이 필요 없어. 네게 이름이 있어야겠니? 넌 그저 아가야, 우리 아가지. 항상 아가, 안 그래요?"

아빠는 역시 둘도 없는 착하디 착한 아빠의 얼굴로 "맞어. 우리 애기에게 어떤 이름도 안 맞어. 난 자신 없어. 몇 개 만든 어떤 이름도 맘에 안

들어." 했을 때 난 다시 바보가 되었고 행복했었지. 아빠는 이름을 지어놓았구나. 아빠는 아가를 생각하고 있었구나! 남편의 그 감성, 그 표현 그리고 공감의 크기에……. 아가야, 너는 엄마를 구해주었구나. 아가야, 우리 아가야.

조용한 입원실, 한사코 두 할머니에게 점심시간에만 오세요. 할머니들은 무조건이다. 아기 엄마인 내 말은 이제 군주의 절대명령이다. 조용한 저녁 시간, 언제 오세요? 좀 일찍 오세요. 우리 아기 깨 있는 거 같이 보게요. 왜 이런 말 못했나 가슴을 치다가 그러다가 갑자기 "우리 아가, 어디 있지?" 허둥지둥 일어나 천방지축 뛰다시피 애기들 방으로 올라가 창문에 매달려 안을 들여다보던…… 그 절박한 심정이라니. 그리고 아가가 아빠를 꼭 닮은 얼굴로 누어있는 걸 보고 안심을 했지. 아가는 허공에다 손을 저으며 울기도 했고 정신없이 잠을 자기도 했지. 그 모습, 오! 내 아가! 나른한 잠에서 문득 깨어나 병원 침대임을 깨닫고 미역국 꺼내놓고 혼자 앉아 꾸역꾸역 먹을 때도 난 절로 웃음이 나왔지.

얘야, 아빠는 엄마에게 늘 낯설고 먼 남자였다. 아빠 옆에 앞에 안에 엄마는 없었다. 아빠 옆에 앞에 그 안에 무엇이 아니 누가 있었는지 너는 모른다. 엄마는 조금은 알고 너와 두 할머니는 조금도 모른다.

아가는 자랐다. 아가는 크면서도 아가였는데 아빠는 첫날 널 봤을 때의 아빠가 아니고 그 전의 아빠, 계속 그런 아빠였다. 세 살, 네 살, 다섯 살, 지금은 샤드레스 베스치도 입고 학교 발표회에 와서 스코트랜드의 숲 속 공주처럼 도도하게 앉아 어린 아이들이 부산스레 왔다 갔다 하는 걸 노려보기도 하는 너.

그러지 않으려 해도 내 눈은 자꾸 문 쪽으로 간다. 난 알지. 아빠는 오지 않으리라는 걸. 어떻게 아느냐구? 글쎄 엄마는 그걸 안다. 청승 탓인가? 그걸 어떻게 알지? 어떻게?

"몇 시야, 엄마?"

어느새 아인 엄마가 문 쪽을 본 걸 본 모양이다. 아이는 늘 엄마를 놀라게 한다. 지금도 그렇다. 엄만 엄마도 모르게 문께로 고갤 돌렸던 건데 단지 그랬던 건데 아인 그걸 어느새 보고 엄마 마음을 이런 식으로 묻는 것이다.

"아직 시작 아니야."

엄마의 목소리는 아이 앞에 움츠러든다. '앤 언제 봤지?'

둘은 항상 이렇다. 자세한 것이란 없다. 큰 제목만 있다. 아이가 묻고 싶었던 것은 시간이 아니다. '엄마는 아빠가 올 거라고 믿어? 지금이 몇 시인데? 아직 오지 않는 걸 보면 아빤, 안 오는 거야. 엄마도 그렇게 생각하고 있지?'이다. 아이와 엄마는 깊은 산 속의 선승이다.

'얘, 2부 순서가 시작되려면 아직 2분 정도 더 있어야 해. 아빤 바쁘잖아? 지금쯤 부리나케 오고 있을 거야.' 그러나 친절한 설명을 해주고 싶지 않다. 엄마의 지금 심정이다. 아이가 자신의 마음을 훑어 본 게 싫다. 부끄럽다. 다음 순간 엄마는 정말 2분 정도는 긴 시간이라고 다시 생각한다. 그 안에 얼마나 많은 일들이 일어날 수 있는지 엄마는 잘 안다.

저쪽을 본다. 무대 앞 왼쪽 객석, 앞쪽에 앉아있는 두 할머니를 본다. 틀림없다. 똑같이 고갤 돌려 이쪽 엄마와 아이를 보고 있다. 보면서 속으로들 중얼거릴 게다. 쟤네는 왜 저러구들 있지? 곧 2부가 시작되는데? 2부 세 번째 순서는 우리 아이의 연설이고 이어서 엄마와 듀엣이 있는데 아직까지 아범은 오지 않고……, 딸아이 영어연설을 봐야 하지 않나? 이 사람아. 그 마음들은 보이지 않고 오직 잠자리처럼 웃는 얼굴들이다. 왈칵 또 눈물이 난다.

아이의 영어는 정말 예쁘다. 미국아이도 그렇게는 못 할 거라고 할머니들은 자꾸자꾸 주장한다. 제 아비 닮아서 그래. 브라질 와서두 금방 애들이랑 어울렸대니까? 한 할머니는 아빠의 어머니이고 또 한 할머니는 엄마의 어머니이다. 그 둘은 몇 십 년, 아니 그보다 더 몇 십 년 친구이다. 하나가 먼저 이민 와 살다가 혼자가 된 다른 하나를 불렀고 혼자가 된 그 다른 하나는 이제 막 고등학교를 졸업한 딸아일 데리고 두 말 없이 여길 왔다.

아이가 말할 것은 〈노래를 배웁시다〉, 엄마와 부를 노래는 짧은 노래 네 개. 한국 노래 하나, 영국 노래 하나, 독일 노래 하나, 미국 노래 하나. '여긴 국제학교니까' 아이는 단호하게 주장하였다. 선생님들도 엄마도 꼼짝 못하고 끄덕였다. 그 네 개 노래를 모두 엄마와 둘이서 부른다. 엄마가 피아노를 치기도 하고 아이가 율동을 하기도 한다. 모두 아이의 이데아다.

선생님은 이렇게 말했다.

"이번 발표회 중에서 제일 멋진 순서일거야."

엄마와 함께 한다구? 엄마가 어렵게 승낙을 했다. 아이는 엄마가 이 세상에서 노래를 제일 잘 한다고 믿고 있다.

어느 날 엄마가 창가에서 노래를 했다.

밤이었다. 달이 밝았다. 저 아래 공원 큰 나무에 손이 닿을 것 같았다. 아빠도 아이도 자고 있었고 엄마는 잠이 오지 않았고. 저 나무는 왜 혼자만 저리 큰 걸까? 저렇게 많은 나무들 중에서 왜 혼자서만 우뚝 자란 걸까? 밤하늘은 정말 한국과 똑같네. 중얼거리다가 노래가 나왔다.

언덕에 느티나무 한 그루
너는 혼자서 쓸쓸하겠다.
나는 네 동무
너는 내 동무

하늘에 반짝이는 별 하나
너는 혼자서 쓸쓸하겠다.
나는 네 동무
너는 내 동무

"엄마?"

아이의 목소리다. 아이가 부른다. 아이의 목소리는 먼데서 들린다. 아니 바로 옆에서 들렸다.

"어? 너, 자지 않고 왜 나왔어?"

"엄마, 뭐해?"

"응, 노래."

"노래? 근데 어떻게 알았어?"

"할머니한테 배운 거야."

"언제?"

"글쎄, 아마 너만 했을 때?"

"나두 배울래."

그 순간 엄마는 화다닥 정신이 들었다. 내가 지금 뭘 하구 있지? 뭘 하구 있냐구? 아이 앞에서?

"애, 너 언제 깼어?"

"지금"

"자자."

"그 노래 배울래."

"지금은 자야 돼."

"배울래."

"지금은 안돼."

"왜 안돼?"

"아빠 깨잖아?"

"아빠 없어."

"아냐. 아빠 자구 있어."

"엄마, 아빠 왔어? 정말? 언제?"

아이는 달렸다. 엄마 방으로 달렸다. 아니 아빠 방이기도 한 엄마 방으로 달려갔다. 아빠는 정말 자고 있었다. 거짓말처럼 잠자고 있네! 아이는 아빠의 자는 얼굴에 뽀뽀를 했다. 아빠는 그래도 그냥 자기만 한다. 아이는 뒤꿈치를 들며 걸어 나간다. 그리고 말없이 자기 방으로 갔다. 엄마가 딸 옆에 누우려 하자

"나, 혼자 잘래."

목소리가 쌀쌀맞았다.

"예쁘네."

엄마는 아이를 품에 꼬옥 안았다. 엄마는 아빠 방으로 살금살금 건너간다. 아이와 엄마는 어느새 닮아있다. 늘 혼자서만 자던 침대에 아빠가 자고 있다. 아빠는 집으로 돌아왔지만 내일은 그냥 말없이 그렇게 가고 말 것인데. 누구에게 가는 걸까? 어디로 가는 걸까? 어느 여자, 그 여자?

공항이었다. 한 남자가 돌아온 댄다. 이젠 귀국이라 했다. 어머니는 친구의 아들이 아니고 자기 아들 귀국처럼 들떠 있다. 마중을 나간다고 하며 느닷없이 같이 가자했다. 이유는 운전해 달라는 것. 그때도 엄만 바보였지. 별 생각 없이 공항엘 운전하는 재미로 나갔다. 기다리는 동안 이 사람 저 사람 보다가 가게 구경을 했다. 그런데 한 쪽 귀퉁이에서 한 여자가 울고 있었다. 긴 금발의 여자가. 두 눈에서 눈물이 정말 비 오듯 흘러내리고 있었다. 한 남자가 다가오더니 우는 그 여자를 안아주며 품에 안아주며 깊이 안아주며 긴 키스를 했다. 아름다운 영화를 보듯이 그 모습을 보았다. 한참을 보았다. 이윽고 여자는 돌아서 뛰어갔다. 긴 다리가 예뻤다. 그 남자는 한참을 서서 쳐다보고 있었다. 슬픔에 젖은 그 남자! 어느 배우보다 멋있었다. 돌아서는 순간 그 남자와 눈이 마주쳤다. 그러나 그 남자의 눈에는 아무 것도 들어오지 않은 모양이었다. 오! 그런데 엄마는 그 남자와 석 달도 안 돼 결혼하였다. 아빠는 엄마가 공항에서 자기를 보았다는 걸 모른다. 아빠는 늘 말이 없고 늘 어두웠다. 엄마도 늘 말이 없고 자주 혼자 였다. 그런데도 아이를 낳았다. 삶이란 슬픈 것인가 기쁜 것인가?

선생님은 아이의 제안에 처음엔 어리둥절했다. 자꾸 조르니까 당황해졌다.

"우리 엄마 노래 정말 잘해요. 우리 엄마 노래 하라구 하세요."

결국 선생님과 엄마가 만났다. 엄마가 아니라고 했지만 선생님이 졸랐다. 최고의 프로그램이 될 거라는 것이다. 아니라고 할 수가 없었다.

"피아노는 칠 수 있어요."라고 한 것이 결국 네 곡이나 부르게 되었다.

소나무야, 소나무야. 언제나 푸른 네 빛.

웬 아이가 보았네. 뜰에 핀 장미화.

저라. 노 저라. 시냇물 따라

원어로 부르고 한국말 가사로 부르고

그런데 한국 노래 결정이 어려웠다. 아이는 자꾸 '아빠하고 나하고 만든 꽃밭에'가 좋다고 했고 엄마는 그 노래가 싫다고 했다. 엄마는 그 노래의 의미를 알지만 아이는 '아빠하고 나하고' 그 구절 때문에 우기는 것이었다. 아이를 이길 수는 없다. 그래, 그 노래를 하자. 이제는 저 세상 아빠를 그리워하는 노래인들 어떻겠니? 이미 우리의 아빠는 우리에게 그리운 존재인걸.

물론 의상도 아이가 골랐다. 아빠가 런던 갔다가 사온 샤드레스 베스치도를 입겠다고 했을 때 두 할머니는 엄청나게 반대했다. 한복을 입어야 한다는 것이었다.

엄마가 반대한 이유는 따로 있었다.

그 옷은 아빠가 사온 아빠의 선물이 아니었다. 엄마가 〈쇼핑 이과떼미〉에서 산 것이나. 오랜만에 집에 오는 이삐, 매 번 빈손으로 돌아오는 아빠, 엄마는 아이에게 아빠가 주는 기쁨이 이젠 있어야 한다고 생각했다. 어느 날 엄마는 아주 큰 시간 내어 〈쇼핑 이과떼미〉에 갔다. 가길 아주 잘했다. 꼭 옛 유럽 옷 같은 샤드레스 베스치도를 만난 것이다. 선물 상자도 아주 아주 크고 멋진 것으로 골랐다. 어느 새 엄마도 즐거워졌다. 넓고 긴 비단

리본이 신나게 매어 있는 옷상자를 들고 나올 때 엄마는 나도 이런 선물 받아봤으면 했다. 바로 이 옷을 받는다면 행복할 것 같았다. 입지 못해도.

"글쎄 아빠가 이거 론드리나에서 샀대. 비뜨리나에서 보자마자 네꺼란 생각이 들었댄다? 어때? 이쁘니?"

아이는 너무 좋아 정말 좋아 한 번도 입질 못한다. 친구가 오면 꼭 꺼내서 보여주기만 한다. 아빠에게 보여주고 싶은데 아빠는 그런 시간을 모른다. 그 시간을. 아이는 늘 그 시간을 기다린다. 그러던 그 옷을 이번 발표회 때 입겠다는 것이다. 할머니들은 펄펄 뛰었지만 소용없는 일이었다.

대신 엄마가 한복을 입는 것으로 결론이 났다.

"엄마 한복이 진짜 멋있잖아? 아니 엄마 한복 입은 게 진짜 이쁘잖아?"

그 잠자리 날개 같은 한복은 대기실 칸막이에 잘 걸려있다. 2분 후면 어이 딸은 자리에서 일어나 살금살금 벽을 따라 대기실로 들어가게 된다. 그러니 그 안에 '아빠, 제발 와주세요. 우리 아빠, 아빠! 오고 있죠?' 그러자마자 아!

"아, 아빠 왔다." 아이의 목소리가 그렇게 클 수가 없다. 엄만 깜짝 놀라 문께를 보았다. 모든 사람들도 일제히 뒤를 돌아본다. 아빠가 서 있었다. 정말 아빠가 온 것이다. 이럴 수가!

'아빠가 왔다.' 정말 아빠는 마법사의 명령을 받은 것처럼 왔다. 파르라니 면도한 앞 얼굴 옆 얼굴. 아빠는 아이에게 손을 흔들고 있다. 깨끗하고 차디찬 이마, 웃지도 않는 눈이여! 그 얼굴의 차가움이여! 아빠는 하얀 바지에 아줄마리뇨 블루자를 입고 USA 해군 병사처럼 큰 키로 서 있었다. 거봐라. 2분 안에 왔잖니? 애야.

엄마는 아이의 손을 꼭 쥐었다. 아이는 얼른 아빠자리 만들기에 여념이 없다. 아빠가 성큼성큼 다가와 그 자리에 앉자 아이는 다시 꼿꼿하게 앉는다. 그리고 친구들을 본다. 속에 뭉쳐있는 말은 '우리 아빠아……다! 우리 아빠 왔다!'

오늘은 엄마와 아빠 가운데 앉지 않고 엄마 옆에 아빠의 자리를 마련한 아이. 엄마, 아빠 그리고 나, 이런 식이다.

어이 딸은 아빠를 놔두고 얼른 일어난다. 곧장 벽을 따라 살금살금 걸어 내려간다. 대기실로.

2부를 알리는 차임 벨 소리가 큰 홀에 울려 퍼진다. 퍼진다. 부드럽게 그리고 평화롭게. 손을 꼭 잡고 엄마와 아이는 할머니들 옆을 지난다. 할머니 둘은 박제가 된 웃는 얼굴.

커튼을 헤치고 들어서는 순간 엄마는 뒤를 본다. 살짝 아빠 쪽을 본다. 보지 마! 전설 속 여인처럼 봐선 안돼! 하면서도 보지 말아야 하는데도 그만 자기도 모르게 눈이 갔던 거다. 아빠가 그 순간 등을 보이며 문 밖으로 나가고 있었다. 그렇지. 오늘은 토요일, 아빠는 하얀 바지에 아줄마리뇨 불르자를 입고 바다로 가고 있었어. 잠깐 약속을 위해 들린 거지.

엄마는 아이의 손을 더욱 더 꼭 잡는다. '아빠, 한 곡이라도 듣고 가지 그래요? 2분이면 되는데. 이제 연설은 금방 끝나고 이어서 노래 부르는 순선데. 한 곡만이라도 듣고 가지 그랬어요?'

발을 헛디딘다. 아이는 엄마를 아는지 모르는지 쪼르르 뛰어 들어간다.

무릎 아래 조금 긴 듯한 유럽풍 체크무늬 원피스, 아이는 공주다. 누가 가르쳐주지도 않았는데 발뒤꿈치를 들고 무대 한 가운데로 우아하게 걸어 나간다. 허리가 좌악 펴있다. 아이는 전 국민의 사랑을 한 몸에 받고 있는 튜더 왕조의 공주님이다.

얼른 한복으로 갈아입는 엄마, 자꾸 손이 떨린다. 살짝 피아노를 올려다 본다. 엄마도 이제는 엄미로 돌이외 있다. 다시는 아빠 사라진 쪽으로 눈을 보내지 않는다. 아빠는 바다로 가라고 그러자. 흰 바지 검푸른 셔츠를 입고 바다로 가라고 하자. 그리고 우린 여기서 노래를 부르자. 힘차게 저라, 노 저라 시냇물 따라 기쁘게 즐겁게 기쁘게 즐겁게 노를 저어라.

저 높은 무대 위 아이를 올려다보는 엄마는 순간 아이가 자기라고 생각한다. 엄마가 무대에 작은 몸으로 체크무늬 원피스를 입고 서있다고 느낀다. 옛날 꼭 저렇게 무대에 섰던 적이 정말 있었다고 믿는다.

아이는 영어로 연설을 한다. 노래를 부릅시다. 노래는 우리를 행복하게 합니다. 엄마와 아빠 식구 모두 함께 노래를 …… 노래는……아이는 이 국제학교에 들어온 지 이제 겨우 한 학기, 아빠를 닮은 건가? 영어를 잘 한다. 닮지 말아 애야, 그건 이별이야. 혼자 말은 비극적인 색깔인데 한 쪽에선 뿌듯했다. 한인 소녀가 영어로 연설을 하고 소나기 같은 박수를 받는다. 휘파람 소리, 발 구르는 소리, 브라보! 브라보! 외치는 소리가 천장을 뚫고 하늘로 뻗친다.

엄마는 다시 한 번 먼 아빠에게 속삭인다. '아빠, 들었어요? 우리 아이에요?' 아빠가 들을 리 없다. 등 돌리고 나간 아빠가 바다로 간 아빠가 들을 수가 있겠는가. 아이가 들어온다. 엄마는 아이가 아빠 나간 문 쪽을 볼까 봐 얼른 아이에게 다가간다.

"엄마, 괜찮았지?"

"응? 응. 물론."

"아빠가 이럴 땐 비디오로 찍어야 하는데……."

"뭐라구?"

"사진 말이야. 엄만 아빠가 앞에서 왔다 갔다 한 것두 못 봤어?"

"아빤 갔는데?"

엄마는 바보같이 말한다.

"아냐, 카메라 가지러 간 거야."

아이는 도도하다. 아이는 오만하고 쌀쌀맞은 공주님이다. 아이는 정말 이럴 땐 엄마가 되고 엄마는 애들처럼 그저 눈만 굴린다.

선생님이 다음 순서를 알린다. 아이와 엄마가 함께 노래를 부른다는 것, 제 1곡은 독일 노래, 제 2곡은 제 3곡은…… 그러자 주르르 사진기든 사람들이 저 뒤에서 앞으로들 몰려든다.

그 속에 아빠가 보인다. 엄마는 아빠를 본다. 커다란 카메라를 걸고 들고 받침대는 어깨에 메고 아빠도 달려 내려온다. 아이도 아빠를 본다. 엄마도 다시 한 번 아빠를 확인한다. 아빠의 카메라는 다르다. 너무도 다른 카메라다. 그런데 다음 순간 아빠는 계단에서 발을 헛디뎠나? 넘어진다. 앗 카메라. 아빠의 카메라, 아빠의 카메라가? 아이도 보고 엄마도 본다. 할머니 두 분도 본다. 할머니 두 분은 자지러지게 놀란다.

아빠는 얼른 일어난다. 재빨리 일어난 아빠는 고갤 돌려 바지 뒤쪽을 본다. 물론 엉덩이가 더러워졌겠지. 아이가 쿡 웃는다. 아빠가 넘어졌고 아빠의 하얀 바지가 더러워졌고 아빠는 얼굴을 찌푸리더니 카메라를 가슴에 안는다.

엄마가 웃는다. 아빠가 넘어졌다. 아니 아빠가 달렸다. 아빠가 달리다니. 아빠가 넘어지다니. 임금님도 달리나? 아니 넘어지나? 멋진 임금님의 하얀 바지가 '더럽혀졌사옵니다.' 엄마는 더 크게 터져 나오는 웃음을 참는다. 죽어라 참는다. 아, 무대로 올라가야 한다. 지금은 웃어선 안 된다. 그러나 아빠는 넘어졌잖아? 아빠가 바지 뒤를 봤잖아? 그렇지만 폐하께 바지가 더러워졌다는 말을 해서는 안 된다. 물론 아무에게도 말해선 안 된다. 임금님의 바지는 하얗고 깨끗한 바지옵니다.

"소나무야, 소나무야, 언제나 푸른 네 빛." 1절은 아이가 독일어로 부른다. 독일어 노래가 끝나니까 알레멍 학생들과 알레멍 엄마, 알레멍 아빠와 알레멍 할아버지들이 모두 일어나 미친 듯 박수를 친다. 이어서 엄마와 아이가 한국어 가사로 부르니까 얼른 쉬쉬하며 자리에 앉는다. 영국 노래 미국 노래들도 그때마다 영국 사람 미국 사람, 독일 사람에게 질세라 박수에 휘파람이다. 마지막 곡 한국노래, 이번엔 박수밖에 모르는 한국 엄마도 한국 아빠도 모두 일어나 아, 이게 웬일인가? 이 마당이 2002 꼬빠인 줄 알았나 느닷없이 양 손을 뻗쳐 구호를 불러댄다. 대한민국!

아빠는 재빨리 돌아서서 그 장면도 찍는다.

"마이즈 웅, 마이즈 웅!"

모두 뽈뚜게스로 '마이즈 웅'을 외쳐댄다. 아나운서 선생님은 못 들은 척 다음 순서를 소개하자 신나는 음악이 장내를 압도한다. 8학년 학생들의 에어로빅이다. 그런데 아빠는 바지를 놔두고 계속하여 찍는다. 모든 걸 다 찍는다. 별거별거 다 찍는다. 재빠르게 찍는다. 바쁘다 정말 바쁘다. 사진 찍기에 바쁘다. 연극도 합주도 합창도 모두모두 찍는다. 바지 때문에 사진이 될까?는 쓸데없는 걱정, 아빠는 신명이 나서 하얀 바지, 버린 바지 아예 바닥에 앉기도 하였다.

"우리 아빠는 사진작가야."

아이가 드디어 12학년 한국 언니한테 말했다.

"우리 아빤 미국에서 사진 공부했다."

"우리 아빠 유명한 사진작가예요."

아이는 11학년 미국 오빠한테도 선생님한테도 말했다. 그 말은 얼른얼른 돌아 교장선생님 귀에 들어갔다. 교장선생님은 사진 찍노라 정신없는 아빠한테 갔다. 아빠가 아이 손을 잡고 교장선생님과 마주 서서 말한다. 엄마는 그걸 본다. 모든 이가 다 본다. 뚱땡이 우리 할머니는 얼굴이 보름달 같다. 아이가 영어로 말할 때보다 더 훤하다.

엄마는 꿈속에서처럼 앞이 뿌옇다. 아빠가 아이 손을 잡고 있다. 엄마한텐 낯선데 아주 편한 듯한 아빠다. 무슨 말을 나누는 것일까? 저렇게 오랫동안 영어로? 아, 맞다 아빠는 미국에서 오랫동안 공부했다고 했지. 아빠는 유명한 대학 법대에 들어갔지만 할아버지 몰래 영화공부를 했대지? 영화를 찍기도 했대. 영화배우와 물론 사랑도 했겠지? 물론. 아빠는 키 크고 잘 생겼으니까. '그때 우리 선보던 날 만나고 있던 공항의 아가씬 미국 배우였을까?'

모든 프로그램이 다 끝났다. 교장선생님이 무대로 올라갔다.

"여러분, 아주 멋진 분을 소개하겠습니다. 세계적인 사진작가 닥터 리,

이리 올라오세요."

이게 웬일인가. 아빠가 성큼성큼 무대로 나아간다. 또 박수, 박수!!

"이 분은 아까 환상적인 노래를 부른 유나의 아버지입니다. 오늘 우리의 무대공연을 주제로 사진전을 열어주신다고 합니다. 한 달 후를 기대하세요."

또다시 박수소리, 브라질 사람들은 박수 엄청 좋아하네? 아빠, 듣지요? 엄마는 할머니들 옆에 서서 그저 아득하기만 하다. 모두들 아무도 이제 어떻게 할까 아무 말도 하지 않는다. 토요일 오후! 순서는 저녁 먹으러 가는 건데, 운명의 시간인데 그 시간이 다가왔는데 아무도 그걸 말하지 못한다. 아빠가 결정해 주세요. 아빠가.

"아빠, 나 배고파."

아이의 목소리는 낭랑하다. 아이는 참으로 천재다.

"나두 배고픈데?"

할머니 한 분이 말한다. 응원의 북소리이다. '어머니 저두요.' 이건 엄마의 저 속에서 나오는 부끄러운 소리.

"그래. 뭘 먹구 싶니?"

아빠의 목소리가 부드럽다. 아빠가 아닌가?

"짜장면? 아냐. 옷에 튀겨서 안돼. 아빠가 어디루 가자구 해."

아이는 정말 머리 좋은 공주이다. 아빠는 잠시 생각에 빠진다.

"그럴까? 나가자."

모두가 나간다. 꿈인가? 할머니들도 엄마도 꿈인가 했다. 이런 일이 없었다. 신나고 즐겁게 식당에 긴 기억이 모두에겐 있다. 그런데 자동차는 오직 한 대, 엄마 차 한 대. 엄마는 그게 불안하다. 차를 찾아가며 못내 불안했다. 아빠, 아빠 차는 어디에 있어요? 유나 데리고 앞으로 갈래요? 따라갈게요. 그럴 수 있어요? 아이는 아빠를 인도한다. 빨간 엄마 차가 저기 보였다.

"아빠가 운전해."

아이는 이제 왕녀이다.

"그래야 식당가지."

엄마는 말없이 차 열쇠를 건넨다. 말없이 차 열쇠를 받아 쥔 아빠, 잠시 아니 한 찰나 아빠의 눈이 딴 데로 향한다. 그걸 엄마만 보았다. 할머니들도 보았을까?

아빠는 차 문을 열었다. 아이와 할머니들은 우루루 훈련받은 군인모양 뒷자리로 올라간다. 작은 차, 한 할머니는 뚱땡이인데 그렇게 빠를 수가 없다. 엄마는 앞자리에 앉는다. '얼마만이에요? 아빠' 엄마는 울지 않으려 한다. 매일 밤 울지 않으려 했고 그래서 울지 않을 수 있어졌다.

그 날, 공항에서 모두 걸어 나왔다. 뚱땡이 할머니가 그때 이렇게 말했다. '우린 아버지 차로 갈 테니 너는 애 차로 가!' 아빠, 기억나요? 아빠는 운전을 했고 난 그 옆에 앉았던 거. 아빠의 옆얼굴이 참으로 푸르고 아름다웠던 거. 내가 숨을 쉬지도 못하고 앞만 똑바로 보고 있었던 거. 난 기억하고 있었던 거, 마지막 본 아빠를, 아니 오빠 고등학교 2학년, 때때로 보던 오빠가 너무너무 좋았던 거, 오빠 네가 이민 가고 난, 난 오빠 말고는 어느 누구와도 결혼 않겠다고 매일 밤 다짐하고 또 다짐하던 중학교 1학년짜리였다는 것을. 공항에서 봤을 때 처음엔 오빠를 몰라 봤던 것을. 오빠인 걸 알았을 때 숨을 쉬지 못했던 걸, 그리고 방금 긴 금발의 여자를 돌려보낸 그 슬픈 남자가 오빠라는 것을.

차는 떠난다. 아빠는 이제 웃지도 않고 말도 하지 않는다. 아이와 할머니들이 발표회에 대해 계속 말하고 웃고 박수치고 또 말하고 까르르 해도 아빠는 아무 말이 없다. 어느 누구도 아빠에게 말을 걸지 않는다. 말을 걸어서는 안 된다. 넘어진 얘긴 절대절대 말하면 안 된다. 조심하자. 조심해.

차는 미끄러져 어느 차를 지나간다. 아이는 그 차 지붕 위 자전거 두

대를 본다. 지금이라도 정답게 달릴 것처럼 반듯하게 나란히 실려 있는데 넘어가는 햇빛에 몹시도 반짝인다. 그리고 엄마는 차 문을 연 채 긴 금발의 여자가 서 있는 걸 본다. 그 여자는 놀란 눈으로 아빠가 운전하는 엄마의 빨간 차를 본다. 아니다. 아빠를 본 거다. 아빠를 본 걸까? 엄마를 본 걸까? 아니면 허공을 본 걸까? 그 여자가 누구인지 아빠는 안다. 그 여자가 누구인지 엄마도 알지만 아빠는 엄마가 아는 것을 모른다. 아이도 모르고 할머니들도 모른다. 아빠는 앞만 보며 나아가고 검은 머리의 엄마, 두 눈에서는 비 오듯 눈물이 흘러내린다. 흘러내리는 눈물아, 흘러내려라. 흘러내려서 이제 저 강으로 가거라. 바다로 가거라. 가서는 돌아오지 말아라.

(『열대문화』 제10호, 열대문화동인회, 2012)

　　성당 주위에는 어제도 그랬듯이 많은 사람들이 거기 있어 살아 움직이고 있었다. 앉아 무엇인가 중얼거리는 사람, 칭얼대는 어린아이와 마주쳐 악다구니를 쳐대는, 젊지만 뚱뚱한 흑인 여인. 낡고 빛바랜 담요를 둘둘 말아 베개로 삼고 오수를 즐기는 수염이 하얀 노인. 말쑥한 차림으로 동료들과 함께 노방전도에 나선 종교인. 제멋대로의 천으로 엮은 긴 치마를 입은 집시 여인들. 잡상인들. 어린아이나 노인들. 흑인이나 백인 등 인종의 구별 없이 그들은 저마다 편한 대로 나무 그늘 등을 의지해 자릴 하고 있었다. 그리고 주어진 역할에 충실했다.

　　불과 달포 전에만 해도 아버지 역시 그들 속에 일원임을 자청했었다. 그 큰 무대에서 동양노인이라는 배역을 한 치의 모자람 없이 충분히 소화해 내었고 또한 즐기기까지 하였다. 칠십오세의 고령임에도 불구하고 철따라 때마다 의상 등 소품을 바꾸어가며 열심을 가하던 중, 어느 날엔 날씨가 추워지자 그들의 눈에는 이색적으로 보여 질 한복을 두루마기까지 차려 입음으로서, 그날의 히로인으로 아낌없는 찬사를 받은 적도 있는 아버지는 이제 스스로 그 배역을 포기하고 말았다.

　　고국을 떠난 지는 육년 가까이 되었으나 브라질에 도착한지는 고작 일년이 조금 지난 후에.

　　"오늘은 어째 늑장입니까? 명동 성당에 안 가시려우?"

　　묻는 아내의 말이 새삼스러운 듯 아내를 물끄러미 바라보던 아버지는 창밖 거리에 눈을 주며 희뿌연 안개비 속에 푸들거리는 가로수 잎을 찾아 초점을 맞추었다.

　　"아무렴, 가야지. 내가 빠질 수야 있나. 여러 사람들이 기다릴 텐데. 미겔도, 안드레스도. …… 그러나 저러나 서울의 진짜 명동성당도 가야할 테고."

　　한숨처럼 중얼거리는 아버지는 이미 자신의 몸이 예전처럼 건강치 못하고 자꾸 쇠진하는 기력에 안타까움을 감출 수는 없으나 그렇다고 늙고 병들은 노인 행세를 하기엔 아직 이르다고 생각을 했다.

아버지는 늘 상파울로시의 중심인 쎄 광장에 자리한 대성당을 명동성당이라고 일컬으며 아내나 식구들에게도 그렇게 부르기를 원했다.

그 밖의 빠울리스타 거리는 종로, 리베르다지는 북창동 등등. 여러 주요한 곳을 자신이 알기 쉽고 부르기 편한 대로 정해놓은 다음, 오전은 거의 각 구역을 돌아다니며 소일을 하곤 했었다.

처음에는 생소한 거리 풍경에 호기심을 갖고 다니기 시작하다가 마침 서울의 주변을 연상케 하는 어느 지역을 발견하고부터는 거리와 지역이름을 한눈에 그리듯 곳곳의 이름을 바꾸어 놓았다. 그리곤 자주 그곳들을 찾았다.

언젠가는 복개 공사가 한창인 동페드로의 개천에서 예전 청계천 공사를 연상하며 그때 그 시절을 회상하며 그리워한 적도 있었다.

"몸이 많이 불편하시면 오늘은 그만 쉬지 그럽니까."

미세하나마 간헐적으로 찾아오는 하복부의 통증을 호소한 적이 있는 터라, 아내는 남편의 안색을 조심스레 살피며 물었다. 그러자 아버지는 마치 환자취급을 당하는 것 같은 서운함이 앞서 공연히 부아를 돋으며 주섬주섬 방석이랑 안경을 챙겨 쫓기 듯 집을 나섰다.

지난밤 하늘 한 구석에 구멍이라도 났는지 내리쏟던 폭우가 말끔히 가시자 거리는 온통 상쾌하게 보였다. 서서히 걷히는 안개비 틈사이로 강한 햇살이 비집고 들어서자 비에 씻긴 나무들이 빛을 발하기 시작했다.

거대한 빌딩숲의 종로거리를 지나 종점을 향해 달리는 버스를 뒤로하고 아버지는 명동성당을 향해 걷기 시작했다.

호베르또, 미겔, 까를로스 등 언제나의 그들 노인들과의 만남이 벌써부터 즐거워 걸음을 빨리했다.

"보아 따르지."(오후인사에 건네는 인사말)

아버지를 알아보고 인사를 건넨 사람은 성당 앞 광장입구에서 좌판을 펴고 악세서리 장사를 하고 있는 늙은 흑인이 처음이었다. 그의 옆에는 작고 비쩍 마른 소년하나가 선채로 무엇인가를 가지고 놀이에 열중하고 있는 것이 보였다.

"봉 지아."(아침에 건네는 인사)

손을 흔들며 답례를 한 아버지의 아는 인사말은 오로지 그것뿐이다. '봉 지아' 한가지면 되었지 귀찮게 아침인사 다르고 밤 인사 다르게 할 것이 무엇이냐고 그냥 무시해 버렸다.

"보아 따르지."

"뚜두 봉."(안녕하시냐는 인사)

이곳저곳에서 아버지의 출연을 반기는 인사들이 건네져왔다.

이제 날씨는 완전히 개어 광장의 타일 위에는 강한 햇빛이 내리 꽂히고 있었다. 비에 젖어 헤진 휴지 조각들이 그대로 말라붙어 군데군데 너저분하게 널려있는 그곳을 가로질러 잡목 숲 가까이로 다가간 아버지의 기척에 놀란 비둘기 한 마리가 후두둑 소리를 내며 하늘로 날았다. 아버지는 비둘기의 날개 짓에서 뿌듯한 행복을 맛보았다.

"봉 지아!"

비둘기를 향해 다정스레 불러 본 아버지는 화단가에 자리를 찾아, 접었던 신문을 펴 들었다.

벌써 며칠째 읽고 있는 신문. 기사전면을 거의 다 외울 정도였는데도 아버지는 읽고 또 읽기를 멈추지 않았다. 특별한 기사나 놀랄만한 내용도 없으면서 그냥 모국어를 읽는다는 재미로, 한편으로는 사람들 눈에 보이는 이방인으로서의 경이로움을 만끽하고자 으스대는 배우의 자세를 아버지는 그렇게 연출하는 것이다.

하얗게 변한 머리가 뒤로 곱게 빗겨지고 적당한 체구를 지닌 아버지는 주름이 반듯한 회색 바지와 흰 남방 셔츠를 입고 있었다.

아래의 광고 난까지 샅샅이 다 읽고 난 조금 후 손가방을 찾아 일어서고

자 했을 때 아버지의 반짝거리는 검정색의 구두코 위로 개미 한 마리가 기어오르려고 안간힘 쓰고 있었다. 가방 속에는 갑자기 길을 잃는다든가 하는 돌발 사고에 대비해 집주소를 뽈투게스와 한글로 나란히 적은 수첩과 비상금, 그리고 신분증과 정부가 노인들한테 발행하는 무료승차권 외에, 간단한 일상용어를 한글로 발음하여 적어놓은 작은 노트가 들어 있었다. 작은 노트는 사람들과의 어울림에 있어서 아쉽지만 그런대로 대화의 다리를 이어주고 있었다.

아버지가 몇 걸음을 옮기었을 때 그곳에 안드레스가 있었다.

안드레스는 양쪽 팔이 어깨로부터 절단된 채 앉은뱅이 의자에 조그만 체구를 싣고 항상 싱글거리는 젊은이었다. 그의 앞에는 커다란 나무상자가 놓여있어 지폐나 동전을 기다리고 있었다. 마침 그는 대여섯의 관객을 상대로 발가락으로 장난감 피아노 건반을 두드리고 있는 중이었다. 발의 움직임에 맞추어 입으로는 하모니카를 불어제끼는 안드레스는 유행가든 팝송이든 못하는 것이 없었다. 한차례 신나는 곡의 연주가 끝나자 관객들 사이에서 가벼운 탄성이 일었다.

그러나 아버지로서는 아무런 감동을 느끼지 못했다. 곧 피아노 연주의 다음곡이 끝나면 발가락으로 바늘귀에 실을 꿰는 묘기를 보일 차례란 것과 이어서 발에서부터 그어진 성냥불이 입에 문 담배에 옮겨 붙는 장면이 나온다는 것을 이미 여러 번 보아 다 알고 있기 때문이었다. 그때 누군가가 상자 속으로 고액권 지폐 한 장을 떨어뜨렸다. 재빨리 고개를 땅에 박으며 고맙다는 인사를 하는 안드레스의 발하나가 눈 깜짝할 사이에 고액권을 치워 옆의 주머니 속으로 옮겼음을 아는 사람도 자신뿐이라는 것을 아버지는 다 알고 있었다.

안드레스는 씩 웃으며 아버지를 향해 한쪽 눈을 찡긋 해 보였다.

나무상자 속에는 언제나 몇 개의 백동전과 지폐 몇 장뿐이었다.

"어이, 페드로. 뚜두 봉?"

아버지가 안드레스의 익살에 싫증을 느껴 마악 자리를 뜨려할 그때 아버지의 영세명을 부르며 다가서는 사람이 있었다.

　그는 전직 공무원이었고 지금은 택시운전을 하며 지낸다는 백인노인이다. 그와는 어려운 언어소통을 눈빛과 아울러 몸 전체로의 표현으로 오랜 지기처럼 가깝게 지내는 사이이다.

　어느새 아버지의 손엔 작은 노트가 펴 들려졌다.

　"오늘은 일을 안 하는 모양이지요?"

　"쉬어가며 합니다. 운동 삼아하는 일이니까요. 그런데 당신은 언제 한국에 갑니까?"

　"글쎄요. 아마 또 내년이 되겠지요."

　"간다간다 하시더니. 나도 당신의 나라 한국엘 가보고 싶군요."

　"따봉!"(좋다)

　아버지는 엄지손가락을 보이며 그의 어깨를 두드렸다. 미소가 가득한 아버지의 모습은 우쭐했다. 너 임마. 한국이 얼마나 아름다운 풍속과 예절을 갖춘 나라인 것을 너는 아마 모를 거다. 너 나 할 것 없이 어른이나 아이들이 서로 이름 부르는 이곳의 풍습과 같은 줄 아느냐. 이놈들아, 하고 호통이라도 치면 아들, 손자, 며느리 모두 꼼짝 못하는 그곳의 나는 황제란 말이다. 아버지는 한국의 아들, 딸들을 그에게 자랑하고 싶은 마음을 말로 다 표현 못하는 어려움에 몹시 우울했다. 일곱 남매를 둔 아버지가 유일하게 외국에 나와 있는 셋째 딸 내외를 방문하러 아내와 함께 비행기를 탔을 때의 설레임을 되새기며, 고국의 자녀에게로 돌아갔을 때의 광경을 눈에 그리면 더없이 행복을 느꼈다. 처음엔 그럭저럭 세월이 후딱 지나가 버리더니 나중엔 영주권 만기일이 다가와 갱신이나 해 놓고 가려고 미루고 있는 중이었다.

　"껌 사세요."

　흑인 소년이 조르며 흰 셔츠를 더럽혔다.

언제나 있는 일이므로 아버지는 조금도 아랑곳 하지 않았다.

아버지와 백인노인이 옥수수튀김을 사들고 천천히 걸으면서 비둘기들을 모았다.

"구구!"

"구구!"

두 사람의 비둘기 부르는 소리는 똑같아 아버지는 여기가 마치 어린이대공원 한 모퉁이가 아닐까 하고 착각을 하기도 했다.

백인노인이 마침 아는 사람을 부르며 아버지 곁은 성급히 떠나자 아버지는 혼자서 느릿느릿 걸으며 그늘진 나무 밑으로 다가갔다. 거기엔 제멋대로의 사람들이 제각기 편한 자세로 휴식을 취하고 있는 가운데 더러더러 장사치들도 눈에 뜨였다. 아버지가 지나는 옆으로 빨간 리본을 맨 소녀하나가 또 다른 소녀가 땅에 떨어진 빵 부스러기를 주워 비둘기들을 모으고 있는 그 주위를 고목에서 뻗어 나온 나뭇잎 사이로 강한 햇살이 무늬를 놓았다.

아버지는 곧 시바다 부인을 발견하고 아는 체를 하며 다가갔다.

한동안 안 보이더니 며칠 전과 다름없이 같은 자세를 하고 뜨개질을 하고 있었다. 대동아전쟁 전 사진 결혼으로 브라질에 영주하게 된 육십이 조금 지난 시바다 부인을 안본 며칠사이 몹시 궁금해 하던 터이므로 아버지는 무척이나 반가웠다.

"오랜만이군요?"

"그래요. 손주 녀석이 감기가 심했어요. 그리고 돌아가신 남편의 3주기기일이 되어 시골엔 다녀왔지요."

아버지는 시바다 부인 옆으로 방석을 가져갔다.

"며칠 못 뵙던 사이에 얼굴이 많이 상했어요. 많이 아프신가보지요?"

유일하게 일본어로 이어지는 시바다 부인과의 대화는 커다란 위안이 되었다.

"특별히 이렇다 할 증후는 없지만 이제는 별수 없이 병원엘 가 봐야 할 것 같습니다."

"부인과 사위는 알고 계신가요?"

"아내나 딸 내외에게는 늘 대수롭지 않은 노환처럼 말했고……, 어쩐지 말하기가 두렵군요. 빨리 고국으로 가야 할 텐데……."

가만히 들으며 뜨개질을 계속하는 시바다 부인의 알맞게 살찐 통통한 두 손이 가벼운 연민을 느끼게 했다.

"할아버지는 돌아갈 고향이 있어 좋으시겠어요. 저는 일본에 언니가 한 분 계셨는데 아마 지금쯤 돌아가셨을 거에요. 살아계셔도 어디에 살고 계신지도 모르고."

잠시 허공에 눈을 주던 시바다 부인은 생각난 듯 털실 바구니를 헤치고 은박지에 싸인 초밥을 꺼내 놓았다.

젊은 시절 일본 유학을 한 경험이 있는 아버지는 시바다 부인의 초밥솜씨가 하숙집 아주머니의 그것과 닮았다고 칭찬을 아끼지 않았었다. 우메보시 몇 개와 함께한 초밥은 상큼하게 입안을 자극했다.

"꼭 꼭 씹어 드세요. 여기 물도 있어요."

"다녀오신 시골사정은 어떠합니까?"

"이 시대의 시골은 어디나 다 마찬가지이겠지만 야채농사를 주로하는 우리 일본인 농장들은 거의가 노인들에 의해 수확이 되지요. 젊은이들은 모두 도회지를 동경해요. 제 경우만 해도 아들이 농사짓기를 싫어해, 결국 상파울로에서 자리를 잡았는데 걱정입니다. 이제 노인들의 세대가 지나면 농장의 주인은 누가 될 것인지."

"흙이 거기 있는 한 누군가에 의해 수확이 되겠지요. 필요에 의해 공급은 주어질 테니까."

그때 애완용 강아지를 앞세운 백인 할머니가 눈인사를 건네며 그들 앞으로 지나갔다. 조금 전 광장 입구에서 집시 여인들에 둘러싸여 있던 노부인이었다.

"집시 여인들에게 점이나 보아 달랠까요?"

갑자기 생각난 듯한 아버지의 의견에 뜻밖이라고 뜨악해 하던 시바다 부인은 곧 수줍은 소녀처럼 재미있어하며 바구니를 챙겨 따라 일어섰다.

햇볕에 그을러 검은 얼굴의 집시여인은 다짜고짜 손금부터 보자고 서둘렀다.

"건강하시군요. 앞으로도 십년은 아무 탈이 없을 것입니다."

대답을 기다리듯 아버지의 얼굴을 빤히 쳐다보자, 영문을 몰라하던 아버지는 시바다 부인의 설명에 그냥 고개를 끄덕여 주었다.

"지난해 큰일을 한번 치렀군요. 올해도 조심하세요."

외국으로의 여행 운이 있습니다. 집안 내에 결혼이 있을 텐데 상대방이 아주 부자군요. 내후년쯤 복권 운이 있습니다. 자동차를 바꿀 것 같군요. 새것으로. 친구나 주위의 친지 중에 암으로 고생하는 사람이 있는데 할아버지의 경제적 도움을 필요로 합니다. 손자 잘 키우라고 하세요. 한자리 할 놈입니다. 종업원 조심하십시오, 특히 이십세 전후의 검둥이를.

아버지는 그만 흥미를 잃고 역겨워졌다. 공연한 호기를 후회했다.

누구에게도 똑같은 말을 기회를 보아가며 눈치껏 적당히 버무려 앵무새처럼 하루에도 몇 번씩 써먹을 입에 발린 점괘가 불쾌했다. 얕은 상술에 걸려 그만, 기만당하고 말은 것 같고, 그런 줄 알면서도 재미로나마 집시여인을 찾았던 자신의 미련에 가슴 한 구석이 씁쓸했다.

아버지로부터 지폐 한 장을 건네받은 집시여인은 시바다 부인을 힐끗 보며,

"부인이 아직도 곱고 아름다우십니다."

라는 아부의 인사도 잊지 않았다.

집으로 돌아가야 할 시간이 되었다는 시바다 부인을 전송하고 아버지 역시 시계를 보며 망설일 때 성당 앞에는 마침 저녁미사가 끝났는지 한

떼의 패거리들이 우루루 몰려 계단을 가득 메우고 있었다.

잠시 머뭇거린 아버지가 미겔을 찾으려 뒤돌아서자 하나 둘 간격을 두고 사람들은 자리를 뜨고 있었다.

솜사탕을 만들어 꽃처럼 모두어 놓고 고객의 관심을 끄는 솜사탕 장수 옆에서 구두수선을 하는 미겔은 앞을 못 보는 노인이었다. 헤진 밑창을 갈아 끼우는 그의 손놀림은 순식간에 끝이 났다. 둥글게 휘어진 특수바늘로 밑창을 깁고 불필요한 부분을 칼로 도려내어 쇠로 만들어진 신발 모형틀에 뒤집어 씌워놓고 망치로 두들겨가며 재빠르면서도 꼼꼼하게 마무리 작업을 마치는 그의 동작을 보곤 아무도 그가 장님임을 눈치 채지 못한다.

아버지는 그를 좋아했다. 하얗게 반들거리는 손톱을 빼놓고는 온통 까매진 손으로 일에 열중해 있는 그를 한참 보고 있노라면 짙은 삶의 의욕과 우직하고 성실한 심성이 엿보여 슬그머니 부끄러움과 부러움을 가진적이 한두 번이 아니었다. 언젠가 거의 두 시간 가까이를 줄곧 지켜본 적이 있었는데 그는 누구와도 한마디 말을 건네는 일이 없이 오로지 작업에만 열중하더니만 일을 다 마치고나선 방금 끝낸 구두를 소중스레 만져가며 마지막 검토를 하기 시작했다. 그러다가 발목까지 올라오는 구두의 긴 끈이 서로 엇갈려 잘못 끼워져 있음을 알아채고 곧 처음부터 끝까지 제대로 해서 가지런히 놓아두는 그의 끈기와 침착함을 보곤 그때부터 그를 좋아하기 시작했다.

일이 없을 때 까맣게 손때 묻은 점자책을 더듬는 그의 모습은 마치 성자처럼 보이기까지 했었다.

미겔은 자리에 없었다. 벌써 집으로 돌아갔나 하며 솜사탕 장수에게 눈짓으로 물었다.

"죽었어."

처음엔 무슨 소리인가 하고 반신반의 하는 아버지의 표정을 읽은 솜사탕 장수는 손짓을 하늘로 향해 미겔의 죽음을 일러주었다.

미겔이 앉아있던 그 자리엔 그의 흔적이라곤 하나도 발견하지 못하게 깨끗이 치워져 있었다. 나중에 누군가에 의해 치워졌는지 모르지만 꼼꼼한 그가 구두끈 하나, 실오라기 하나라도 떨어뜨리지 않고 챙겨 갔으리라 믿고 싶었다. 그는 그다운 눈을 뜨고 있었다고 아버지는 생각했다.

미겔의 빈자리를 무심히 내려다보고 있던 아버지는 거기서 인생의 허무를 발견했다. 그리고 불현 듯 느껴지는 어떤 예감에 몸서리쳤다.

그것은 멀리서부터 다가오는 절망이었고 삶과 죽음의 한가운데에 서성이고 있는 잿빛 그림자의 두려움이었다.

갑자기 잊었던 하복부의 통증이 가해 왔다.

그동안 수많은 죽음을 보아왔던 아버지가 아무것도 아닌 구두 수선공의 죽음에서 이렇듯 절망을 가진다는 것에 대해 자신을 조용히 나무라면서도 한편으로는 떨쳐 버릴 수 없는 두려움을 버릴 수가 없었다.

아버지는 재촉하는 안타까움으로 고국의 가족들이 목마르게 그리워졌다. 다시는 만나지 못할 것 같은 불길한 예감에 더욱 그러했다. 작은 아들과 큰 아들내외, 그리고 딸들. 내일이라도 당장 서두르면 되겠지만 몸의 한구석이 통증과 함께 썩어가고 있다는 것을 알고 있는 아버지로서는 긴 여행으로의 귀로에 자신을 잃었다.

아버지는 조용히 지내온 인생을 더듬어 보았다. 결코 화려하지도 추하지도 않았다. 집을 나선 후부터 산책로, 버스길 그리고 오후의 광장에서 스치고 지나갔던 사람들과 만나 이야기 나눴던 사람들과의 그것, 그 순간처럼 인생은 그렇게 지나갔다.

인생의 축도기 기기에 있었다.

아버지는 그때 비로소 많은 삶을 살았다고 생각했다. 담담하게 모든 것을 긍정하고 받아드리고 나니까 오히려 홀가분한 마음은 차분하게 가라앉았다.

간이매점에서는 문을 닫으려 준비하고 있는 중이었다. 캔 맥주를 주문한 아버지가 몇 모금 안 되는 양의 맥주를 천천히 위장 속으로 흘려보내곤 나머지를 미겔의 빈자리에 가져가 마지막 거품이 나올 때 까지 모조리 쏟아 부어주고 서서히 그곳에서 돌아섰다.

석양은 이제 긴 꼬리를 감추려 하고 있다. 안드레스도, 유모차의 어린아이도 보이지 않는다. 악세서리 장사를 하는 늙은 흑인은 주섬주섬 남은 물건을 챙기고 있었다.

쎄 성당, 아니 명동성당 앞 광장에는 언제나 군중들로 가득했다. 오랜 세월 전부터 그 큰 무대 위를 관객도 배우들도 세월 따라 바뀌어져 가면서 그대로 그전처럼 거기에 있다. 그곳에 그늘을 주던 흐드러진 고목들의 꽃망울이 찬란히 새로 피어나듯이 미겔이나, 아버지가 없더라도 태어나는 새로운 배우들에 의해 그곳은 먼 훗날도 그렇게 존재할 것이다.

(『열대문화』 제8호, 열대문화동인회, 1992)

013

담배와 일주일 _이정신

1.

어제 폭우가 쏟아진 후 오늘은 아침부터 폭염 때문인지 내 방 창문 밖으로 거의 매일 볼 수 있던 주차장의 슬레이트 지붕 위 이름 모를 커다란 새도 보이지 않는다.

창문을 열고 왠지 뚱한듯한 그를 보며 태우는 담배는 은근한 재미를 주었는데 오늘은 더위가 담배 맛까지 앗아가 버린다.

오늘은 월요일. 어제는 교회를 가지 않았다. 사실 거의 가지 않지만……. 이곳 교회엔 어중간한 사람들이 많고 난 어중간 하지도 못한 실정이라 교회에 나가면 예배가 끝나고 사람들과 어울리지 못해 골목을 돌아 바르에서 까페를 까리오까로 한 잔 마신 후 담배를 태우며 흐느적거렸다.

하지만 언젠가 나도 어중간해지면 교회에 나가리라.

사실 내 생활 속 날짜의 개념보단 큰 변화 없는 흐름 때문인지 날씨로 더 구분 짓는 버릇이 있다. 물론 일하는 날과 일하지 않는 날의 구분도 있지만.

오늘은 덥고 일하는 날이다.

내가 운영하는 작은 나염공장은 뜨거운 열기로 가득하다.

일을 시작한 후 찌는 듯한 더위와 공장의 뜨거운 열기로 인해 1시간 만에 더위에 지친 나는 책상 뒤 창문을 열고 담배를 꺼내 문다.

일하는 직원들 앞, 공공장소에서 담배를 태우는 건 미안하지 않다. 어차피 전사 나염으로 인해 좋이 다는 연기가 나기 때문에.

허접한 마스크를 직원들에 씌우고 우유까지 제공한다. 그걸 이유로 합리화 시켰다. 사실 우유는 누가 연기에 좋다고 해서 주고는 있지만 사실인지는 알 수가 없다.

오늘도 담배를 태우고 나서 아무도 없을 때 창문 밖 남의 건물 지붕을 향해 꽁초를 손가락으로 튕겨 던진다.

이게 미세한 희열을 주는데 말도 못하고 여기 법을 잘 모르는 나에겐 유일한 일탈이라고나 할까? 하지만 그로 인해 어느새 내 방과 공장의 창문 아래엔 짙어진 색의 담배꽁초들이 어지러이 널려 있다.

오늘은 더위 때문에 담배를 아무래도 덜 태울 것 같다.

2.

우중충한 날. 일하는 날

담배를 피우기 위한 건지 날씨를 확인하려는 건지는 중요하지 않다. 나에겐 오랜 습관인 기상 후 흡연, 여자들이 거울을 보며 자신을 확인하는 것만큼 자연스러운 것이 되었다.

담배를 태우며 하늘을 보니 어제 아침에 덥다가 오후에 내린 폭우 때문인지 날이 아직 우중충하다. 날씨가 대체 어떤 기준으로 변하는지 모를 일이다.

출근 하자 조세 빠울리노에 나염 한 옷을 배달하러 나섰다. 자리가 없어 멀리에 차를 세워 놓았다. 무거운 빠꼬찌를 들고 오다 확 신경질이 났다. 잠시 빠꼬찌를 내려놓고 담배를 꺼냈다. 연기를 내뿜으며 지나가는 사람들을 본다.

요란한 패션에 당당히 선글라스를 낀 도매 손님들.
어리둥절해 보이지만 눈빛만은 바쁜 소매 손님들.
속은 알 수 없어 보이지만 속보이는 볼리비아노들.
드래곤볼 용 문신의 까멜로.
쁘레따뽀르떼 사모님들.
포커 페이스 사장님들.
패션의 거리에 어울리지 않는 패션의 경찰들까지……

다 태운 담배를 바닥에 버리고 불씨를 발로 밟은 후 텁텁해진 입 때문에 침을 주위 눈치를 보다 슬며시 뱉었다.

배달한 후 역시나 미뤄진 수금에 기분은 바닥이지만 금방 쏟아질 것 같은 비 때문에 들뜬 사람처럼 빠른 걸음으로 공장을 향했다.

3.

비오는 날. 일하는 날.

어제 내린 비가 아침까지 계속 내린다.

이미 해가 뜬 지 오래인데도 어둑어둑한 하늘의 창문 밖 풍경을 보며 담배를 태운다. 내 창문 밖은 온통 회색빛 건물의 옆면과 거대한 주차장의 지붕만이 보인다. 하지만 회색빛 속에 유일하게 돋보이는 새파란 물탱크. 슬레이트 지붕을 두두둑 때리는 빗소리와 타다닥 타다닥 담배 타들어 가는 소리를 들으며 파란 물탱크에 시선 초점이 맞춰진 나는 마치 최면에 걸리듯 모든 걸 잊는다.

그리고 이날 이 얘기에서 가장 중요한 일이 벌어졌다.

출근길 엘리베이터 안에 포어로 써있는 공고문이 붙었다. 이후 며칠간 날 악몽으로 이끌 경고문.

해석은 잘 안되었지만 Não, cigarro, Janela 이란 단어는 분명히 나의 습관을 경고하는 것이란 걸 알 수가 있었다. 경고문은 이러했다.

> Síndico informa.
> Não jogue papéis, bitucas de cigarro ou quaisquer outros tipos de lixo no patío interno do apartamento. Lembre-se que a área comum do condomínio é mais agradável quando limpa. Valorize o bem comum e seu patrimônio.

이날부터 이 경고문은 엘리베이터를 탈 때마다 나를 안절부절 하게 만들었다.

그날부터 담배 맛은 점점 안 좋아졌다.

4.

햇살 좋은 날. 일하는 날.

이날 아침은 화창했다. 하늘은 푸르렀고 간간히 내 담배연기 같은 구름들이 사진 속에서처럼 그 자리에 서있었고 비 때문인지 며칠 자리를 비웠던 새마저 제자리를 지키고 있었다.

그리고 창문을 열고 습관대로 담배를 꺼내 물었을 때 어제 그 경고문이 떠올랐고 갑자기 불안해졌다.

몸이 움치려진 나는 누가 담배를 태우는 나의 모습을 볼까봐 연기를 내뱉을 때만 얼굴을 내밀었다. 그리고 다 태운 후 꽁초를 지붕 위에 튕겨버릴까 하다가 다시 불안해져 화장실에 가져가 변기에 던져버렸다.

순간 기분이 너무 안 좋아졌고 나의 자유를 뺏기는 듯 했다.

출근 후 일에 열중하며 담배는 태우지 않았다. 아니 태우고 싶은 기분이 안 들었다.

이날은 담배를 화장실에서 대변을 볼 때 말고는 태우지 않았다.

5.

일하는 날.

이날 아침의 날씨는 말하고 싶지 않다. 담배도 태우지 않았기 때문에 날씨를 볼 생각도 들지 않았고 출근길 엘리베이터 안에서도 무의식적으로 경고문에 시선을 맞추지 않았다.

내 공장은 토요일은 닫기 때문에 오늘이 주중 마지막 일하는 날이다.

일을 마친 후 친구들과 봉헤찌로 포장마차에서 술을 마신다.

한껏 주중의 스트레스를 과장된 제스처로 푸는 친구들. 하지만 눈빛들은 어둡다.

열린 공간 속에서 나도 모르게 다른 이를 경계하게 되는 눈빛.

추억을 안주로 술을 마시지만 정작 서로 공유한 추억은 없다.

술 맛은 그럭저럭. 하지만 담배는 태우게 된다. 며칠간 제대로 태우지 못한 담배를 맘껏 태우지만 뭔가 개운하지는 않다.

같이 오래 할 수 없는 만남인지라 술자리는 일찍 끝났다.

6.

일 하지는 않는 날.

잠에서 깨었지만 아무것도 하지 않았다.

한참을 침대에서 뒤척인 후 창문을 열어 보았다.

처음엔 내가 버린 담배꽁초들 때문이라 알았지만 다시 보니 몇 번을 반복한 폭우 때문에 깨어진 슬레이트를 보수 공사 하는 것 같았다. 인부 두 명이 보인다. 그리고 그들이 밟고 가는 나의 담배꽁초들. 난 범죄자가 된 기분이다.

안절부절하며 그들을 지켜본다. 하지만 어슬렁어슬렁 멀리서 슬로우 모션처럼 움직이는 인부들. 그들의 시간은 초조한 나의 시간과는 달리 느리게 가는 것 같다.

그리고 정오.

다시 창문을 열어보니 인부들이 보이지 않았다.

점심을 먹으러 갔으리라. 그리고 문득 보이는 사다리. 순간 난 찝찝한 나의 죄의식을 씻을 수 있는 기회라 생각됐다.

대충 옷을 차려입고 운동화를 신고 비닐봉지 하나를 챙긴 나는 아파트 밑으로 내려가 주차상을 통해 늘어가 사다리가 놓여 진 곳에 다다랐다.

아무도 없는 이곳. 하지만 높은 곳에 올라야 하는 부담감과 혹시 누군가에게 들킬 것만 같은 초조함이 겹쳐 망설이다 끝내 용기를 내어 사다리를 올랐다.

지붕에 올랐을 땐 항상 보던 풍경이지만 모든 게 더 가까이 보여 모든 것이 새로웠다.

늘 보던 새마저 훨씬 크게 보여 마치 개처럼 날 보며 짖을 것 같아 순간 긴장했다.

하지만 어서 빨리 꽁초를 치우고 싶어 조심조심 지붕을 밟으며 내가 버린 꽁초들을 주웠다.

사다리에서 내려온 나는 밖으로 나오자 긴장이 풀렸지만 비참했다.

그리고 엘리베이터에서 경고문을 볼 수 있었는데 안도감과 비참이 교차되며 비굴함 마저 느껴졌다. 마침 같이 엘리베이터를 타게 된 교포 아이에게 혹시나 하여 경고문을 손가락으로 가리키며 물었다.

"이건 무슨 말이니?"

그 아이는 아파트 안의 공터에 쓰레기와 담배꽁초들을 버리지 말라는 경고문이라고 친절하게 설명해주었다.

순간 떠오른 단어 '아파트 안의 공터?'

집에 들어오자마자 나는 부엌 창문으로 가서 확인 했다. 그렇다. 이 아파트는 옛날식 건물이라 아파트 중심에 통풍을 위한 빈 공간이 있는데 나말고 다른 거주자들이 여기에 꽁초와 쓰레기를 버린 것이다.

아파트 내부 공간에다 담배꽁초 버리지 말라는 경고문!

내가 버리는 곳이랑은 다른 곳인데…….

순간 헛웃음이 나왔다.

허탈한 기분에 한참을 그곳을 보다 내 방으로 돌아와 창문을 열고 아주 맛나게 담배를 태우고 깨끗해진 지붕 위에 다시 손가락으로 가볍지만 빠르게 그리고 기분 좋게 튕겨 버렸다.

꽁초를.

툭!

(『열대문화』 제10호, 열대문화동인회, 2012)

014

내 주머니 안의 유성 _이정신

〈1〉

난 꿈을 꾸고 있었다.

부모님을 따라 이민을 온 첫 해. 어린 난 이국의 골목에서 놀고 있었다. 모든 것이 낯설어 친구도 없이 혼자 하는 놀이들.. 멀리 동그라미를 그려 놓고 입 안에 침을 가득 모아 동그라미 안에 골인시키는 놀이, 주황색 남미의 담 벽에 강렬한 태양을 도구 삼아 펼쳐보는 홀로 그림자 놀이… 느릿느릿 정막 속에 시간이 멈춘 듯이, 혹은 영화의 느린 화면을 보는 듯이 놀고 있던 내 앞에 반짝이는 작은 무언가가 툭- 떨어져 내렸다. 만화 영화에나 나올 것 같은 황금색 돌덩이.

잠깐 불시착한 작은 유성이었다. 난 유성을 주워 집으로 가져와 가스레인지위에 놀려놓고 불을 붙였다. 유성은 잠깐의 불달질금 끝에 드디어 작은 구멍들 사이로 로켓포의 꽁무니처럼 화려하고 강력한 불을 뿜으며 공중에 뜨기 시작했고, 난 재빠르게 유성 위에 올라타 창문을 지나 구름을 향해 날아올랐다. 그리고는 순식간에 대기권을 지나 우주의 별들 사이를 날기 시작했다. 안개 같은 별들 사이를…. 난 멀리 보이는 동그란 지구를 향해 힘껏 침을 뱉어냈다.

'푸드드득'

트럭 엔진의 진동이 멈추는 느낌에 잠에서 깨었고 주위를 둘러보니 어느새 길고 건조한 비포장 도로는 사라지ㄱ 깨끗하ㄱ 아담한 주유소 앞에 도착해 있었다. 주위는 깊게 내린 눈으로 하얀 융단을 발 밑에 깔아 놓고 있었다. 차를 얻어 타면서도 이름도 물어보지 않은 트럭 운전수에게 고맙다는 말과 함께 작별 인사를 했다. 그는 투박하지만 따뜻한 얼굴로 갈 곳은 있는지 물었다.

친절한 그에게 나 자신도 알지 못하는 답을 해줄 수가 없어 그저 빙그레 웃어보였다.

꽤 오랜 시간을 같이 달려온 이름도 모르는 우리는 서로 빙그레 웃으며 작별했다.

그렇게 또 하나의 길이 끝이 났고, 내 눈엔 또 낯선 장소와 낯선 사람들의 움직임이 들어왔다.

주유소 내부는 깨끗하고 따뜻했다.

파타고니아의 겨울은 혹독했다. 브라질의 열대 기후 속에 생활했던 나는, 유년시절 한국에서 보고는 그 뒤로 한번도 볼 수 없던 설경이 보고 싶어 이리로 향했지만 제대로 된 겨울 외투 한 벌 없던 터라 추위와 오후 4시면 찾아오는 어둠은 방랑의 낭만을 차갑게 외면했다.

커피 한잔을 주문한 후 화장실로 향했다. 오그라들 대로 오그라든 위를 물로 채운 후, 삼일 만에 얼굴을 적셨다. 뱃속의 시릿하고 아릿한 느낌은 살아있음을 온몸에 소름으로 내보여 줬고, 세면대 거울에 비친 내 얼굴 또한 이리저리 헝클어지고 덥수룩해져서 피로에 지친 여정을 보여내고 있었다.

돌아와 자리에 앉으니 이미 커피 한 잔이 따뜻한 김을 허공으로 올리고 있다. 난 자리에 앉아 커피 한 모금을 마신 후 손 담배를 꺼내 말아 피우기 시작했다. 따뜻한 온도와 풍경 그리고 담배……. 나를 나른하게 만들기에 충분했고 추위와 눈 속에 얼어붙었던 이유들을 다시 생각하게 해주었다.

어릴 적부터 유난히 상상을 좋아했다. 어떨 때에는 상상과 현실이 잘 구분이 안 되는 때도 있다. 이 순간도 그렇지 않은가 생각해본다. 마치 꿈속을 거닐고 있는 것 같은 낯선 색깔과 움직임들……. 나는 이곳에 있지만 단지 관찰자일 뿐 아무것도 아니다. 그저 보고 있을 뿐이다. 어느 화가의 그림이나 흑백 활동사진을 보고 있는 듯한 느낌. 어쩌다 누군가와 눈이 마주쳐도 그저 물끄러미 그 사람의 눈 속을 들여다보고 있는 나. 이렇게 관찰자로만 남을 수 있다면 좋으련만 독한 생담배연기가 눈을 침습해서 나를 현실로 끄집어낸다. 가장 괴로운 순간이지만, 난 어느새 내가 바라보던 그 정물화 속에 흑백무비 속에 초라하게 앉아 있다.

〈2〉

"안녕."

나의 회상을 끊으며 서빙을 하고 있던 아가씨가 맑고 건강한 눈빛으로 날 쳐다보고 있다. 그녀의 손엔 커피 한 잔과 여러 가지 과자가 담긴 접시가 들려있었고 그녀는 그것들을 상위에 놓았다. 난 그것들을 주문한 적이 없었기에 의아한 눈빛으로 바라본다. 그녀는 아무 말 하지 않고 수줍은 미소를 지으며 자신의 일터로 숨어버렸다.

난 테이블 위를 물끄러미 내려다보며 잠시 이 호의의 까닭을 생각하려 했으나, 물배만 채워준 위장은 생각 보다 앞서 몸을 움직였고, 더구나 과자의 당분은 어떤 생각의 틈도 보이지 않고 재빨리 내 손과 입을 지배해버렸다.

음식을 비운 후 다시 그녀를 바라보았지만 눈을 마주 칠 수 없었다. 머쓱해진 나는 배낭에서 지도를 꺼낸 후 테이블 위에 한껏 펼쳐놓고 지도를 바라보았다. 지도는 부에노스 아이레스 한인촌에서 만난 어느 한국인이 자기 집에 데려가 밥을 먹인 후 준건데 불안하고 막막한 순간이 되면 늘 펼쳐놓고 부유하는 나의 현재점을 파악하는 도구로 쓰고 있었다.

이곳 에스껠은 안데스 산맥 중턱에 위치한 작은 스키 관광 도시이다. 이제 지도상의 남쪽으로는 더 이상 큰 도시들이 없고 작은 마을들만 듬성 듬성 놓여있었다. 남극에 가까이 있는 것이다. 남극! 항상 상상 속에서만 보이던 백색의 평원. 어떠한 인간적 관계도 어떠한 현실적 고통도 없이 그저 살결이 하아얗고 눈은 수정처럼 맑은 예쁜 얼음 공주가 살고 있을 것 같은 곳. 난 더 동남쪽으로 내려가고 싶었다. 하지만 수중에 장거리를 갈만한 차비가 없었기에 어떤 방법으로 오늘밤을 보낼지 고민해야만 한다.

고민! 고민! 고민! 나른하고 행복한 상상과 함께 항상 같이 찾아오는 단어. 고민! 고민! 고민!

그때 또다시 아가씨가 커피와 과자를 가져왔고 이번엔 가만히 있을 수 없어 잠시의 침묵을 그녀에게 보낸 후 입을 열어 질문을 했다.

'저~ 왜?'

'그냥 이렇게 하고 싶어서요.'

남미인들의 특유의 단순함이 섞인 대답과 함께 그녀는 말 걸어주기를 기다렸다는 듯 나에게 경찰처럼 여러 가지 질문을 던졌다.

스페인어는 어디서 배웠느냐? 어느 나라 사람이냐? 왜 혼자서 여행을 하느냐?

너무 빠른 질문들에 좀 당혹스럽기도 했지만 우선 그녀의 호기심을 충실히 채워주기로 했다. 그런저런 가벼운 대화와 함께 나의 오랜 습관인 관찰이 머리를 꺼내들고 있었다.

그녀는 맑고 예뻤다. 하얀 피부에 적당한 키. 짙은 갈색머리와 아름다운 몸매를 가졌고 이상에 가득 찬 반짝이는 눈빛을 띄고 있었다.

그녀의 이름은 안드레아. 아르헨티나의 학문도시인 마르 델 쁠라따에서 법학을 전공하고 있는 대학생. 그러나 내 눈에는 법조인 보다는 시인이 더 어울릴 것 같은 투명한 이미지를 가지고 있다. 지금은 방학이라 가족이 있는 이곳 에스껠에서 생활 하며 오후 시간에 아르바이트를 하고 있다고 한다.

'당신을 보니 문학을 좋아 할거 같아요.'

그녀는 나에게 말했다. 난 나도 같이 관찰 당하고 있었구나 하고 느끼며 어색함으로 사실에 수긍했다.

'어느 작가를 좋아하세요?'

'전…… 헤세를 좋아하고 지금은 카프카를 읽고 있어요.'

나의 대답에 그녀는 신이 나서 자기의 문학 취향을 얘기했고 이 순간이 겠지만 마치 내가 유일하게 자신의 세계를 이해해줄 수 있는 사람처럼 자신의 문학이야기를 토해내기 시작했다.

그런 그녀가 마음에 들었다. 너무 갑작스레 생긴 감정이라 긴 방랑에 지쳐서 그런가 하는 의아스러운 점이 있었지만, 그냥 그녀의 건강한 눈빛에서 지친 나를 쉬이고 싶었다.

우리는 꽤 오랜 시간 대화를 나누었다.

그녀는 업무를 보며 시간이 날 때마다 내 자리로 와서 문학이야기를 해 줬고, 우린 금새 친구가 될 수 있었다. 그러는 사이 밖은 이미 어두워져 있었다. 갈 곳과 갈 방법을 아직 찾지 못한 나에게 그녀는 잠시 정박해 갈수 있는 항구 같은 느낌으로 다가왔다.

'이곳에 잠시 있으면서 아르바이트 할 곳이 있을까?'

나의 막막한 질문에 그녀는 전혀 부담스러워 하지 않는 눈빛으로 곰곰이 생각 하다 말을 꺼냈다.

'일자리는 당장은 모르겠고 오늘밤 지낼 수 있을 만한 곳이 있어. 산 중턱에 다니엘 이란 분이 있는데 그분이 운영하는 뽀사다로 가봐. 무료로는 힘들겠지만 사정을 잘 얘기하면 싼 가격에 지낼 수 있을거야. 다니엘씨는 험상궂게 생겼지만 마음씨가 좋거든.'

그 말을 한 후 그녀는 재미있다는 표정으로 또 물었다.

'근데 너 설마 돈이 한 푼도 없는건 아니겠지?'

'아냐 많지는 않지만 있긴 있어'

그리고는 덧붙여 자기 집에서 재워주고 싶지만 집이 큰 편이 아니고 형제가 자매뿐이라 사정이 여의치 않다는 말도 함께 해주었다.

대충 뽀사다까지 찾아가는 설명을 들은 후 배낭을 챙겨 주유소를 나왔다.

그녀와 다시 만날 약속을 하고 싶었지만 안드레아는 밀어닥친 손님들 탓에 바빴고 왠지 그녀에게 이런 인연은 중요치 않을거란 생각에 그저 아쉬운 눈빛으로 그녀를 보다 휴게실에서 나왔다.

어느 새부터인가 이렇게 사람들 곁을 소리 없이 떠나면서 스스로 잊기로 하는 것에 익숙해있는 나를 발견한다. 그리고 스스로에게 혼잣말을 한다 '너 이제 잊는데 능숙해 졌지?'

〈3〉

가로등 밑으로 이어진 길은 눈으로 축축히 젖어 있었고 휴게소 안에서 보던 것처럼 분위기 있는 눈 길은 아니었다. 바람은 차갑게 길 주변에 높이 자라있던 에우깔립또 나무들을 거세게 흔들고 있었고, 어둠의 적막함도 녹아드는 눈에 젖어 나의 발길을 시렵게 했다. 하지만 누군가가 기다리는 곳은 아니지만 갈 목적지가 생겼다는 마음이 나를 가볍게 흥분시켜 한 걸음씩 눈길 위에 나의 발자국을 힘있게 새겼다.

얼마 안가 가로등은 더 이상 이어지지 않았다. 주위는 어두워졌고 가로등 밑에선 잘 보이지 않던 별들이 복잡하게 나열된 암호 같이 우수수 땅 위로 내려왔다.

저 별들의 암호를 풀면 나의 해답을 찾을 수 있을까?

두 시간 가량을 걸어 도시의 중심지를 지나 작은 산 밑에 도착했다.

'뽀사다가 저 산 중턱에 있다 들었는데. 어두워서 올라 갈수 있을까?'

호텔처럼 보이는 불빛과의 거리는 그리 멀게 느껴지지 않았지만 어둠 속에 걷는 것이 어설퍼 꽤 먼 길처럼 느껴졌다.

100미터 가량 걸어갔을까? 갑자기 요란한 소리가 들리면서 셰퍼트 한 마리가 나의 방향으로 달려오며 나를 증오한다는 듯 짖기 시작했다. 어둠 속의 개의 눈빛은 섬뜩한 빛을 발산하며 아무런 감정없이 본능만으로 나를 노려보고 있었다. 이럴 땐 본능이 더 사납다는 걸 본능적으로 느끼게 해주고 있었다. 순간 나의 몸은 길가의 에우깔립또 나무처럼 굳어 멈춰져 버렸고 머리 속은 하얗게 탈색되어 어떠한 생각도 허락하질 않았다. 난 그저 어찌 할 바를 몰랐다. 그러길 잠시 또 어디서 나타났는지 두 마리의 개가 셰퍼트와 합세해 나를 몰아세웠다. 어둠 속의 여섯 개의 야광채와 별빛에 번득거리는 이빨들만이 허공에 나열되었다. 나는 에우깔립또다. 난 나무다. 너희들은 날 물 수가 없다. 난 나무거든…… 손까락 하나 움직이지 못하고 숨도 죽여가며 난 나무라고 생각하기 시작했다. 개들은 한 2분 가량을 조롱하는듯 주위를 돌며 짖어대다 내가 꼼짝도 하지 않자 점차 흥미를 잃고 한 놈씩 자리를 떠났다.

겨우 다시 걷기 시작한 나는 잠시 동안 공포의 흥분을 털어내지 못하다 끝내 분노가 치밀어 오르기 시작했다. 그 놈들의 본능이 어떤지는 알 수 없지만 증오와 조롱이 가득 찬 으르렁거림에 아무런 대항도 하지 못한 내 자신에 깊은 분노와 절망을 느꼈다.

호텔 불빛이 가까이 보이기 시작했고 그로 인해 긴장이 풀리며 안도감이 밀려왔다. 그러나 돈이 충분치 않다는 사실을 자각하고 나는 다시 초라하게 긴장하며 불빛을 향해 걸어갔다.

건물은 그리 크지 않았고 2층 구조의 건물이었다. 스산한 느낌을 주는 짙은 색의 목조로 외관이 지어진 건물이었다. 그리고 어떤 인위적인 친절이라곤 전혀 찾을 볼 수 없는 건조한 건물이었다.

마당을 지나 건물 정문 앞에 도착하니 안에서 사람들의 말소리가 들리는 듯 했지만 창문들에 잡다한 포스터가 너저분하게 붙여있어 제대로 안을 살필수가 없었다.

정문 앞에 서서 어떤 식으로 나의 사정을 설명할까? 무작정 그냥 들어가는 것보다 설명할 방법을 방법을 찾고 나서 다시 올까? 등등 개들에게 쫓기어 생각해내지 못한 것들이 갑자기 머릿속에서 뒤죽박죽이 되어 엉켜버렸다. 그러나 그러기엔 난 너무 지쳐있었다. 난 아주 조심스럽게 문을 밀치고 들어서고 있었다.

문 근처에 서 있던 몇몇 사람들이 나를 힐끗 쳐다봤고. 한 남자는 나를 쳐다본 후 다시 얘기를 나누던 여자에게 말을 시작했다.

나는 눈길을 피해 잠시 내부를 살펴봤다. 이 방은 건물의 응접실 같았다. 전체적으로 어둡고 인테리어나 내부 분위기를 크게 신경 쓰지 않은 약간은 고독해 보이는 그런 공간이었다. 한쪽에 만들어져 있는 벽화로에선 장작불이 은은히 열을 내고 있었고, 화로 앞에 설치된 소파 세트에 한 남자와 여자가 서로 마주보며 대화를 나누고 있었다. 대화 들어보니 발음상 영국인들 같았다. 그들은 나를 본 후 잠시 눈인사를 했고 나도 역시 간단한 인사로 서로의 존재를 알렸다.

다시 바라본 문 근처의 사람들은 두 명의 여자와 한 남자였는데 여자들은 아무래도 유럽쪽 사람 같았고 남자는 인디언 계열의 아르헨티나인 같았다. 이 남자가 주인일 것 같아 그의 대화가 끝나길 기다렸다. 이 남자의 모습은 안드레아가 말한 것과 달리 험상 굳게 생겼다기 보단 감정의 변화를 찾아 볼 수 없는 무표정한 얼굴이었다. 나이는 40대쯤으로 보였고 거무티티하고 울퉁불퉁한 피부의 얼굴, 그리고 이마와 볼에 새겨진 흉터들. 사연이 깊은 얼굴이다. 대화를 엿듣다 보니 금새 서로 의사소통이 제대로 통하지 않고 있다는 것을 알아 챘는데 두 여자들의 요구를 이 남자는 알아 듣지 못하고 있었다. 남자는 자세히 듣고만 있었고 전혀 답답하지 않다는 얼굴을 하고 있는 반면, 투숙객인 듯한 두 여자는 온갖 손짓과 표정을 동원 하며 설명을 하고 있었다. 상황이 우스웠지만 남자는 여전히 무표정한 얼굴로 주의 깊게 여자들의 요구를 이해하려 했다.

난 약간의 공명심으로 그들에 대화를 도와주고 싶었다. 한때 미국 유학을 계획하며 배워둔 영어로 대화에 끼어들었다.

여자들은 의아한 표정으로 나에게 인사하며 자신들의 방에 보일러가 작동하지 않는다 설명했고 나에게 스페인어를 할 줄 아는지 물었다.

난 남미에서 오래 살았기 때문에 스페인어를 할 줄 안다고 설명하고 남자에게 그녀들의 요구를 설명해 주었다.

그 남자도 나의 유창한 스페인어를 듣고는, 앞의 여자들보다도 더 이국적인 내가 자신의 언어를 한다는 것을 조금 의아해 하는 눈치였다.

그녀들의 방까지 따라가 통역 역할을 했고 남자는 기계를 잠시 살펴 보더니 방에서 나갔다. 그 후 여자들과 대화를 잠시 나누다 보니 보일러가 작동되었고 그가 돌아왔다.

인사를 하고 방에서 나온 후에 서야 그는 내가 이곳에 온 이유에 관심을 보이고 물었다.

우선 어색함을 뒤로하고 약간은 뻔뻔하다 느낄 정도로 어색한 웃음을 지으며 난 나의 사정을 얘기했고 남자는 변하지 않는 표정으로 돈을 얼마쯤 낼 수 있는지 물었다.

나는 수중에 총 37페소와 동전 몇 개가 있었는데, 이곳으로 오기 전에 포도 농장에서 3일 동안 일하면서 번 품삯을 쓰고 남은 돈이었다. 그러나 최대한 아끼고 싶었기에 5페소에 어디에서든 재워주면 된다 부탁했다.

그는 별 말없이 나를 보일러기계가 붙어 있는 창고로 날 인도 했고 그리 춥지 않을거라 말했다. 그의 말대로 그날 밤은 따뜻하게 잤다. 딱딱한 바닥 때문에 불편했지만 온기가 돌아 오래간만에 거추장한 옷들을 벗고 잘 수 있었다.

'저녁은 먹었나?'

그가 창고로 돌아와 나에게 건넨 말이다. 난 사실 은연중 그 말을 기다리고 있었다. 그 한마디가 나의 배고픔을 해결할 수 있다는 것을 알고 또 얼마나 듣기 어려운 말이란 걸 알기 때문이었다.

잠들기 전, 불쾌했던 개들의 공격이 생각났지만 애써 잊으려 안드레아를 생각했다. 그녀가 한 말들, 나에 대한 관심을 생각하면 할수록 그녀가 보고 싶어졌다. 하지만 한편으로는 누군가가 보고 싶어 진다는 것은 항상 또 다른 관계 속으로 스스로 걸어들어가는 거라는 걸 알기 때문에 또한 두려웠다. 그러나 그녀는 그런 관념적인 생각들을 밀쳐버리기에 충분히 아름다웠다. 먼저 그녀의 의도와 성격, 하다못해 그녀의 정확한 주변환경 등을 파악해야 했는데. 그럴 겨를도 없이 성급히 마음을 열었던 스스로에게 질책을 던지며 일단은 어떤 방법으로 라도 이 도시에 머물기로 결정하고 잠이 들었다.

⟨4⟩

다음날 아침. 일어나자마자 다니엘 씨를 찾아 보았다. 어제 저녁을 먹으며 알게 된 그의 이름은 다니엘. 많은 대화는 나눌 수 없었지만 부엌 벽에 붙어 있던 사진들로 그의 전직이 요리사인 것을 알았다. 그는 어제 저녁의 요리는 그리 성의가 담긴 요리가 아니었지만 제법 맛은 있었다.

손님들은 이미 스키를 타러 나갔는지 보이지 않았고 그는 건물 뒷편에서 한 남자와 함께 트럭으로 배달된 장작을 옮기도 있었다. 뭔가 보답을 해야 될 것 같아서 다니엘 씨 주위로 가서 아침인사를 한 후 묻지도 않고 장작을 옮기기 시작했다. 그 역시 어색한 표정을 지으며 나의 모습을 잠시 바라보다 신경을 끄고 그저 장작을 옮겼다. 일하면서 그는 창고에서 지낼 만 했는지 물었고 날씨 따위와 어제 밀어닥친 유럽인들에 대해 이런 저런 대화를 나누다 보니 어느새 배달 온 장작을 거의 다 옮기고 있었다. 잠시 생각해보니 그는 아직 나에 대하여 아무런 질문도 하지 않은 것 같았고 대부분의 사람들과는 달리 나에 대하여 호기심을 보이지 않았다.

우린 주위를 정리 한 후 응접실로 가 그가 준비해온 뜨거운 마떼를 번갈아 가며 마시기 시작했다. 마떼는 아르헨티나인들이 즐겨 마시는 일종의 차로 컵에다 차 가루를 가득 채워 넣고 여러 번 뜨거운 물을 부어 쇠 빨대로 빨아 마시는 음료이다. 그는 익숙하게 첫 잔을 조금씩 물로 가루를 적셔가며 빨았고 둘째 잔을 나에게 넘겼다. 빨대를 입술 깊숙이 대고 마시는 나에게 그는 조용한 어조로 위생상 빨대는 입술 깊숙이 넣는 것이 아니라 설명했고 그의 말에 필요없이 창피스러웠다.

주고받던 마떼에 그는 드디어 나에 대하여 묻기 시작했지만 그건 나의 대한 호기심이 아니라 그저 형식적으로 다 알고 있는 것을 확인 하는 듯한 말투였다. 그의 그런 분위기에 이끌려 나도 다른 때와는 달리 아무런 거리감 없이 편안한 마음으로 가볍게 대화에 응하게 되었다. 대화가 여러 차례 오고 간 후, 이 무뚝뚝하고 덤덤한 사내에 대한 나의 호기심이 발동되기 시작했다.

'여기서 사신게 얼마나 됐어요?'

'음…… 한 12년쯤 됐을거야'

'이곳이 고향이세요?'

'글쎄…… 그럴 수 있겠지'

'왜 혼자 살아요?'

'가족을 가지려 생각한적이 없어. 나는 나의 혈통을 나의 대 에서 끊어버릴 거거든'

그의 황당한 대답을 이해할 수 없어 혼란스러워 하는 나에게 그는 처음으로 소리내어 웃으며 그는 과라니 인디언 족 중에, '아야인데'라는 족의 마지막 후예라고 설명했다. 가족들은 지금은 살아있지 않았고 어떤 이유에선지 말하지 않았지만 그는 혼자 남게 되었다 말했다. 그리고 자기 혈통을 자기 대에서 끝내고 싶다 말했다. 곰곰히 살펴본 그의 표정에선 예상했던 비장함은 없었고 단지 모든게 의미가 없다는 식의 느낌만을 주었다.

사실 남미에서 인디오들의 삶이 비참하다는 것은 알고 있었지만 그가 더 이상 혈통을 끊으려까지 하는 점은 잘 이해가 되지 않았다.

'근데 어떻게 요리사가 되신거에요?'

'그게 얘기가 길어' 하며 설명해 준 그의 삶은 대충 이랬다.

〈5〉

십대에 혼자된 그는 부에노스 아이레스의 부두가에서 컨테이너 짐꾼으로 일했었다고 한다. 회사에서 제공하는 창고를 숙소로 수백 명의 일꾼들과 함께 지냈는데 그들과의 공동 생활은 지옥 같았다고 말했다. 대부분 떠돌이들인 그들은 무식하고 난폭했고 저녁에는 숙소에서 도박판을 벌이고 어떤 이들은 창녀를 불러 여러 사람들이 보는 앞에서 섹스를 하곤 했단다. 견디다 못해 조금의 돈을 모아 방을 얻어 나갔고, 운좋게 시내의 일류 프랑스 식당에 접시 닦기로 일을 시작했다고 한다. 그 후 시간이 흐르면서 부엌에서 지위가 올라가 나중엔 요리사가 되었는데 요리사로서 7년간을 일했다고 했다.

'그런데 어떻게 요리사에서 이곳 주인이 된 거죠?'

'그전에 자네의 얘기를 한번 해보게. 어떻게 여기까지 오게 됐나?'

'뭐…… 그저……'

막상 말을 하려니 난 나에 대해 누군가에게 설명할 아무것도 정리되어 있지 않다는 것을 알게 되었다. 무척 당황스런 경험이었다.

그는 머뭇거리고 당황스러워하는 나를 그저 빙그레 바라보았다.

'낯익은 모습일세 그려. 중요한 뭔가를 잃어버리고 찾고 있는 아이의 모습 말이야'

'음…… 그런가요? 솔직히 여기까지 오게 된 이유를 말하라면 사실 저도 잘 모르겠어요. 창피한 얘기지만 아무 계획 없이 어느 날 밤 미친 듯이 집을 나왔거든요. 뭔가가 있을 것 같았어요. 이렇게 새로운 곳을 다니다 보면 내가 원하는 것을 할수 있는 기회가 생길 것 같았거든요. 그런데 나와서 느끼는 것이지만 그것도 쉽지가 않은 것 같아요. 그저 하루하루 먹고 잘 곳만 고민하게 되거든요.'

'대충 이해가 가는구먼. 내가 요리사에서 이곳 관리인이 된 것도 아마 자네랑 비슷한 식으로 된 것 같구만.'

'그게 언제였더라? 음… 하여튼 몇 년 전인건 기억이 안 나고 요리사 일을 할 때 이곳 에스껠에 일류 호텔이 하나 있거든 그때 거기 식당으로 잠시 출장 나온 적이 있었는데 한 한 달 정도 일했나? 하여튼 그 때 여기가 맘에 들더라고 나랑 분위기가 맞았던 거 같아. 그리고 다시 부에노스 아이레스로 돌아갔는데 자꾸 여기가 생각 나는거야 그리고 당시 난 부에노스 아이레스에서의 생활에 넌덜머리가 난 상태였고. 자네도 아는가 모르겠지만 그 곳 뽀르때뇨(부에노스아이레스 지역인들)들은 나랑 맞지 않거든. 그래서 나도 어느 날 갑자기 떠났지. 그냥 그러고 싶었어. 그런데 문제는 내가 모아둔 돈이 없었다는 거지. 그건 자네랑 비슷했네 그려 하하하. 난 돈을 잘 모으는 타입이 아냐 있으면 그냥 써버리네. 그래서 돈 없이 차를 얻어 타면서 왔는데 내 외모가 이래서인지 잘 태워주지 않더구먼. 네우껜 근처에선 진짜 먹을 것도 없고 그나마 남아있던 담배까지 떨어져 더 걸을 수도 없었어 그래서 도로가에 널부러졌지. 그때 진짜 죽었구나 했어. 그런데 신이 계시었는지 운 좋게 트럭이 내 앞쪽으로 서는 거야 보니깐 바퀴에 구멍이 난거 있지. 그래서 남았던 힘을 다해 일어나 바퀴 갈아 끼우는걸 도와주고 이곳까지 얻어 타고 왔지. 그리고 지금 이렇게 살아 있네.

난 그를 이해 할 수가 없었다. 그의 삶은 너무 미스터리 했고 마치 살아 있지 않은 귀신이 자신의 전생을 회고하듯 무겁고 고통스러운 삶을 한줄기 바람이 스쳐지나 간 것처럼 가볍게 이야기 하고 있었다.

우린 잠시 침묵을 즐기며 마떼를 번갈아 가며 마셨다. 마떼를 마시면서도 나는 그를 이해 하려 했지만 도저히 내 기준으로는 이해할 수가 없어 잠시 생각을 멈추고 창문 밖으로 뒷마당을 내다보았다. 눈은 계속 내리고 있었고 거의 꺼져가는 화로의 불씨에도 그리 추위를 느끼지 않았다.

그때 잠깐 동안의 침묵을 깨고 그가 말을 꺼냈다.

'이봐 자네 앞으로 어떻게 할 생각인가? 눈이 많이 내려 요 며칠간은 차편으로는 다니기 힘들 텐데. 특별한 계획이라도 있나?'

'아뇨. 지금은 돈도 없고 그리고 이 도시에서 머물고 싶거든요. 언제까지 일지는 모르겠지만요.'

'그럼 이러면 어떤가? 요즘 스키 철이라 손님들이 많아서 내가 일손이 부족하거든 보다시피 나 혼자 일하고 내가 영어도 할 줄 몰라서 불편한 점이 많네. 그러니 자네가 일을 좀 도와주지 않을 텐가? 돈이야 주긴 힘들지만 먹을 것과 담뱃값 정도는 줄 수 있네. 어떤가?'

나에겐 너무나 반가운 제안이었고 난 별로 생각할 겨를도 없이 그냥 제안에 승낙했다. 사실 은연중 그런 제안을 기다렸고 그가 하지 않으면 내가 부탁하려 했었다.

그는 마떼를 나에게 건네준 후 자리에서 일어나 텔레비전을 켰고 난 잠시 안드레아가 떠올라 그녀에 대해서 기억하려 애썼다.

'저 혹시 안드레아라고 아세요? 도시 입구 고속도로 주유소에서 일하는……'

'안드레아? 알지. 식품점하는 사무엘씨의 딸 아닌가? 근데 자네는 그녀를 어떻게 아는가?'

'예. 어제 주유소에서 알게 됐어요. 이곳도 안드레아가 알려줘서 온 거에요.'

'그런데 그녀에 대해서 뭘 알고 싶은가? 사귀어 보고 싶나? 하긴 안드레아가 매력적인 아가씨이긴 하지 항상 이상에 가득 차 있고 매사에 열심이지. 근데 난 안드레아의 동생인 끄리스띠나가 더 예쁘던걸. 내 친구 딸이지만 어떻게 한번 해보고 싶은 맘이 든다니깐. 하하하.'

다니엘씨의 말에서 특별한 정보를 얻을 수 없었다. 단지 이곳에서 몇 안 되는 그의 친구 중에 하나가 안드레아의 아버지라는 것과 사무엘 씨가 시내에서 그리 작지도 크지도 않은 식품점을 하고 있고 그녀가 두 자매의 맏이라는 것뿐이다. 더 자세히 묻고 싶었지만 왠지 어색해 그만 두었다. 그 후 축구와 도시에 대한 잡다한 이야기들을 나누다 점심시간이 되어 부엌으로 자리를 옮겨 요리를 하며 이야기를 이어갔다.

점심을 먹은 후 다니엘 씨와 나는 뒷마당으로 가 장작을 패기 시작했다. 몇 번 그가 시범을 보인 후 나에게 도끼를 넘겼는데 잘 되지 않았다. 그는 나의 빈약한 도끼질에 웃음 짓더니 할 수 있을 만큼만 하라고 주문한 후 자리를 떠났다.

〈6〉

한참 동안을 도끼질을 해댔다. 손바닥에서부터 올라오는 아픔과 함께 안드레아 생각이 났다.

어떻게 만날 수 있을까? 내가 다시 주유소로 찾아 가야 하나? 주유소까지 걸어가기엔 너무 멀었고 그녀의 전화번호를 다니엘씨에 물어 연락을 할까 생각이 들었다.

장작 패기는 생각보다 어려웠다. 거우 10조긱 징도를 만든 후 아파오는 손을 바닥에 쌓인 눈에다 대고 장작 위에 앉았다.

눈을 바라보니 어릴 적 한국에서 친구들과 눈싸움 하던 기억이 떠오른다. 그리고 학교 운동장의 나무 밑동에 딱딱하게 얼어 죽어있던 새 한 마리의 기억도 떠올랐다. 나는 눈을 두 손에 한가득 모아 꼭 눌려 마당 한

컨에 있는 애꿎은 소나무에 힘껏 던졌다.

그 때 건물 안에서 인기척이 들리면서 문이 열렸고 그녀가 서 있었다. 난 너무 반가웠다. 그녀는 짙은 밤색 바지에 황토색 코트를 입고 있었고, 어제는 모자를 써 제대로 볼 수 없던 그녀의 머리카락을 어깨 까지 늘어트리고 있었다. 너무 아름다웠다.

'안녕.'

그녀는 밝게 미소 지으며 나에게 인사를 했고 난 맘속으로 그녀가 나를 보러 온 것에 대해 가슴이 벅차 올랐지만 애써 감정을 숨기며 그저 미소와 함께 가볍게 인사했다.

'혹시나 해서 왔는데 여기 있었네. 근데 어제 왜 말없이 그냥 갔어?'

'응…… 그냥…… 바쁜 것 같아서.'

'난 니가 어제 말없이 가서 얼마나 서운했는데. 근데 아저씨한테 방금 들었는데 너 이제 여기서 지내기로 했다면서?'

'응. 그렇게 됐어.'

'잘됐다. 나 여기서 생활이 지루했었는데 나랑 친구하면 되겠어.'

'그래. 고마워.'

'뭐가?'

'아니 니가 잘해줘서 고맙다고.'

'하하 넌 별 걸 다 고마워 하는구나. 난 니가 관심이 가서 이러는거야.'

'뭐…… 하여튼.'

그녀와 대화 속에 서로 다른 문화에 조금 거리감이 느껴졌다. 기분 나쁜 이질감…… 항상 테두리 밖에 있는 이끼 같은 외로운 이질감이었다.

'너 지금 뭐 할거 있니. 별거 없으면 나랑 잠깐 나들이 가자.'

'글쎄……. 지금 장작도 패야 되고 너 일하러 가야 되지 않니?'

'일은 오후 4시까지 하러 가니깐 아직 2시간 정도 시간이 있어. 그리고 너 패논 장작을 보니 별로 아저씨한테 도움도 될거 같지 않은데 잠깐 나갔다 오자 내가 아저씨한테 잘 말할게.' 나를 조금은 놀리는 듯한 그녀의 표정이 귀여워 웃음이 나왔고 나 역시 그녀와 함께 있고 싶어 나들이를 하기로 마음먹었다.

남미 여자답지 않은 안드레아의 애교에 다니엘 씨는 별 말 없이 나들이를 허락했고 우린 건물에서 나와 걷기 시작했다.

잠시 말없이 걷다 그녀가 다시 말을 꺼냈고 특별한 얘기가 아닌 나에 대한 이런저런 질문을 했다. 그러다 어느새 어제 밤 개들이 출몰한 곳에 도착했다. 밝은 곳에서 보니 주변에 인가들이 몇 채 있었는데 확실치는 않았지만 어제 저녁에 본 그 셰퍼드가 집안 마당 한 구석에 목에 줄이 매어져 웅크리고 자는 듯했다.

순간 다시 어제 일이 떠오르며 공포심이 동반된 증오감이 일어났다. 밝은 태양아래서 보면 저렇게 아무것도 아닌 것도 어둠 속에서 공포를 만들어낸다는 것이 아이러니했다. 결국 공포도 내 가슴 깊숙이 살고 있는 작은 감정의 꿈틀거림이라고 생각했다. 난 항상 나를 이겨보지 못하는구나 하는 생각에 화가 났다.

'병신 같은 개새끼.'

난 나도 모르게 느닷없이 한국어로 욕지거리를 해버렸다.

어감으로도 어두운 에너지가 느껴졌는지 안드레아가 움찔했다. 난 재빨리 부드러운 미소로 그녀를 안심시켰다.

우린 시내를 차분히 걸었다. 작은 도시라 안드레아를 아는 사람들이 많은지 길에 있는 사람들이 우리를 가끔씩 흘끗 쳐다보았다. 하지만 사람들의 시선을 그녀는 전혀 이시하지 않는 눈치였고 오히려 내가 안드레아에게 부담이 될까 봐 자꾸 마음이 쓰였다.

'이 동네 사람들이 우릴 자꾸 쳐다보는 것 같지 않니?'

나의 물음에 그녀는 경쾌한 발걸음을 내디디며 나를 미소 진 얼굴로 바라보며 말했다.

'넌 너무 생각이 많은 것 같아. 그러지 말고 그냥 이 순간을 즐겨. 재미 있잖아. 표정들이……'

길을 걸으며 그녀는 듣기 좋은 목소리로 노래를 흥얼거렸고 어느 아담한 카페에 들어가기 전까지 나의 소극적인 태도 때문인지 그저 침묵만이 이어졌다.

'넌 애인이 있니?'

그녀의 질문에 왜 그런지 몰라도 내가 짝사랑하던 그 애가 생각났지만 다시 생각을 바꿔 내가 한 번도 여자를 사귀어 본적이 없음을 기억해 냈다.

'아니. 난 한 번도 여자를 사귄 적이 없어. 그저 멀리서 바라본 적은 있지만.'

'정말? 너 혹시 거짓말 하는 것 아냐? 아니지. 니가 그런 걸로 거짓말 할 리는 없고. 왜 여자친구가 없었니? 넌 아주 근사 한데 말야.'

그녀의 말에 난 피식 웃음을 지었고 오랫동안 한 여자를 짝사랑 했고 아마 그것 때문에 여자를 못 사귀어 본 것 같다고 설명했다.

'오! 너 멋있다. 하지만 질투 나는걸. 내가 그 여자였으면 좋겠어.'

그녀의 그런 직설적인 말에 갑자기 얼굴이 화끈거렸다. 그리고 그녀의 말이 농담이 아닌 진심이지도 궁금했다. 하지만 그걸 물어보면 그녀가 나의 이런 소심함을 이해하지 못할까 봐 말을 돌려 그녀에 대한 질문을 했다.

'그런 넌 애인이 있니.'

'아니. 나도 없어. 얼마 전까지 있었는데 여기 오기 얼마 전에 헤어졌어. 아직까지 조금은 생각나지만 이제는 괜찮아.'

난 당혹스럽게도 알지도 못하는 그녀의 전 애인에 질투가 났지만 그녀와는 반대로 그걸 표현하진 않았다. 한편 힘든 여행 속에 이렇게 그녀와 마주보고 있다는 것이 순간 나를 로맨스 영화 속에 주인공처럼 느끼게 했지만 예정되어 있을 이 만남의 목적지가 마음에 걸렸다.

'넌 언제 돌아가니?'

'글쎄 수업은 한 2주 후면 시작 되는데 언제 갈지는 모르겠어. 미리 가서 준비 할 것들이 있긴 한데 이번 주말에 갈지 아님 다음주 쯤에 갈지 아직 몰라.'

'그래……'

잠시 동안 서로 아무 말이 없었다. 그리고 어느새 뽀사다를 나온 지 한 시간이 훌쩍 넘어 버렸고 그녀의 출근 시간이 가까워져 그녀는 계산을 치른 후 나를 재촉해 카페에서 나왔다.

"내일 삼촌네 산장에 놀러 갈려는데 같이 가지 않을래? 호수가 근처인데 아주 멋있어."

"너 혼자?"

"아니 동생이랑 동생 애인하고 같이 갈거야. 동생 애인 차타고."

"너 일은 어떡하고?"

"난 내일이 쉬는 날이라 갔다가 다음날 점심시간 때까지 오면 돼."

"글쎄…… 난 다니엘 씨를 도와주기로 했는데."

"그건 걱정하지마. 내가 다니엘씨한테 허락을 받아줄게."

다니엘씨한테 미안한 마음이 들었지만 그래도 그녀와의 캠핑을 놓치고 싶지 않았다.

"근데 뭘 챙겨가면 되니? 거기에 이불도 있어?"

"그럼 필요한건 다 있어. 그냥 칫솔이랑 잠잘 때 쓸 편한 옷 한 벌만 가져가면 돼."

"그래. 그럼 몇 시에 떠날껀데?"

"음…… 점심 시간 후에. 내가 호텔로 들릴께."

"알았어."

그녀의 집 근처에 왔을 때 우린 작별을 했다. 작별할 때에 그녀의 따뜻한 포옹과 양 볼에 키스는 돌아가는 발걸음의 지루함을 잊게 했다.

그날 저녁 뽀사다에서의 시간은 바쁜 움직임 속에 빠르게 지났다. 화로에 불씨를 지피고 손님들의 이런 저런 부탁에 금세 밤이 깊어갔다.

〈7〉

다음날 아침에 넌지시 나의 캠핑 계획을 다니엘씨에게 물었다. 바쁠 때 미안하다고 양해를 구했는데 다니엘씨는 이미 안드레아의 전화를 받아 알고 있었다.

"여기 일은 신경쓰지 말게. 어차피 자네는 자유의 몸 아닌가?"

말의 의미와는 달리 그는 전혀 화가 난 것 같지 않았고 그저 다시 이곳으로 돌아 올 것인지를 물었다.

"허락하시면 다녀와서도 여기서 지내고 싶어요."

"그럼 그렇게 하게. 그리고 좋은 시간 보내게."

아무 일없이 오전을 소일하다 다니엘씨와 간단한 빵과 커피로 점심을 먹고 마떼를 마시고 있을 때 안드레아가 뽀사다의 문을 열고 들어왔다.

"안녕, 모두 다 잘 있었어요?"

밝은 미소로 인사하는 안드레아에게 나 역시 살짝 미소를 건넸다.

"내가 이 친구를 납치 하러 왔어요. 괜찮죠?"

다니엘씨한테 그녀가 말했을 때 무표정한 다니엘도 그때만큼은 웃음 지었다.

"안드레아, 너 아주 사랑에 빠졌구나."

안드레아는 다니엘씨의 물음에 내 생각과는 달리 사춘기 소녀처럼 부끄러워했다. 그리고는 고개를 나에게 황급히 돌리며 준비가 다 되었는지 물었다.

난 그녀의 그런 모습에 덩달아 어색해졌지만 한편으론 오랜만에 느껴보는 관심이어서 기분이 좋았다. 그녀의 그런 어색함이 나를 진심으로 좋아하고 있다고 느껴졌다.

난 준비해놨던 가방을 들고 다니엘씨에게 인사 한 후, 안드레아와 뽀사다에서 나왔다.

앞 마당엔 이미 그녀의 동생과 그 애인이 서서 기다리고 있었다. 다니엘씨가 말했듯이 그녀의 동생은 아주 미인이었다. 하지만 안드레아가 가지고 있는 그런 특별함은 없었다.

차를 타고 길을 떠난 우린 구름 한 점 없이 맑은 그날의 날씨를 감사했다.

한 시간 가량을 달려 아름다운 호수 근처에 있는 별장에 도착했고 짐을 풀기도 전에 안드레아는 나를 이끌고 호수가로 갔다. 우린 한참을 호수와 같이 고요히 풍경을 보았다. 그 정적을 깨고 안드레아가 말을 하기 시작했다.

"너무 아름답지 않니? 이렇게 잔잔한 바람이 우리의 볼을 스치고 햇빛이 호수 물을 찬란히 비추고 있어. 역시 자연은 아름다운 것이야."

난 마땅히 대꾸해야 할 필요가 없을 것 같아 그녀의 감탄들을 듣고만 있었다.

"자연의 아름다움은 누구나 볼 수 있어. 하지만 사람의 눈빛 속에 있는 아름다움은 스스로 아름다워야 볼 수가 있어. 너와 나처럼."

그녀의 말을 나는 이해할 수가 있었다. 그리고 그렇게 우리가 같이 있을 수 있다는 것도 그때서야 이해할 수 있었다. 어쩌면 내 방황의 끝이 보이기 시작했는지도 모르는 생각을 했다.

그리고 안드레아와의 결말이 생각했던 것과는 다를 수도 있을지 모른다는 희망도 생겼다.

누군가를 사랑해본 적이 너무 오래되었다는 걸 느꼈다. 나 자신마저도 질책과 비난의 대상으로 만들어놓고 혼자 괴로워하고 슬퍼하고 그런 자신을 마치 다른 사람 관찰하듯 한발짝 떨어져서 포기해버린 세월도 보상받을 수 있을 것 같았다. 문득, 다니엘처럼 나이들어가지는 않았으면 좋겠다는 생각이 들었다. 외롭고 건조하고 고독하며 아무런 희망없이 대를 끊기를, 스스로 죽어가기를 바라는 삶을 살고 싶지는 않았다.

자연 속의 밤은 더 빨리 찾아왔다. 저녁 식사 때 적포도주에 곁들인 양고기는 너무나 훌륭했다.

식사를 마친 후 다 같이 이런저런 대화를 나눴지만 대화는 의미없는 나열식의 대화는 나에겐 어색함만을 더해 주었다. 난 잠시 대화에서 빠지고 밖으로 나가 담배를 피워 물었다. 주변은 너무 고요해 담배가 타닥타닥 타는 소리까지 들을 수 있었다. 밤하늘엔 별들이 그 어느 때보다 가깝게 느껴졌고 모든건 평화로왔다.

담배 하나를 다 태우기 전에 안드레아가 나왔다. 그리고는 다가와 나에게서 담배를 건네 받아 한 모금 깊게 들이킨 후 연기를 내뱉었다. 잠시 후 어지러운지 바닥에 있던 장작 위에 앉았다.

"담배를 오래간 만에 피웠더니 좀 어지럽네."

그리고는 한 모금 더 들이킨 후 다시 담배를 나에게 건네며 말을 했다.

"난 지금 시집을 내려고 시들을 쓰고 있어. 너는 시를 쓰니?"

"응. 쓰긴 쓰는데 아직 누군가에게 보이는 게 부끄러운 수준이야."

"그건 아냐. 우린 지금 시속에 있는 거야. 우리의 모습 그대로가 시가 될 수 있는거야. 생각은 그만하고 우린 뭔가를 해야해 그것도 같이. 우리 시집을 같이 내자! 니가 반을 나머지 반을 내가. 그래서 시집을 들고 너의 나라로 가는거야. 그리고 너의 나라에 있는 우리 대사관에 찾아가 환영 리셉션도 받고. 너무 근사하지 않을까? 어때? 넌 나와 같이 할거지?"

그녀의 제의에 난 문득 두려움이 앞섰다. 혼자서 끄적여보던 서툰 한국언어들……. 그런 나의 글을 발표할 수 있을까? 내가 그런 수준이 될까? 내 자신에 대한 질문의 대답은 "노"였다. 그녀와 함께 무언가를 할 수 있다는 것은 행복한 일이겠지만 항상 결정적인 순간엔 난 내 자신을 믿을 수가 없었다. 항상 무기력 한 인간의 모습들만을 보아왔기 때문이라고 생각했다.

"난 자신이 없어. 난 제대로 글을 배운 적도 없고 남들한테 인정받을 만큼의 실력도 안되는 것 같아. 하지만 니가 원하면 널 도와줄 수는 있어

너의 시를 한국어로 번역할 수는 있거든.”

그녀는 나의 말을 듣고는 슬픈 표정을 지었다.

“우린 모두 변할 수 있어. 니가 어떤 문제를 가지고 있는지는 모르지만 그런건 잊어버려 이 세상에 변할 수 없는 것은 없어. 우린 함께 변화하고 발전 해야해.”

그녀의 말에 난 긍정도 부정도 할 수 없었다. 분명 변화 할 수 있는 것들이 있지만 그러지 못하는 것들이 나에겐 있었기 때문이다. 마치 이방인처럼 여덟 살 때 한국을 떠나온 이후로 말로 형용할 수는 없지만 어느새 살갗에 덕지덕지 붙어있는 이방의 냄새들……. 멋진 연극 속에서 항상 무대 한가운데로 갈 수 없는 이방인처럼……. 안드레아는 당당히 무대에 설 수 있는 테두리 안에 있지만 난 이곳에서도 이방인 아닌가? 난 그녀에게 그것을 설명하려 적당한 단어를 찾으려 했으나 끝내 표현할 수 없었다.

내가 별들을 보며 그녀의 말들을 되뇌일 때 그녀는 내 옆에 다가와 나의 오른쪽 팔을 잡고 머리를 내 어깨에 기대었다. 우린 말하지 않았고 별을 보듯 서로의 눈을 들여다보다 키스를 나누었다.

〈8〉

다음날 아침, 식사 후 하얀 눈밭을 산책한 후 점심시간 전에 우린 다시 에스껠로 돌아왔다.

캠핑에서 돌아온 후 이틀이 지나도 그녀를 다시 볼 수가 없었다. 전화 통화를 해봤지만 그녀의 목소리엔 나에 대한 배려가 없었다. 사랑스러운 목소리로 말했지만 살갑게 느껴지지 않았다. 그녀를 이해할 수 없음에 난 불안에 떨었다.

정말 우스운 꼴이었다. 언제부터 이렇게 누군가에게 연연해 했었는가. 고작 키스 한번에. 마치 그녀가 나의 전부인 것처럼 착각해버리는 자신이 우스워졌다. 그러나 안드레아의 생각은 머릿속을 가만 놔두지 않았다.

다행히도 호텔에서의 바쁜 일과로 어느 정도 그녀를 잊고 지낼 수 있었다.

그날 밤도 눈이 내리고 있었고 낮에 스키로 피곤한 투숙객들은 일찍 잠자리에 들었고. 나와 다니엘씨는 일과를 마치며 뜨거운 마떼와 담배로 밤의 정적을 즐기고 있었다.

"자네 여기서 자리를 잡는건 어떤가? 이곳은 나름대로 괜찮은 곳이야."

"글쎄요……. 근데 제가 여기서 자리를 잡을 수 있을까요? 난 가진 게 아무것도 없는데요."

"원하기만 한다면 방법이 있겠지."

난 한참을 고민을 했지만 아무런 결정도 떠오르지 않았고 그저 안드레와의 미래들이 진정 이뤄질까 하는 생각만이 주변을 맴돌고 있었다.

너무 깊게 들이킨 담배 때문인지 머리가 어지러워졌고 외로움에 못 이겨 솔직한 나의 심정을 다니엘씨에게 털어놓았다.

"실은 조금 두려워요. 집을 나올 땐 나름대로 내가 원하는 것을 얻을 수 있을 것 같은 기대감이 있었는데 막상 나와보니 다 허상인 것 같아요. 안드레아와의 관계도 잘 알 수가 없고…… 그래서 지금은 아주 혼란스러워요. 다시 돌아가기도 두렵고 어느 곳에 정착 하려 해도 마음속은 반대로 그곳에 완전히 머물게 될까 봐 두려워요."

"허허. 자네는 이제 보니 꼰도르가 아니라 줄 끊어진 풍선이로군."

"꼰도르라뇨?"

"이곳 안데스 산맥엔 꼰도르라는 새가 살지. 인간들 중에도 그 놈들처럼 날아다기만 하는 부류가 있어. 바닥에선 오래 있을 수가 없는 족속이지. 뭐 놈들의 일생이야 꼰도르의 벗겨진 대가리처럼 볼품없지만 아주 높게 날기 때문에 많은걸 볼 수는 있지. 꼰도르란 놈들이 왜 높이 날려고만 하는지 아나? 그 놈들은 오래 공중에 떠 있을수록 자신이 먹을 것과 있을 곳을 더 잘 볼 수 있거든. 그리고 이 녀석들은 동물의 시체를 먹이로 먹는데, 먹이를 발견하면 꼰도르는 주위가 안전한지 오랫동안 살피네. 싸우는 걸 좋아하는 녀석들이 아니야. 근데 난 하루에도 수백 킬로를 홀로 날아다 니는 그 녀석들이 외로워 보인다네……

하여튼 내가 자네한테 말해주고 싶은 것은 바람이 다 빠져 다시 땅에 발을 디디거든 그땐 힘차게 땅을 밟아 보라는 것이네 그것이 아주 중요하 거든. 어디든 밟아봐야지 자기의 둥지가 어디쯤에 있는지를 알게 되지 않 겠나?… 자네의 고민이 뭔지는 잘은 모르겠지만. 내 경우엔 젊었을 때 뭐 일종의 향수 병으로 고생을 좀 했거든. 내가 고향이라고 알던 곳이 없어졌 으니 더 심하게 앓았지. 하지만 말야, 나중엔 지금 내가 지금 밟고 있는 땅이 내 고향이라는 것을 깨달았지. 땅을 제대로 밟고 나서 자네의 목적지 를 찾아보게. 가는 방법이나 가려는 곳은 자네의 자유이네 자네의 인생 아닌가.

하지만 너무 복잡하게 목적지를 생각하지 말게 그러면 가는 길도 복잡 해지거든. 자네의 목적지는 지도가 아니라 자네의 가슴속에 있지 않겠나? 지도만 보고 가다가는 길을 잃고 헤맬 수도 있지."

나는 그가 만남 이 후 처음으로 긴 말을 하는 동안 아무런 생각도 할 수 없었다. 마치 콘도르가 되어 바람을 타고 떠 있는 느낌이 들었다.

그는 말을 마치고 다시 마떼를 마시기 시작했다. 눈은 계속 내리고 있었 고 장작은 은은히 타고 있었다. 그 후에도 여러 가지 대화를 나누었고. 피곤해진 우린 잠자리에 들었다.

〈9〉

다니엘씨의 뽀사다에 온지 일 주일째 되던 날 저녁. 난 안드레아의 전화 를 받았다. 그녀는 다음 날에 학교 때문에 다시 마르 델 쁠라따로 떠난다 고 말했다. 우린 서로 무슨 말을 해야 할지 몰라 정적만이 흘렀다. 이대로 이별을 해야 하는 것인지 아니면 나도 같이 가야 하는 것인지. 우선 난 그녀를 만나보기로 마음먹었고 전화를 끊고 그녀의 집 앞으로 급히 발걸음을 옮겼다.

약속 장소인 그녀의 집 근처 공원은 낮에 내린 눈으로 덮여 있었고 주위엔 아무도 없었다.

내가 도착한지 10분 가량 후에 그녀는 나타났고 나에게 안겼다. 우린 손을 잡고 벤치에 앉았다.

"갑자기 떠나네."

"그렇게 됐어. 준비해야 할 일들이 생겨서."

"그럼 이렇게 헤어지는구나."

"헤어지긴 우린 같이 해야 할 것들이 있잖아."

"내가 너와 같이 가길 원하니?"

그녀는 나의 물음에 잠시 고민하는 듯 했지만 금세 미소를 머금고 나에게 대답했다.

"나와 함께 가길 원해."

그리고는 그녀는 다시 나에게 안겼고 우린 확인하듯 서로의 입술을 탐닉했다. 부드러운 그녀의 입술에서 난 문득 안드레아가 나의 둥지일까? 하는 생각이 들어 불안해 졌다. 그녀는 내가 무언가를 말해야 할 차례라는 듯 아무 말 하지 않았다. 그러나 내가 계속 말이 없자 그녀가 나에게 물었다. 내가 자신이 마르 델 쁠라따 에서 살아갈 어떤 목적이 있는지를. 난 솔직히 대답해줘야 했다. 지금 나에겐 안드레아 이외에 어떠한 이유나 목적을 찾을 수 없었기 때문에 번득이는 까닭들을 만들어내지 못했다.

"나에게 목적은 너야."

긴 침묵…….

나의 대답에 그녀는 부담스럽다고 했다. 그리고는 그녀는 내게 어떤 목적을 가지길 원했다. 그녀는 내가 새로운 곳에서의 생활을 도울 수는 있지만 자신 만을 바라보고 모든 걸 거는 듯한 나를 부담스럽다 했다. 그녀는 나의 과거를 이해하지 못할 것이다. 테두리 안에서 사는 그녀로서는 당연한 요구였지만 이방인인 나로서는 그녀가 나에게 무엇을 원하는지 정확히 이해할 수 없었다. 그녀는 땅 위에 둥지였고 나는 그저 풍선이었다. 갑자기 나도 땅을 밟고 싶다는 생각이 들었다. 하지만 쉽게 밟을 수 없을거라는 생각도 동시에 들었다.

"안드레아. 부담스러워 하지마. 난 모든걸 다시 생각해봐야겠어. 마르델 쁠라따에 가는거든 뭐든 모든걸 전부 다시 봐야 할 것 같아."

그녀는 전혀 이해할 수 없음을 침묵으로 대신했다. 이해할 수 없었을 것이다. 나의 땅은 나만이 밟을 수 있다는 걸 나는 알아버린 것 같았다. 그 오묘하고 아릿한 느낌을 그녀에게 말할 수도 전할 수도 없었다.

우린 공원을 떠나 그녀의 집 근처까지 다가갔고 어느새 작별해야 곳에 도착했다.

"넌 나를 좋아하긴 한 거니?"

그녀의 차가운 물음에 나는 슬픈 표정을 지으며 말했다.

"그래 좋아했어. 그런데 난 아직 누굴 좋아할 자격이 없는 것 같아. 난 아직 나도 없거든. 현실엔 없는 내가 현실에 누구를 좋아할 수 있겠어. 미안해."

나는 그녀를 와락 끌어안았다. 그녀를 다시 볼 수 없을거란 생각에 안타까워 견딜 수 없었다. 껴안고 놓아주고 싶지 않았다. 하지만 그녀를 진정으로 안아줄 수 있으려면 난 진정으로 무언기를 찾아야 한다는 것을 알았다. 나는 온몸으로 그녀를 느끼며 그녀를 풀어주었다. 그리고는 그녀에게 물었다.

"우린 다시 만날 수 있을까?"

"서로 사랑한다면 만날 수 있겠지."

"그래. 맞아. 사랑한다면……"

〈10〉

그녀가 마르 델 쁠라따로 떠나는 날 아침. 난 멍해진 머리를 견디기 위
해 뽀사다의 뒷마당에서 장작을 팼다. 이제는 제법 익숙해진 솜씨에 얼마
지나지 않아 이틀 분의 장작을 패놓을 수 있었다. 땀이 흘렀고 서늘한 날
씨가 땀을 식혀주었다.

상쾌한 기분이 아주 오랜만에 찾아왔다. 장작을 패면서 모든 고민들이
혼돈 속으로 숨어버린 듯 멍해져 버렸다.

장작 더미에 앉아 맑은 하늘을 바라보며 모든 걸 잊었다. 밖으로만 향하
던 내 관찰자의 눈이 스스로를 들여다보고 있었다. 그 순간은 완벽했다.
그 무엇도 나를 얽매지 못했고 난 자유로웠다. 그리고 이제까지 다녀본
곳이 아닌 다른 곳을 상상하기 시작했다. 하지만 예전에 상상했던 막연한
상상이 아닌, 이젠 한 발 한 발 앞으로 나아갈 수 있을 것 같은 희망의
상상이었다.

오후가 돼서 다니엘씨에게 작별을 고하고 길을 떠났다. 날 떠나보내는
다니엘씨도 웃는 나의 얼굴을 보며 미소지었다. 떠나는 나는 올 때와는
다른 나였다. 그것은 설명하기 힘든 기쁨이고 환희였다. 그것들이 모든
것을 가볍게 했다. 나의 마음은 산들바람처럼 가벼워졌다. 가벼움! 얼마
나 아름다운 영혼의 단어인가?

나를 태워줄 누군가를 기다리며.

(『열대문화』 제11호, 열대문화동인회, 2013)

"나야."

"어, 누나. 잘 도착했어? 비행기 안에서 고생은 안 했구?"

"그러엄, 잘 왔지. 넌 괜찮지?"

"그럼, 누나 걱정하지마. 언제 또 와?"

'어머, 얘는……. 걱정하지 말라면서 방금 도착하자마자 전화하는 사람한테 공항에서 묻던 말을 또 하네.' 속마음은 그래도 말은 다르게 나간다.

"금방, 일 년 동안 열심히 일하고 또 갈게."

"어……."

정 깊고 눈물 많은 막내는 기어이 또 눈물을 훔치나 보다. 그 전해오는 아픔에 나도 이내 눈시울이 붉어진다. 위암 절제 수술, 사업 실패, 이혼. 그 동안의 고통을 고스란히 말해주는 듯한 동생의 마른 등을 하염없이 쓰다듬었던 손을 다시 들여다본다.

"운동 열심히 하고, 편하고 넓은 마음으로 지내. 지나간 시간은 털어버리고 새로운 생활에 감사 하렴."

"그럼요, 그래야지. 그러고 있어. 편안해요, 지금은. 누나, 와 줘서 정말 고마웠어. 끊을게요."

공항에서 집에 들어서기가 무섭게 아틀란타에서 도착 전화를 기다릴 동생한테 전화부터 한 나는 작은 테이블 옆 의자에 앉아 숨을 돌리며 동생과 함께 했던 일주일간을 생각한다.

"어우, 무슨 짐이 이렇게 무거워, 누난 힘도 좋아."

"야, 내가 들고 오냐, 비행기가 날라다 주는 데 무슨." 거두절미하고 칠년 만에 하는 인사법이 우리 형제들의 친밀감의 표현이다. 밝고 힘찬 기억의 누나인데 …… 우리 누나도 많이 늙었네 하는 안타까운 마음에 괜한 짐 탓만 하는 동생의 마음을 읽는다. 나 또한 염색도 못하고 허겁지겁 온 여행길에 너무 초라해 보이진 않을까.

　하면서도 할 수 없지 나도 오십이 훌쩍 넘고 있는 데 뭐. 내 나이만큼 보이겠지…… 했어도, 분명 내 동생 맞는데. 늘 댄디 스타일이었던 막내 동생의 상한 얼굴을 본 순간. 어떻거나, 어쩌나…… 얘를…… 울컥 오르는 눈물을 퉁명스런 대답으로 막는다. 돌아가신 엄마가 저 모습을 보셨으면 어쩌셨을까. 내 가슴도 이런데. 털썩 주저앉아 눈물조차 보이지 않으셨겠지.

　"엄마한테는 알리지 말아요, 누나." 동생이 부탁을 안 해도 엄마한테는 그 소식을 전할 수가 없었다. 암수술하고 치료받는 상한 모습 안 보이려고 몇 년에 한 번씩 막내아들 보러 가는 미국 여행을 이 핑계 저 핑계로 막았던 동생. 엄마가 돌아가셨다는 소식에도 한국을 못 갔던 우리 남매는 전화기만 붙잡고 얼마나 얼마나 울었는지 기억만으로도 가슴이 미어진다.

　"누나, 한번 와 주지. 여기……."

　"누나, 여기 좀 와 줘."

　전화 속 인호는 몇 번씩 나를 잡아당긴다. 아니 아틀란타가 어디 요기 옆 동네야. 내 형편을 아는 거야, 모르는 거야, 얘는. 그래도 전자여권을 받자마자 식구들의 배려로 비행기를 탔다.

　"맛있지…… 누나."

　"응. 디게 맛있어." 오트밀과 베이글에 달짝지근한 크림치즈를 듬뿍 발라 맛나게 먹는 내 모습을 부드러움이 가득한 눈으로 자꾸 묻는다.

　"브라질에 그거 없어? 갈 때 사 갖고 가." 브라질 갈 때 사가. 그거 우리 엄마 늘 나한테 하시던 말씀인데. 그리움에 가슴이 싸 하다.

　"어? 없어. 아니 몰라. 있거나 없거나 상관 안 해. 내가 모르면 없는 거야."

　"히히. 누나 맞네. 그 고집은 여전해. 누나, 슈퍼 가는 데 같이 갈래? 피곤하면 쉬고."

　"아니…… 나도 같이 가." 냉장고에 넣을 것 넣고 테이블 정리하는 사이.

　"목도리 하고 나와, 누나. 나 시동 걸어 놓을게. 저녁이 다 돼가서 기온

이 많이 내려갈 거야. 모자도 쓰고 나와…… 그 모자 잘 어울리더라. 아틀란타는 거의 눈이 안 오는데 누나 온 김에 선물처럼 눈이 내렸으면 좋겠다." 어이구 저 자상함. 잘 어울린다는 말에 모자를 집어 든다. 힐끗 거울한 번 보고 벽난로 스위치를 점검하며 미국은 이게 멋지더라 하며 부지런히 나선다.

차창 밖으로 다가오는 풍경은 낯선 곳이라 그럴까. 여행자 특유의 자유로움일까? 일상의 벗어난 설레임. 한 낮의 끝자락에 순간마다 검은 밤으로 빠져가는 이 순간. 하늘 저 멀리부터 짙푸른 자락을 풀며 감싸 안는 듯하다. 편안함에 젖은 눈으로 운전하는 동생의 옆모습을 본다.

"인호야…… 지금 이 시간 난 참 좋아해. 내가 나 아니어도 좋을 듯한 이 순간. 오 분도 채 안되는 짧은 이 시간에 난 옛날로 가는 시간 여행을 하곤해. 한 삼십오 년 전쯤의 세검정 살 때쯤으로 가는 거지. 우리 옥상에서 종문이가 한창 이소룡에 빠져서 그 발차기 하는 포즈 사진 찍으라고 법석대다가 할머니한테 무지 야단맞았던 적 있잖아. 너는 사진 빨리 못 찍었다고 더 혼나던 그때 말이야. 그립지 않냐."

"아이구 누나. 난 싫어. 그 시절로 돌아가면 형한테 걸핏하면 맞았는데. 심부름 시키고도 마음에 안 든다고 혼내고 매운 반찬 못 먹는다고 혼내고. 아니 그 인간은 티비 보며 웃어도 시끄럽다고 못 웃게 했다니까. 참나, 저는 낄낄대면서도."

"얘는, 인간이 뭐야, 형한테."

"미안. 우리 둘 뿐이잖아. 그 시절은 안가…… 지금이 좋아. 사람이 이렇게 고통스러워도 괴언 이겨 내고 실아질까 했던 그 아픔 속에서 나온 시금이 좋아. 견딜 만해 누나."

"……. 그러게. 그렇더라. 인호야. 사람은 태어나면서부터 각자가 겪어나갈 짐 보따리를 갖고 태어나는 게 아닐까 싶어. 그 속에는 고통과 두려움, 실패, 절망. 아, 당연히 그 만큼 아니면 더 큰 고통을 이겨낼 수 있는 강인함, 절망과 아픔을 넘을 수 있는 용기와 감사함, 무엇보다 귀하고 강한 사랑과 위로가 들어있는 삶의 보따리 말이야. 각자 다른 색채와 다른 모양일 뿐. 누구에게나 다 똑같은 무게와 같은 부피로 말이지.”

“누구에게는 뾰족하게 가는 모습의 한 고통이. 또 다른 이한테는 굵지만 짧은 모습의 고통이 말이야. 각진 모습을 한 실패도 있겠고 작은 가시로 둘러싼 절망이란 놈도 있겠고. 하지만 인호야, 바로 그 놈들 옆에는 둥글고 혹은 너무 커서 거기 들어있다는 것조차도 모르는 사랑과 위로가 있는 거지. 작은 알맹이 모양을 한 수없이 많은 이웃의 사랑과 관심이 있는 거야. 우리는 아픈 것만 유난히 예민하지 내 등을 쓰다듬듯 작은 사랑의 알맹이가 우리 등을 보호하고 있다고는 생각을 못하는 거지. 여유가 없는 거야. 어때. 얘기하다 보니까 더 확 가슴에 와 닿네. 정말 그런 것 같지.”

“그러네. 좋네. 좋다. 누나랑 이런 얘기도 하구. 작은 알맹이 그거 내가 느꼈던 것 같네, 누나.”

이렇게 하나씩 깨우쳐 가고 배우고 또 다져지고. 그렇게 알아 가는 게 인생이 아닐까 해. 나이 들며 남을 설득하려 하는 것 보단 이해하고 남을 고치려 하기 보다는 내가 양보하는 그런 지혜 말이다. 상대방이 틀린 것이 아니고 나와 좀 다른 의견을 가진 것이란 깨달음. 그런 과정이 그리 쉬운 일은 아니지만 자꾸 반복하다 보면 그것도 다 내 것인 양 되는 날이 오겠지. 일주일간의 짧은 여행이었지만 어릴 적 동생과 함께 했던 이십여 년의 세월보다 더 길게 느껴지는 넉넉함으로 동생의 말을 기억한다.

“누나, 올 한 해 365일 중 지금 3백여 일의 계단을 하루하루 힘들게 내려왔어. 한 계단씩 내려오며 한 가지씩 다 버렸어. 사람에 대한 불신도 건강에 대한 불안감도 무기력하게 만드는 상실감도 고통도 버리는 법을 배웠어. 아니 비어야 다른 것이 채워진다는 걸 알게 된 거지. 이젠 거의 다 비어가고 있는 듯한데. 편해. 고대 전설에 독수리는 주기적으로 태양 가까이 날아가 낡은 기력을 버리고 새롭게 돌아오곤 한대요. 그 독수리처럼 힘차고 신나게 새해로 다시 날아오를 거야. 누나 말대로 다시 추스르고 등을 움직여서 내 등을 찌르던 아픔의 조각들을 저 속으로 들어가게 할거야. 둥글고 따듯한 감사의 조약돌이 내 등을 감싸게 할거야. 이젠 자신이 있어요. 고마웠어, 누나. 날 보러 여기까지 와 줘서. 그런데, 누나. 언제 또 와?"

(『열대문화』 제10호, 열대문화동인회, 2012)

이한규가 탄 쌍빠울 직행버스는 한 포기의 수채화와도 같은 벨로리존띠시의 고층건물들을 멀리 뒤로 두고, 띄엄 띄엄 까르나우바 종려수가 외롭게 서 있는 한적한 황무지를 지나 빠이네이라의 희붉은 꽃들이 여인의 양산처럼 화사하게 피어있는 계곡을 누비며 BR-55 고속도로를 날 듯 달리고 있었다.

"젠장, 난 어찌 그리 재수가 없담! 보는 족족 그 꼴들이니 말이야! 아니, 언제 내가 미인 찾았나. 미인 아니라도 좋단 말이야! 그러나 최소한 보통쯤은 되야 할 게 아니냐 이런 말이야! 아니, 그놈의 콧구멍은 그래 뭘 먹겠다고 하늘만 바라보고 있담! 콧구멍은 그래 그렇다하자. 그놈의 눈까풀은 왜 또 그리 부었담! 땡비굴을 밟았나 한눈팔다 도리깨에 얻어 맞았나……. 체!"

홧김에 대합실 빠르에서 까샤샤 두잔을 단숨에 들이키고 정신이 몽롱해진 이한규는 차창 밖으로 고개를 떨어뜨리고, 오그라드는 혀끝을 굴리며 입 속으로 중얼거리고 있었다.

그는 한 친구의 소개로 벨로리존띠에 사는 혼기를 놓친 한 장로의 딸을 선보고 돌아오는 길이었다.

7년 전에 가족과 함께 브라질로 이민을 온 그는 한국에 있을 때 이미 혼기가 찼으나, 마땅한 처녀를 만나지 못하고 훌쩍 이민을 오고 보니, 눈 깜짝할 사이에 서른아홉이라는 어굴한 노총각이 되고 말았다.

브라질에 와서도 선을 보지 않은 것은 아니나 선이라고 보는 족족 연분이 아니어서인지, 아니면 상대의 언짢은 부분만이 확대되어 돋보이는 그의 괴벽스런 눈 탓인지, 어쨌든 혼담이 한 번도 매듭을 맺어진 적이 없었다.

그는 기왕에 노총각으로 늙을 바에야 브라질 여자를 아내로 맞아서 안 된다는 법이 없지 않겠는가 하는 생각이 들자, 한때 브라질 아가씨들에게 관심을 쏟은 적도 있었다. 물론 그의 관심의 대상은 유색 혼혈종이 아니라, 구라파계의 혈통을 이은 순 백인여성이었다.

그가 백인여성에게 관심을 쏟게 된 원인을 굳이 말하라면, 그간, 팔자에 있는 한국 아가씨를 그가 만날 수 없었다는 이유도 있겠으나, 그보다도, 그의 눈에 비친 백인여성들이 한국여성에 비해 두드러지게 아름답고 관능적이었다는 사실을 들지 않을 수 없었다.

그는 길 가는 백인 아가씨들의 미니사이야 밑으로 드러난 푸짐한 허벅지가 눈에 띌 적마다 그리고 터놓은 사이로 노출된 터질 것만 같은 젖가슴이 그의 눈을 스칠 적마다 그는 그 엄청난 도전에 저항할 힘을 잃고 흘끔흘끔 곁눈으로 훔쳐보곤 했다.

어느 날 그는 저녁상에 둘러앉은 가족들에게 브라질 처녀와 결혼할 의사가 있는 듯이 슬쩍 비춰 본 적이 있었다.

물론 그는 특별히 점 찍어놓은 아가씨가 있었던 것은 아니나, 국제결혼에 대한 가족들의 속셈을 한번 떠보고 싶은 심정에서였다. 결과는 과연 그가 추측했던 대로였다.

이한규의 말이 떨어지기가 무섭게 가족들은 두 손을 휘저으며 온통 반대 시위를 했다. 그후부터 그는 국제결혼은 아예 생각하지 않기로 다짐했던 터였다.

언어, 풍습, 생각하는 방식, 그리고 전통과 가치관이 다르고 생소한 이민족간의 갑작스런 결합이 성공하기 어렵거니와, 굳이 선험자들의 전철이나 통계를 무시하고 스스로 위협을 택하는 그런 어리석음을 범할 이유가 없으며, 생김새가 좀 백인만 못하더라도 역경에 처해 있을 때 서로 이해하고 참을 수 있는, 같은 생각과 가치관을 가진 동족끼리 결합하는 깃이 현명하고 안전한 선택이라는 그들의 지론이 그에게도 그럴 듯하게 생각되었기 때문이다.

버스는 오리베이라라고 불리우는 간이 정류장에서 정차했다. 손님들에게 점심과 용변의 편리를 제공하기 위해 잠시 쉬었다가 가는 곳이다.

손님들이 몰려 내렸다. 그때까지도 취기가 가시지 않은 그는 내리고 싶은 의욕이 도저히 나지 않았다. 여간해서 낮술을 마시는 법이 없었던지라 몸이 나른해서 그는 움직이기조차도 싫었다. 그는 물끄러미 창밖을 내다보고 있었다. 메마른 유칼리 나무 빈 가지에 우르부 한 마리가 멍청하게 앉았다 날아간다. 정원엔 이름 모를 열대 화초들이 화창하게 꽃을 피웠는데, 한 쌍의 노랑나비가 꽃들 사이를 누비며 무희처럼 춤을 추고 있다. 이한규의 시선은 문득 정원 한 모퉁이의 철책에 기대어 속삭이고 있는 한 쌍의 젊은 남녀에게 머물었다. 그들은 한 컵의 오렌지 쥬스에 빨대 한 개를 꽂아놓고 번갈아가며 빨고 있었는데, 일초가 멀다고 잉꼬새처럼 볼에 입을 맞추고 뺨을 비벼대곤 한다. 그러다가도, 그것도 시원찮다는 듯이 그들은 허리에 감았던 팔로 목을 껴안고 길고 뜨거운 키스를 한다.

시종 그 광경을 바라보고 있던 이한규의 입에선 절로 무겁고 긴 한숨이 새어 나왔다. 그 광경은 조건 반사적으로 이한규의 잊을 수 없는 회한에 찬 추억의 한토막을 일깨워 놓았기 때문이다. 이한규가 브라질에 이민 온 지 3년째 되던 해였다.

뽄따그로사에서 볼 일을 보고 돌아오는 길에 버스가 꾸리찌바에 닿았다. 그날따라 꾸리찌바는 폭풍우와 진눈깨비로 온 시가가 온통 뒤흔들리고 있었으며, 견디기 어려운 매운 날씨였다. 확성기가 울렸다. 버스가 고장이 났으니 뽄따그로사발 1624호 버스의 승객들은 모두 뒤차로 옮겨달라는 내용이었다. 승객들은 부랴부랴 버스를 내렸다. 뒤차의 좋은 앞자리를 먼저 점령해야 하기 때문이다.

이한규가 뒤차에 올랐을 땐 이미 앞좌석은 모두 점령당하고 맨 후미 변소 옆에 빈 좌석이 하나 남아있었다. 그리고 그 곁 좌석엔 흰 목도리로 목서부터 머리까지 온통 휘감은 한 여인이 웅크리고 앉아 있었는데, 그녀는 장갑 낀 손으로 입을 덮고 열심히 책을 읽고 있었다.

"저, 미안합니다⋯⋯."

이한규가 정중히 인사를 하자, 여인은 시선을 책에 둔 채 잠자코 이한규에게 무릎을 비켜준다.

좌석은 생각보다 아늑했다. 휘몰아치는 폭풍우 소리도 소란한 엔진소리도 잘 들리지 않았다.

부인은 어쩌다 한 번씩 시선을 책에서 떼곤 장갑 낀 손으로 이마를 고이고 사색에 잠기곤 했다.

이한규는 부인의 얼굴이 궁금해지기 시작했다. 눈과 코만을 남겨놓고 머리 전체를 목도리로 감고 두르고 한 그녀의 연령을 그는 도무지 알 길이 없었다. 회색 쟈켓에 약간 빛이 바랜 청바지를 입은 모습으로 봐선 20대의 젊은이 같기도 하고, 한편 그만한 추위를 못견뎌서 목도리에다 장갑까지 끼고 미륵같이 웅크리고 앉아 책을 보고 있는 대범하고 차분한 몸가짐으로 봐선 틀림없이 40대의 중년 부인같이 보이기도 했다.

"야아, 오늘 날씨 한번 맵다."

이한규는 손을 비비며 그녀를 향해, 독백 같기도 하고, 호응을 기대하는 듯도 한 애매한 말투로 중얼거렸다.

자기에게 건넨 말인 줄을 늦게야 눈치챈 듯이 그녀는 조용히 고개를 들고 장갑 낀 손을 입에서 떼더니, 무표정한 얼굴로

"네, 몹시 춥습니다."하곤, 다시 책으로 고개를 떨어뜨렸다.

이한규는 꿀꺽 마른침을 삼켰다. 이한규의 안구에 비친 그녀의 얼굴이 상상을 초월한 놀라운 미인이었기 때문이었다. 30이 되었을까 말까 해 보이는 그녀는 솔직히 말해서 그가 이민 오기 전은 물론이요, 그 후에도 일찍이 본 적이 없는 희귀한 미인이었디.

사색하는 듯한, 오목한 푸른 눈동자, 빗어 세운 듯 오똑 솟은 지성적인 코, 고운 솜털에 쌓인 깔끔한 피부, 야무지게 다문 보드라운 입술, 게다가 약간 쌀쌀한 듯이 보이는 그녀의 인상을 중화시켜 버리는 애기 같은 긴 속눈썹, 그리고 자기의 미모를 의식하고 있지 않는 듯이 보이는 그녀의

천진성하며, 그녀는 마치 이른 봄 목장 길가에서 발견한 들꽃처럼 싱그럽기까지 했다.

격조 높은 그녀의 미모를 정면으로 보고 난 이한규는 더 이상 시시한 수작을 계속 할 용기가 아예 나질 않았다. 게다가 백인에 대한 열등의식이 잠재의식 속에 깊숙이 뿌리를 박고 있는 이한규는 자기의 치째진 눈꼬리에 가마잡잡한 두루뭉수리 같은 자신의 얼굴이 거울 앞에 섰을 때처럼 두드러지게 돋보이는 것을 어찌할 수가 없었다.

그가 대학 일차시험에서 영문과를 낙방하게 되자, 이차시험에서 굳이 스페인어과만이라도 택해야만 했던 심정이나, 정든 고향산천을 버리고 낯설고 외로운 백인의 나라에다 뼈를 묻겠다는 각오를 하게 된 것이나, 이민 수속을 하는 2년 8개월 동안을 하루도 거르지 않고 학원엘 다니면서 뽈뚜게스 회화를 익혀야만 했던 그 극성이나, 그 모든 것이 지금에 와서 생각하면, 백인에 대한 그의 열등의식을 보상해 보려는 잠재의식에서 연유한 소치였다는 사실을 그는 외면할 수가 없었다.

그의 백인에 대한 콤플렉스는 이미 초등학교 때 시작되었다. 6.25동란 때, 그의 고향인 오리꼴 뒷산에 야전천막을 치고 주둔한 미육군 병사들을 그가 처음 만났을 때부터였다.

장승같이 큰 키, 균형 잡힌 허멀건 허위대, 씻은 배추 속 같이 흰 피부, 하늘같이 푸른 눈동자, 옥수수 속 수염 같은 황금빛 머리카락, 게다가 난리 통에 헐벗고 굶주리며 추위에 떨고 있었던 이현규의 어린 눈에 비친 그들의 넘치도록 풍요한 군수물자와 식생활은 그들이 지구상에 사는 사람같이 보이지 않고, 어느 먼 위성에서 날아온 우주인같이 신비스럽게만 보였다. 그때부터 이한규의 여린 마음 속에는 어찌할 수 없는 백인에 대한 열등의식의 원천이 터전을 잡고 말았다.

역시 초등학교 때였는가 싶다. 언젠가 서울 세종로에서 국제 마라톤대회가 있었는데, 그의 앞에 서서 경기를 구경하고 있는 한 서양 아가씨의 살랑이는 금발이 너무나도 곱고 신기해서, 불현듯 만져 보고 싶은 충동에 사로잡힌 그는 살며시 아가씨의 머릿단까지 손을 몰고 갔으나, 막상 손을 대려고 하자, 도둑질을 하는 것만 같이 가슴이 마구 두근거리는 바람에 끝내 소원을 이루지 못하고 포기하고만 적도 있었다.

그런가 하면 또 이런 일도 있었다. 그가 브라질에 도착하고 몇 일이 안 되었을 때였다. 그는 생업을 찾기 위해 온 쌍빠울 시가를 이 잡듯 뒤지고 다녀야했다. 어느 날 쁘라싸따세에 이르자 피곤도 달랠 겸 아카시아나무 그늘에 놓인 밴취에 앉아 무심코 내민 그의 낡은 구두를, 맥고모자를 쓴 한 허름한 영감이 헐떡이며 정성껏 닦고 있었는데, 영감은 이한규와 눈이 마주칠 적마다 빙그레 웃곤 했다. 이한규는 그제사 그 영감의 눈이 코발트와 같은 푸른 빛을 하고 있었으며, 그의 머리카락이 또한 연갈색의 금발임을 발견하자, 한동안 무엇인가가 잘못된 것만 같은 표현할 수 없는 야릇한 충격에 사로잡혔던 일이 아직도 그의 기억 속에 그대로 남아있다.

이한규는 지금 자기 곁에 아무렇지도 않게 붙어 앉아 책을 읽고 있는 이 아름다운 금발미인이 다름아닌 자기가 어렸을 때, 먼 위성에서 날아온 사람만 같이 보였던 바로 그 우주인이라는 생각이 들자, 무상한 인간의 운명에 새삼 경탄하지 않을 수 없었다, 그리고 너그럽고 문문하고 교만을 모르는 소박한 브라질 백인들의 인간성에 가족과도 같은 흐뭇한 친근감과 안도감을 느끼는 것이었다.

이한규는 조심조심 몸을 움직였다. 굳어 오르는 허리를 좀 펴보려는 의도에서였다. 그는 지나치게 자기의 몸에 닿게 되면 행여나, 그녀의 오해를 사세 되지나 않을까 싶어서, 줄곧 몸을 한쪽에다 고정시키고 앉아 있었기 때문이었다.

그 순간이었다. 이한규는 그의 구두 위에 무엇인가가 떨어진 듯한 촉감을 느꼈다. 이한규가 집어올린 것은 연갈색의 장갑 한 짝이었다.

그 순간 이한규의 가슴은 실오라기 같은 한 가닥의 희망에 설레였다.

그 장갑으로 인해 그녀와 대화를 갖게 될 기회를 얻게 될지도 모른다는 막연한 희망에서였다.

이한규가 정중히 건내준 장갑을 받아 든 그녀는 "대단히 감사합니다."하고 한순간 입가에 상냥스런 미소를 짓는 듯하더니, 태엽 풀린 인형처럼 어느새 그녀의 머리는 책위로 떨어져 버리고 말았다.

붕어낚시도 해질녘이 한 때렸다. 이한규는 결을 주지 않고 느닷없이 "저, 댁에선 어디까지 가시나요?"하고 닥아 물었다.

"……"

대답이 없다.

목소리가 작아서? 싶은 생각이 든 이한규는 좀 더 목청을 돋구어 막 거푸 물으려고 하는데,

"네, 상파울로까지 갑니다."

하고 반응이 왔다. 그러나 그녀의 목소리는 예의상 마지못해 하는 듯한 무색하고 건조한 것이었으며, 대답하는 동안에도 그녀의 시선은 잠시도 책을 떠나는 법이 없었다.

이한규의 희망은 깨끗이 공염불이 되고 말았다. 결을 주지 않으려는 그녀의 의식적인 냉대에 찬물로 얻어맞은 것 같은 수모감이 이한규의 온 몸에 번졌다. 이윽고 그 수모감은 비굴감과 혼합되어 야릇한 분노로 변질했으며, 급기야 그 분노는 그의 잠재의식 속에 도사리고 있었던 열등의식을 뒤흔들어 일깨워놓고야 말았다.

"좋아, 백인이면 다라 이런 말이지! 노랑머리에 파랑 눈이면 그뿐이라 이런 말이지! 그래, 노랑머리에 파란 눈이니 어쨌단 말야! ……, 옳지, 흑인들을 개, 돼지처럼 잡아다 팔아서 돈을 번 놈들이 바로 노랑머리에 파란 눈이었다 이런 말이지! 입으로는 하느님이니, 사랑이니, 형제니 뇌까리면서 식민지 정책을 쓰고, 가진 비인도적인 못된 질들을 도맡아 한 놈들이 바로 파랑 눈에 노랑 머리였더라 이런 말이지! 그래도, 브라질 백인만은

좀 나은가보다 했더니, 별수없이 그놈이 그놈이었구나! ……, 검은색 속엔 모든 색이 몽땅 다 들어 있다는 것쯤은 알고 있으란 말야! 되다 말은 검은 눈동자가 파란 눈동자요, 설익은 검은머리가 바로 누렁머리라 이런말야! ……, 이거 왜 이래, 체!" 이한규는 실성한 사람처럼 횡설수설 입 속으로 중얼거리고 있었다.

얼마나 되었을까. 선잠에서 눈을 뜬 이한규는 후덥지근한 훈기를 느끼자, 넥타이를 풀어 느슨하게 했다. 석양이 차창에 부딪쳐서 눈이 부시다. 그녀는 그때까지도 무엇인가를 열심히 수첩에 적고 있었다. 이한규는 무심코 그녀의 책을 곁눈으로 들여다 보았다. 생전 첨 보는 괴상한 낱말들이 쏟아 부은 것 같이 그득하다. 이한규는 손등으로 석양을 가리고 창밖을 내다봤다.

갓 심은 듯이 보이는 파릇파릇한 바나나 묘목들이 멀리 산마루까지 줄지어 심어져 있었다. 헤지스뜨로이다. 바나나와 엽차의 집약 생산지이다. 몇 달 전 그는 거래차 이곳에 왔다가, 지불 관계로 가게주인과 실갱이를 한일이 기억난다.

바로 그때였다.

"저, 미안하지만, 잠깐만……."

여인의 소리에 놀란 이한규는 얼결에 고개를 소리나는 쪽으로 돌렸다. 목도리를 풀고 그의 앞에 서 있는 여인은 조금 전까지 자기 곁에 웅크리고 앉아 책을 읽고 있던 그 여인은 아니었다, 후련스런 헌칠한 키에 어깨 밑까지 드리운 금발머리하며, 영화배우같이 멋진 그녀는 아무리 보아도 생소한 띤 사람민 같이 보였다. 그녀는 이한규에게 그의 머리 위에 있는 흰 기창을 열게 좀 비켜달라는 것이었다.

"아, 아닙니다. 제가 열어 드리겠습니다. 제게 맡기십시오." 하고 이한규가 막 일어서려고 하자, 그녀는 나직한 목소리로 "뭘요, 간단한 것인 걸요." 하곤, 손수 창고리를 잡고 환기창을 열기 시작했다.

그녀는 몹시 끙끙거렸다. 창이 잘 열리질 않는 모양이다. 보다 못한 이한규는 벌떡 일어나 그녀의 손을 가볍게 밀치고 고리를 잡고 단숨에 활짝 열어 제쳤다. 그리곤 "창틀이 좀 어긋난 모양이군요." 하며 손을 턴다.

"고맙습니다. 전 그럴 줄도 모르고……"하며, 그제사 그녀는 볼에 보조개를 지으며 깍듯이 고맙다는 표현을 했다.

"날씨가 좀 누그러진 것 같습니다. 헤지스프로는 표고가 낮아서 꾸리찌바보다도 4~5도나 기온이 높거든요."

"그런가 보죠. 조금 전까지만 해도 발끝이 막 시렸는데, 이번엔 공기가 탁해서 가슴이 답답해지는군요."

그녀는 한동안 이한규에게 고개를 돌리고 사뭇 다정스럽게 가벼운 눈웃음을 지어보이기까지 했다. 그러나 말이 끝나자, 그녀의 머리는 여전히 무릎 위에 놓인 책으로 되돌아가는 것을 어찌 할 수가 없었다.

"저, 댁에선 어디 사시나요?"

이한규는 여백을 두지 않고 바싹 닥아 물었다.

"네, 죠인빌레에 삽니다."

"아아, 어쩐지 구라파계 이민의 후예 같다고 생각했습니다."

"네, 독일이민의 2세입니다."

"아아, 그러셨군요."

비록 그녀의 시선은 책을 떠나지는 않았지만 그녀의 목소리는 한결 부드러웠다.

이한규는 말이 막힌 사람처럼 한동안 창밖을 내다보더니, 다시 그녀에게 얼굴을 돌리고 빙그레 웃는다. 그리곤, "…… 호수같이 맑고 푸른 그 눈동자! 살랑이는 그 유연한 황금빛 금발머리! 티없이 맑고 깔끔한 그 피부! 하늘을 향해 솟은 그 오똑한 코끝! ……, 저는 댁을 첫눈에 보았을 때 정말 보기드문 절세의 미인이라고 생각했습니다. 하, 하, 하 ……."

생전 연애라곤 흉내도 내보지 못한 이한규는 얼결에 입에서 튀어나온 자기의 미인예찬이 혹시나 건달배들이 흔히 뇌까리고 다니는 그런 과장된 셀리후 같이 그녀에게 들리지나 않았는가 싶은 생각이 들자, 이마가 따가워졌다.

17세기의 기사조의 미인송을 받고 난 그녀는 응답하려고는 하지 않고 고개를 숙인 채 연신 빙그레 웃기만 한다. 그리고 한동안 책에 열중하는 듯이 보이더니, 조용히 고개를 들고 이한규에게 어느 나라 사람이냐고 묻는다. 한국 사람이라고 그가 대답하자, 그녀는 의외라는 듯이, 놀란 표정으로 이한규를 바로 쳐다보더니, 한국 민속예술단을 아느냐고 밑도 끝도 없는 질문을 한다.

"알고말고요. 일전에 중앙문화회관에서 공연한 바로 그 한국고전무용단 말이죠?" 하고 이한규가 반문하자, 그녀는 말이 막힌 소녀처럼 고개만을 끄떡이더니, 기도하듯 두 손을 합장하곤 "정말 어쩌면 그렇게도 아름다울 수가 있을까요! 꼭 하늘에서 천사들이 내려와 눈앞에서 춤을 추는 것만 같았어요!……" 한다. 그리곤 한 순간 허공을 바라보며 황홀경에 잠기더니, 그녀는 "이때까지 수많은 외국 민속무용을 보았지만 그렇게 곱고, 우아하고, 신비스럽고, 그리고 격조 높은 무용은 처음 봤어요!" 하곤 마른 침을 삼키며 감정을 억제하지 못했다. 그녀는 그렇지 않아도 한국사람을 만나게 되면 꼭 대화를 나눠 보겠다고 마음먹고 있었던 터였다고 하며 무릎 위의 책을 접어 가방에 챙겼다.

그녀는 이한규를 중국사람으로 착각했다고 하며, 미안하다고 했다. 그리곤 이한규에게 한국 무용에 대해 이모저모 묻기 시작했다.

그녀의 질문 중에는 전문가에 가까운 어려운 문제들도 있었는데 특히 한국 무용은 어째서 기초 동작이 소극적이냐라던가, 의상이 길어서 움직임과 구상에 제한을 받는 게 아니냐라던가 하는 것들이 그것이었다. 그리고 그런 질문들은 무용에 대한 전문지식이 있을 리 없는 이한규를 적이 당황하게 했다. 그렇다고, "글쎄요", "잘 모르겠는데요", "아마, 그런가 보죠" 식으로 꿍꿍거리게 되는 날엔, 애써 풀무질해서 일구어 놓은 자기에 대한 그녀의 흥미가 언제 어느때 풍하등촉 꼴이 될 지 알 수가 없었다.

이한규는 그때그때 떠오르는 것들을 즉석에서 눈치껏 그럴듯 하게 둘러대고 찍어 붙이고 해서라도 난처한 상황을 모면하는 수밖엔 다른 도리가 없다고 생각했다.

이한규의 임기응변은 대략 이러했다.

"…… 솔직히 말씀드려서, 저는 무용에 대해선 전연 문외한입니다. 그러니 그런 질문에 대해서 어떻게 댁을 만족시켜 드려야할지 도무지 알 길이 없습니다."

"저도 선생께서 전문가가 아니시라는 것은 잘 알고 있어요. 제가 알고 싶은 것은 그런 전문적인 것이 아니라, 한국 사람만이 알 수 있고, 느낄 수 있는 말하자면 한국의 전통적인 아름다움이라고 할까요, 특색이라고 할까요, 아니면 뉴앙스라고 할까요, 말하자면 저, 저……."

그녀는 끝내 말끝을 맺지 못하고 어린애처럼 이한규를 쳐다보고 웃는다. 그녀의 말이 무엇을 뜻하는지 선뜻 알아 채린 이한규는 정중히 입을 열었다.

"글쎄요……, 서양무용이 한마디로 인간의 육체가 묘출할 수 있는 가능한 한의 모든 조형적 율동미를 물리적으로 구현하려고 한다면, 한국의 고전무용은 여인의 육체를 터부시 하는 유교사상도 있고 해서, 물리적인 외면의 세계보다는 정신적인 내면의 세계의 현현을 보다 중요시하는 게 아닌가 싶습니다. 좀 더 설명한다면 긴 의상으로 하지를 두르고 춰야하는 폐단은, 여인의 육체를 아름답게 보는 서양과는 달리 그것을 선정적인 사악의 대상으로 보는 한국의 전통적 윤리관이 있기 때문에, 아무래도 동작의 제한을 받게 되는 것은 어찌할 도리가 없지 않겠는가 합니다. 따라서 보다 작은 움직임으로 보다 크고 깊은 효과를 창출해 냄으로서만이 그와 같은 폐단을 극복할 수 있다고 보고 있는 것 같습니다. 따라서 한국고전무용은 극히 작은 동작을 중요시하고 알뜰히 다룬 것같이 제겐 생각이 듭니다. 그런 뜻에서 볼 때, 서양무용이 동적이요, 과학적이요, 산문적이라면, 한국의 그것은 반대로 정적이요, 정신적이요, 보수적이요, 시적이라고 할 수가 있지 않겠는가 싶습니다."

이한규의 말을 시종 눈 한번 깜짝 않고 듣고 있던 그녀는 "그렇다면, 어떻게 정적이요, 정신적인 특성이 보는 사람들의 마음에 그토록 큰 충동과 파문을 일게 할 수가 있을까요?" 하며 머리를 갸우뚱 거린다. "잘 생각해보십시오. 유감없이 드러난 육체의 노출과 절제를 무시한 분방한 표현은 당장에는 보는 사람들의 눈을 충족시킬 수는 있을지 모르지만, 긴 치맛자락 밑으로 보일 듯 말 듯 들었다 놓는 흰 버선발하며, 어쩌다 한 번씩 눈을 스치는 무희들의 박속같이 흰 속살은 보다 암시적이어서 그만큼 보는 사람의 마음속에 강한 여음을 남기게 마련인가 봅니다. 하, 하, 하 ...."

이한규는 쑥스럽다는 듯이 한바탕 호걸웃음을 웃곤 계속 말을 이었다.

"…… 말하자면, 감각보다는 느낌에 호소한다고나 할까, 그런 은근하고, 담담하고, 암시적인 여염이 진짜 한국 고전무용의 진수요, 멋이요, 아름다움이 아니겠는가. 나는 생각합니다."

이한규의 말을 숨을 죽이고 듣고만 있던 그녀는 이한규의 말이 끝나자, "저, 선생께서는 무슨 직업을 갖고 계시나요?" 하고 궁금한 듯 묻는다.

"네, 의류도매를 하고 있습니다."

"의류라니요?"

"네, 저의 집에서 제품한 여자 옷을 소매기게에 넘기는 일을 하고 있읍쇼."

"아, 아, 그러셨군요. 그럼 한국에서도 같은 직업을 갖고 계셨나요?"

"어디요. 대학을 나오고 8년 동안을 잡지사에서 일을 하다가 이민을 온 걸요."

"그럼 대학에선 무엇을 전공하셨나요?"

"스페인어를 했읍죠."

"아아, 어쩐지 발음이 좀 스페인말 같구나 했습니다. 그러나 외국인티를 벗지 못한 사람치곤 대단한 어학의 천재로구나 싶었습니다. 저는 선생께서 혹시 문학이나, 회화나 혹은 연극 같은 예술 분야에서 활동하시는 분이 아니신가 해서 물었습니다. 무용에 대한 조예가 보통이 아닌 것 같으시니 말입니다."

이한규는 그녀의 궁금증을 덜어줘야 하겠다는 생각이 들자, 자기가 대학시절에 교지의 문예란의 편집을 맡아 본 적이 있었다는 이야기와 잡지사에 있을 때에도 종종 예술에 대한 기사를 쓸 기회가 있었다는 사실을 간략하게 일러 주었다.

그리고 자기가 한 말들은 어디까지나 자기 이론에 불과하다는 것도 덧붙여 일러 주었다.

그녀는 헬가라고 자기의 이름을 소개했다. 그리곤 이한규에게 이름을 물었다. 이한규가 한국이름은 발음하기가 어려우니 영세명인 도마스라고 불러 달라고 하자, 그녀는 도마스 씨는 결혼을 했느냐고 묻는다. 아직 총각이라고 하자, 그녀는 자기도 아직 미혼이라고 하며 눈웃음을 친다. 이한규는 믿을 수 없다는 듯이 눈을 크게 뜨고 정색을 하며, "아니, 브라질 총각들이 몽땅 눈이 멀었지 그래 헬가씨와 같은 미녀를 처녀로 늙게 두다니!" 하고 눈을 꿈쩍 꿈쩍 해 보인다. 그러자 그녀는 "아니, 한국 처녀들이 몽땅 눈이 멀었지! 그래 도마스 씨 같은 호남을 노총각으로 늙게 두다니!" 하곤 눈을 꿈쩍 꿈쩍하며 이한규의 흉내를 내곤 손등으로 입을 막고 웃음을 억제한다.

그녀는 나이는 서른하나였다. 국민학교와 고등학교는 고향인 죠인빌레에서 다녔고 대학과 대학원 과정은 상파울로 종합대학에서 공부했다고 한다. 그녀는 어렸을 때부터 남달리 고전무용을 사랑했으며, 장차 세계적인 프리마돈나가 되겠다는 꿈을 품고 고등학교 때까지 온 정성을 기울여 무용을 했으며, 전국무용 콩쿠르에서는 이미 수차례에 걸쳐 특상을 타곤 했다는 것이었다.

그러던 어느 날, 그녀는 갑자기 연습도중에 현기증으로 거푸 쓰러지게 되자, 병원엘 찾아갔더니, 의사는 그녀에게 선천성 빈혈증이라는 진단을 내렸으며, 계속 무용을 하게 되면 위험하다는 경고를 했다는 것이다.

청천의 벼락만 같은 의사의 선고를 받은 그녀는 한동안 실성한 사람처럼 눈물로 지냈으나, 마음을 잡기 위해서라도, 평소에 그녀가 좋아했던 생물을 공부하는 것이 어떻겠느냐는 아버지의 권유도 있고 해서, 생물학을 대학에서 공부하게 되었으며, 현재 그녀는 모교인 쌍빠울 종합대학 생물학연구실에서 조교로 있으면서 연구 논문을 준비 중에 있다는 것이었다. 그리고 요 몇 일째는 일이 밀려서 그녀는 밤잠을 제대로 자보질 못했다는 것이었다.

그리고 그녀에겐 같은 연구실에서 연구하던 자기가 좋아했던 한 교수가 있었는데, 그는 3년 전에 자기보다 열세살이나 아래인 제자와 결혼했다는 사실도 그녀는 숨기지 않고 털어 놓았다.

그들의 대화는 그칠 줄을 몰랐다. 그리고 대화는 고이는 물처럼 깊어만 갔다. 헬가는 이한규에게 고독을 호소했다. 이한규는 헬가에게 노총각의 어려움을 하소연했다. 그녀는 수수하고 평범한 여자들이 얼마나 부러운지 모른다고 했다. 친구들은 모두들 짝을 만나 가정을 이루고 단란하게 살고 있는데, 외톨이 되어 굴러다니는 자기가 밉다고 했다. 자기가 학문에 열중하는 것도 실은 그 무서운 고독을 외면하려는 발버둥에 불과하다고 고백했다.

그들은 눈을 감고 있었다. 그리고 언제부터인가, 그들의 한쪽 팔은 상대의 허리에 덩굴처럼 감겨 있었고, 남은 손들은 용집된 듯 언결되어 헬가의 무릎위에 놓여 있었다. 그들 앞에 시간은 정지되었고, 언어는 뜻을 잃은 것이다. 그리고 버스가 흔들릴 적마다 이한규의 뺨에 지탱된 헬가의 머리에서 흘러내린 황금빛 머릿단은 이한규의 무릎을 간지럽게 했다. 그들의 언저리는 저항할 수 없는 초고압의 자장에 지배되고 있었다.

이한규의 심정은 사뭇 착잡했다. 그의 나이가 그해를 넘기면 서른다섯이 된다. 그의 머릿속에는 브라질 처녀와 결혼하여 슬하에 자녀를 두고 안락하게 살고 있는 몇 쌍의 성공한 부부들의 얼굴들이 떠올랐다.

그는 자기가 헬가를 만나게 된 것도 결코 우연이 아니고, 하늘이 안배해 주신 운명이요, 희귀한 천부의 기회일 것이라는 생각이 들었다. 그리고 그는 이런 생각도 해 보았다.

만일에 가브라르가 대서양의 하리케인이나 창파노도를 두려워하고 출범을 망서렸다면, 그는 영영 남미라는 꿈의 신대륙을 발견하지는 못했을 것이며, 이한규 자신 지구의 뒤안인 낯선 외국에서 외롭게 살게 될 것을 미리부터 걱정하고 끝내 용단을 내리지 못했다면, 영영 브라질이라는 희망의 땅을 밟지는 못했을 것이라고. 그리고 선구자나 개척자란 언제나 생소한 환경의 변화에서 오는 거부반응을 겪게 마련이며, 그러나 풍랑과도 같은 그 일시적인 시련을 능히 극복하는 사람에겐 그만큼 보람과 충족감이 그를 보상해 줄 것이라고. 그러기에 그는 하늘이 주신 천부기회를 놓치는 어리석음을 범해서는 안되며, 무슨 일이 있더라도 기어이 헬가와 결혼해야 한다고 거푸 마음속으로 다짐하곤 하는 것이었다.

그러나 그 다음 순간 그의 다짐은 모래 위에 지은 성새처럼 와르르 무너지고 만다. 그의 눈 앞엔 쌍수를 휘저으며 반대시위를 하고 나서는 가족들의 서슬푸른 눈초리가 번갈아 나타났으며, 또 한편에선 "집안 꼴을 좀 보란말야! 세간이라곤 밥상하나도 변변한 게 없는 주제에 그리고 쌀라를 작업장겸 침실로 쓰고 있는 형편에 뭐 대학 연구실에서 연구논문을 준비중인 대학 선생님을 모셔 오겠다고!" 하며, 어처구니없다는 듯이 빈정대는 소리가 들렸다. 오. 뉘라서 알랴! 빈정대는 그 소리가 그 누구의 것도 아닌 바로 이한규 자신의 소리였다는 사실을! 결론을 얻지 못하는 이한규의 착잡한 마음은 제자리에서 맴을 돌 뿐이었다.

버스에 전기불이 꺼졌다. 취침시간이 된 것이다. 어둠속에 코 고는 소리가 들린다. 이한규의 어깨에 볼을 묻는 헬가는 잠들은 듯 조용하다. 그러나 이한규의 팔을 통해 전파되는 그녀의 심장의 고동은 그 리듬과 강약이 사뭇 불규칙했다. 어쩌다 문득 정에 겨워, 그가 헬가의 머리 위에 볼을 누르고 가볍게 쓸어줄 양이면, 그녀의 손은 발작하듯 이한규의 손을 일그러지도록 죄곤 파르르 떨곤 했다. 그리고 그녀의 뜨거운 입술은 이한규의 뺨과 턱언저리를 광란하듯 마구 더듬는 것이었다.

찌에떼 종착역은 몹시 붐비었다. 버스에서 내린 손님들은 저마다 마중 나온 사람들과 얼싸안고 키스를 하고 등을 두들리고 하며 야단들이다. 한 뚱뚱보 할머니는 손자같이 보이는 귀여운 두 아이를 한아름 안고 번갈아 가며 볼에 뽀뽀를 한다.

어떤 중년남자는 만삭이 된 한 부인의 타랍을 내리려고 하자 달려가 팔을 잡고 부축을 한다.

가슴에 큼직한 가수의 이름이 찍힌 셔츠를 걸친 20대의 한 청년은 버스에서 막 내린 예쁘장한 아가씨를 보자, 달려가 허리가 휘도록 부둥켜안고 긴 키스를 한다. 그리곤 안은 채로 에스컬레이터에 오른다.

버스에서 내린 이한규와 헬가는 대낮같이 밝은 플랫트홈에 서서, 낯선 사람들처럼 한동안 먹적은 눈치로 서로 말없이 바라보고 있었다, 어느 한 쪽도 선뜻 상대를 리드하기엔 버스 안에서 있었던 일들이 너무나도 갑작스러우며 우발적이었는데다가, 그 농도가 너무나도 짙었기 때문이었다. 그런가하면 또 브라질에 온 지가 2년 남짓한 이한규이고 보면, 그런 경우에 어떻게 처신을 해야할 지 알 리가 없었다. 그렇다고, 남들처럼 사람들 앞에서 여자를 얼싸안고 천연덕스럽게 볼이나 입에다가 키스를 할 수 있는 그런 숫기도, 비위도, 연기력도 그에겐 없었다.

또 막상 볼에 입을 맞춘다 하더라도, 팔을 어디다 어떻게 드리며, 상대의 어느 쪽 뺨에 먼저 자기의 입술을 가져가야 하는지 도무지 그는 알 길이 없었다. 그렇다고 또 멋없이 불쑥 손만을 내어 밀고 악수 한번으로 만사를 청산하자고 든다면, 그것은 인간의 진실과 정의를 모독하고 배반하는 야비한 처사라는 생각이 들었다. 그리고 비록 짧은 시간이긴 했지만 그들이 나눈 정분이 너무나도 뜨거웠고, 진지했기 때문에 적어도 이한규에겐 헬가가 자기와 몇 해를 동거동락해 온 조강지처만 같이 느껴지는 것을 어찌할 수가 없었다.

당황하는 듯, 망설이는 듯 머뭇거리는 이한규의 어설픈 거동을 한동안 쑥스러운 눈치로 바라보고 있던 헬가는, 무엇인가를 깨달은 듯이 입가에 의식적인 밝은 미소를 띄워보이며 이한규에게 조용히 손을 내어 민다. 그리곤 "정말 잊을 수 없는 행복한 여행이었어요. 부디 도마쓰씨의 앞날에 행복이 있으시기를, 그리고 한국 민속예술단에게도 발전과 행운이 있기를 빌겠어요." 하곤, 용무를 마친 사람처럼 뒤 한 번 돌아보지 않고 종종걸음으로 에스컬레이터를 향해 인파속으로 멀어져 갔다.

이한규는 넋 잃은 사람처럼 초점 잃은 시선을 허공에 던지고 한동안 기둥처럼 인파 속에 서 있었다. 그러나 그 다음 순간 그는 혼미상태에서 깨어난 사람처럼 당황하더니, 돌연 인파를 밀치고 에스컬레이터를 향해 성급히 달려갔다. 그리곤 단숨에 에스컬레이터를 뛰어 올라 대합실로 나왔다. 그는 발돋음하며 사방을 두리번거렸다. 썰물처럼 밀려가는 인파속에 헬가는 보이지 않았다.

저만침 출렁이는 인파속에 금발머리가 이한규의 눈에 띄었다. 그는 미친사람처럼 인파를 밀치고 다가가 그녀의 얼굴을 들여다본다. "따 로우 꼬!" 하며 여인은 뒷걸음치며 몸을 움츠린다. 그는 전철역 플랫트 홈으로 뛰어 올라갔다.

이미 네 번째 열차가 손님을 만재하고 그의 앞을 지나갔다. 플랫트홈엔 이한규 외에 늙은 삐에로 두 사람이 마지막 열차를 기다리고 있었다.

(『열대문화』 제4호, 열대문화동인회, 1988)

선영은 늘 기다려야 했다.

밤 12시가 지나면 서서히 분노로 바뀌는 감정을 삭여온 지 10여년이 됐지만 다시 서서히 고개 드는 감정에 스스로가 안타깝기만 했다.

결혼 전 시 할머님이 하시던 말씀 "그앤 심성은 맑고 착해, 바둑을 너무 두어 탈이지."

그러나 그녀는 속으로 바둑 두는 게 무슨 탈이람, 남자들 하나 두개씩 갖고 있는 취미겠지.' 이렇게 무심코 들어 넘긴 것이 자신의 가장 큰 실수라고 알아챈 것은 결혼하고 얼마되지 않아서였다.

늦게 결혼한 정석과 선영은 웬만큼 사회생활도 한 뒤라서 중매를 통한 결합이지만 서로 자신있다는 걸 은연중에 내보이기까지 했었다.

그러나 결혼식 올린 한 달도 안돼서 그 끔찍한 바둑취미를 둔 남편의 귀가시간은 항상 선영을 지치게 만들었다.

어느 땐 아예 떼거리로 몰려와 뭐가 그리 신나고 재밌는지 바둑 두는 등 너머로 구부려 엉거주춤한 모습을 하고 바둑판을 바라보는 모습들은 참 한심하기까지 해서 저절로 한숨이 나왔다.

선영은 도저히 이해할 수 없다며 시어머니, 시할머님께 하소연해 봤지만 이미 그분들은 도통하신 분들처럼 빙긋이 웃어버리기만 하니 그녀는 정말 학교에서 배운 고상(?)한 아내가 되기 위한 연습이 얼마나 보잘것없는 것인지 그녀 스스로가 무너져 내리는 기분이었다.

아! 이게 아니잖은가? 결혼생활은…….

그렇다고 선영은 환상적인 결혼생활을 꿈꾸었던 건 아니다. 잔디가 잘 자란 정원에서 우아한 홈드레스를 입고, 꽃에 물이나 뿌리는 그런 생활조차 사치스럽게 생각하던 그녀였다.

그저 퇴근시간 맞혀 저녁 지어놓고 서재에 있는 남편에게 따끈한 차 한 잔 갖다 주며 일상의 자잘한 얘기를 나누거나 스스로가 가꾸진 못해도 사

시사철 바뀌는 나무, 꽃 등을 바라보며 약간 감격한 어조로

"어! 저 꽃 어때, 잎도 아주 싱싱해졌는걸 참 좋은 아침이구만!"

하는 아주 평범한 남편과 조용한 가정을 꾸려나가길 원했던 것이다.

그러나 정석은 모처럼 사다놓은 국화 화분에 눈 한번 돌리긴 고사하고 그 꽃이 시들해들 하여 갖다 버려도 전혀 모른다는 표정이다.

그런 남편을 기다리지 말고 그 시간에 나도 무언가 하면 될 것 아닌가, 하는 생각을 선영은 일찌감치 집어치웠다. 그건 결혼 전의 얘기지 어디 부부라는 사람들이 한집안에 살면서 그처럼 마음이 편해질 수 없다는 걸 알았기 때문이다.

아니 그러면 헤어지는 방법도 있다 싶어 몇 번씩 시도를 해봤지만 그게 어디 쉬운 일인가.

큰 애가 한 살도 안됐을 때 일이다. 늦게 들어온 정석이 금방 잠에 떨어지자 그 감정을 이기지 못해 애는 놔두고 가까운 시어머니 집에 들어가 잠을 청했지만 잠이 올 리가 만무했다.

이리 뒤척 저리 뒤척이다 깜빡 잠이 들었는데 애 우는 소리가 들리는 것 같아 한밤중에 뛰어와 보니

맙소사! 애는 울다 지쳐 자기 아빠 배위에 올라가 코를 박고 잠이 들어 있었지만 정석은 전혀 모르는 일처럼 코를 골고 자는 것이다.

그래 이건 아주 유치해…….

이슬처럼 맑은 눈동자를 가진 우리 아이들에게 어찌 어른들의 노여움을 담아 주랴. 그래 안돼고 말구 이렇게 애써 참아가며 선영이 십여 년을 기다린 것이다.

그러나 선영은 그렇게 살아온 자신이 가엾고 안타까워 이민이란 엄청난 결단을 내려 남편과 바둑의 인연을 태평양에 던져 버리고 정말 새로운 생활을 꿈꾸며 이민생활을 시작하기로 마음먹었던 것이다.

그 먼 브라질엔 기원이란 것조차 없겠구나 그래 생활하기 바쁜 사람들

이 어떻게 모여 시간을 낭비하랴, 정말 잘한 결심이야 비록 부모형제, 그리운 것은 많겠지만 그건 참아낼 수가 있어, 스스로 다짐하고 위로하며 이민 짐을 풀었던 것이다.

비행기에서의 긴장을 풀고 나니 선영은 지나간 모든 일들이 되살아났다. 몹시도 춥던 어느 해 정월 수도가 얼어붙어 연탄불로 녹여보려는 선영의 모습을 보고도 나 몰라라 기원으로 향하던 그의 뒷모습을 보며 쓴 눈물을 삼키던 일, 용감하게 기원으로 뛰어가 정신없이 두는 바둑판을 뒤집어 놓던 일 등. 차마 서로에게 해서는 안되는 일을 해왔구나 싶었다.

'그래 여기는 날씨도 따뜻하니 연탄불 피울일도 없겠구나'. 선영은 마주 앉아 있는 남편을 바라보았다.

그동안 선영이 너무 남편에게 소홀히 대했다는 생각이 들자 더욱 남편의 얼굴이 늙어 보이기까지 했다. 이젠 정말 모든 게 달라질 거야 그녀는 공항에서 소리 내어 울던 친정어머니를 보고도 눈물조차 흘리지 못했던 서러움이 한꺼번에 밀려와 주르륵 눈물이 쏟아졌다.

그때, 이제껏 아무 소리 없이 무슨 잡지책을 읽고 있던 남편의 얼굴이 환해지며 선영을 올려다보았다.

"여기좀 봐! 여기, 글쎄 여기도 있단 말이야."

영문 몰라 하던 선영이 눈물을 훔치며 책을 내려다보았다.

'브라질 한국기원 93-5558.'

책 맨 밑단에 인쇄된 아주 작은 글씨였다.

(월간지 『부리랑』, 브라질한인상공회의소, 1992.1-2)

진우는 수술대에 누워 눈을 감고 있지만, 신경만은 수술기구를 챙기느라 분주히 움직이는 간호사에게 쏠고 있다.

먼저 다녀간 동료에게서 이곳 진료소에 대한 것은 들어 웬만큼은 알고 있지만 깜찍하게 생긴 간호사 이야기만은 듣지 못했었다.

말이 좋아 진료소지 병원 특유의 약냄새만 빼면 영락없는 시골 버스정류장 대합실이다.

합판으로 칸막이를 한 수술대까지 안내하여 준 간호사는 진우에게 아랫도리를 모두 벗으라고 명령하고는 나갔다.

진우가 이곳에 오기까지는 그동안 몇 달 동안 상급자에게 시달려오면서도 요리조리 용케도 피하여 왔는데 결정적으로 허물어지고 만 것은 오늘 본부에서 걸려온 전화 한 통화 때문이었다.

가족계획 사업이 어제 오늘 시작된 것은 아니지만 올해는 대통령까지 특별담화를 발표할 정도로 정부 측 의지가 강한 해다.

장(長)들의 근무 고과표에도 가족계획 독려 성과가 큰 비중을 차지하게 되었고, 하다못해 말단 기혼자들의 근무 평점표까지 위협하는 존재가 되었다.

국민들이 가족계획사업에 참여하면 주택청약 순위를 앞당겨 주었고 각종 세제를 삭감하여 주고 금융 융자까지도 특혜를 주었으며, 실적만을 생각하는 이들에 의해 이미 생산이 멈춘 지 오래인 70넘은 할아버지에게 건강과 정력이 되살아나는 기똥찬 수술이라고 속여 실적을 올리는 웃지 못할 촌극까지 연출하는 기상천외의 공직자들도 있었다.

진우의 상급자도 정부시책이 올바르기 때문에 호응하는 애국애족의 마음에서가 아니라 자리를 지키려는 편법으로 주변에 있는 기혼자들만 보면 인구문제를 역설하면서 무조건 '까'는 것부터 권하게 되었다.

'아들딸 구별 말고 둘만 낳아 잘 키우자.'라고 하는 구호를 충실하게 지킨 꼴이 되는 두 자녀를 둔 진우야말로 더 없는 '꺼리'인 것이다.

그들에게는 남의 가정 사정이나 혈족의 보존과 번성은 아랑곳 하지 않고 마치 대한민국 인구문제를 혼자 짊어지고 고민하는 양 '까'기를 강요하다가 반응이 없으니까 잔머리를 굴리어 한다는 짓거리가 그러면 네 아내를 '깨'게(불임수술) 하는 것도 방법 중에 하나라고 친절하게도 알려주었다.

자기자리 지키기 운동의 선두주자들의 핍박과 협박을 용케도 버티어왔는데 오늘 전화는 완전한 공갈이었다.

며칠 후에 있을 인사이동에 자기로서는 더 이상 어쩔 수 없으니 네 문제는 네가 알아서 하라는 최후통첩인 것이다.

진우로서는 이만한 위치에 책임자로 오르기까지 그동안 겪은 가난과 멸시를 생각한다면 그까짓 것 '까' 가 아니라 출세만 보장된다면 자르기라도 하고 싶지만, 아들 둘, 딸 둘을 원하는 아내에게 언젠가 '당신 몸도 그렇고 나 정관수술 하면 어떨까.' 운을 띄었더니 화들짝 놀래며 '이이가 미쳤어 지금 뭐라고 그랬어요 아니 멀쩡한 것을 왜 수술해요. 누구 신세 망치는 것 보려고 그래요 절대 안돼요. 꿈에라도 아예 그런 소리 하지도 마세요. 내 친구 미옥이 있잖아요, 그애 남편 정관수술 했는데 그 후부터는 힘을 못 쓴대요. 미옥이가 하도 들볶아서 회복수술을 다시 했는데 글쎄 회복도 되지 않고 마찬가지로 힘을 못 쓴다잖아요. 그 애 요즘 생과부 되었다고 얼마나 신경질인지 말도 못해요. 당신이 뭐가 어째서 그런 수술을 해요. 천만에 말씀마세요.' 그런 일이 있은 지 얼마 후 시골에서 올라오신 어머니에게 뭐라고 일러 바쳤는지 몇 일 계시겠다던 어머니가 바로 내려가시더니, 일손 부족으로 부지깽이까지 뛰어야 할 농사철에 아버지가 올리오셨다.

'니가 무신 수술 허것다고 했냐? 나가 뉘기냐? 이눔아 나가~ 삼대독자 외아들이여 느그 할머니가 정안수 떠 놓고 십년을 정성껏 빌어 조상님 네가 보살피시어, 느그덜 대에 와서 겨우 형제 몇을 두었다고, 이눔아. 워디

다가 칼을 뒤어 그라고 니보고 그럭허라고 들쑤시는 눔이 있담서. 그 눔이 뉘기여? 나가 그눔 것부터 까놓을 것이여, 이눔아 하늘의 섭리를 역행하는 눔은 천벌을 받을 것이여.' 하시였는데, 그러나 어쩌랴 결단의 시간이 왔으니 '까'고 벼슬을 하느냐 그놈이나 부둥켜 차고 실업자가 되느냐 이것이 문제다.

진우는 일찍 퇴근하여 거리를 헤매는 것만큼 마음도 헤매고 있다.

아버지 어머니와 아내의 얼굴이 어른거리며 '지켜라 지켜라'를 외치지만 내 평생 이런 위치에 다시 오를 수 있을 까 하는 야망이 까짓것 '까버려라 까버려라' 하고 유혹하고 있다.

이리저리 헤매다 버스 정류장까지 왔는데 마침 진료소행 버스가 왔기에 모든 것이 하늘의 뜻이거니 하고 마음 변하기 전에 올라탔다. 버스 안내양이 진료소앞 내리라고 하여 내렸지만, 버스 정류장 명칭으로 사용할 만한 건물은 보이지 않고 싸구려 대포집만 줄을 서 있다. 영업시간이 일러서인지 분가루로 도배질을 한 작부들만 긴 의자를 놓고 히히덕거린다.

그들이 가리켜준 골목 안쪽 진료소로 접어들려니 그들의 떠드는 소리가 뒤에서 들린다. '아저씨! 철모 쓰러가요? 까러가요?' 창고를 개조한 것 같은 보건진료소문을 밀고 들어가니, 문 입구 책상에 단발머리를 겨우 면한 소녀가 껌을 요란스레 씹으며 접수를 하라고 하여 망설이고 있는데, 진료소와는 어울리지 않게 잘 빠진 간호사가 다가오더니 '저리로 들어가시지요' 하며 앞장을 선다. 휴게실 같기도 한 곳에 사람은 없고 차트 판이 있고 벽에는 가족계획 사진과 구호가 요란스레 붙어 있다.

간호사가 지정한 의자에 앉아 1~2분 있으니 진우 또래의 남자가 간호사에 끌려 벌레 씹은 얼굴을 하고 들어온다.

이러고 얼마를 지나자 흰 가운만 걸치지 않았으면 노량진 수산시장에서 본 듯한 인상의 의사가 마치 자신 없는 삼류제품 팔아먹는 외판원 설치듯 너털웃음을 웃으며, 남자의 그것과 똑같은 모형을 들고 수술위치와 방법을 설명하고, 간호사는 숙달된 조교처럼 의사의 설명에 따라 차트 판을 넘겨준다.

'남자의 장충선이 이곳에 있는데 요기를 절개하여 요선을 이렇게 묶어 주는 수술입니다.'

의사가 한마디 끝나면 간호사가 받아

'별로 아프지도 않은 간단한 수술입니다'

죽이 척척 맞는 코미디를 보는 것 같다.

진우는 아내의 친구 미옥의 남편 생각이 나서

'만약에 필요할 때 원상복구가 됩니까?'

'그럼요 이 끈을 다시 풀어주면 얼마 던지 생산을 다시 할 수 있습니다.'

'선생님 말씀은 그런데 아는 사람이 정관수술을 했다가 다시 풀었는데 생산도 되지 않고 전에처럼 힘도 못쓴다고 하던데요?'

'아~그거 뭔가 잘못 아신 것 입니다. 이것을 묶게 되면 정충에 손실이 없어서 오히려 힘이 더욱 강해지기 때문에 부부관계가 좋아집니다. 내가 전문의인데 걱정하지 마세요. 내가 보증서겠습니다'

'보증도 좋지만 주위에 실제로 그런 분이 있으니까……'

'생각해보세요. 어디를 잘라 수술하는 것도 아니고, 이 정충 선을 실로 묶었다 필요하면 풀어주는 것인데 뭐가 문제입니까.'

의사와 간호사가 손발이 맞아 열심히 설명하고는

'자~자 아무 걱정 마시고 나가서 등록하세요. 5분이면 수술 끝납니다.'

마치 시원치 않은 물건 강매당한 것처럼 얼떨결에 등록하였다. 간호사 는 생글거리며 진우를 보고

'선생님이 먼저 오셨지요. 이리 들어오세요.'

하면서 합판으로 칸막이 한 수술실로 밀어 넣으면서

'이 수술하면 사모님들이 얼마나 편해진다고요. 건강에도 좋고요. 또 연 애도 마음 편하게 할 수 있잖아요.'

진우는 속으로

'얼굴은 반반하게 생긴 것이 못하는 소리가 없구만. 이년아 나가 연애하려고 이 짓 하려는 줄 아니 먹고 살려고 출세하려고 어쩔 수 없어 한다.'라고 한바탕 욕을 해 주고는 간호사가 시키는대로 수술대 위로 올려가려니

'아이~ 선생님도 바지와 속옷을 벗고 올라가셔야지요.'

'여기서요?'

'네. 여기서요.' 와~진우는 큰일났다.

호젓한 침실도 아니고 화장실도 아닌 젊은 여자 앞에서 그것도 술 한 방울 먹지 않은 맨 정신에 아랫도리라. 친구들끼리 '음담패설' 할 때는 젊은 아가씨와 단 둘이라면 여자 쪽에서 벗지 말라고 애원해도 열 번 아니라 스무 번도 더 벗겠다고 큰소리 쳤는데, 이건 단둘이 있으면서 젊은 아가씨가 벗으라고 재촉하는 대도 파리 잡아먹은 두꺼비처럼 눈만 껌벅이고 있다.

진우는 아내를 생각한다. 산부인과에 가기가 죽기보다 싫다며 앙탈을 부리면서도 정기검진이라고 다녀올 때마다 몸에 이상은 없느냐라는 등 수고 했다고 위로는 못해주고 먼저 한다는 소리가 의사가 누구였는지가 궁금하여 '의사가 남자여 여자여.' 요행히 여의사라고 하면 '수고했어요. 별일 없대?' 하면서 만약 남자의사라고 하면 질투도 시기도 아닌 묘한 감정에서 '제기랄 여자 의사도 쎄구 빠졌는데 하필이면 남자야.' 꽁한 마음으로 '좋으셨겠어. 그래 젊습디까? 기왕이면 다홍치마라고 젊은 의사가 좋겠지' 빈정거려 병원에 다녀올 때마다 아내 마음을 뒤집어 놓는 습관이 있고 그런 후에는 공연히 심사가 뒤틀려 아내의 뒤통수까지 밉게 보여 며칠간은 토라져 자고는 하였다.

아~이것이 얼마나 큰 곤욕이라는 것을 새삼 느끼게 되어 별난 곳에서 그간에 있었던 아내에 대한 반성을 하고 있다.

간호사가 소독한 수술도구를 가져오겠으니, 그동안 벗고 누워있으라 했는데, 진우는 겨우 바지만 벗고 팬티차림으로 누워있으니까, 돌아온 간호

사가 '선생님 이렇게 하고 어떻게 수술을 해요.' 하더니, 야멸차게 '누구는 선생님 것 보고 싶어서 벗으라고 하는 줄 아세요.' 하면서 인정사정없이 마지막 보루인 팬티를 확~잡아 내린다.

쑥스러워 버티었으면 마지막 앙탈이라도 해야 하는 것이 순서일진대, 진우는 어찌된 것인지 팬티 잘 내려가라고 엉덩이를 슬쩍 들어주는 협조로 드디어 타의에 이해 벌거숭이가 되었다.

간호사는 주먹이 들어갈 정도의 구멍이 뚫린 가운을 덮고, 그 뚫린 곳을 그것에 맞추고는 간호사가 그리로 손을 넣어 진우의 그 귀중한 것을 잡는 순간. 진우는 숨이 멈추어지는 것 같이 헉~하였으며 간호사는 익숙한 솜씨로 망태기를 뚫린 위로 빼 놓고 그 밑에 달린 호두망태까지 정성스레 끄집어 놓고 나가버린다.

그때까지 진우는 두 눈을 꼭 감고 있었는데, 간호사가 나가자 감았던 눈을 살며시 뜨고 그곳을 내려다보니, 이것이야 말로 어느 전쟁영화의 한 컷이다. 눈 덮인 초원 위에 웅장하게 홀로 버티고 선 탱크를 연상하는 그 모습이 자기 아랫도리에서 재연된 것이다.

커튼 저쪽에서 문 열리는 소리가 나 진우는 아무 것도 본 것이 없는 양 시치미를 떼고 다시 두 눈을 감고 처음 부드럽고 따스한 손길이 다았을 때에 느끼던 헉~을 음미하며 기다리고 있는데, 이번에는 처음보다 거칠게 다루는 것 같았다. 그것을 옆으로 누여도 보고 뒤로 자빠뜨려도 보고 위로 쭉~빼올리기도 한다.

의료상식이 없는 진우는 생각하기를 무슨 일을 하기 전에 예비운동을 하듯이 수술 전에 그 놈도 예비운동을 시키는가보다 하며 생각하였지만, 지나치게 거칠게 다루므로 실눈을 뜨고 살짝 보니, 어이쿠~이것이 어찌 된 것인가. 아름다운 백의에 천사는 어디로 가고 17~8세 정도의 까까머리 총각 녀석이 그 귀중한 것을 국민보건체조를 시키고 있다.

'당신 누구야? 지금 뭐하는 거야?'

놀라서 연속 소리치며 상체를 일으키려는데 그 녀석 한 손으로는 상체를 누르고 다른 손에는 요상하게 생긴 칼을 들고 있다.

눈 가까이에 드러난 그 녀석의 칼을 보니 이것은 보통 칼이 아니다. 옛날 벽화나 태고의 구석기시대에 발견된 돌도끼 형체를 갖춘 날카로운 칼이다.

한국에서 요즘 고상하게 표현하는 소독저 한 마디로 나무젓가락에 한쪽 편이 쪼개져 있는 곳에다 양쪽날 면도칼을 끼우고, 실로 나무젓가락을 묶어, 면도칼이 빠지지 않게 만든 것을 눈앞에 왔다갔다 하면서 시위를 하고 있다.

'나요? 나 여기서 일하는 사람입니다 나도 지금 수술준비 하는 것이니까 가만히 계세요.'

원시 돌도끼 형 면도칼을 흔들면서 기분 나쁘게 씩 웃는다. 진우는 영화에서 식인종에게 잡힌 주인공으로 착각하여 기절초풍에 혼비백산을 혼합한 '꺅'이 되어, '뭐야~그것으로 수술을 해.' 아직 추위가 오려면 한참 있어야 되는 9월인데도 진우의 말소리는 덜덜 떨려 나온다.

진우는 그 녀석이 가슴을 누르고 있는 손을 제치고 일어나려고 발버둥 쳤지만, 이런 일에 익숙한 듯 팔꿈치로 상체를 짓누르고

'아저씨 가만히 좀 누워 계세요 이 털을 깎아야 수술을 하던지 잘라버리던지 할 것 아닙니까.'

진우가 잔뜩 겁먹고 있는데, 녀석은 재미있다는 듯이 키득키득 웃으며

'걱정하지 마세요. 수술은 의사 선생님이 하시고, 나는 털만 깎습니다.' 하면서 낄낄 웃고 나더니

'아저씨 놀라셨죠? 걱정하지마세요.' 하면서 털어놓는 이야기를 듣고 보니 화가 나면서도 그 녀석의 행동을 나무랄 수가 없어 진우도 자기가 당한 꼴이 우스워 한바탕 웃고 말았다.

녀석의 이야기인즉 자기는 야간 고등학교에 다니며 이 진료소에 급사인

데, 담당업무라는 것이 청소도하고 일반 잡일도 하지만, 그중에 하나가 수술 전에 털을 면도하는 것도 임무 중에 하나란다.

매일 반복되는 일이 지겹기도 하여 처음 간호사가 요렇게 해놓게 갈 때의 남자들의 심리를 역이용하여 장난끼를 발동하여 간호사가 수술준비 하느라고 만지는 것처럼 하여 황당한 기분을 주는데, 오늘 진우처럼 눈을 뜰 때까지 그 늠을 가지고 주물럭거리고 나무젓가락에 면도칼 끼운 것을 휘둘러 겁을 주면 모두다 기절초풍 하는 것이 재미도 있고, 지겹지도 않아 매번 그렇게 놀라게 한다는 것과, 그곳의 털은 전기면도기로도 않되고 이발소에서 쓰는 면도기는 다루기도 서툴고 비위생적이라 나무젓가락에 면도칼을 끼워 쓰고 버리면 면도도 잘되고 위생상으로도 좋다는 것이다.

녀석의 나무젓가락 면도기 솜씨가 어찌나 좋은지 잠깐사이에 무성하던 밀림이 벌거숭이가 되었는데 마치 그 모습은 율브리너가 서부벌판 한가운데 모자 벗고 우뚝 서 있는 꼴이다.

녀석이 율브리너의 머리를 손끝으로 '톡' 치면서 '수술 잘 받으세요' 하고 나가자 간호사와 의사가 들어와 소독과 마취를 하고, 간호사는 그 늠의 머리를 한손으로 잡아서 배꼽께에 거꾸로 눕혀 누르고, 의사는 눕혀진 그곳에 수술을 할 때 간호사의 또 한 손은 춤이라도 추듯이 날래게 수술기구를 집어준다. 처음 그들이 브리핑 하듯이 약 5분 만에 수술이 완전히 끝났다.

의사가 '아주 깨끗하게 잘 끝났습니다.' 하며 나가고 간호사는 수술 부위에 약을 바르고 하면서 진우를 연신 올려다 보며

'선생님 힘주지 마세요. 힘주면 수술자리가 터져요.'

'힘주는 것이 아니에요 나도 아파죽겠어요.'

간호사도 머리를 갸우뚱 하면서

'수술하고 나면 모두 수그러져 있는데 선생님 것은 이상하네요.'

진우는 그 수술자리가 뻐근하여 간호사가 붕대를 감을때 마다 아이구아이구 소리를 계속하니 간호사는 '제가 여기 몇 년 있었지만 선생님 것 같

은 것은 처음보네요 혹시 변강쇠 아니세요.' 하며 다 끝났다고 싱긋이 웃고 나가버린다.

진우는 앞에 뻗쳐 총을 한 것을 조심히 다루어 옷을 입으면서 '변강쇠? 내가?'

하면서 대합실로 어기적거리고 나오는데 처음 같이 수술 브리핑을 듣던 이가 다가와 '어떻습니까? 정말로 아무렇지 않습니까?' 하기에 저 안에서 아무일 없던 것처럼, 천연덕스레 웃으며 '예 생각보다 간단하군요.' 하며 약국에서 1주일 치 약을 받고 실을 뽑을 1주일간의 주의를 들은 다음, 가장 소중한 시술증(정관수술)을 받아 수첩에 소중히 넣는데 다음차례가 간호사에 끌려 수술실로 들어간다.

진우는 빙긋이 웃으며

'기절초풍할 놈 또 하나 생기겠구나.'

하며 진료소 문을 나서 엉덩이를 뒤로 빼고 머리를 앞으로 숙여 뽑고 어기적거리고 대폿집들 앞을 지나가는데 화토를 하던 작부들의 소리가 들린다.

"얘~얘 저 아저씨 봐. 깠는데 앞에 텐트를 쳤잖아 어쩜 칼을 맞고도 저렇게 뻣뻣하니 저 아저씨 변강쇠 아니니?"

진우는 아프면서도 새로운 사실을 발견한 듯이 기분이 좋아 키득 키득 웃으며

'그래 이년들아 내가 바로 변광쇠야~.'

(월간지 『부리랑』, 브라질한인상공회의소, 1992.4)

퇴근하기는 이른 시간이지만 몸 상태로 보아 집에 가서 눕고 싶다.

그러나 사정이야 어찌되었건 일찍 들어 왔다고 반색할 마누라에게 이 상황을 뭐라고 설명한단 말인가.

아무리 순간적인 결정으로 '까'기는 했다만 뒤처리를 생각지 못한 경솔이 후회된다. 결혼이후 행사(?)를 이틀 이상 걸러본 일이 없었는데 일주일 씩이나 무슨 구실을 붙여 넘긴단 말이냐.

오늘밤도 보채올 마누라를 생각하니 눈앞이 아찔하다. 숨이 가빠지면서 가슴이 답답해오고 머리가 지끈거리더니 마취가 완전히 풀렸는지 아랫도리가 뻐근한 것은 고사하고 온몸이 통증으로 오그라드는 것 같다.

버스 정류장 받침대에 몸을 의지하고 몇 대의 버스를 보내면서 생각에 생각을 짜내어도 마누라를 납득시킬 묘수가 떠오르지는 않고 주저앉고만 싶다.

마침 사무실행 버스가 오기에 진우는 그 차에 올랐다. 버스 안은 한산하였지만 좌석은 빈곳이 없다. 안으로 들어가기도 번잡스러워 운전석 뒤편 받침대에 몸을 기대고 마누라 문제를 퀴즈 풀듯이 풀어 보는데, 진우 앞에 미니치마를 입은 젊은 두 여자중 하나가 급히 출발하는 버스 진동으로 뒤로 밀리면서 앞으로 뻗힌 변강쇠를 보호하려고 엉거주춤 서 있는 진우에게, 보기만하여도 탐스럽고 탄력 있는 젊음이 넘치는 엉덩이가 중심을 일었는지 옆으로 밀리면서 그만 진우의 강쇠를 약간 짓누르는 바람에, 진우는 벼락에라도 맞은 양 '아~이쿠' 비명을 지르며 버스바닥에 주저앉고 말았다.

진우의 비명에 놀란 운전사가 소매치기라도 나타난 줄 알고 브레이크를 급히 밟는 충격에 중심을 잃었던 탐스러운 엉덩이가, 이번에는 앞으로 쏠리는가 싶더니 반동으로 손잡이를 놓치고 정조준이나 한 것처럼 진우의 아랫도리에 엉덩이를 정확히 내리 찍었다.

진우는 또 다른 괴성을 지르면서도 두 손으로는 강쇠를 감싸 안고 버스 바닥에 뒹구르므로써 얼음판 위에 넘어진 황소모양 눈을 껌뻑거리는데, 버스 내 모든 이들이 진우가 왜 진땀을 흘리며 끙끙대는지 이유를 알게 되었고, 강쇠를 무참하게 뭉개버린 아름다운 엉덩이를 가진 젊은 아가씨는 제풀에 놀랬고 부끄러워 버스에서 뛰쳐 내렸다.

수난의 시간들을 용감하게 헤쳐 온 진우는 승객들의 웃음에 부축을 받으며 사무실 앞 정류소에 내릴 수 있었다. 사무실에 도착한 진우가 자기 책상에 앉았지만 낯모를 젊은 아가씨 엉덩이에 짓눌렸던 충격이 완전히 가시지 않아 넋을 놓고 있는데 여직원이 메모지를 전해준다.

내용은 본부국장께서 전화 두 번, 집에서 두 번, 삼호 김 사장이 두 번이다.

정신을 차린 진우는 보건소에서 받아온 '깐' 증명서인 가족계획협회 회원증을 여직원에게 주면서 복사하여 서류를 작성하여 사본을 첨부한 채 국장께 올리라하였더니, 처녀들이 언제부터 '까'는 것을 그리도 잘 아는지 쑥스러워 하면서 고개를 들지 못한다.

메모의 첫 번인 국장에게 다이얼을 돌린다. 급한 보고가 있어 전화를 할 때마다 '자리에 안계십니다' 하는 비서의 목소리가 들려야하는데, 천지가 개벽을 하려는가 생각지도 않았던 국장의 목소리가 들린다.

"국장님 저 강진……" 이름도 다 말하기 전에 귀청을 때리는 고함소리에 국장 특유의 독설이 마구 쏟아진다.

습관이 된 진우는 수화기를 책상위에 내려놓고 태풍이 잦아지기를 기다리며 태풍의 눈을 요약해보니 목적지를 밝히지 않고 자리를 비웠다는 것과 오늘 아침 지시한 분석이 최소한 2일이 지나야 결과가 나온다는 것을 뻔히 알면서도 결과보고를 빨리하지 않는다는 트집책을 하고 있다.

습관대로 제 풀이 수그러든 후 '깐' 결과를 보고하고 증빙서류를 내일 보내겠다고 하니까, 독설이 언제 그랬냐는 듯이 감미로운 음악으로 변하여 지면서 동원할 수 있는 수식어는 모두 동원되고 잇다.

국장과 통화가 끝나고 고등학교 동창인 삼호 김 사장에게 걸었더니 오늘 오후 세상없는 일이 있어도 모두 취소하고 퇴근하는 대로 바로 자기회사로 급히 오라는 것이다.

그곳에서도 천지개벽을 하느냐고 물었더니 정력에 최고라는 진짜 시골 황구(누렁이 똥개) 한 놈을 어렵게 구하여 된장 발라 푹~삶고 있으니 만사 제치고 오라는 것이다.

진료소에서 수술 끝나고 받은 주의사항은 일주일간만 뛰지 말고, 자전거 타지 말고, 등산하지 말고, 걸음 폭 넓게 걷지 말고 돼지나 닭고기는 당분간 먹지 않는 것이 좋고 '술도 가능하면 자제하는 것이 좋다고 하였다. 주의사항에 개고기 먹지 말라는 것도 없었고 술도 아주 먹지 말라는 것이 아니라 신축성 있게 가능하면 먹지 말라는 것이라.' 진우 같은 보신탕 애호가로서 특히 진짜 황구를 만나기란 좀처럼 얻기 힘든 기회라 진우는 무조건 가겠다고 약속하였다.

집에서도 두 번씩이나 전화가 왔다고 하니 혹시 집안에 무슨 일이 생긴 것이나 아닌지 걱정이 되면서도 다이얼을 천천히 돌렸다.

"전화 했다면서."

"당신이구려."

칭칭 감기는 응석소리를 들으니 집안에는 아무 일이 없다는 징조고

"무슨 일로 두 번씩이나 전화를 했소."

"여보! 여보! 당신 오늘 아무리 급한 일이 있더라도 모든 것 취소하고 퇴근 즉시 집으로 오세요."

"우리집에도 천지개벽을 했나 오늘 모두 왜들 이러서 노내체 무슨 일이야."

"여보! 여보! 내가 당신을 위해 아주 귀하고 기막힌 것을 구했어요. 그러니까 퇴근 즉시 집으로 오세요."

"기가 막힌 것인지 뚫린 것인지는 몰라도 나 오늘 늦을 것 같은데 도대체 무엇이기에 그렇게 호들갑이요."

"이이가 늦으면 안돼요. 당신 퇴근하자마자 잡수실 수 있도록 시간 맞추어 지금 삶고 있는 중이에요."

"삶다니 뭐야? 당신도 황구야?"

"여보! 여보! 이것 보통 귀한 것 아니에요. 부탁한지 넉 달 만에 어렵게 구한 송치(암소 뱃속에든 새끼)예요. 그러니까 시간 맞추어 들어오세요."

시집가는 날 등창난다고 이게 무슨 일들인가 국장 말마따나 깐다는 것은 좋은 것인가 그 귀하다는 황구에다 송치까지, 황구가 더 좋고 송치가 그만 못하다는 것이 아니라 진우는 아내를 만난다는 것이 일단은 두려웠다. 자기 친구 남편이 정관수술한 후부터 힘도 못쓰고 사내구실 못한다는 것으로 굳어있는 사람이다.

결과야 두고 보아야 알겠지만 실을 뽑을 때까지라도 마누라를 대하지 말았으면 좋겠다. 또 실리적으로 볼 때 송치는 자기 집에 있는 것이니 오늘이 아니라도 언제든지 먹을 수 있지만, 황구는 김 사장 손아귀에 있어 오늘 아니면 좀처럼 기회가 없을 것 같아 마누라가 길길이 뛰건 말건, 전화를 하여 회사에 급한 일이 생겨 일찍 들어갈 수 없다고 통보하고는 김 사장 회사로 바로 갔다.

회사 식당에는 고등학교 때부터 악동들이 모두 모였다. 요리가 나올 동안 오늘 '깐' 이야기를 하고 마누라를 속일 아이디어를 부탁하였더니, 사무실과 짜고 1주일간 출장 간 것처럼 하고 자기들 집에 와서 자란다. 또 시험분석 중 다치었다고 하여 병원에 입원하라고 하는 방법과 마누라가 포경수술이 뭔지 모르거든 포경수술 한 것으로 하라는 친구도 있다.

셋 중에서는 그래도 3번째인 포경수술이 가장 합리적일 것 같아 그것으로 정하고 술은 먹는 둥 만 둥 하고 안주로 배를 채우고 먼저 빠져 나왔다.

대문 벨을 눌렀지만 아무 기척이 없다. 몇 번을 누른 다음에야 대문이 열리고 마누라는 토라져 쳐다보지도 않고 횅하니 들어가 버린다. 진우로서는 울화가 차오르다 어쩌면 잘되었다 싶어, 이층 서재로 가서 서재 침대에 누워 책을 보면서 몇 일간을 마누라 심기를 건드려 토라지게 해야겠다는 생각을 하면서 깜빡 잠이 들었다. 몇 시가 되었는지 몰라도 서재에 불이 환하게 밝혀져 있고 마누라가 독기서린 눈으로 흔들면서 노려보고 있다.

"아니 잠자는 사람 가지고 웬 소동이야."

"여보 소동이고 말고 당신 이거 어떻게 된거에요. 네? 바른대로 말해요 당신 정관 수술했지요?"

"이 사람이 미쳤나 정관이라니 생사람 잡고 있네."

"생사람 잡는다구요? 생사람 잡지 않을테니, 여기 왜 붕대를 감았어요. 왜? 어느 과부 덮치다 물렸어요?"

"이 사람이 못하는 말이 없어 말이면 다하는 건줄 알아? 이거 포경이야 포경."

"포경이라니 이게 무슨 고래잡이 작살포에요. 포경이에요."

"이런 무식 봤나. 그런 포경이 아니고 포경수술. 위생상으로도 좋고 당신에게도 좋다고 해서 어제 포경 수술한 것이야."

"포경 좋아하시네. 여기다 그려봐요. 어떻게 수술했는지."

언제 준비했는지 종이와 펜을 내민다. "이 사람이 포경이라면 포경인 줄 알지 왜 이리 야단이야 일주일만 기다려봐 멋있는 베레모 쓴 모습 보여줄게."

"이 양반 베레모 좋아하시네. 당신 정관했지요. 바른대로 말해 그놈의 국장인지 뭔지가 맨날 들쑤신다고 하더니, 끝내 정관하고 말았구만. 아~이고 난 못살아 멀쩡한 사람 병신되고, 멀쩡한 년 생과부 만드네." 하며 입에 거품을 물고 덤벼든다.

언제부터 방문 앞에 와 있었는지 아이들이 올라와 열린 틈사이로 방안을 들여다보며

"너 포경이 아니?"

"몰라 엄만 정관이 뭔지 알아?"

"나도 몰라."

마누라 악에 아이들이 놀라 뛰어 내려가고 나서

"풀러 봐. 포경인지 베레몬지 풀어 봐. 풀어 보지 않고 난 못 믿어."

"잘 치료한 것 왜 풀어서 균 들어가게 해."

"균 걱정 말어. 내가 소독하여 다시 매줄게."

마누라가 아래층으로 내려가더니 구급약상자 통을 들고 올라왔다.

"자~ 여기 모든 약 있으니 풀어봐요. 안 풀으면 내가 풀거야."

"이봐요, 포경이라면 포경인지 알지 왜이래 내말 믿어."

"못 믿어. 포경인지 정관인지 확인하기 전에 나는 못 믿어."

"당신이 포경과 정관을 알아? 자 봐 이것이 포경이야."

"포경 좋아하시네. 까봐. 까봐. 당신말대로 포경인지 뭔지 까보면 알 것 아냐."

창문이 훤하여 온다. 먼동이 트나보다 어느 틈에 공격을 했는지 진우 마누라가 진우 아랫도리에 매달려 결사적으로 붕대를 풀려하고 진우는 그 곳에 손끝이 다을까 이리 피하고 저리 피하지만 나둥그러지고 말았다.

진우 마누라가 진우 배 위에 올라타고 붕대를 움켜쥐었다. 진우는 아래 깔리어 고통을 이기지 못하고

"여보, 참아. 참아. 내가 다~말할게. 당신말대로 정관이야. 정관 수……."

말이 끝나기 전에 불 맞은 황소모양 날치던 진우 마누라가 입에 거품을 문채 응~ 하면서 옆으로 쓰러진다.

(월간지 『부리랑』, 브라질한인상공회의소, 1992.5)

늦가을 바람결 _ 한송운(본명 한정시)

아흔 둘에 세상을 뜬 용구 조모를 갈바위산 양달에 다독다독 막 묻어준 상도꾼들이 마지막에 걸친 초상술에 취해서 골이 시끌시끌 된 소리 안 된 소리 지껄이며 산을 내려오고 있었다.

"쌔액끼(새끼) 백발으은 쓸데가 있지 마아는 인간의 백발으은 쓸데가 없구나아."

"어 좋다 아."

"어이, 수택이 덜럼(얼른) 받고."

삼일장 곡소릴 아이고 지고 지겹도록 듣다가 갑자기 누구 노랫 가락에 모두는 그만 가슴이 탁 트인다.

"지랄마라, 언제 니 하라카모 하고 하지마라카모 안할 내가."

뒤쪽 수택이 말이, 저 앞쪽에서는 잘 들리지 않는다. 억새를 쓸면서, 허공에 가랑잎을 날리며 한바탕 불어제끼는 심청꼴 늦가을 바람결 때문이다.

"들(돌)려라 들려라아아 청춘가 들려어라아아– 하고 좋고 듣기 좋은……."

바람이 지난뒤 섶이 소리는 잘 들렸다.

"수택이 들럼(얼른) 안받고 머 하노."

껄거득 껄거득 장끼 한 마리가 날라갔다.

"산중에 귀물으은 머루 다래고요오 인간의 귀물은 – 좋다 – 연당에 큰 애기."

"히호호호 돈묵아라 수택이–."

농사꾼답지 않게 희멀겋고 서서하게 생기 이 수택, 총각 때 어느 칠석 날, 화암 처녀들 약물(수) 마시러 가는 걸 알고 헐레벌떡 뒤쫓아 이죽이죽 수작 부리다 연분이 양산 끝이 콕 옆구리를 찌르는 통에 '아야얏' 하고 풀썩 주저앉던 이 수택, 좀 삼삼하게 윗동네 처녀 집들도 뻔질나게 들락거리더니 고만 연암리 을숙이를 달고 삼척 쪽으로 종적을 감추어 버렸다가 오륙년 지난 뒤 어느 날 밤에 불쑥 집으로 돌아왔다.

한 해 반쯤인가 살아가고 있는데 어느 날 을숙인 보따릴 싸버렸다. 제주도, 울릉도 정처 없이 떠돌이살이를 했었다.

"실커든 두어라아 니 하나 뿐인가아 산너메 산있고오 물건너 물이 있다아……."

"좋고 좋다아. 얼씨구."

"객지밥 묵은기 어딜가나."

"바람아 보옴 바람아 니가 부울……."

"야 생돼지 목따는 소리 치아라."

"어! 어느 놈고?"

"와! 땅개 해락이다. 으짤래."

땅개 해락이는 몸집이 크고 펑퍼짐 왈살한 광렬이에게 딱 돼바라지게 대어든다.

"하! 조 조 쥐 불알만 한기 죽을라고 용씨나"

팔뚝이 번쩍, 해락이 깜쪽사이 용구 가랑이로 빠져나가 얼굴을 쏙 내민다.

"일로 안나오나! 에라 요새끼!"

용구를 와락 옆으로 밀치는가 했는데 해락이가 팔짝 뛰며 찰싹, 광렬이 왼뺨을 올려 부쳤다. 주춤 쓰윽 뺨을 훔치고 눈을 껌뻑,

"웃시! 니노 인자 죽았다."

후닥딱!

쿵!

광렬이 돌에 모로 걸려 벌렁 자빠지자 '우와하핫' 골짜기가 떠나도록 왁자지껄, 끄응! 일어서는데 또한 팔짝! 찰싹!

"으으으! 놔라 이거, 이거 몬 놓나아!"

"니가 참아라" 사방에서 붙들고 늘어지니 옴쩍을 못하는데 바로 코앞에서 혀를 쏙내밀어 침을 두 주먹에 번갈아 바르면서 면상대고 "호이 호이" 팔짝 팔짝, 광렬이 꿀꺽 침을 삼키고 척 가라앉은 목소리로,

"오야. 이거나 놔라 내가 저년으 땅개를 우야겠노."

어깨를 축 낮추어야 모두들 그를 놓았다.

해락이 딱 한 대 빼물고

"일고(공)이 라이타 좀 주가."

말이 떨어지기도 전에

"요놈웃 손!"

"캑 캑, 아이고 내 죽었데이 아이고 헹님요 아이고 할베요. 아야 야얏."

새까만 얼굴에 톡 볼가진 눈이 금방 튀어 나올 것 같이 해가지고 싹싹싹 손발 부벼대며 깜죽깜죽 넘어가니 그만 스르르 놓아 버린다. 언제나 그랬 듯이 좀처럼 그는 해락을 족치지 못한다. 아까같이 약을 바짝 올릴 때야 상통을 팍 빠게 버리고 말았겠지만, 고때는 용케 피해버리니 도리가 없다. 그리고 한참 뒤에는 까맣게 잊어 버리는지,

"안그렇나 해락이?"

"와 앙이라."

주고 받고 인정이 여간 아니다. 초동시절 다들 소를 산에 올려 놓고,

"마, 머씨마는 씸(힘)이 쎄야 제일인지라 씸이 쎄질라 카모……." 하고선 종이봉지를 부시락 부시락 펴면서,

"이거 먼지 모르겠제. 마, 한종지는 묵아야 되는기라." 몇이 쭈루룩 달 겨들어,

"보자 보자 머꼬. 어! 이거 구리가리(가루) 앙이가."

"맞지러."

대답하고 턱 털어 넣고 꿀꺽 껌뻑.

"어떠나? 내 팔 알통."

상도꾼 일행이 동네로 들어섰을 땐 땅거미가 깔리고 있었다.

"야, 광렬이 저어끼 가는거 준호 앙이가? 짜석(그 자식) 자동차 공장 조 장 되더니 구만에 동네 길 흉사 아랑곳 안하는가베."

"지이미 조장이모 다가아."

"와 앙이라."

윗도리 등판 "○○자동차" 글자들이 찍힌 후즐구레 회색 작업복을 입은 퇴근길 공원 한 무리에 준호도 끼어 사라졌다.

"광렬이!"

"와!"

"낼 타작기(탈곡기) 지고 올 때 기름좀 마이 쳐 온나, 알았제."

"와! 이데로 갈라고?"

"상주 용구가 모두다 한사람도 빠지지 말고 저녁들고 가라 신신당부 안 하더나."

"참말이가?"

늦가을 바람결에 가랑잎 타는 냄새가 풍겨오고 어느덧 뉘엿뉘엿 하루가 지나간다.

(『무궁화』 제2호, 브라질한인회, 1985)

이덕구는 마흔여섯 넘도록 한 동네에서 땅 두더지처럼 농삿일만 하여 온 글자 하나 모르는 까막눈 U읍 갈동 사람이다. 물 건너 복어 같은 뽈록이 임순이한테 삼십이 넘어 장가들 때까지 줄곧 머슴살이만 하였다.

논두렁풀이라도 베다가 한 마리 무짜수(논뱀)가 띄면 얼른 낫대가리로 때려잡아 제자리서 껍질을 쭈욱 훑어 우적우적 먹어치운다. 돈 안들고 보약 된다면 뱀, 개구리 할 것 없이 마구 잡아먹어서 그런지 한 번도 아프다는 말을 듣지를 못하였다.

그에게는 아이가 셋이 있다. 국민학교 삼학년짜리 계집애 자야는 에미를 닮아 제법 야무지나 고 밑에 두 사내놈들은 애비를 닮아서 동네 초당방 목침들이 상통을 보고 "형님요" 절을 할 정도로 생겼는가 하면 뒷통수는 두 놈 다 마른 버섯이 펀적 펀적 없어질 날이 없다. 또 그 코밑들은 항상 엉망진창이다. 끝 놈은 또 죽자고 아랫도리를 걸치지 않아 만날 고추 끝에 흙이 묻어 있다. 배부르게 먹여만 놓으면 온 종일 잘도 뛰논다. 덕구가 워낙 근한 덕에 식구들이 무사히 배불리 먹고 살아가고 있는 것이다.

그는 남보다 언제나 일찍 일어나 사립문을 열고 마당도 환하게 쓸어 놓고 마누라가 부엌 나오기 전에 솥에 물을 붓고 불도 뜨뜻하게 짚어 놓는다. 머슴살이 할 적에 다 몸에 밴 것이다. 품삯을 받아도 한 푼 헐지 않고 선걸음에 와서 마누라에게 내밀어 준다. 하루는 옆집 정혜네가 저녁을 짓고 있는데 불쑥 나타나,

"아험, 아험! 정혜엄매요, 내 오늘 새마을 공사 간주 탓심더." 묻지도 않는 말을 하였다. 정혜네는 부지깽이로 불을 솟구며,

"아이고 좋겠심더."

어느새 냉큼 부엌 안에 들어서서 두 손을 불 앞에 갖다 대며 엄벌 썩 앉는다.

"야아(예), 그래 가주고 우리 자야엄매 빨간 쉐-타 하나 사고요. 아험,

자야 베구두(운동화)도 한커리 사왔심더."

"우앗꼬, 참말 잉교?"

"그라고요 아험, 아험, 밀가리도 싯(셋)포 타다 났심더."

그는 기분이 좋으면 헛기침을 더 자주한다. 겨울 농한기 새마을 공사일 나갔던 것이다. 정혜네가 언제나 싫은 눈 안주고 저를 잘 대해주니 참 좋은 모양이다. 게다가 칭찬까지 해주니 말이다.

"자야엄매는 복도 많제, 자야 아부지 같이 근하고 착한 이가 어데있을라고, 아랫 마실 돌이 아부지 보소, 툭하면 여편네 보고 술값 노름 돈 해오라 툭탁거리고 속을 얼매나 썩히노."

기분이 좋아서 뻐드렁니를 못 다문다.

그에게는 머리가 하얗게 쉰 노모랑 같이 아랫마을에 살고 있는 갓 마흔 된 단하나 홀애비 아우 덕출이가 있다. 왼쪽 눈알이 없지만 멋 나라고 앞니에 금니를 누렇게 두 개나 해 끼웠다.

형과는 딴판으로 하루 일하고 사흘나흘 제치는 순 농땡인데 건너 마을 개장수 박 서방을 한동안 따라다니기도 하다가 그것도 그만두었다.

돈만 몇 푼 생기면 돈이 떨어질 때까지 읍내 술집은 다 돌아다니며 집에 오질 않는다.

또 가관은 한글 한 줄 술술 못 읽는 게 포마드를 머리에 찐득찐득 바르고 색안경 척 끼고 또 만년필은 꼭 꼽고 집을 나간다. 그래야만 촌놈 소릴 안 듣는다는 것이다. 그리고 형은 불출이라서 돈도 쓸 줄 모르고 일밖에 모른다고 한다. 그는 또 퍼뜩하면 형네 집에 올라와서 형수더러 돈 좀 구해내라 공갈(?)을 놓는다. 오밤중에 술이 곤드레가 되어 돌아오다가 개골창에 자빠져 발목을 삐어 문밖출입을 잘 못하고 있을 때였다. 한날 그 집 큰 버드나무에서 "쩌러렁" 말매미가 한낮에 시원스레 울고 있을 때 마침 지나치다가 들은 것은

"씨팔 내가 서발(세 발자욱)만 나갈 수 있어 봐라. 더럽구로 나한테 돈 췌(꾸어) 오라 커능강, 빙(병)이나 있으이. 이게 사람을 우습게 보제. 어디

내 났거든 보자 카악 투윗!"

오여름 땡볕이 내려 쪼이는 마당에 그의 형수가 아이를 업고 서서 땀을 흘리며 안절부절하고 있었다. 그처럼 제 형수를 못살게 들볶는 것이다. 그래도 제 형에게만은 절대 그러질 못한다. 형은 **뼈가 빠지도록** 고공살이 한 새경을 아우 장가밑천으로 대 주었다. 그런데 색시는 시집 온 지 두 달 만에 온다간다 한마디 없이 보따리 싸서 가버렸다.

오랜 세월 대대로 농사만 짓고 살아온 갈동에 큰 변이 일어났다. 저 떨어진 이웃동네 진동부터 시작해서 이곳까지 K자동차 공장이 들어선다는 것이다. 논밭이 다 들어가고 집들도 많이 헐리게 될 것이라고 소문이 좍 퍼졌다. 능글맞은 김이장이 벌써부터 자리에 없는 날이 많고 저녁 술이 거나하게 되어 읍에서 밤늦게 돌아왔다. 그리고 얼마 안 되어 과연 이장은 까만 잠바를 입고 얼굴이 흰 외지사내들을 앞세우고 지적도를 펼쳐가며 이 건너 저 건너 논밭들을 지적하고 다니기 시작하자 동네에서는 삽시간에 동요가 일기 시작했고 "김동출(이장)이가 동네 다 팔아먹는다."는 말이 온 동네에 나돌았다. 며칠 뒤 동회가 열렸다. 이장 옆에는 까만 잠바 둘이 동민들을 바라보고 앉아 있었다. 사람들은 물을 끼얹은 듯 숨 죽여 이장 말을 듣고 있었고 이장이 마지막 힘주어 보상은 현시세대로 한 집도 한 푼 손해 없도록 정확하게 계산하여 지불된다고 말을 끝맺자 용길이가 벌떡 일어났다.

"나는 절대로 조상대대 물려 내려오는 전답을 넘길 수 없다. 죽어도 못한다. 나는 반대한다."

순간 까만 잠바의 안경이 전구빛에 번쩍했다. 잠깐 사이

"아이다! 촌놈 논 서마지 평생 신세 조진다고. 소출도 없는 개덩어리 같은 땅들 골병만 들고. 나는 이때 보상받고 넘가 뿌릴게다."

광호가 핏대를 세우며 딱 부러지게 말하여 버리자 모인 사람들이 그만 와글와글거리기 시작하였다. 그때 일흔 된 정산 어른이 두 팔을 내어 젖으

며 들어왔다.

"시끄럽다 이놈들! 머이 어쩐다고! 내 눈에 흙이 들어가도 안 되지러, 누맘대로 택도 없는 소리, 어데 저거 맘대로 해 보라 캐라. 지 죽고 내 죽을끼다."

펄펄 뛰었다. 칠순인데도 훌쩡질(쟁기질)을 하는 정정한 노인이다.

약 두 달 뒤 덕구네와 몇몇 집만 빼고 농지 및 가옥 보상금통지서가 시청(이미 시로 승격)에서 집집이 날아들었다. 곧이어 광호네 밭에 현장사무소가 설치되고 불도저 등 중장비가 속속 도착되더니 보상 먼저 탄 농지부터 밀어나갔다. 동구 밖 삼백 년 묵은 포구나무가 넘어가는 날 밤에는 비가 퍼붓고 천둥이 쳤다. 차츰 도로 밑 가옥들도 헐려나갔다. "날 죽여 놓고 도장 찍어주어라!" 길길이 뛰어 쌌던 사람들도 시나브로 기가 꺾여갔고 불도저들은 인정사정없이 밀어 나갔다. 전국 각지 노무자들이 점점 몰려와서 셋방들을 구하느라 팔도 사투리가 다 나오는 판이 되었다. 덕구네 윗동네는 방 한 칸이라도 더 달아 세놓으려고 밤마다 뚝딱였다. 모두가 시청 몰래 밤에만 했다. 우락부락한 철거반원들이 우루루 달려와서 무거운 쇠망치로 사정없이 부셔 버리고 가는데도 또 하고 또 하였다.

해 맑은 한낮쯤 수탁이 "꼬끼오" 회를 치며는 뒷산 장끼가 뒤따라서 "푸두둑 껄거덕" 날개를 쳤다. "이랴! 끌끌!" 쟁기끼는 암소가 땡그랑 땡그랑 방울을 울리고 쩌러렁 말매미가 어찌나 시원하게 울었던가, 이제는 그런 동네는 사라져갔다.

오랜 세월을 잔잔히 흘러가는 강물처럼 살아왔던 그 생활은 박살이 나고 모두들 벌려고 공사판으로 갔다. 덕구는 농토가 없어져 버리는 통에 어떻게 살아가야 할 지 걱정이 태산 같았다. 벼락치기 밤집 짓는 일에 나가 했지만 그것도 거의 끝장이 나버려서 쉬는 날이 많았다. 공사판에라도 나가야 되겠는데 아무도 그를 데려가 주질 않았다. 그는 일을 해야 되는 체질인데 자꾸만 쉬는 날이 많아져 가니 앞날이 기가 막혔다.

그 걸던 입맛도 떨어지고 어깨에 힘이 빠져갔다. 그의 집은 뒷산 비탈

앞에 서마지기 언덕 논을 하고 있다. 그 논은 여전히 그해도 모를 심어서 졸졸졸 물고소리가 나고 있었다.

첫 논매기 쯤 때일까, 그날 밤따라 그 논에서 개구리들이 유별나게도 개골거렸다. 갑자기 덕구집에서

"도치(끼) 어딧노오 도치! 내 오늘 집구석 지둥뿌리 모지리 다 찍았뿌릴 기다, 도치 어딧노 도치!"

덕구 고함소리였다. 그가 또 그렇게 화내는 것도 처음이다.

"보따리 싸라. 당장 보따리 싸라!"

논에서 개구리 소리가 뚝 그쳤다. 기둥뿌리는커녕 삼태기 하나도 집어 던지지 못하면서 고래고래 고함을 치면서 우루루 이쪽에 왔다가 저쪽에 갔다 하다가는 언제 펄쩍 논두렁에 뛰어나와 집을 쳐다보고,

"그래도 당장 보따리 안쌀끼가, 보따리 안싸나 안싸!" 악을 써댄다.

그동안 아무 말 않고 있던 그의 마누라가 쭈루루 사립 밖으로 쫓아 나왔다.

"조게 오늘 죽을라고 환장을 했나, 자꾸 지랄삥(병)할라 카나? 앙! 여게 안 기들어오나?!"

그녀가 더 쫓아 나오니 덕구는 그만 냅다 저만치 논둑을 내 빼고 있었다. 어떻게 되어 홧술을 퍼 마신 것 같다. 그녀는 서서 좀 벼르다가 뒤돌아 집에 들어갔다. 그는 슬금슬금 집 앞까지 가 서있었다. 그쳤던 개구리 소리들이 더 커갔다. 그는 벌써 집에 들어가서 곰방대를 빨고 있었다.

그 뒤 달포가량 덕구의 모습은 통 보이질 않았다. 자동차공장이 완공되어서 생산에 들어가고 잇달아 당고개 너머 동쪽바다 미포만 일대에 대규모 조선소가 건설되기 시작하였다. 알고보니 꼭두 새벽부터 밤늦게까지 거기가서 일용잡부로 일하고 있었다.

그간 삼통 정혜네 집에 비치지 않던 그가 한날 저녁 때 "아험, 아험" 거리며 얼굴을 내밀었다.

"정혜엄매, 저녁하능교?"

'아이고 자야 아부지 아잉교? 얼굴 잊았뿌리겠네."

"아야, 아험아험! 정혜엄매요, 내 조선소에 경비로 취직 됐심더."

"우짝고, 참말잉교?"

"야아."

"그라모. 참 잘 됐심더. 자야 아부지요, 우예 그래 싶게 되던교?"

"아험! 공사 잡일을 시키면 죽자사자 했심더, 하루는 일 마치고 올라 커이 백바가치(은색 화이버)쓴 높은 사람(과장)이 사무실로 좀 오라 커능 기라요, 고마 가심이 덜거덩 해가 갔더이 '이덕구씨는 내일부터 경비과에 와서 경비원으로 근무하시요.' 안커능교, 사람 놀리나 싶아가 '야아?' 커이 허허 웃으면서 '당신처럼 성실하고 착한 분은 많지 않겠지요?' 안커능교. 그라면서 '내일부터 정식 경비원이 되니 그리 알고 출근하도록 하시요' 커는기라요."

"아이고 잘 됐심더, 그 보소. 자야 아부지가 하도 근하고 착하니 안 그래 되능교, 인자 잊았뿌릿심더."

"아야, 그라고요. 내일 가모 아험, 작업복도 나오고 신발, 모자도 다 나옴더. 그라고 점심, 저녁도 다 회사서 묵심더."

그는 아이처럼 좋아서 뼈드렁니를 아물지를 못했다.

이튿날 일치감치 집이 부산하였다. 자야 엄마도 다른 날보다 더 일찍 일어나서 서둘러 아침을 잘 지어먹였다. 그가 아험 아험 사립문을 나서며

"자야(마누라보고) 잊았뿌리지 말고 얌생이(염소) 풀 뜯아 놓고 채전에도 잘 살피봐라. 아험 아험!"

저만치 가더니 또 돌아보고 동네사람 들으라고 그러는지 목청을 돋우어

"내 오늘부터는 집안일 같은 거 돌볼 틈 없다. 알았지러!"

골목이 시끄럽도록 외치며 사라졌다.

그날도 칠월의 폭염은 꺾이질 않고 아침부터 당고개 산 위에서 이글이글 해가 달아오르고 있었다.

(『열대문화』 제2호, 열대문화동인회, 1987)

국경을 넘어선 이주와 정착의 민족 서사*

브라질 코리안 문학을 중심으로

김환기

I. 브라질의 코리안 문학과 디아스포라

최근 코리안 디아스포라 담론은 전지구화시대의 세계관이 강조되면서 한층 다양한 관점에서 전개되고 있다. 기존의 코리안 디아스포라 담론이 러시아, 중국, 일본 지역을 중심으로 조국과 민족, 정치와 이념, 역사와 정체성 측면에서 전개되어 왔다고 한다면, 근래에는 북미(미국, 캐나다 등)를 비롯한 중앙아시아(카자흐스탄, 우즈베키스탄 등), 중남미(멕시코, 브라질, 아르헨티나 등), 호주, 독일 지역으로 확장되고 국가간, 민족간의 소통이 강조되고 있다. 이러한 다변화된 코리안 디아스포라 담론은 기존의 역사학적, 관념적인 시각을 포함하면서도 문학적인 정서를 중시하는 형태로 진행된다는 점에서 주목된다.

그러나 코리안 디아스포라 문학[1]에 대한 지금까지의 연구는 조국과 민

---

* 이 글은 졸고 「재 브라질 코리안 문학의 형성과 문학적 정체성」(『중남미연구』제30권1호, 2011)을 본서의 취지에 맞게 수정·보완한 것임을 밝힌다.

1) 디아스포라 문학은 자국중심적인 민족이데올로기를 근간으로 중심에서 주변을 바라보는 시좌가 강하게 드러난다면, 이주문학은 지역성과 연계된 경제적, 지리적, 실생활에 근거한 개인의 실존적 체험을 형상화한다고 정의내릴 수 있다. 그러한 의미에서 재브라질 코리안 문학은 기본적으로 코리안 이주문학에 해당되지만, 본고에서는 넓은 의미에서 코리안 디아스포라 문학의 범주 안에서 논하고자 한다. 최근 디아스포라 담론이 확장된 의미에서 자국을 벗어난 '민족

족을 앞세운 자국 중심주의적 세계관이 강조되면서 식민과 피식민, 지배와 피지배, 중심과 주변이라는 이항대립적 담론을 크게 벗어나지 못한 게 사실이다. 코리안 디아스포라의 형성과 전개과정이 암울했던 조국의 근대화 과정과 분리될 수 없고, 냉전 이데올로기가 지배적이었던 시대임을 감안하면, 동아시아 중심의 이분법적 담론은 당연했는지도 모른다. 이른바 약육강식의 국제질서 속에서 문학적 주제가 자국 중심적인 형태로 자리 잡고, 그러한 문학적 성과물에 대한 해석 역시 국가와 민족, 정치와 이념의 벽을 넘어서기란 쉽지 않았다.

그리고 냉전/탈냉전을 거듭한 지난 세기의 국내외적인 정황을 감안할 때, 비교적 이민사가 긴 중국, 러시아, 일본 지역과는 달리, 중남미 국가를 비롯한 캐나다, 독일, 호주 등지의 코리안 디아스포라의 문학적 성과는 분명히 한계가 있고, 현실적으로 그들 문학에 대한 연구 성과를 기대하기란 쉽지 않다. 실제로 남미에서 코리안들이 가장 많은 브라질의 경우(5만여 명), 『브라질한인이민 50년사』, 문예잡지 형태의 종합교양지, 개별적인 창작집 몇 권이 간행되었을 뿐이고, 그에 대한 연구는 권영민의 「브라질에 심은 한국문화」(『문학사상』통권198호)가 거의 유일하다.

이 글의 목적은 그동안 한국문학사에서 구체적으로 다루지 못했던 남미의 브라질 코리안 문학을 구체적으로 소개하고 그 문학적 특징을 짚어보는데 있다. 그리고 ≪브라질 한인회≫의 한인회보를 비롯해서 코리안사회의 정보교환과 문화활동의 일환으로 발행된 종합교양지 『백조』, 『무궁화』, 동인지 『열대문화』, 개별 창작집과 작품에 내재된 코리안 이민자들의 내면적 자의식과 문화적 정체성을 짚고자 한다.

분산'으로 소통되고, 근래에는 '다른 민족들의 국제이주, 망명, 난민, 이주노동자, 민족 공동체, 문화적 차이, 정체성'까지 아우르면서, 점차 '혼종적' 양가성에 기초한 '탈'세계관을 지향하고 있기 때문이다.

Ⅱ. 코리안 이민사회의 시작과 전개양상 - 브라질

2014년 월드컵과 2016년 하계올림픽 개최를 앞둔 브라질은 인구 1억 9천여 만 명에 남한의 87배에 달하는 세계 제5위의 영토를 자랑하는 거대국가다. 지구촌의 허파인 아마존과 세계 3대 미항의 하나인 리우데자네이루(Rio de Janeiro)를 중심으로 세계인들의 이목을 끌어왔던 브라질은 최근 신자유주의 경제정책을 받아들이고 '검은 대륙', '기회의 땅' 등 각종 수식어를 만들어내며 신흥 경제대국으로서의 역동적인 21세기를 열어가고 있다.

이러한 브라질로 코리안들이 공식적으로 이민을 가기 시작한 것은 1963년부터였다. 최금좌의 「시기별 한국이민 유형」[2]을 토대로 재브라질 코리안 이민의 역사를 개략적으로 소개해 보면 다음과 같다. 첫 번째 시기는 1963년 공식적인 이민기 이전의 이민자 그룹이다. 여기에는 1908년부터 시작된 일본인들의 공식적인 브라질 농업이민 대열에 합류한 일본 국적을 소지한 코리안들의 브라질행, 1953년 한국전쟁이 끝날 무렵 석방된 반공 포로 55명(중국인 5명 포함)의 브라질행, 그리고 1961부터 1962에 걸쳐 이루어진 〈한백 진흥공사〉와 관련된 5·16군사혁명 이후 군복을 벗어야 했던 군 장교 출신과 한국전쟁 당시 남하한 북한 출신의 실향민들을 중심으로 한 '문화사절단'(1962.1)의 브라질행 등이 거론될 만하다. 일제강점기와 해방 직후의 초창기 브라질행 이민이었던 만큼 그 숫자는 손에 꼽을 정도였다. 하지만 이들 초창기 이민자들은 훗날 1963년부터 실시된 공식적인 코리안 이민자들이 브라질에 들어오는 데 실질적인 가교 역할을 담당했을 뿐만 아니라 그들이 브라질에 정착하는 데 많은 기여를 했다.

두 번째는 1963년부터 시작된 공식적인 이민기의 이민이다. 1963년부터 1966년까지 5차에 걸쳐 '농업이민' 자격으로 브라질로 들어간 1,300명과 1968년 브라질 정부가 한국의 '농업이민'을 금지하면서 1971년 '기술이민'

---

2) 최금좌, 「재브라질 한국이민사회: 세계화 시대 도전과 성취 그리고 전망」(『중남미연구』제25권 2호, 중남미연구소, 2007)

자격으로 브라질에 들어간 1,400명의 경우를 말한다. 이들 초창기 이민자들의 대부분은 퇴역장교 출신, 고학력 중산층, 도시의 상인들이었는데, 현재 조직된 ≪브라질 한인회≫는 이들 초창기 코리안 이민자들이 중심이었다.

세 번째는 소위 '불법이민 단계', 전경환 주선의 '농업이민', '연쇄이민단계'를 거론할 수 있는데, 불법적인 이민은 1972년 브라질 정부의 코리안 이민 억제정책에도 불구하고 서독에서 광부와 간호원으로 종사했던 자들과 베트남의 계약노동자들 일부를 비롯해서, 태권도 사범, 1970년대 중반의 '도피이민(逃避移民)', 미국행 이민이 여의치 않자 파라과이와 볼리비아를 거쳐 브라질로 재이주한 경우를 말한다. 그리고 1980년대 초 전경환의 주선으로 이루어진 '농업이민'으로서 1985년 총 32세대가 브라질로 입국한 경우가 있었고, '연쇄이민단계'로서는 1980, 90년대 가족친지들의 초청에 의해 상파울루(São Paulo)의 아클리마썽(Aclimação), 봉헤치루(Bom Retiro), 브라스(Brás)를 중심으로 구축된 제품업(여성의류업의 생산, 도매, 유통 등)에 합류한 경우이다.

개략적이지만 브라질의 코리안 이민사를 정리해 보았는데, 우리는 여기에서 지난 20세기의 국제정세는 물론 격동의 한국근현대사, 이민 당사국의 불확실한 이민정책, 이민자의 신분과 성격, 그리고 초창기의 농업이민, 중립국을 거쳐 흘러간 반공포로, 1970년대의 '도피이민'에 담긴 의미 등을 짚어볼 수 있다. 재브라질 코리안 이민사에 담긴 역사적, 정치적, 이념적인 의미와 해석은 논자에 따라 다양하게 전개될 수밖에 없다. 특히 복잡했던 한국 근현대사의 정치이데올로기와 떼어놓고 생각할 수 없는 사안들이라면 더욱 그렇다.

그러나 최근 한국의 높아진 국제적 위상과 역할을 감안할 때, 이들 재브라질 코리안 이민사에 담긴 역사적, 정치적 의미를 비롯해서 그들 사회에 내재된 문화적 혼종지점은 특별한 의미를 지닌다. 반세기를 넘긴 재브라질 코리안 사회가 구축한 다양한 형태의 성공신화, 공동 커뮤니티, 정신문화적 유산이 급격한 다문화사회를 열어가고 있는 한국 사회에 던지는 의미가 적지 않기 때문이다.

Ⅲ. 코리안 이민사회의 각종 단체와 정보매체 - 브라질

주지하다시피 브라질은 1985년 폐쇄적인 군사정권이 물러나고 민정이 들어서면서 대대적인 신자유주의 경제정책을 받아들였고, 현재는 시장경제의 원칙을 근간으로 신흥경제대국으로서의 행보를 건실하게 구축해 가고 있다. 이러한 브라질의 신자유주의 경제정책은 정치경제적인 패러다임을 재구축했을 뿐만 아니라 이민사 반세기를 넘긴 코리안들에게도 급격한 변화를 몰고 왔다. 경제적인 안착을 비롯해서 한국과 브라질간의 협력관계 구축, 문화교류, 실생활 측면에서의 안정과 역동성 등 그 변화상은 실로 다양하다. 특히 1970년대 브라질 최대의 중심도시 상파울루의 봉헤치루를 중심으로 제품업(섬유산업)의 개척과 시장 확장은 지난했던 코리안들의 이민사를 바꿔놓기에 충분했다. 예컨대 제품업을 근간으로 코리안들의 건실한 시장개척과 상권개발은 새로운 형태의 제조업과 서비스업을 재생산하면서 급격한 변화를 불러왔다. 섬유산업은 물론이고 한국학교의 설립을 비롯한 공무원, 변호사, 의사, 교사 등 다양한 전문직에서부터 호텔, 음식점, 인쇄소, 세탁소에 이르기까지 다양한 직업군을 창출해냈다.

한편 이러한 재브라질 코리안 사회의 급격한 인적 팽창과 시장 구축은 자연스럽게 상호간의 소통을 유발시키면서 다양한 공동 커뮤니티의 구축으로 이어졌다. 개인과 개인, 개인과 단체, 단체와 단체간의 교류와 소통에 필요한 각종 정보매체와 조직이 필요했기 때문이다. 예컨대 1970년에 조직된 ≪한국문화협회≫를 비롯하여 ≪브라질 한인회≫를 중심으로 한 각종 정보매체『한인회보』, 『남미 동아일보』, 『남미 중앙일보』, 『남미 한국일보』, 『뉴스 브라질』, 『신세기』의 창간과 예술단체 ≪필그림 합창단≫, ≪브라질 한인 미술협회≫ 등의 출범, 각종 단체의 기관지『백조』와『무궁화』에 뒤이어 발간된 문예동인지『열대문화』는 그러한 코리안 사회의 다변적인 교류지점을 대변하는 공간이었다. 공동커뮤니티와 정보매체는 이민사에 얽힌 간고한 체험과 기억을 수렴하는 통로 역할을 담당하였고, 그렇게 축적된 기록문화는 자연스럽게 코리안 디아스포라 담론의 한 축으로 자리잡게 되었다.

그 중에서도 ≪브라질 한인회≫에서 발간된 문예잡지 형태의 종합교양지『백조』를 비롯한『무궁화』, 그리고 동인지『열대문화』의 발간은 재브라질 코리안 사회의 대표적인 문화 활동의 거점이었다고 해도 과언이 아니다. 특히『열대문화』는 재브라질 코리안 사회의 이민사와 관련된 간고한 기억과 체험, 교류와 소통의 지점을 문학 장르인 시, 소설, 수필, 평론, 콩트, 번역, 기행문 등으로 엮어냈다는 점에서 그 의미는 특별하다. 문학 동인 9명(권오식, 김우진, 목동균, 안경자, 연봉원, 이찬재, 주오리, 한송운, 황운헌)이 의기투합해 창간한『열대문화』는 1985년 창간호에서 1996년 제9권이 발간되기까지 10년 동안 다양한 문학 장르를 통해 코리안 사회의 '정신적 가교'로 역할했다. 물론 개별적인 형태의 자서전 발간과 창작집 및 작품소개도 그들 이민사회의 소중한 기록물이자 문화적 자산임은 말할 것도 없다.

한편 이들 ≪브라질 한인회≫ 중심의 각종 정보매체를 비롯한 문예잡지, 창작집, 작품들은 문학적 완성도 측면에서 보면 다소 한계가 느껴진다. 다양한 장르의 문학적 시도에도 불구하고 한정된 작가군, 한정된 문예지, 작품에 대한 검증시스템의 부재, 보편적 가치로 승화될 수 있는 리듬과 소리의 부재, 기억과 체험 위주의 감상에서 오는 문학적 한계를 지적할 수 있기 때문이다. 그럼에도 불구하고『백조』를 비롯한『무궁화』, 동인지『열대문화』, 개별 창작집과 작품은 소중한 의미로 다가올 수밖에 없다. 무엇보다도 이민사회의 정보제공과 상호소통의 거점으로 역할했고, 브라질 특유의 다민족, 다문화적 혼종사회의 탈중심적인 세계관과 호흡하며 척박한 이민사회에 활력을 불어넣고 내적인 성장을 이끌었다는 점에서 그러하다.

Ⅳ. 코리안 문학의 형성과 전개양상 - 브라질

1. 문예잡지 : 『백조』에서 『열대문화』로

재브라질 코리안 사회에서 발간된 문학관련 창작집 및 작품을 구체적으로 살펴보면 크게 두 갈래로 나누어 생각해 볼 수 있다. 하나는 문예잡지 형식의 종합교양지이고, 다른 하나는 개별적인 자서전 형태의 창작집과 작품이다. 먼저 문예잡지 형태의 종합교양지부터 살펴보면, 여기에는 『백조』, 『무궁화』, 『열대문화』가 있다. 이 중에서도 1970년 8월 ≪브라질 한인회≫의 전신인 ≪한국문화협회≫에서 창간한 『백조』는 브라질에 정착한 코리안들이 발간한 최초의 문예지 형식을 띤 종합교양지로서 그들 이민사에 대한 소중한 기록물이라는 점에서 의의가 크다.

실제로 『백조』의 창간사에는 ≪한국문화협회≫의 창립과 활동범위, 초창기 브라질행을 택한 코리안 이민자들의 성격(농업이민, 기술인, 의료인)과 규모, 정착지역과 상공업계로의 진출, 열정적인 자녀교육, 한국전쟁에 대한 안타까운 심경, 배달민족에 대한 자긍심, 성실한 이민생활에 대한 다짐 등 초창기 코리안 이민자들의 각오를 진솔하게 피력하고 있다. 예컨대 『백조』의 목차에서 확인할 수 있듯이, 코리안 사회의 다양한 형태의 정보교환, 정신문화의 추구, 이민족들과의 소통과 공존이 모색되고 있다.

이러한 『백조』의 순수한 창간 정신은 아쉽게도 오래 가지 못하고 단명해 버리지만(창간호밖에 없는 것으로 추정), 다행히도 그 순백의 정신은 1985년의 『무궁화』로, 1986년 『열대문화』로 계승되기에 이른다. 그야말로 『백조』, 『무궁화』, 『열대문화』는 구성과 형식, 내용면에서 전문적인 문예지라기보다 종합교양지로서 ≪브라질 한인회≫의 다양한 목소리를 담아냈다고 할 수 있다.

그 중에서도 재브라질 코리안 사회의 종합교양지이자 "정신적 가교"로서 절대적인 역할을 담당했던 잡지라고 한다면, 역시 『열대문화』일 것이다. 우선 잡지의 구성, 형식, 분량, 내용면에서 『열대문화』만큼 체계적이고 전문적인 형태의 담론으로 승화시킨 예가 없기 때문이다. 그리고 『백조』와 『무궁화』의 창간정신을 계승하고 열린 세계관으로 바깥세계(타자)와 소통하면서 이민사회의 정신문화적 교감을 이끌었다는 점에서 그러하다.

실제로 『열대문화』의 이러한 보편성과 열린 시좌, 내적인 서사구조는 재브라질 코리안 사회의 "내적인 성장"을 확인시켜주는 공간이기에 충분하다. 예컨대 〈한국(한국인, 한국문화)과 브라질(브라질인, 브라질문화)의 동질성과 차이점〉(제3호), 〈문화교류의 실질적인 상황과 문제점〉(제5호), 〈이민 사회에 비친 한국의 여인상〉(제7호), 〈브라질의 교육제도와 인디언 문화 소개〉(제9호) 등, 『열대문화』의 특집란은 한국문화를 통한 브라질 특유의 혼종적 가치를 찾아가는 과정이었을 것이다.

또한 『열대문화』는 한국과 브라질을 비롯한 세계 각국의 문화계와 교류하며 시, 수필, 소설, 평론을 소개하면서 국내외 코리안들의 정신문화를 대변하고, 동시에 "정신적인 가교"로서의 역할에 충실했음을 보게 된다. 특히 『열대문화』는 한국의 학계에서 활동하고 있는 최일남(제8호), 전경수, 노태돈, 권영민, 류우익의 평론 소개(제6호), 시인 박제천, 강우식, 홍신선, 노향림의 한글 시 소개(제4호), 재미 코리안 시인 박남수, 고원, 박이문, 황갑주 등의 작품을 소개하는가 하면, 역으로 동인회원인 황운헌이 미국 L.A.의 코리안 문예지 『울림』에 평론을 수록한 점은, 이 잡지의 월경주의와 열린 세계관을 확인할 수 있는 지점이다.

그리고 임윤정이 한국의 시인 김소월을 비롯한 유치환, 김춘수, 신경림, 이호우의 시를 포르투갈어로 번역 소개하고, 동인회원인 연봉원이 브라질 문학가 마샤도 데 아씨스(Machado de Assis, 1839-1908)의 단편소설을 번역 소개했다는 점 역시, 국가간, 민족간, 지역간의 경계를 넘어선 열린 시좌라 할 수 있다. 그 밖에도 『열대문화』는 초창기 브라질행을 택했던 코리안들의 정착과정, 좌절과 망향의식, 제품업(섬유산업)에서의 성공, 세대간의 갈등, 국제결혼을 둘러싼 갈등과 고뇌, 세대교체에 따른 한글 익히기와 교육문제, 미국으로의 재이민, 민족의식과 자기 정체성 문제, 기독교의 건강한 개척정신, 교회의 권력화와 폭력에 이르기까지 코리안 이민자들이 실생활에서 체험하게 되는 애환과 고뇌, 한의 정서를 독창적인 관점에서 구체적으로 그려냈다고 할 수 있다.

권영민은 『열대문화』의 성격과 동인들의 활동을 개관하면서, "이민생활의 체험을 바탕으로 엮어지는 문필 활동", "『열대문화』가 한국과 브라질을 정신적으로 연결시켜주는 중요한 계기", "『열대문화』가 브라질의 고급문화를 교포사회에 소개하고 브라질의 역사와 풍물에 대한 새로운 이해를 도모할 수 있는 창구의 역할"(『문학사상』통권198호)을 했다고 지적한 바 있다. 확실히 『열대문화』는 문학 장르에 국한하지 않고 다양성과 혼종적인 양가성을 토대로 브라질에 정착한 코리안들의 종합교양지로서 정신문화의 구심점이자 자의식 구축에 중요하게 작용한다.

2. 개별적인 창작집 및 작품

재브라질 코리안 사회의 문화 활동에서 문예지 성격의 종합교양지와 함께 중요하게 거론되어야 할 것은 개별적인 자서전 형태의 창작집과 개별 작품이다. 지금까지 필자의 자료조사에 의하면, 브라질에서 발간된 코리안들의 개별적인 창작집은 총 10권이며 작품은 앞서 거론한 문예지와 종합교양지에 실린 것 외에도 여러 편이 있다.

먼저 개별적인 자서전 성격의 창작집을 거론해 보면 정수잔나의 『국적이 많은 여인』을 비롯해서 원현국의 『대지의 꿈』(예루살렘, 1988), 오응서의 『아마존의 꿈』(상파울루 남미동아, 2004), 이인길의 『송암 문학전집』(상파울루 한국일보출판사, 1983), 편무원외 『기회의 땅 브라질』(해와 달, 2009), 최창선의 『브라질의 하늘 아래에서』(토함원, 2002), 한국진의 『내신앙의 자화상』(SP 남미동아, 2007) 등이 있다. 그리고 브라질에 정착해 살고 있는 한국인과 일본인 시인의 특별 교류전을 기념하며 발간한 『일본인 르네 다구치(ルネ田口) 시인과 한국인 황운헌 시인의 교류전』이 있고, 재브라질 코

리안 1·5세인 닉 페어웰(Nick Farewell)의 창작소설『GO』가 있다. 또한 최용필의 시집『빗속에서 빛나는 바다』, 황운헌의 시집『散調로 흩어지는 것들』, 박종하의『素石詩稿』등이 존재한다.

개인별 자서전 형태로 출간된 창작집은 대체로 1960년대 브라질행 이민을 택하게 된 코리안들의 이민동기, 정착과정, 성공신화 만들기, 귀향의식, 자기정체성 문제 등을 가족사를 포함하는 사회문화적인 시각에서 풀어내고 있다. 그리고 초창기 코리안 이민자들의 아마존을 향한 꿈, 농업이민에서 상공업자로의 변신, 섬유업계에서의 활약 등 가족과 조국을 아우르고 이민족과의 교류와 공존이라는 자의식 구축에 이르기까지 남미에서의 개척정신과 도전의식을 피력하였다. 예컨대 정수잔나의『국적이 많은 여인』은 초창기 브라질행을 택했던 코리안 이민자들의 절박했던 심경을 빅토리아호 선승, 브라질 도착, 사업의 성공신화를 만들어내기까지 디아스포라(이산자)의 간고했던 과정을 가족사를 중심으로 엮어냈고, 편무원의 『기회의 땅 브라질』은 광활한 남미 대륙에서 남다른 성공신화를 만들어내기까지의 간고한 이민 정착사를 개척정신과 도전의식으로 풀어냈다는 점에서 특기할 만하다.

그리고 한일 양국의 대표적인 문화인이 공동으로『일본인 르네 다구치 시인과 한국인 황운헌 시인의 교류전』을 개최하고 양국간의 교류에 물꼬를 틔우고 이웃간, 국가간, 민족간의 경계를 뛰어넘어 문화적인 접촉과 공유의식을 피력하고 실천해 갔음은 시사하는 바 크다. 특히 황운헌은 월경적인 세계관에 기초한 폭넓은 작품활동과 문화교류를 통해 코리안 디아스포라의 열린 세계관과 혼종적 지점을 보여준다. 최용필, 황운헌, 박종하의 시집은 자유시와 한시로 엮어내면서 고향(조국)에 대한 향수와 브라질 이민생활에 대한 감상을 서정적으로 그려냈다. 또한 재브라질 코리안으로서는 처음으로 닉 페어웰(Nick Farewell)이 현지어인 포르투갈어로 창작소설 『GO』를 발간하고 브라질 사회로부터 인정받았다는 사실은 이민사 반세기를 넘긴 코리안 사회에 자긍심을 심어주기에 충분했고 동아시아인을 향한 브라질 사회의 색안경을 벗겨내는 계기로 작용하게 된다.

한편 개별적으로 발표한 작품으로서는 최근 한국외교부산하의 ≪재외동포재단≫에서 발간하는『재외동포문학의 창』의 입선작으로 소개된 박명순의「꼬라질레이로의 초상(肖像)」, 이경연의「따뜻한 커피 한잔」, 안경자의「새와 나무」가 있다. 브라질을 배경으로 한 이들 작품들을 문학사적 측면에서 개관해 보면, 하나는 이들 작품들이 한국문단으로부터 정식으로 인정받았다는 점과 재브라질 코리안들에게 자긍심을 키워주며 그 존재성을 알리는 역할을 했다는 점이고, 다른 하나는 코리안 이민자들의 정착과정에서 드러나는 애환과 이방인 의식, 대륙을 향한 도전의식, 가족(조국)에 대한 향수, 자기정체성 문제 등, 코리안 디아스포라가 공통적으로 안고 있는 문제의식을 천착했다는 점이다.

특별한 형태의 창작품으로서 또 하나 간과할 수 없는 것은 브라질에 정책해 살고 있는 코리안이 일본어로 작품을 발표했다는 사실이다. 이 경우에 해당되는 최초의 작품은 박선관의「자매 만들기 운동(姉妹つくり運動)」이다.「자매 만들기 운동」은 일본인계 브라질인들의 잡지인『농업과 협동(農業と協同)』(1965.8)에 게재되었는데, 작가는 선진국에서 추진하고 있는 도회지와 산간벽지 학교간의 교류와 협조, 도화지의 각종 기관과 농촌과의 결연을 통해 상호간 협조공생하고 있음을 지적하면서, 브라질의 도회지와 농촌간의 심한 문화적 불균형을 해소하고 "브라질 국민을 빈곤과 무지로부터 탈피시켜 현대문명의 혜택"을 제공하는 길은 "도회지와 농촌간, 집단과 집단의 공동협조에 의해서 가능해진다"고 역설하였다. 개인과 단체간에 자매를 체결하고 협조하며 공생해야한다는 논지를 강하게 피력하고 있다. 그리고 장세준 역시 일본인계 브라질인들의 문예지『아열대(亜熱帯)』에 시 4편을 발표한 바 있다.[3]

---

3) 장세준의 창작시는 일본계 문예지『亜熱帯』에 총4편이 실렸다. 먼저「アマゾン」과「蟻」가『亜熱帯(29号)』(1984.4)에 소개되었고 나중에「恍惚」과「リオ・デ・ジヤネイロ」가『亜熱帯(31号)』(1984.12)에 소개되었다.

이들 박선관과 장세준의 일본어를 통한 창작활동은 크게 두 가지 면에서 그 의미를 찾을 수 있다. 하나는 초창기 코리안 이민자들은 비교적 일본어를 자유롭게 구사할 수 있는(일제강점기의 일본어교육) 세대들로서 성공적으로 이민사를 개척했던 일본인들과 자연스럽게 어울릴 수 있었다는 점이고, 다른 하나는 같은 동아시아인으로서의 공유의식을 토대로 실질적인 의식주 측면에 일본인의 배려와 협조가 컸다고 하는 점이다. 일제강점기를 경험했던 코리안들로서는 반일감정에 대한 청산과 해소의 기회를 갖지는 못했지만 적어도 남미의 브라질에서만큼은 동아시아인으로서의 공존의식을 토대로 상호간의 배려와 협조의 기류가 지배적이었고, 실제로 그러한 공조문화는 실생활에서도 그대로 드러난다. 예컨대 브라질의 최대 도시 상파울루의 리베르다지(Liberdade)에 공고하게 뿌리내린 일본인촌 주변에 코리안 이민자들이 집단적으로 거주하게 된다는 점, 농촌지역과 상공업 진출에서 선구적인 입장에 있었던 일본인들의 실질적인 도움이 있었다는 점 등은 그러한 동아시아인들의 문화적 교류를 확인할 수 있는 지점이다.

그 밖에도 재브라질 코리안들의 특별한 문학활동으로서는 고려대 교우회 브라질지부에서 매년 〈브라질 청소년 문학의 밤〉 행사를 개최하고 그곳 코리안 청소년들에게 민족적 자긍심과 아이덴티티를 일깨워주고 있다는 점, 그리고 코리안으로서 브라질에서 전문번역가로 활동 중인 임윤정이 한국의 문학작품을 포르투갈어로 번역 소개하고, 역으로 브라질의 문학작품을 한글로 번역 소개4)하면서 한국과 브라질간의 정신문화적 교류를 실천하고 있음은 주목할 필요가 있다.

---

4) 임윤정은 한국에서 태어나 10세 때 브라질로 이민을 갔으며 1986년 상파울루주립대학을 졸업하고 1989년 연세대대학원 국어국문학과를 졸업하였다. KBS국제방송국에서 북한실상과 스포츠 프로그램을 담당 번역 방송했으며, 현재는 한국어와 포르투갈어를 넘나들며 전문번역가로서 왕성한 활동력을 보여주고 있다. 임윤정이 『열대문화』에 한국의 문학작품을 포르투갈어로 번역 소개한 시는 김소월 「진달래」, 유치환 「바위」, 김춘수 「꽃」, 신경림 「갈대」, 이호우 「개화」가 있고, 역으로 브라질 시인의 작품을 한글로 번역한 「서시Ⅱ」, 「내가 사랑할 그 여인은」, 「어느 카페에서의 한순간」, 「마지막 시」, 「사과」, 「짐승」이 있으며 「CRONICA:산문과 문학의 접합」이라는 평론을 소개하기도 했다.

Ⅳ. 코리안 소설과 냉전시대 표상 - 브라질

먼저 브라질에 정착한 코리안들이 발표한 소설작품을 거론해 보면 다음과 같다. 문예동인지『열대문화』에 소개된 단편소설이 7편(주오리「마지막 메뜨로 열차」, 안경자「막다른 골목」, 안경자「해후」, 안경자「토요일」, 유영란「아버지」, 안경자「싸웅빠울로의 겨울」, 안경자「아들의 섬」), 그리고 문예잡지 성격의 종합교양지『무궁화』에 소개된 단편소설이 4편(이진서「해후」, 김마리나「사진결혼」, 한송운「늦가을 바람결」, 이진서「공범자」)이 있다. 그리고 ≪재외동포재단≫에서 발간하는『재외동포문학의 창』에 소개된 작품 3편(박명순「꼬라질레이로의 초상(肖像)」, 이경연「따뜻한 커피 한잔」, 안경자「새와 나무」)과 개별적인 자서전 성격의 창작집으로서 '이민체험소설'이라는 부제를 단 정수잔나의 장편소설『국적이 많은 여인』이 있다. 그 밖에 정보매체나 문예지에 개별적으로 소개했거나 발표를 기다리는 작품도 있지만, 지금까지 필자의 자료조사에 국한해서 본다면 이상의 작품들이 브라질에 정착해 살고 있는 코리안들에 의해 소개된 창작 소설들이다. 이들 소설작품들을 내용 및 주제별로 분석해 보면 크게 세 가지 측면에서 그 문학적 특징을 짚어 볼 수 있다.

1. 조국과 민족, 그리고 이데올로기

브라질에 정착한 코리안들의 소설에서는 특별한 이력과 가족사를 토대로 초창기 브라질행을 택한 이민자들과 밀접하게 관련되어 있는 정치적 상황과 시대상을 직·간접적으로 풀어내고 있음을 확인할 수 있다. 최인훈의『광장』에서 주인공 이명훈이 한국전쟁 당시 브라질행을 택하고 선상에서의 자살은 단순한 한 개인의 죽음이라기보다 암울했던 한국 근대사와 이데올로기의 표상이라 할 수 있다. 박명순의「꼬라질레이로의 초상」은 『광장』의 이명훈과 비슷한 처지에 놓였던 반공포로 이야기를 담고 있는 작품이다. "전쟁이 있는 한국 땅이 싫어서 제3국을 선택하고 보니 머나먼 브라질까지 흘러오게 된 반공포로 출신으로 당시는 무국적 신분의 한국인" 김남수의 살인사건, 참담한 감호소 생활, 석방을 위한 서명운동, 한국으로의 귀환에 이르기까지의 긴박했던 일정을 그려냈다. 여기에서 작가는, 왜 한국전쟁 당시 '거제도 포로수용소'에 있던 전쟁포로가 브라질로 가야만 했는지, 왜 브라질에서 살인을 저질렀고 27년간 감호소에서 "영어의 몸으로 늙어"가야만 하는지를 묻고 답하는 형식을 취하고 있다. 그러한 문답의 과정을 통해 일그러진 한국의 근대사를 되짚어보면서 최근 국제사회의 일원으로 목소리를 높이고 있는 한국정부의 역할을 기대하고 있다.

그리고 안경자의 「새와 나무」는 강력한 형태를 취하지는 않지만, 조용하게 파고드는 문체로 암울했던 근현대사의 궤적을 들춰내며 당시의 부당했던 국가이데올로기와 그에 희생된 개인의 실존을 조명한다. "얘야, 떠나거라. 편지도 하지 말고 소식 전할 생각도 말고 만날 때까지 건강해야 한다. 그것만 약속해라."(「새와 나무」)라며 외아들을 이역만리 브라질로 떠나보는 어머니의 마음, 그것은 개인의 과오에서 비롯된 것이라기보다 오히려 국가 권력과 정치이데올로기에서 비롯된 측면이 크다. 특히 일제강점기와 한국전쟁을 경험하고 강력한 반공이데올로기를 체험했던 세대들의 저항정신(4.19투쟁, 80년대 민주화투쟁)과 병행해 진행된 개인적인 불행은 결코 개인사로 치부될 수 없다. 예컨대 재일 코리안 소설가 김학영이 자신의 '말더듬'의 원인을 따지고 들어가면 "왜 한국인이면서 일본으로 흘러들어와 살게 되었나 하는 질문에 봉착하게 되고 그 근원을 찾아가다 보면 민족문제에 이르게 된다."(『소설집-얼어붙은 입』)고 했듯이, 안경자의 소설은 브라질에 정착해 살아가고 있는 코리안 이민자들의 간고했던 기억과 체험이 단순히 이민자 개개인의 '어리석음'과 '서러움'으로만 치부될 수 없음을 보여주고 있다.

2. 경제적인 성공과 정신적인 빈곤

브라질에 정착한 코리안들의 소설에서는 '제품업'에서 보여준 코리안들의 근면성이 경제적인 안정을 가져다주긴 했지만, 정신문화적인 측면의 성숙한 삶과 여유까지 보장하지는 못했다고 피력한다. 실제로 브라질행을 택한 코리안 이민자들은 1970년대 활성화된 봉제업을 통해 경제적인 성공을 이루었고 실생활 면에서 적잖은 혜택을 누리게 된다. 대저택에서 식모를 거느리며 골프를 즐기는 여유를 비롯해서 선진국인 미국으로의 재이민을 택하는 경우까지 다양한 변화를 경험하게 된다. 그러나 그들의 경제적인 성공과 풍요로움은 그들 내면의 정신문화적인 측면까지 여유롭게 만들어 주지는 못했다. 오히려 화려한 겉모습과 달리 공허함과 불안감에 휩싸이는 경우가 적지 않았다.

예컨대 안경자의 소설 「막다른 골목」, 「싸웅 빠울로의 겨울」, 「아들의 섬」은 그러한 화려한 성공신화의 이면에 자리한 코리안 이민자들의 건조한 삶을 천착한 예이다. 특히 「싸웅 빠울로의 겨울」에서는 일중독에 빠진 젊은 코리안 부부의 경제적인 성공과 아내의 죽음을 통해 그들 이민사회의 물질중심적인 가치관과 "풍요속의 빈곤"을 지적하고 있다. 그리고 안경자의 소설은 작가 특유의 문체와 울림으로 코리안 사회에 맑은 정신을 불어넣고 생기를 움트게 하는 힘을 실어 보인다. 특히 그녀의 소설에서는 단란한 일가족의 생활공간 속으로 심상공간에 머물고 있을 고향의 흙, 나무, 꽃, 풀의 향기와 그리움을 이끌어내고, 그곳에서 구축한 건강한 정신세계와 보편성으로, 마침내 재브라질 코리안 사회에 드리워진 다양한 병리현상을 치유해 가는 힘을 보여준다. 이는 곧 안경자의 소설이 정치적인 해석이나 이념적인 사고를 벗어난 혼종적 양가성을 인정하며 조화와 상생에 근거한 꼬레질리아노의 소시민적 삶을 천착한 이유이기도 하다.

3. 신대륙에 대한 도전의식과 열린 세계관

한편 이들의 소설에서는 남미 대륙에 대한 코리안 이민자들이 개척정신과 긍정적인 사고를 통해 탈경계적인 열린 세계관을 구축해 가고 있음을 보여준다. 정수잔나의 『국적이 많은 여인−이민체험소설−』은 소설의 구성과 내용면에서 초창기 브라질행을 택한 코리안들의 간고한 이민체험을 담고 있다. 제1부에서는 한국의 가족들과 헤어지고 마지막 이민선에 오르기까지의 여정, 제2부에서는 아르헨티나에 도착해서 브라질로의 밀입국과 '벤데돌(보따리장수)'로서 살아내기, 제3부에서는 혈육들과의 이별과 생사를 넘나드는 딸 앞에서의 죄의식과 참회, 제4부에서는 조국과 민족애를 토대로 소녀시절의 황량한 북만주 생활과 결혼의 굴레, 제5부에서는 경제적인 성공과 미국으로의 재이민, 그리고 재이민자로서의 브라질에 대한 향수 등을 담고 있다. 특히 주인공인 '나'의 25년에 걸친 아르헨티나, 파라과이, 브라질, 미국으로의 이주과정과 이민체험은 코리안 특유의 근면성과 도전정신의 연속이었다는 점에서 시사하는 바 크다.

한편 이러한 '국적이 많은 여인'이 살아낼 수밖에 없었던 신산(辛酸)했던 이민체험은 브라질의 '벤데돌'의 삶을 형상화한 안경자의 소설을 통해서도 확인할 수 있다. 그런데 여기에서 주목해야만 할 것은 '국적이 많은 여인'의 삶이든 '벤데돌'의 삶이든 이들 코리안 이민자들의 실생활이 지극히 역동적, 긍정적, 탈중심적인 열린 세계관을 지향한다는 점이다. 조국과 민족을 내세운 자국중심적인 사고의 한계를 인식하고 브라질 특유의 혼종문화를 존중하는 자의식을 보여준다는 것이다. 이른바 일제강점기를 전후한 코리안 디아스포라 문학에서 보여준 간고한 저항정신이나 한의 정서와는 또 다른 다민족, 다문화 사회의 혼종적 양가성에 내재된 보편성과 열린 세계관을 확인할 수 있다.

그 밖에도 이들 재브라질 코리안 소설은 풍부한 종교적(기독교) 상상력을 통해 척박한 삶의 터전에 정신적인 안식처를 제공하고 동시에 정신문화적인 측면에서 내적인 성장을 이끌어낸다는 점에서 특징적이다. 그리고 조국과의 문화적인 소통은 물론 한민족간의 정신적 교류와 타자와의 소통을 강조하고 고향(조국)에 대한 향수를 서정적으로 형상화한다. 또한 재브라질 코리안 소설 중에는 집단화되고 권력화 된 코리안 교회의 폭력성을 고발하고(안경자 「공범자」 등) 국제결혼에 대한 인식의 전환(주오리 「마지막 메뜨로 열차」 등), 이민자들의 사진결혼에 얽힌 운명적인 만남(김마리나 「사진결혼」) 등 남미에 정착한 코리안 이민자들의 특별한 체험과 기억을 다양한 각도에서 펼쳐 보이고 있다.

V. 브라질의 코리안 문학과 열린 세계관

　재브라질 코리안 작품은 일제강점기를 전후한 코리안 디아스포라의 간고한 삶을 문학적으로 형상화한 것과는 확연히 다른 문학적 세계를 펼쳐내고 있다. 예컨대 코리안 디아스포라 문학이 일제강점기를 전후해 중국, 러시아, 일본으로 떠났던 코리안들의 "각고의 간난사, 위치성, 타자와의 타협과 비타협, 조화와 부조화의 관계"를 비롯해 "이방인으로서의 삶, 타자와의 투쟁, 핍박의 역사로 상징되는 '한'의 정서와 자기 정체성 문제"를 문학적인 주제로 삼았음에 비해, 이들 재브라질 코리안 문학은 태생적으로도 자유롭지만 세계관 자체가 브라질 특유의 자양분과 깊숙이 호흡하고 있다는 점에서 그러하다.

　그리고 구체적으로 언급하지 못했지만, 『열대문화』에 수록된 다양한 장르의 시, 수필, 기행문, 한시, 번역작품, 꽁트, 그리고 개별직인 자서전 형태의 창작집과 작품들은 남미의 열대문화와 호흡하는 코리안들의 정신문화적 유산이며 소리이며 향기라는 점에서 그 의미는 적지 않다. 특히 브라질에 정착해 살아가고 있는 코리안들의 역사와 문화를 비롯해서 실존적의미가 이들 문학작품을 통해 진솔하게 드러나고, 일상에서의 기쁨/슬픔,

동질감/이질감, 조화/공생, 자아/자의식, 정체성 문제 등이 문학적 보편성과 열린 세계관으로 확장·승화되고 있다는 점에서 그러하다. 2012년 한동안 발간이 중단되었던 『열대문화』가 재간행되긴 했지만 활성화된 코리안 사회의 정신문화를 수렴하고 확장·발전시킬 수 있는 문화공간은 한층 더 필요해 보인다. 결국 글로벌시대를 살아가는 우리들에게 "정신적 가교"로서 중층적 아이덴티티는 필요할 수밖에 없기 때문이다.

21세기 지구촌 시대는 확실히 문화의 강국이 국가간, 민족간의 경쟁구도에서 우위를 차지한다고 한다. 매년 한국에서는 세계 각국에서 경제적으로 성공신화를 일궈낸 한상(韓商)들이 한자리에 모여 성대한 ≪세계한상대회≫를 개최하고 있으며, 머지않아 한국이 세계에서 13번째 경제대국으로 자리매김할 것이란 뉴스도 듣게 된다. 이러한 국제적인 환경 속에서 "문화의 아름다운 원시림"으로 불리는 남미의 최대국인 브라질에서 코리안들의 정신적 교류와 소통을 이끌어낼 공간, 정신문화의 안식처로 자리매김 될 수 있는 거점을 구축하는 일은 중요할 수밖에 없다. 결국 해외 코리안의 정신문화적인 힘에 내재된 탈경계적인 열린 세계관이 세계 속에서 한국의 성공신화를 이어갈 수 있는 하나의 원동력으로 작용할 수 있고, 동시에 이러한 코리안 디아스포라의 탈경계적인 열린 세계관이 최근 급격히 다민족, 다문화 사회를 열어가고 있는 한국사회에 새로운 정신문화적 패러다임을 제시할 수 있다는 점에서 그러하다.

▐ 김환기

동국대학교 일어일문학과 졸업
일본 다이쇼(大正)대학 대학원 석·박사
(현) 동국대학교 일어일문학과 교수,
(현) 동국대학교 일본학연구소 소장

대표저서

『야마모토 유조 문학과 휴머니즘』, 역락, 2000.
『재일 코리안 문학』(공저), 솔, 2002.
『시가 나오야』, 건국대출판부, 2004.
『재일 디아스포라 문학』, 새미, 2006.
『아르헨티나(Argentina) 코리안 문학 선집』, 보고사, 2013.

이미지 : 브라질의 이과수폭포(2011년 8월)

브라질(Brazil)
코리안 문학 선집 【시/소설】

2013년 8월 9일 초판 1쇄 펴냄

엮은이 김환기
펴낸이 김흥국
펴낸곳 도서출판 보고사

책임편집 이경민
표지디자인 오동준

등록 1990년 12월 13일 제6-0429호
주소 서울특별시 성북구 보문동7가 11번지 2층
전화 922-5120~1(편집), 922-2246(영업)
팩스 922-6990
메일 kanapub3@naver.com
http://www.bogosabooks.co.kr

ISBN 979-11-5516-051-0   04890
      979-11-5516-050-3   (Set)
ⓒ 김환기, 2013

정가 24,000원
이 도서의 국립중앙도서관 출판시도서목록(CIP)은 서지정보유통지원시스템 홈페이지
(http://seoji.nl.go.kr)와 국가자료공동목록시스템(http://www.nl.go.kr/kolisnet)에서
이용하실 수 있습니다. (CIP제어번호: CIP2013011590)